HEYNE

Der Autor

Colin Forbes, geboren 1923 in London, ist einer der erfolgreichsten Thrillerautoren der Welt. Seine Bücher wurden in mehr als zwanzig Sprachen übersetzt. In seinen Thrillern verarbeitete Colin Forbes seine Eindrücke von ausgedehnten Reisen in Asien, Europa und Amerika, weshalb sie nicht nur durch Spannung, sondern auch durch Ortskenntnis und Lokalkolorit brillieren. Colin Forbes starb 2006 in London.

Das Buch

Die Frau des britischen Sicherheitsministers Warner ist unter ungeklärten Umständen verschwunden. Tweed und sein Team ermitteln in dem Fall und ahnen schon bald, dass es sich um ein Verbrechen von größerem Ausmaß handeln muss: Immer mehr Menschen verschwinden, und immer wieder führen die Spuren in das kleine Dorf Carpford, dessen Einwohner eine merkwürdig verschworene Gemeinschaft sind. Die schöne und mysteriöse Eva Brand, die öfters auf Besuch in den Ort fährt, berichtet Tweed von alarmierenden Vorkommnissen – doch kann man ihren Aussagen trauen, oder ist sie selbst in die Verbrechen verstrickt?
Als sich schließlich herausstellt, dass Gelder aus Carpford an die El Kaida fließen, fühlt sich Tweed in seinen schlimmsten Befürchtungen bestätigt: Er ist auf eine Terrorzelle gestoßen, die offensichtlich einen Anschlag plant – mit mehreren Bomben zeitgleich mitten in London. Werden die Attacken vom 11. September ihre schreckliche Fortsetzung finden? Tweed stürzt sich in eine Jagd, bei der der Feind immer einen Schritt voraus zu sein scheint …

COLIN FORBES

Das Netz

Roman

Aus dem Englischen von
Bertram J. Kirchmayr

WILHEL HEYNE VERLAG
MÜNCHEN

Die Originalausgabe
THE CELL
erschien bei Simon & Schuster UK Ltd.

FSC
Mix
Produktgruppe aus vorbildlich bewirtschafteten Wäldern und anderen kontrollierten Herkünften
Zert.-Nr. SGS-COC-1940
www.fsc.org
© 1996 Forest Stewardship Council

Verlagsgruppe Random House FSC-DEU-0100
Das für dieses Buch verwendete FSC-zertifizierte Papier *Holmen Book Cream* liefert Holmen Paper, Hallstavik, Schweden.

Taschenbuchausgabe 01/2009

Printed in Germany 2009
Umschlaggestaltung: Nele Schütz Design, München,
unter Verwendung eines Fotos von
© P. Kruger/Shutterstock
Druck und Bindung: GGP Media GmbH, Pößneck
ISBN: 978-3-453-72238-5

www.heyne.de

PROLOG

»Linda Warner, die Frau des Sicherheitsministers, ist jetzt bereits seit drei Wochen spurlos verschwunden«, sagte Superintendent Roy Buchanan in eindringlichem Ton zu Tweed. »Drei Wochen, und wir haben noch immer nicht den kleinsten Hinweis darauf, was ihr zugestoßen ist.«

Der oberste Ermittlungsbeamte von Scotland Yard sah sich in Tweeds Büro in der Park Crescent um, wo er direkt vor Tweeds Schreibtisch Platz genommen hatte. Er nickte Tweeds Assistentin Paula Grey, die an ihrem Schreibtisch saß, ebenso zu wie Bob Newman, der früher einmal ein bekannter Auslandsreporter gewesen war und nun schon lange für Tweed arbeitete. An einem Tisch hinter Buchanan saß Tweeds Sekretärin Monica, eine Frau in mittleren Jahren, die ihr Haar zu einem Knoten am Hinterkopf zusammengebunden hatte und auf einer Computertastatur herumtippte. Paula übernahm es, Buchanan zu antworten.

»Drei Wochen sind eine lange Zeit«, sagte die attraktive, schwarzhaarige Frau Mitte dreißig. »Mrs Warners Mann muss sich furchtbare Sorgen um sie machen. Wenn sie wirklich gekidnappt wurde, müsste es doch längst eine Lösegeldforderung geben.«

»Bis jetzt ist noch keine gestellt worden«, antwortete Buchanan. »Was ihr Verschwinden nur umso mysteriöser macht.«

»Am Anfang haben alle Zeitungen über den Fall berichtet«, sagte Paula. »Aber jetzt liest man nur noch wenig darüber.«

»Das kommt wohl daher, dass die Presse sich jetzt wichtigeren Themen widmet. Angeblich soll Großbritannien nach den furchtbaren Anschlägen vom 11. September letzten Jahres das nächste Ziel der El Kaida sein«, erklärte Newman.

»Wie ist Mrs Warner eigentlich verschwunden?«, fragte Paula.

»Victor Warner hat zwei Wohnsitze«, sagte Buchanan. »Sein Penthouse in Belgravia und ein Haus in Carpford, einem seltsamen kleinen Dorf mitten in den North Downs. Auf dem Weg dorthin hat man Mrs Warners Porsche gefunden, der hinter einer Kurve auf der falschen Straßenseite stand. Der Zündschlüssel steckte, und im Fahrzeug fanden sich keinerlei Hinweise auf einen Kampf. Die ganze Sache ist ziemlich dubios.« Er wandte sich wieder an Tweed. »Ich möchte, dass Sie mit mir hinfahren und sich den Wagen selbst ansehen.«

»Völlig ausgeschlossen. Schon vergessen, dass ich der stellvertretende Direktor des SIS bin? Ich löse keine Kriminalfälle mehr.«

»Ist mir klar.« Buchanan hielt inne. »Aber trotzdem haben Sie erst kürzlich im Arbogast-Fall fünf Morde auf zwei Erdteilen aufgeklärt. Sogar der amerikanische Vizepräsident war mit in den Fall verwickelt. Und früher, als Sie der jüngste Superintendent von Scotland Yard waren, der jemals das Morddezernat geleitet hat, haben Sie einen hervorragenden Ermittler abgegeben, Tweed. Im Arbogast-Fall hat sich gezeigt, dass Sie Ihren alten Biss noch nicht verloren haben.«

»Mag sein. Aber diesmal kann ich Ihnen unmöglich helfen. Ich habe andere Dinge zu tun.«

Tweed war ein Mann von mittlerer Größe, der eine Hornbrille trug und dessen Alter man nur schwer schätzen konnte. Er war so unauffällig, dass er auf der Straße an einem vorübergehen konnte, ohne dass man ihn besonders wahrnahm – in seinem Beruf ein unschätzbarer Vorteil. In letzter Zeit kam er Buchanan irgendwie jugendlicher und energiegeladener vor. Die blauen Augen waren noch lebhafter und seine Bewegungen noch schwungvoller als sonst.

»Tun Sie mir den Gefallen, der alten Zeiten wegen«, sagte Buchanan.

»Ich habe Nein gesagt, Roy, und dabei bleibt es«, entgegnete Tweed und schlug mit der Faust auf die Schreibtischplatte. »Außerdem habe ich gehört, dass Warner das Kabinett überredet hat, ihm unumschränkte Machtbefugnisse ›ohne Rücksicht auf andere Dienste‹ einzuräumen. Und mit den anderen Diensten hat er mich gemeint …«

Er verstummte, weil auf einmal die Tür so schwungvoll aufgestoßen wurde, dass sie fast aus den Angeln gesprungen wäre. Howard, der Direktor des SIS, stürmte mit einem Stapel Papier in Tweeds Büro. Der Direktor war einen Meter zweiundachtzig groß und schob einen dicken Kugelbauch vor sich her, der beredtes Zeugnis von seinen häufigen Besuchen in teuren Feinschmeckerrestaurants und exklusiven Clubs ablegte.

Mit einem Seufzer ließ er sich in den Sessel fallen, der neben Newman stand. Howard, dessen Akzent ihn sofort als Angehörigen der Oberschicht verriet, trug einen teuren klassischen Anzug, ein frisch gestärktes weißes Hemd und eine getüpfelte Fliege. Für Tweed war Howard der ideale Vorgesetzte, jemand, der hervorragend mit den Politikern in Whitehall umgehen konnte, seinen Stellvertreter sonst aber die Abteilung so führen ließ, wie dieser es für richtig hielt.

»Sieg auf der ganzen Linie«, verkündete Howard triumphierend. »Ich konnte den Premierminister soeben davon überzeugen, dass er den Kabinettsbeschluss in Hinblick auf Warner wieder zurücknimmt. Der Sicherheitsminister kann jetzt nicht mehr schalten und walten, wie er will. Was unter anderem bedeutet, dass Sie, Tweed, das Verschwinden von Warners Frau untersuchen dürfen. Der Premier macht sich große Sorgen wegen der Sache. Es wird gemunkelt, dass Linda Warner eine Affäre mit einem anderen Kabinettsmitglied gehabt haben soll.«

»Na also«, mischte Buchanan sich lächelnd ein. »Dann können Sie ja doch mit mir nach Carpford fahren, Tweed.«

»Hier ist eine Kopie des Schreibens, in dem uns der Premierminister völlige Unabhängigkeit vom Sicherheitsministerium bescheinigt«, sagte Howard.

»Da hat sich der Premier aber richtig weit aus dem Fenster gelehnt«, sagte Tweed, nachdem er das Papier kurz überflogen hatte. »Trotzdem bleibe ich bei meiner Entscheidung. Ich werde Linda Warners Verschwinden nicht untersuchen. Das ist Ihre Aufgabe, Roy. Übrigens glaube ich nicht an die Gerüchte in den Zeitungen, dass wir hier in England das nächste Ziel der El Kaida sein werden. Bisher liegen noch keine stichhaltigen Beweise dafür vor.«

»Aber Sie haben Linda Warner doch persönlich gekannt, Tweed«, meldete Paula sich zu Wort. »Vielleicht nicht besonders gut, aber Linda mochte Sie. Da kann es Sie doch nicht kalt lassen, dass sie verschwunden ist.«

»Bemühen Sie sich nicht, Paula. Mein Entschluss steht fest …«

Das Telefon klingelte. Monica ging ran und wandte sich kurz darauf, während sie die Sprechmuschel zuhielt, mit einem gequälten Lächeln an Tweed.

»Peregrine Palfry, der persönliche Assistent von Minister Warner, möchte Sie unbedingt sprechen.«

»Dieser aalglatte Widerling. Wahrscheinlich küsst er Warner jedes Mal die Füße, wenn der ins Zimmer kommt. Aber geben Sie mir ruhig den Hörer, wenn's denn sein muss … Hallo, Tweed am Apparat.«

»Mr Tweed …«, ließ sich eine arrogante Stimme am anderen Ende der Leitung vernehmen, »ich soll Ihnen vom Herrn Minister ausrichten, dass …«

»Wenn er mir etwas zu sagen hat, dann sollte er mich schon persönlich anrufen«, unterbrach ihn Tweed. »Ich verkehre generell nicht über Mittelsmänner.«

»Aber es ist sehr wichtig. Ich soll Ihnen sagen, dass ...«

»Entweder der Minister spricht persönlich mit mir, oder ich lege sofort auf.«

Tweed konnte hören, wie sein Gesprächspartner heftig schluckte. Es folgte ein geflüstertes Gespräch zweier Stimmen, und nach einer kurzen Pause war Warner selbst in der Leitung.

»Was soll das, Tweed?«, sagte er verärgert. »Ich bin ein viel beschäftigter Mann ...«

»Das bin ich auch. Worum geht's?«

»Also gut, Tweed«, sagte Warner in höflichem, aber entschlossenem Ton. »Kommen Sie bloß nicht auf den Gedanken, sich in die Ermittlungen über das Verschwinden meiner Frau einzumischen. Damit sind ausschließlich Superintendent Buchanan und Jasper Buller, der Leiter der Special Branch, betraut. Haben Sie mich verstanden?«

»Sicher«, erwiderte Tweed lächelnd und machte eine kurze Pause, bevor er weitersprach. »Aber Sie können mir überhaupt nichts verbieten. Der SIS untersteht nicht Ihrer Befehlsgewalt. Und jetzt entschuldigen Sie mich bitte. Ich bin, wie gesagt, ein viel beschäftigter Mann. Auf Wiederhören ...«

Tweed legte auf und blickte sich mit funkelnden Augen im Zimmer um. Dann schlug er mit der geballten Faust so laut auf den Tisch, dass Paula regelrecht hochschreckte. Tweed hat sich in letzter Zeit stark verändert, dachte sie. War er früher eher still und zurückhaltend gewesen, so sprühte er jetzt geradezu vor Energie.

»Das reicht«, fauchte er. »Ich lasse mir von Warner nicht sagen, was ich zu tun oder zu lassen habe. Anscheinend hat er noch nichts vom Sinneswandel des Premiers erfahren.« Er nickte Howard zu und wandte sich dann an Buchanan.

»Roy, ich werde den Fall untersuchen, aber vorerst möchte ich noch nicht mit Ihnen nach Carpford fahren. Geben Sie mir lieber die Adresse von Warners Wohnung in Belgravia. Und den Namen seiner Haushälterin.« Er stand auf, nahm seine Jacke vom Garderobenständer und schlüpfte hinein. »Paula, Sie kommen mit mir. Ihnen fallen in den Wohnungen anderer Leute oft Einzelheiten auf, die ich gelegentlich übersehe.«

»Hier ist die Adresse«, sagte Buchanan, der seine Freude nur schwer verbergen konnte. »Die Haushälterin ist eine Mrs Carson. Ich habe schon mit ihr gesprochen, aber sie war der reinste Stockfisch. Ich habe nicht das Geringste aus ihr herausbekommen. Wollen Sie, dass ich Sie begleite?«

»Nein!«, sagte Tweed und gab Buchanan einen freundlichen Klaps auf die Schulter. »Offensichtlich haben Sie der Frau nicht die richtigen Fragen gestellt. – Sind Sie fertig, Paula? Ich fahre, und Sie lotsen mich hin.« Er gab Paula den Zettel mit Buchanans Wegbeschreibung.

»Sollten wir nicht vorher anrufen?«, fragte Paula.

»Nein. Wir werden Mrs Carson überraschen. Mal sehen, ob wir sie so aus der Reserve locken können ...«

Bei Warners Londoner Domizil handelte es sich um eine exklusive Dachterrassenwohnung eines fünfstöckigen Hauses, das mit seiner modernen Bauweise so gar nicht zu den prächtigen alten Gebäuden am Belgrave Square passen wollte. Nachdem Tweed mithilfe seines SIS-Ausweises den übereifrigen Portier zum Schweigen gebracht hatte, stiegen er und Paula in den luxuriösen, mit vergoldeten Spiegeln und einer Sitzbank aus rotem Leder ausgestatteten Aufzug, der sie geräuschlos in den obersten Stock brachte. Dort öffnete sich die Tür und gab den Blick auf einen breiten, mit einem dicken Teppich ausgelegten Korridor frei.

Vor einer massiven Eichentür, neben der eine Gegensprechanlage an der Wand hing, blieb er stehen. Er drückte auf den Klingelknopf und wartete, bis aus dem Lautsprecher eine schroff klingende Frauenstimme ertönte.

»Wer ist da?«

»Mein Name ist Tweed. Ich bin der stellvertretende Direktor des SIS.«

»Haben Sie einen Ausweis?«

»Machen Sie auf, dann zeige ich ihn Ihnen.«

»Die Frau ist ja der reinste Hausdrachen«, flüsterte Paula. »An der kommt so schnell keiner vorbei.«

Sie hörten, wie drei Sicherheitsschlösser nacheinander geöffnet wurden, und als die Tür schließlich aufging, erblickten sie eine große, gut gekleidete Frau mit grauem Haar.

»Und wer ist das Fräulein da?«, fragte sie, während sie Paula mit durchdringenden Blicken musterte.

»Bei dem ›Fräulein‹ handelt es sich um meine Assistentin Paula Grey«, antwortete Tweed mit einem gezwungenen Lächeln.

»Treten Sie ein. Aber ich sage Ihnen gleich, dass ich nur sehr wenig Zeit habe.«

»Unsere Unterredung wird so lange dauern, wie es nötig ist«, antwortete Tweed entschlossen.

Die Haushälterin führte sie in ein weiträumiges Wohnzimmer mit weißen Ledersofas und dazu passenden Sesseln. Tweed und Paula nahmen auf einem der Sofas Platz, während Mrs Carson sich selbst auf einen antiken Holzstuhl aus dem 17. Jahrhundert setzte.

»Nun, womit kann ich Ihnen dienen?«, fragte sie und schürzte die Lippen in ihrem knochigen Gesicht. »Wie ich bereits sagte, ich habe wenig Zeit.«

»Sie wirken erstaunlich gelassen, wenn man bedenkt, dass Mrs Warner seit drei Wochen spurlos verschwunden ist«, sagte Tweed.

»Wieso? Die Polizei kümmert sich doch drum«, antwortete Mrs Carson schnippisch.

Weil Paula sah, dass Tweed bei der Frau nicht viel ausrichten konnte, setzte sie ihr freundlichstes Lächeln auf und beugte sich vor.

»Mrs Carson, möglicherweise können gerade Sie als Frau uns einen entscheidenden Hinweis geben«, sagte sie. »Ich habe gehört, dass Mrs Warner eine begeisterte Leserin ist, die immer und überall ein Buch bei sich hat. Wissen Sie, was sie vor ihrem Verschwinden gerade gelesen hat?«

»Ja, das weiß ich genau. Gibbons *Verfall und Untergang des Römischen Reiches*.«

»Wissen Sie, ob das Buch noch hier in der Wohnung ist?«

»Ja, es liegt auf ihrem Nachttisch. Mit einem Lesezeichen darin.«

»Dann hatte sie ja wohl nicht vor, länger in Carpford zu bleiben, sonst hätte sie das Buch bestimmt mitgenommen. Würden Sie mir da zustimmen?«

»Ja«, antwortete Mrs Carson, die jetzt etwas entspannter wirkte. Sie widmete ihre ganze Aufmerksamkeit nun Paula und würdigte Tweed keines Blickes mehr. »Eigentlich wollte sie schon am Abend wieder zurück sein.«

»Hat sie denn Kleidung zum Wechseln mitgenommen?«

»Nein. Ich habe ihre Sachen alle durchgesehen. Nur ihr Pelzmantel fehlt, aber das ist normal. In Carpford ist es doch immer so kalt. Die Trottel von der Special Branch sind übrigens nicht einmal auf die Idee gekommen, mich nach so was zu fragen.«

»Hat Mrs Warner kurz vor ihrer Abreise telefoniert? Oder wurde sie angerufen?«

»Nein. Auch so eine Frage, die Sie als Erste stellen. Es ist geradezu wohltuend, endlich einmal mit jemandem zu reden, der sein Handwerk versteht. Darf ich Ihnen etwas anbieten? Einen Kaffee oder Tee vielleicht?«

»Nein danke, ich habe gerade gefrühstückt. Hat Mrs Warner Ihnen gesagt, weshalb sie nach Carpford fahren wollte?«

»Nicht genau. Nur dass es sich um einen wichtigen Auftrag handelte. Sie war ziemlich in Eile.«

»Einen Auftrag für ihren Mann?«

»Das weiß ich nicht, obwohl ich es fast annehme. Mr Warner hatte an diesem Tag bis spät am Abend eine wichtige Sitzung im Ministerium.«

»Sie machen sich ganz bestimmt große Sorgen um Mrs Warner.«

»Sie sagen es, Miss Grey«, antwortete die Haushälterin, die offenbar Vertrauen zu Paula gefasst hatte. »Das alles passt überhaupt nicht zu ihr. Ich habe sie damals am Nachmittag in Carpford angerufen, und weil niemand abhob, dachte ich, sie wäre schon wieder auf dem Rückweg.«

»Würden Sie Mrs Warner eigentlich als einen geselligen Menschen beschreiben?«

»Ja und nein. Als Gattin des Sicherheitsministers musste sie natürlich ihre repräsentativen Pflichten wahrnehmen. Andererseits war sie ziemlich einsam. Die meisten ihrer Freundinnen sind mit Diplomaten verheiratet und eine nach der anderen ist ins Ausland gegangen.«

»War sie denn oft in ihrem Haus in Carpford?«

»So selten wie möglich. Sie fand es dort ziemlich unheimlich, allerdings kann ich Ihnen nicht sagen, weshalb.«

»Hat sie denn Garderobe dort?«

»Nein. Sie hat sich immer alles von hier mitgenommen, um es dann wieder zurückzubringen.«

Paula sah auf die Uhr und stand auf. »Vielen Dank, dass Sie uns so viel von Ihrer Zeit geopfert haben, Mrs Carson. Wir wissen das zu schätzen. Eine Frage hätte ich noch, dann lassen wir Sie in Ruhe. Sie ist allerdings ein bisschen delikat: Hatte Mrs Carson einen Liebhaber?«

»Sie werden es mir nicht glauben, aber *diese* Frage haben mir sogar die Hohlköpfe von der Special Branch gestellt. Die Antwort ist Nein. Sie hatte keinen Liebhaber. Mir als ihrer Haushälterin wäre das nicht entgangen. Sollten Sie noch Fragen haben, können Sie mich gern anrufen. Sie sind nämlich die Einzige, der ich zutraue, dass sie Mrs Warner finden kann.«

»Danke. Aber jetzt wollen wir Sie mal nicht länger aufhalten.«

»Den Stockfisch haben Sie aber gut zum Reden gebracht, Paula«, sagte Tweed, als sie ins Auto stiegen. »Und? Was halten Sie von dem Fall?«

»Ich finde das alles äußerst mysteriös.«

»Rufen Sie doch bitte mit Ihrem Handy Buchanan an. Sagen Sie ihm, dass ich jetzt bereit bin, mit ihm nach Carpford zu fahren. Er soll Ihnen sagen, wann es ihm passt, und außerdem soll er dafür sorgen, dass Mrs Warners Wagen genau an der Stelle steht, an der man ihn gefunden hat.«

1

Paula und Tweed waren überrascht, als sie bei ihrer Rückkehr in die Park Crescent vor dem Eingang des SIS-Gebäudes Buchanans schwarzen Saab stehen sahen. Der Superintendent, der bereits ungeduldig mit den Fingern auf dem Lenkrad herumgetrommelt hatte, stieg aus und kam zu ihnen herüber.

»Wir können sofort losfahren«, sagte er. »Ich habe bereits veranlasst, dass Mrs Warners Porsche wieder an seinen Fundort in den Downs gebracht wird. Die Spurensicherung hat ihn gründlich untersucht, und seitdem stand er in einer Garage nahe Abinger Hammer. Von dort haben ihn meine Leute soeben abgeholt. Müssen Sie noch rauf ins Büro, oder können Sie gleich bei mir einsteigen?«

»Bringen wir's hinter uns«, sagte Tweed.

Obwohl die Nachmittagssonne aus einem strahlend blauen Februarhimmel schien, war es eiskalt. Paula war froh, dass sie ihren dicken blauen Wintermantel und warme Handschuhe angezogen hatte. Bald hatten sie die Stadt hinter sich gelassen. Nach einer knappen Stunde Fahrt verließ Buchanan die Schnellstraße und bog auf eine kurvige Nebenroute ab, die einen steilen Berg hinaufführte. Oben angelangt, hatten sie einen wunderbaren Ausblick auf die ersten Ausläufer der North Downs.

»Ich kenne die Gegend zwar«, sagte Tweed, »aber ich war noch nie in Carpford.«

»Es liegt auf einer Hochfläche hinter den ersten Hügeln«, sagte Buchanan.

»Haben Sie irgendwelche Hintergrundinformationen über Victor Warner, Roy?«, fragte Paula.

»Er gilt als ziemlich cleverer Bursche. Angefangen hat er beim Geheimdienst der Marine, aber dann ist er ins Zivilleben zurückgekehrt und wurde Chef von Medford Security, einer privaten Sicherheitsfirma. Dort ist der Vorgänger unseres jetzigen Premiers auf ihn aufmerksam geworden und hat ihm einen todsicheren Wahlkreis angeboten, sodass er ohne Probleme ins Parlament gewählt wurde. Als Politiker hat Warner dann eine steile Karriere gemacht, und als das neue Sicherheitsministerium gegründet wurde, war von vornherein klar, dass Warner es leiten würde.«

»Er ist ziemlich herrschsüchtig«, ergänzte Tweed, »und hält sich für den Nabel der Welt. Aber er ist ein fähiger Kopf, das steht außer Zweifel.«

»Warum hat jemand wie er ein Haus hier draußen in der Einöde?«, wollte Paula wissen.

»Wenn Sie sich in den Kabinettssitzungen stundenlang heiße Luft anhören müssten, würden Sie sich vielleicht auch nach der Einöde sehnen«, sagte Buchanan. »Übrigens wird Warner als Favorit für die Nachfolge des Premierministers gehandelt.«

Sie erreichten den Fuß des Hügels und fuhren nun an Wiesen und Feldern vorbei. Auf der Straße war nur wenig Verkehr. Nach einer Weile bog Buchanan nach rechts ab und fuhr an einem alten, aus Ziegeln erbauten Gasthof vorbei.

»Das ist Abinger Hammer«, sagte Buchanan. »Von hier aus müssen wir noch weiter in die Downs hineinfahren.«

Er lenkte den Saab auf eine schmale Straße mit scharfen Kurven, die so unübersichtlich waren, dass er jedes Mal hupte, wenn er sich einer davon näherte. Paula bemerkte, dass das Gras neben der Straße vom Frost ganz weiß war.

Nachdem sie auf der stark ansteigenden Straße an einer Abzweigung nach Holmbury St Mary vorbeigefahren waren, kamen sie in einen dichten, dunklen Wald mit finsteren Nadel- und kahlen Laubbäumen, deren Kronen sich wie riesige Reisigbesen vom blauen Himmel abhoben. Buchanan fuhr langsamer und bog auf einen schmalen Weg ab, der nach einer kurzen Strecke einen scharfen Knick machte und wieder zurück zur Hauptstraße führte.

»Nur zu Ihrer Information«, sagte Buchanan. »Wir sind jetzt im Black Wood.«

»Ist ja richtig heimelig hier«, sagte Paula sarkastisch.

»In dieser Gegend ist nichts heimelig«, erwiderte Buchanan trocken. »Haben Sie das Schild gesehen? Es soll verhindern, dass jemand bis zum Tatort fährt, den wir mit Absperrband gesichert haben.«

Buchanan fuhr an dem Sperrschild vorbei in einen ungeteerten Hohlweg, der so eng war, dass keine zwei Autos aneinander vorbeifahren konnten. Er verringerte die Geschwindigkeit bis auf Schritttempo. Als Paula hinauf zum Rand der Böschung spähte, sah sie riesige Bäume, die bedrohlich über ihnen aufragten.

»Was machen wir, wenn uns hier jemand entgegenkommt?«, fragte sie.

»Dann muss einer der beiden Wagen bis zur nächsten Ausweichstelle zurückfahren.«

»Hier könnte man ja fast Platzangst kriegen«, sagte Paula.

»Die Einheimischen nennen diesen Hohlweg Carp Lane«, sagte Buchanan. »Bis Carpford ist es jetzt nicht mehr weit.«

Sie kamen aus dem Hohlweg heraus und fuhren steil bergab. Langsam steuerte Buchanan auf eine scharfe Linkskurve zu, hinter der sich der düstere Wald zu lichten begann. Im hellen Sonnenlicht stießen sie auf eine etwas breitere Straße, auf die Buchanan nach links abbog. Wenigstens sind wir aus diesem grässlichen Wald heraus, dachte Paula, während die Straße zwischen mit Frost überzuckerten Hügeln, deren Gras die Farbe von Pfefferminzlikör hatte, wieder anstieg. Kurze Zeit später sahen sie hinter einer Absperrung der Polizei den Porsche, neben dem uniformierte Beamte standen. Buchanan hielt an, und sie stiegen alle aus und gingen hinüber zu den Polizisten.

»Sie sind doch Sergeant Abbott«, sagte Buchanan zu einem von ihnen. »Tut mir Leid, dass wir Ihnen so viele Umstände gemacht haben.«

»Kein Problem, Sir. Wenn es nur hilft, Mrs Warner zu finden …«

Sergeant Abbott führte Buchanan, Paula und Tweed zu dem Porsche, der auf der falschen Straßenseite geparkt war. Die Kühlerhaube zeigte in Richtung Carpford. Paula zog sich Latexhandschuhe an, trat an den Wagen heran und spähte hinein.

»Ist das Fahrzeug in genau demselben Zustand, in dem es gefunden wurde, Sergeant Abbott?«, fragte sie. »Wie ich sehe, steckt der Zündschlüssel im Schloss. War die Zündung denn eingeschaltet?«

»Nein. Der Schlüssel war genau in der Position, in der er jetzt auch ist. Wenn Sie wollen, können Sie ruhig einsteigen. Die Spurensicherung hat den Wagen bereits freigegeben.«

»Und was hat man gefunden?«

»Ein, zwei rote Haare an der Rückseite des Fahrersitzes, die eindeutig als die von Mrs Warner identifiziert wurden. Sonst nichts.«

Paula öffnete die Fahrertür und setzte sich hinter das Lenkrad. Dabei musste sie daran denken, wie oft Linda Warner wohl in diesem Wagen gesessen hatte. Sie schaute hinaus zu Buchanan, Tweed und Abbott.

»Das Fenster auf der Fahrerseite ist heruntergekurbelt«, sagte sie. »War das auch so, als der Wagen gefunden wurde?«

»Ja, Madam«, antwortete Abbott.

»Ich frage mich, warum sie wohl auf der falschen Straßenseite angehalten hat«, sagte Paula. »Gibt es irgendwelche Hinweise darauf, dass ihr ein anderes Fahrzeug entgegenkam und die Straße versperrte?«

»Nein, keine«, sagte Abbott.

Paula wandte sich an Buchanan. »Könnte ich den Wagen vielleicht ein kurzes Stück zurücksetzen? Ich würde gern selbst um die Kurve fahren.«

»Kein Problem. Ich stelle mich an die Straße und passe auf, dass Ihnen kein anderes Fahrzeug entgegenkommt. Heutzutage sind ja überall die verrücktesten Typen unterwegs.«

Vorsichtig fuhr Paula im Rückwärtsgang um die Biegung und hielt an. Sie blieb einen Moment stehen und stellte sich vor, sie wäre Mrs Warner, die die Straße bestimmt in- und auswendig kannte, weil sie häufig in Carpford war. Als sie dann den Wagen wieder in Bewegung setzte, erkannte sie auch, warum Mrs Warner auf die falsche Straßenseite gefahren war: Nur so war es möglich zu sehen, ob einem jemand entgegenkam. Paula hielt den Porsche genau dort an, wo man ihn gefunden hatte, stellte den Motor ab und dachte nach.

»Irgendjemand oder irgendetwas muss sie zum Anhalten gezwungen haben«, sagte sie mehr zu sich selbst als zu den anderen. »Das Fenster hat sie bestimmt heruntergekurbelt, um besser hören zu können.«

»Und dann hat ein Mann ihr eine Waffe vor die Nase gehalten und sie gezwungen, den Wagen an den Straßenrand zu fahren und auszusteigen«, mutmaßte Buchanan. »Das wäre zumindest eine mögliche Erklärung.«

»Wieso unbedingt ein Mann?«, sagte Paula. »Es hätte doch auch eine Frau gewesen sein können.«

»Abbott«, rief Buchanan, während Paula aus dem Porsche stieg. »Sie können den Wagen wieder fortschaffen. Wir fahren jetzt weiter nach Carpford.«

»Die Sache mit dem Wagen gefällt mir nicht«, sagte Paula, als sie wieder in Buchanans Saab saßen.

Oben auf dem Berg fuhr Buchanan an den Straßenrand. Vor sich sahen sie eine ausgedehnte Hochfläche mit einem See, wo an einem Landungssteg ein abgetakeltes Segelboot vertäut lag. Aus dem Wasser stiegen blasse Nebelschwaden auf.

»Ist das Carpford?«, fragte Paula. »Sieht ganz schön unheimlich aus.«

»Sie sagen es«, erwiderte Buchanan. »Sehen Sie sich doch bloß mal die Häuser an.«

Am Ufer des stillen Sees standen die seltsamsten Gebäude, die Paula je auf einem Fleck gesehen hatte. Das erste thronte etwas zurückgesetzt vom See auf einem kleinen Hügel und ähnelte mit seinem mächtigen Turm und mehreren kleinen Türmchen einer romantischen Ritterburg.

»Was ist denn das?«, fragte Paula erstaunt. »Sieht ja fast wie das Märchenschloss von diesem verrückten König aus Bayern aus.«

»Meinen Sie Neuschwanstein?«, fragte Tweed.

»Genau.«

»Das ist Victor Warners Refugium«, erklärte Buchanan. »Er hat es nach eigenen Plänen erbauen lassen. Die anderen Gebäude gehören alle einer Firma mit dem Namen New Age Development. Die Miete dafür wird an einen Winkeladvokaten in London überwiesen, der das Geld dann an ein kleines belgisches Geldinstitut weiterschickt, die Banque de Bruxelles et Liège.«

»Und da bleibt es dann?«

»Vermutlich nicht, aber Sie wissen ja, wie schwierig es ist, von einer belgischen Bank Auskünfte zu erhalten. Die nehmen es mit dem Bankgeheimnis noch genauer als die Schweizer.«

»Ich kenne jemanden, der uns möglicherweise sagen kann, wohin das Geld geflossen ist«, sagte Tweed, während er hinaus auf den See blickte.

Nahe am Ufer stand ein aus mächtigen Betonquadern erbautes Gebäude mit kleinen, runden Fenstern, das Paula irgendwie an einen Bunker erinnerte.

»Wer wohnt denn in diesem hässlichen Kasten?«, sagte Tweed und deutete auf das Haus.

»Drew Franklin, einer der bestbezahlten Journalisten von ganz England. Ein unangenehmer Zeitgenosse. Als ich ihn befragen wollte, hat er nur gemeint, dass er ohne seinen Anwalt überhaupt nichts sagt. Wir von der Polizei würden ihm ja ohnehin nur das Wort im Mund herumdrehen.«

»Wie sieht es mit diesem auf alt gemachten Cottage dahinter aus? Wer wohnt da?«

»Eine gewisse Mrs Agatha Gobble. Im Erdgeschoss hat sie einen kleinen Antiquitätenladen. Aber passen Sie auf, die Frau redet wie ein Wasserfall. Meiner Meinung nach ist sie nicht ganz richtig im Oberstübchen.«

»Und was ist mit dem seltsamen Holzbau am gegenüberliegenden Ufer?«, fragte Tweed. »Sieht aus wie eine runde Scheune.«

»Es ist aber keine Scheune, sondern ein Wohnhaus. Gemietet hat es Peregrine Palfry …«

»Doch nicht etwa Minister Warners persönlicher Assistent?«, warf Paula verwundert ein.

»Genau der. Ich habe ihn bei meinem letzten Besuch hier allerdings nicht antreffen können.«

»Irgendwie kommt mir der Ort wie ein Geisterdorf vor«, bemerkte Paula. »Weit und breit ist keine Menschenseele zu sehen.«

»Im Ort vielleicht nicht«, sagte Tweed. »Aber vorhin hat uns vom Waldrand aus ein großer, schlanker Mann mit einem Fernglas beobachtet. In seinem langen, dunklen Mantel hat er sich kaum von den Baumstämmen abgehoben. Jetzt ist er verschwunden. Wie vom Erdboden verschluckt.«

»Gehen wir doch als Erstes zu dieser Mrs Gobble«, sagte Paula entschlossen. »Vielleicht weiß die ja etwas.«

»Tun Sie das, ich bleibe so lange beim Auto«, sagte Buchanan. »Die Dame mag mich nicht besonders.«

»Na, was halten Sie von Carpford?«, fragte Tweed, als er neben Paula auf das Haus mit dem Laden im Erdgeschoss zuging.

»Ziemlich merkwürdig. Und irgendwie beängstigend.«

Erst als sie bei Mrs Gobbles Cottage angelangt waren, konnte Paula durch das altmodische Schlierenglas der Fenster die ausgestellten »Antiquitäten« erkennen, von denen ihr auf Anhieb keine einzige gefiel. Als sie eintraten, erklang ein altes Glöckchen, das an einer Schnur über der Tür hing. Hinter der Ladentheke stand eine kleine, gedrungene Frau Anfang sechzig, die um den Hals eine Kette aus dicken, blauen Glasperlen trug.

»Ich wollte gerade zumachen«, brummte sie und machte ein mürrisches Gesicht.

»Sind Sie Mrs Gobble?«, fragte Tweed höflich. »Eine Bekannte hat mir Ihren Laden wärmstens empfohlen. Sie fand es bezaubernd, mit wie viel Liebe Sie Ihre Ware präsentieren.«

»So? Das war aber nett von Ihrer Bekannten.«

»Mein Name ist Tweed, und das ist meine Assistentin Paula Grey. Hier, meine Dienstmarke.«

Mrs Gobble warf einen flüchtigen Blick darauf.

»So, so, vom Geheimdienst sind Sie also«, sagte sie mit einem leichten Kopfschütteln. »Wird aber auch Zeit, dass sich mal jemand um die arme Mrs Warner kümmert! Hier gehen seltsame Dinge vor. Ich habe der Polizei ja schon gesagt, dass man sie umgebracht hat, aber die haben mich nur ausgelacht.«

»Warum glauben Sie denn, dass Mrs Warner ermordet wurde? Haben Sie dahingehend etwas mitbekommen?«

»Nein. So was spüre ich«, sagte Mrs Gobble. »Und ich kann schließlich eins und eins zusammenzählen.«

»Kannten Sie Mrs Warner persönlich?«

»Ja. Sie hatte wirklich Stil. Hat sich zielsicher das schönste Landschaftsbild hier im Laden herausgesucht und sofort bar bezahlt, ohne sich über den Preis zu mokieren. Von dieser Sorte Kunden hätte ich gern mehr.«

»Sie haben gesagt, in Carpford gingen seltsame Dinge vor«, sagte Paula. »Ich persönlich finde es eher ruhig und idyllisch hier.«

»Ruhig und idyllisch? Der Schein trügt«, sagte Mrs Gobble und setzte ein sauertöpfisches Gesicht auf. »Nehmen Sie bloß mal die Motorradfahrer.«

»Was für Motorradfahrer?«, fragte Tweed.

»Jeden zweiten Tag kommt einer – oder besser gesagt: jede zweite Nacht. So gegen zehn Uhr, würde ich mal sagen, wenn es schon lange dunkel ist, röhrt er wie ein Verrückter an meinem Haus vorbei, dass ich jedes Mal kerzengerade im Bett sitze! Und dann braust er wie ein Irrer um den See.«

»Haben Sie eine Ahnung, wohin er unterwegs ist?«

»Zu Mr Margesson. Ein unsympathischer Kerl ist das. Und ein seltsamer Kauz obendrein, der immer in wallenden Gewändern herumläuft und irgendwelches religiöses Zeug vor sich hinbrabbelt. Neulich ist er doch tatsächlich in meinen Laden gekommen, hat sich umgesehen und etwas von ›eitlem Tand‹ gemurmelt und ist dann, ohne zu grüßen, wieder raus. Was für eine Unverschämtheit! Ich verkaufe keinen Tand, sondern ausschließlich echte Antiquitäten.«

»Wo wohnt dieser Mr Margesson?«, fragte Tweed.

»Gehen Sie schon mal ans Fenster. Ich mach nur noch das Licht aus, dann zeige ich es Ihnen ...«

Im Dunkeln ging Mrs Gobble zur Tür, legte den Riegel vor und trat dann zu Tweed und Paula ans Fenster.

»Sehen Sie das runde Haus da drüben?«, sagte sie und deutete quer über den See, der von einem sichelförmigen Mond in ein fahles Licht getaucht wurde.

»Sieht aus wie ein gigantischer Waschzuber«, sagte Tweed.

»Wohnt auch ein sauberes Bürschchen drinnen, der überhebliche Mr Palfry. Ist angeblich irgendein hohes Tier im Sicherheitsministerium.«

»Ich wollte eigentlich wissen, wo Mr Margesson wohnt.«

»Nur Geduld. Sehen Sie neben Palfrys Haus die grüne Villa mit dem hellen Außenlicht?«

»Ist ja nicht zu übersehen«, sagte Tweed.

»Der Motorradfahrer gibt da immer einen großen, weißen Umschlag ab. Er sagt etwas zu Margesson und donnert dann mit seiner Höllenmaschine wieder zurück auf die Hauptstraße.«

»Hört sich nach einem ganz normalen Motorradkurier an.«

»Mir ist das alles nicht geheuer. Vor ein paar Tagen habe ich nämlich in aller Herrgottsfrühe den Müll rausgebracht. Und raten Sie mal, was ganz oben im Container lag? Ein großer weißer Umschlag. Und der war noch zu!«

»Meinen Sie damit, dass ihn niemand geöffnet hat?«

»Genau. Aber ich habe das getan, weil ich einfach neugierig war. Und wissen Sie, was? Der Umschlag war leer. Jetzt sind Sie dran, Mister! Erzählen Sie mir mal, warum jemand mit einem Motorrad bis hier rausfährt und einen leeren Umschlag abliefert. Aus Jux und Tollerei bestimmt nicht.«

»Vielleicht wollte der Absender ja etwas in den Umschlag tun und hat es bloß vergessen«, sagte Tweed.

»Und wieso wirft Margesson den Umschlag dann ungeöffnet in den Müll? Wie will er denn wissen, dass nichts drin ist?«, antwortete Mrs Gobble. Sie schlurfte in ihren Filzpantoffeln zurück zur Theke und drückte dort auf einen Knopf. Mit einem leisen elektrischen Brummen fuhren lichtdichte Rollos vor den Fenstern herunter. Erst dann schaltete Mrs Gobble das Licht wieder an.

»Die Dinger habe ich mir letztes Jahr dranmachen lassen«, erklärte sie. »Ich kann es nicht ausstehen, wenn mir die Leute auch abends noch ins Fenster glotzen. So wie der Kerl in dem langen, schwarzen Mantel, der sich in letzter Zeit hier herumtreibt. Keine Ahnung, was der will. Der kreuzt hier immer nur nachts auf.«

»Mrs Gobble«, sagte Tweed vorsichtig, »Sie haben beschrieben, was Sie alles am anderen Ufer des Sees gesehen haben. Ehrlich gesagt, ich bewundere Sie. Sie müssen sehr viel bessere Augen haben als ich.«

»Jetzt verrate ich Ihnen mal ein Geheimnis, Mister«, sagte Mrs Gobble kichernd. »Kommen Sie mit.«

Tweed folgte ihr ans hintere Fenster des Ladens, vor dem ein großer, dreiteiliger Paravent stand. Dahinter befand sich Mrs Gobbles »Geheimnis«: ein großes, auf einem Stativ befestigtes Teleskop. Tweed blickte durch das Okular und sah ganz deutlich Margessons hell erleuchtete Haustür. Offenbar war Mrs Gobble nicht ganz so unbedarft, wie es den Anschein hatte.

Als Tweed sich wieder aufrichtete, ließ sie das Rollo, das sie ein Stück weit geöffnet hatte, wieder herunterfahren.

»Sie haben uns wirklich sehr geholfen, Mrs Gobble. Ich glaube, wir werden jetzt Mr Margesson einen Besuch abstatten. In seinem Haus brennt überall Licht.«

»Passen Sie auf sich auf«, sagte Mrs Gobble. »Bei dem geht nicht alles mit rechten Dingen zu. Am besten nehmen Sie den Uferweg. Aber fallen Sie mir nicht in den Carp Lake.«

»Sind denn tatsächlich Karpfen in dem See? Bei diesem Namen möchte man das doch fast annehmen.«

»Also ich habe noch nie welche gesehen. So, ich mache jetzt das Licht wieder aus und lasse Sie raus.«

Als Tweed und Paula hinaus in die Nacht traten, spürten sie, wie bitterkalt es inzwischen geworden war. Der Nebel hüllte jetzt schon fast das ganze Dorf ein.

»Auf diesen Margesson bin ich ja mal gespannt«, sagte Tweed, während Paula sich ihren Schal umband und den Mantel zuknöpfte. »Nach Mrs Gobbles Aussage muss er ein ziemlich seltsamer Zeitgenosse zu sein.«

»In diesem Dorf scheint es von dieser Spezies ja nur so zu wimmeln«, sagte Paula.

2

Bob Newman saß in Tweeds Büro in der Park Crescent und steckte die Nase in die aktuelle Ausgabe der *Daily Nation*. Er war ein stattlicher Mann um die vierzig mit blondem Haar, einer breiten Nase, blauen Augen und einem ausgeprägten Kinn. Früher hatte er als Auslandskorrespondent selbst hin und wieder Artikel für diese viel gelesene Tageszeitung geschrieben, die dann häufig in *Le Monde*, in der *New York Times* oder im *Spiegel* nachgedruckt worden waren. Als Marler ins Büro kam, blickte Newman von seiner Lektüre auf.

Marler war ein gut aussehender, sportlicher Mann Ende dreißig, der immer elegant gekleidet war. Heute trug er einen grauen Anzug, ein frisch gestärktes Hemd und eine Krawatte von Chanel. Marler gehörte seit vielen Jahren zu Tweeds Team und galt als einer der besten Scharfschützen in ganz Westeuropa.

Nachdem er Monica einen flüchtigen Kuss auf die Wange gehaucht hatte, lehnte er sich in einer Ecke des Zimmers mit dem Rücken an die Wand. Dann zog er ein Päckchen mit King-Size-Zigaretten aus der Anzugtasche und steckte sich eine an.

»Ich treffe mich gleich mit meinem Informanten Eddie«, sagte Marler zu Newman. »Hätten Sie nicht Lust, mich zu begleiten?«

»Wie bitte? Sie treffen Ihre Informanten doch sonst immer allein, Marler. Warum soll ich denn dieses Mal dabei sein?«

»Weil das, was Eddie uns zu sagen hat, angeblich so brisant ist, dass er nur mit Tweed persönlich sprechen will.«

»Tweed ist mit Paula nach Surrey gefahren. Niemand weiß, wann er zurückkommt.«

»Das hat mir der gute George unten am Eingang auch schon gesagt. Aber wir können nicht auf Tweed warten. Deshalb möchte ich ja auch, dass Sie mitkommen. Vielleicht redet Eddie ja mit Ihnen. Worauf warten wir also noch?«

Newman trug Jeans, und über seiner Stuhllehne hing eine Winterjacke mit Reißverschluss. Mit einem leisen Seufzer stand er auf und zog die Jacke an, sodass man die in einem Schulterhalfter steckende .38er Smith & Wesson nicht mehr sehen konnte. Im Hinausgehen warf er Monica einen resignierten Blick zu, den diese mit einem schadenfrohen Grinsen quittierte.

»Wo fahren wir eigentlich hin?«, fragte Newman, als sie gemeinsam die Treppe vom ersten Stock ins Erdgeschoss hinunterstiegen.

»Ins finsterste Soho.«

»Nicht gerade eines meiner Lieblingsviertel, aber wenn Sie meinen …«

In Soho angekommen, führte Marler Newman in eine hell erleuchtete Straße, in der es sogar einige renovierte Häuser gab.

»Die haben hier ja mächtig was getan«, sagte Newman erstaunt. »Letztes Mal, als ich hier war, sah es noch weitaus schlimmer aus.«

»Der Schein trügt. Ist alles nur Fassade.«

Auf der schmalen Straße kamen ihnen immer wieder Horden lärmender Teenager entgegen, und an einem der Häuser lehnte ein stämmiger Mann mit einer Schirmmütze, der sich genüsslich eine Zigarre anzündete. Als Newman und Marler auf gleicher Höhe mit dem Mann waren, blies er ihnen eine übel riechende Rauchwolke ins Gesicht.

»War das Absicht, Kumpel?«, fragte Newman, der abrupt stehen geblieben war und sich bedrohlich vor dem Mann aufbaute.

»Worauf du einen lassen kannst.«

Newman holte aus und versetzte dem Mann einen Magenschwinger, dass dieser sich vor Schmerzen krümmte und zu Boden sank. Dabei schlug er mit dem Gesicht aufs Pflaster, sodass ihm die Zigarre aus dem Mund fiel und in einen Gully rollte, wo sie zischend verlosch. Newman bückte sich und zog dem Mann die Schirmmütze über die Augen. »Rauchen fügt Ihnen und Ihrer Umgebung schwere gesundheitliche Schäden zu«, sagte er und ging weiter.

»Willkommen in Soho«, sagte Marler spöttisch. »Wir müssen hier lang.«

Sie bogen in eine düstere Gasse ein, in der gerade ein schmierig aussehender Typ einem jungen Mann ein kleines Briefchen in die Hand drückte. Kokain, dachte Newman. Eine Neonreklame, deren Buchstaben den Namen *Belles* formten, hing ein wenig schief über einer Tür, neben der zwei ziemlich abgetakelte Blondinen standen und Newman und Marler taxierende Blicke zuwarfen.

»So, da wären wir«, sagte Marler. »Und pünktlich sind wir auch. Eddie mag es nämlich gar nicht, wenn man ihn warten lässt.«

»Na, Süßer, wie wär's denn mit uns zwei beiden?«, sagte eine der Blondinen zu Marler, während die andere sich mit einem schmachtenden Blick an Newman wandte: »Bei uns kriegt ihr was Besseres als da drinnen.«

»Was du nicht sagst!«, erwiderte Newman schroff und folgte Marler ins Innere des Etablissements, wo eine spärlich bekleidete junge Farbige mit einem Mikrofon in der Hand auf einer winzigen Bühne stand und vergeblich versuchte, mit ihrem »Gesang« gegen das laute Stimmengewirr im Publikum anzukommen. Marler bahnte sich einen Weg zwischen den voll besetzten Tischen hindurch in den hinteren Teil des Raumes, wo eine Treppe nach oben führte.

An einem Tisch direkt unter der Treppe saß ein schäbig gekleideter Mann mit einer Boxernase und einer Narbe auf der linken Wange. Marler setzte sich mit dem Rücken zur Wand zu ihm, während sich Newman so platzierte, dass er das ganze Lokal überblicken konnte.

»Eddie«, sagte Marler, »darf ich vorstellen? Das ist Bob Newman, Tweeds rechte Hand.«

»Warum stehen eigentlich drei Flaschen Bier auf dem Tisch?«, fragte Newman.

»Damit niemand auf die Idee kommt, sich zu mir zu setzen«, erklärte Eddie. »Wo ist Tweed?«

»Es ist nicht in der Stadt. Newman wird Ihre Informationen direkt an ihn weitergeben. Sie sagten doch, es sei dringend.«

»Und wie. Der 11. September in New York war erst der Anfang«, flüsterte Eddie und hielt inne. »Als Nächstes ist London dran. Und zwar noch vor Ende des Monats.«

»Wissen Sie schon ein genaues Datum?«

»Ja, aber das sage ich nur Tweed persönlich.« Als Eddie einen Schluck von seinem Bier nahm, musterte Newman ihn genauer: abgerissene Kleidung, zerknautschte Visage, eingefallene Wangen. »Also, wann kann ich mich mit ihm treffen?«, hakte Eddie nach.

Newman blickte zur Seite und sah, dass ein kleiner Mann, der einen abgewetzten Anzug trug, ins Lokal gekommen war. Er war Newman sofort aufgefallen, weil er einen schwarzen Turban trug. »Kennen Sie den Mann, der gerade hereingekommen ist?«, fragte er Eddie. »Den da drüben mit dem Turban?«

»Sieht aus wie ein Talibankämpfer. Unsere bescheuerte Regierung hat erst kürzlich eine ganze Horde von denen über Dover ins Land gelassen. Den Turban packen sie natürlich erst aus, wenn sie hier sind.«

»Wieso ein Talibankämpfer? Könnte er nicht auch von der El Kaida sein?«

»Schon möglich… Wahrscheinlich will er nach oben zu einem der Mädchen. Die können einem echt Leid tun. Erst neulich hat so ein Typ eins von ihnen krankenhausreif geschlagen. Dafür hat er nicht mal fünf Minuten gebraucht.«

»Bin gleich wieder da«, sagte Newman und stand auf.

Der Mann mit dem Turban näherte sich bereits der Treppe. Während Newman nach oben rannte, nahm Marler eine der Bierflaschen und goss den Inhalt auf den mit Abfall übersäten Boden vor den Stufen.

Oben angekommen, rannte Newman einen schmalen Gang entlang und klopfte an alle Türen. »Sperren Sie sofort ab«, rief er. »Ein brutaler Freier ist gerade auf dem Weg nach oben.« Im Vorbeigehen hörte er, wie Riegel vorgeschoben wurden. Als er die Treppe wieder nach unten stieg, kam ihm der Turbanträger entgegen. Newman stellte sich dem Mann in den Weg. »Verschwinden Sie und lassen Sie die Frauen in Ruhe!«, sagte er.

Der Mann drehte sich hastig um und rannte die Treppe hinunter, wo Marler schon mit der leeren Bierflasche in der Hand auf ihn wartete. Der Freier griff in die Anzugjacke und zog einen gefährlich aussehenden Krummdolch hervor. Mit einer blitzschnellen Handbewegung riss Marler dem Angreifer mit der Linken den Turban vom Kopf und haute ihm die Bierflasche über den Schädel. Der Schlag war so heftig, dass die Flasche dabei zerbrach. Der Mann sank bewusstlos zu Boden.

»Tweed wird um elf, spätestens zwölf zurück sein«, flüsterte Marler Eddie zu. »Aber in dieses Drecksloch kommt er bestimmt nicht, das sage ich Ihnen gleich.«

»Kennen Sie die Monk's Alley – in der Nähe von Covent Garden und King Street?«

»Ja.«

»Ich werde um Mitternacht dort sein. Sie können ihn ja begleiten, wenn Sie wollen. Aber nur in einem gewissen Abstand.«

»Dann lassen Sie uns mal von hier verschwinden«, sagte Marler.

»Ganz meine Meinung«, erwiderte Eddie und stand auf.

3

Auf dem Kiesweg zu Margessons Villa hinüber knirschten ihre Schritte so laut, dass man sie schon von weitem hören konnte. Deshalb wechselten Paula und Tweed auf das gefrorene Gras, dessen frostbestäubte Halme unter ihren Sohlen nur leise knisterten.

»Das ist ja das reinste Sibirien hier«, beschwerte sich Paula. »Wie kann man nur freiwillig hier wohnen?«

»Manchen Leuten scheint die Kälte nichts auszumachen«, sagte Tweed. »Was halten Sie übrigens von dieser Mrs Gobble?«

»Ich glaube, dass Buchanan sie unterschätzt hat. Wahrscheinlich mochte sie Buchanan nicht und hat deshalb so getan, als hätte sie von Tuten und Blasen keine Ahnung. In Wirklichkeit aber hat sie's faustdick hinter den Ohren – denken Sie nur an das Teleskop hinter dem Paravent. Bestimmt weiß sie viel mehr, als sie uns verraten hat.«

Sie hatten jetzt den See halb umrundet und näherten sich Palfrys »Waschzuber«. Das Wasser des Carp Lake war so still und schwarz, dass es wie flüssiger Teer aussah. Die unheimliche Stille begann an Paulas Nerven zu zerren.

Sie erreichten eine geteerte Straße, auf der sie langsam an Peregrine Palfrys seltsamem rundem Holzhaus vorbeigingen. Die Fenster in den beiden Stockwerken kamen Paula ziemlich klein vor. Als sie sich Margessons Villa näherten, verschlug es ihr geradezu den Atem. Die Backsteine und sogar die Säulen zu beiden Seiten des Eingangs waren grellgrün gestrichen.

»Wie geschmacklos!« Sie schüttelte sich. »Wie kann man so eine wunderschöne Villa nur in einem derart hässlichen Grün anmalen?«

»Scheint ein ziemlicher Exzentriker zu sein, dieser Mr Margesson«, sagte Tweed. Er zog an der Klingelschnur.

Kaum war das Geläut im Inneren der Villa verklungen, da ging auch schon die Tür auf, und vor ihnen stand ein massiger, über einen Meter achtzig großer Mann mit breiten Schultern und Händen wie Kohlenschaufeln. Sein Kinn versteckte sich hinter einem langen Bart, der ebenso schwarz war wie der dichte Haarschopf auf dem bulligen Kopf. Margesson hatte eine breite, fliehende Stirn, eine klassische Nase, volle, sinnliche Lippen und braune Augen, die halb hinter schweren Lidern verborgen waren.

Das Seltsamste an dem Mann war jedoch sein wallendes, weißes Gewand, das ihm fast bis an die Fußknöchel reichte und dessen Stehkragen viel zu eng für seinen fleischigen Hals zu sein schien.

»Was wollen Sie?«, fragte er mit einer Stimme, die Paula auf Anhieb unsympathisch war.

»Sind Sie Mr Margesson?«

»Olaf Margesson, das ist korrekt.«

»Olaf? Das ist aber kein sehr englischer Vorname.«

»Meine Vorfahren sind vor langer Zeit aus Norwegen eingewandert. Aber Sie sind doch bestimmt nicht hier, um mich das zu fragen. Wer sind Sie überhaupt?«

»Mein Name ist Tweed, ich bin der stellvertretende Direktor vom SIS«, sagte Tweed und hielt dem Mann seinen Dienstausweis hin. »Die Dame ist meine Assistentin Paula Grey. Wir untersuchen das Verschwinden von Mrs Warner, die seit drei Wochen vermisst wird.«

»Sie können gern eintreten«, sagte Margesson zu Tweed, »aber die Frau bleibt draußen. Frauen sind Werkzeuge des Satans.«

»Unsinn«, sagte Tweed. Er nahm Paula an der Hand und führte sie an dem verdutzt dreinblickenden Margesson vorbei in ein geräumiges Wohnzimmer.

Das Innere des Hauses war ganz anders, als Paula es erwartet hatte. Es nahm in der Höhe zwei ganze Stockwerke ein und hatte eine gewölbte Decke, die Paula an die *Cathedral Room* genannten Wohnzimmer gewisser Häuser in Amerika erinnerte. An den weiß gestrichenen Wänden hingen orientalische Teppiche mit außergewöhnlichen Mustern.

»Was wollen Sie von mir?«, fragte Margesson und führte sie zu einem massiven, runden Tisch, an dem mehrere Holzstühle standen. Nachdem sie sich gesetzt hatten, funkelte ihr Gastgeber Paula böse an.

»Ganz schön hart, Ihre Stühle«, sagte sie unbeeindruckt.

»In meinem Haus gibt es absichtlich keine bequemen Möbel«, sagte er. »Ich bin gegen jegliche Verweichlichung. Sie ist schuld daran, dass unsere Gesellschaft immer mehr im Chaos versinkt.«

»Im Chaos?«, fragte Tweed aufhorchend.

»Die heutigen Menschen kennen doch weder Disziplin noch Moral und geben sich nur noch sinnlosen Vergnügungen hin. Eltern machen keine Anstalten mehr, ihrer Nachkommenschaft Zucht und Ordnung beizubringen, und ziehen auf diese Weise eine Generation heran, die uns, falls wir sie nicht rechtzeitig an die Kandare nehmen, noch tiefer in den Sumpf der Entartung treiben wird.«

»Wenn das, was Sie sagen, stimmt«, sagte Tweed mit freundlicher Stimme, »was könnten wir dann Ihrer Meinung nach dagegen tun?«

Paula erkannte sofort, dass Tweed dabei war, ihren Gastgeber geschickt aufs Glatteis zu führen. Also machte auch sie ein ernstes Gesicht und tat so, als stimmte sie hundertprozentig mit dem soeben Gehörten überein.

»Wir müssen die Gesellschaft aufrütteln und sie mit eiserner Faust wieder zurück auf den rechten Weg führen. Nehmen Sie zum Beispiel den Ehebruch, den man heutzutage fast schon als normal ansieht. Meiner Meinung nach müsste eine Frau, die beim Ehebruch erwischt wird, drakonisch bestraft werden.«

Paula beobachtete ihren Gastgeber genau und sah, wie sich dessen Augen zu schmalen Schlitzen verengten. Sie hätte schwören können, dass für einen kurzen Augenblick so etwas wie fanatischer Hass in ihnen aufgeblitzt war.

»Sie fordern also drakonische Strafen für ehebrecherische Frauen«, sagte sie herausfordernd. »Aber was ist eigentlich, wenn Männer fremdgehen?«

»Auch diese müssen bestraft werden, und zwar, indem man sie öffentlich bloßstellt. Disziplin und Moral sind für mich von essenzieller Wichtigkeit. Wenn eine Frau einen Mann heiratet, muss sie ihn in jeder Hinsicht respektieren und er sie auch. Kann man gegen diese Überzeugung ernsthaft etwas einwenden?«

»Theoretisch betrachtet sicherlich nicht«, sagte Tweed. »Und im Allgemeinen stimme ich Ihnen auch zu, aber es sind nun einmal nicht alle Menschen so stark, dass sie gegen jegliche Versuchung gefeit sind. Man sollte …«

»Genau darum geht es doch!«, schrie Margesson erregt. Er riss die Arme in die Höhe, wobei die weiten Ärmel seines Gewands nach unten glitten. »Wir müssen der Versuchung des Fleisches widerstehen. Selbstdisziplin ist das A und O einer in sich gefestigten Gesellschaft, und nur eine solche Gesellschaft wird überleben. Die unsere ist dem Untergang geweiht. Sie wird im Strudel ihrer ungezügelten Maßlosigkeit untergehen, und weder Amerikas Flugzeugträger noch alle seine Atombomben werden sie oder den Westen retten können.«

»Wie gesagt, in gewissen Punkten stimme ich mit Ihnen überein«, sagte Tweed und erhob sich, »die meisten

Ihrer Ansichten aber lehne ich ab. Und jetzt müssen wir gehen.«

»Ich kann Ihnen nur raten: Denken Sie über das, was ich gesagt habe, gründlich nach.«

Tweed erwiderte nichts mehr und ging, gefolgt von Paula, zur Tür. Von draußen schlug ihnen ein Schwall eiskalter Luft entgegen. Auf der Türschwelle drehte sich Tweed noch einmal um.

»Haben Sie vielen Dank für Ihre Gastfreundschaft, Mr Margesson«, sagte er höflich. »Jeder hat das Recht auf seine Meinung, solange er sie anderen nicht mit Gewalt aufzwingen will.«

Margesson verbeugte sich tief und zupfte an seinem schwarzen Bart, was er auch während der Unterredung zuvor des Öfteren getan hatte.

»Für einen Norweger hatte er eine ganz schön dunkle Gesichtsfarbe«, bemerkte Paula, nachdem Margesson die Tür geschlossen hatte.

Auf dem Rückweg begegnete ihnen niemand, und Tweed war erleichtert, als er das Auto sah, in dem Buchanan saß und auf sie wartete. Eine dichte Nebelbank trieb aus dem Wald auf den See zu und hatte bereits die ersten Häuser von Carpford erreicht.

»Tut mir Leid, dass es so lange gedauert hat, Roy«, sagte Tweed. »Aber die Befragungen haben sich dann doch etwas hingezogen.«

»Kein Problem. Ich kenne das. Trotzdem bin ich froh, dass Sie wieder hier sind. In dem Nebel hätten Sie locker vom Weg abkommen und im See landen können.«

»Wie tief ist er eigentlich?«

»Mindestens zehn Meter. Wen haben Sie denn vernommen?«

Tweed setzte sich auf die Rückbank von Buchanans Saab und berichtete dem Superintendent von den beiden Gesprächen, während Paula draußen blieb und über ihr

Handy Newman anrief. Buchanan hatte den Motor laufen lassen, sodass es im Inneren des Wagens angenehm warm war.

»Mich hat Margesson nicht mal in sein Haus gelassen«, sagte Buchanan, als Tweed geendet hatte. »Dabei wusste ich ganz genau, dass er da war. Das mit seinem Fanatismus gefällt mir gar nicht…«

Paula, die gerade eingestiegen war und sich neben Tweed gesetzt hatte, zog ihre Handschuhe aus und genoss sichtlich die Wärme.

»Wie schön, dass Sie den Wagen warm gehalten haben, Roy«, sagte sie. »Sie sind wirklich ein Schatz. Es gibt übrigens Neuigkeiten aus der Park Crescent. Newman will, dass wir bis spätestens halb zwölf zurück sind, um uns mit jemandem zu treffen. Mit wem, wollte er mir am Handy nicht verraten.«

Buchanan fuhr los.

»Ich habe einen Bärenhunger«, gestand Paula nach einer Weile. »Kein Wunder, ich habe schließlich nichts zu Mittag gegessen.«

»Dann machen wir am besten in Foxford Zwischenstation«, sagte Buchanan. »Ich kenne dort ein hervorragendes Hotel, das Peacock, wo wir bestimmt noch etwas zum Abendessen bekommen. Und keine Bange, ich werde Sie schon rechtzeitig zu Ihrer Verabredung mit Newman zurück nach London fahren.«

»Ich mag diesen Margesson nicht«, sagte Paula. »Fanatischen Sittenwächtern wie ihm traue ich nicht über den Weg.«

»Ich auch nicht«, sagte Tweed.

Unten im Tal angekommen, bog Buchanan nach links auf die schmale Straße nach Foxford ab. Im Gegensatz zu Carpford kam Paula die am Grund einer tiefen Schlucht gelegene Ortschaft mit ihren alten Backsteinhäusern und hell erleuchteten Straßen richtig gemütlich vor. Buchanan bog in eine steile Auffahrt ab, die zu einem am Hang gelegenen Gasthaus führte.

»Das ist das Peacock«, sagte er, während er den Wagen unmittelbar vor einem großen, mit Bleiglasscheiben versehenen Fenster anhielt.

»Eines wollte ich Sie noch fragen, Roy«, sagte Tweed, nachdem Buchanan den Motor abgestellt hatte. »Wissen Sie vielleicht, wie es Victor Warner gelungen ist, sich oben in Carpford ein Grundstück zu kaufen und darauf sein seltsames Märchenschloss zu erbauen? Alle anderen Bewohner des Ortes müssen doch Miete an diesen dubiosen Winkeladvokaten in London bezahlen.«

»Keine Ahnung. Wahrscheinlich hat er seine Verbindungen spielen lassen, und außerdem ist er steinreich. Wissen Sie nicht, wie er an sein Geld gekommen ist?«

»Nein.«

»Nun ja, Warners Vater hatte eine Firma für Abführmittel. Als er starb, hat Victor Warner ein immenses Vermögen geerbt.«

»Mit was man nicht alles Geld verdienen kann«, sagte Paula und kicherte amüsiert.

Gerade als sie das Hotel betreten wollten, kam ein Maserati die Auffahrt heraufgerast und hielt mit quietschenden Reifen dicht hinter Buchanans Saab. Der Fahrer sprang heraus und kam mit raschen, geschmeidigen Schritten auf sie zu. Er war groß und schlank und trug einen langen, schwarzen Mantel.

»Ist das nicht der Mann, den Sie in Carpford am Waldrand gesehen haben?«, flüsterte Paula aufgeregt Tweed zu. »Der Mann, von dem uns auch Mrs Gobble erzählt hat?«

»Ist denn das die Möglichkeit?«, sagte Tweed voller Verblüffung. »Wenn das nicht mein alter Freund Jules Beaurain ist … Er hat früher die belgische Antiterroreinheit geleitet.«

Tweed stellte Beaurain seinen Begleitern vor, und Paula war ganz angetan von seinem guten Aussehen und seinem fehlerfreien Englisch. Außerdem war er ein vollendeter Gentleman, der Paula mit einem Handkuss begrüßte und ihr ein bezauberndes Lächeln schenkte.

Beaurain war einen Meter achtzig groß, Ende dreißig oder Anfang vierzig und hatte exakt geschnittenes, schwarzes Haar und gutmütige blaue Augen. Sein längliches Gesicht bestach durch ein sanftes, fast zartes Kinn und feste Lippen unter einer kräftigen Nase. Seine Bewegungen wirkten leicht und geschmeidig.

»Es freut mich sehr, Sie endlich einmal kennen zu lernen, Miss Grey«, sagte er, noch immer lächelnd. »Tweed hat mir bei seinen Besuchen in Brüssel in höchsten Tönen von Ihnen vorgeschwärmt. Und ich muss sagen, er hat nicht übertrieben. Erstaunlich, dass Sie in so charmanter Begleitung noch an die Arbeit denken können, Tweed.«

»Dienst ist Dienst, und Schnaps ist Schnaps«, erwiderte Tweed schmunzelnd. »Aber lassen Sie uns nicht länger hier draußen herumstehen. Wir wollten gerade etwas essen. Hätten Sie vielleicht Lust, sich uns anzuschließen?«

»Sehr gern. Ich habe seit einer Ewigkeit nichts mehr gegessen.« Er bot Paula seinen Arm an und führte sie in das Restaurant des Hotels. »Gestatten Sie, dass ich uns einen Tisch aussuche, an dem wir ungestört reden können? Ich wohne schon seit ein paar Tagen hier im Hotel und kenne mich aus.«

Sie nahmen an einem langen Tisch in einer Ecke des hohen Raumes Platz, wo sie von den anderen Gästen nicht gehört werden konnten.

»Paula, Sie sollten wissen, dass unser Freund Beaurain von der belgischen Antiterroreinheit inzwischen zur Brüsseler Polizei gegangen und dort Polizeipräsident geworden ist«, sagte Tweed.

»Oh nein, diesen Job habe ich inzwischen auch schon wieder an den Nagel gehängt«, sagte Beaurain. »Die Pilzsuppe hier im Lokal ist übrigens ausgezeichnet, Paula. Und danach empfehle ich die Lammkoteletts. Im Gegensatz zu den meisten meiner Landsleute mag ich sie gut durchgebraten.«

»Ich auch«, sagte Paula. »Klingt fantastisch.«

Als sie sich zum Essen ein Glas Chardonnay bestellte, nickte Beaurain zustimmend. »Ein ausgezeichneter Wein.«

»Ich trinke keinen anderen.«

»Nach dem Essen wird es Ihnen bestimmt wieder besser gehen«, sagte Beaurain. »In Carpford haben Sie ja ziemlich mitgenommen ausgesehen, was angesichts der seltsamen Einwohner dieses Ortes aber auch kein Wunder ist. Der Besuch bei Mrs Gobble und die Begegnung mit Margesson waren bestimmt ganz schön anstrengend.«

»Woher wissen Sie denn das alles?«, fragte Paula.

»Ich halte eben die Augen offen.«

»Dann waren Sie also der Mann mit dem Fernglas, der uns vom Rand des Black Wood aus beobachtet hat«, sagte Tweed.

»Ganz genau. Ich verfolge eine heiße Spur und beobachte die Ortschaft schon seit Tagen.«

»Seltsam, dass mir Ihr Maserati auf der Fahrt hierher nicht im Rückspiegel aufgefallen ist«, sagte Buchanan.

»Das wäre ja noch schöner«, sagte Beaurain. »Schließlich bin ich ein Vollprofi.«

»Und was ist das für eine heiße Spur, von der Sie da sprechen?«, fragte Tweed.

»Das verrate ich Ihnen später.«

»Warum haben Sie Ihren Job als Polizeipräsident eigentlich aufgegeben?«, fragte Paula.

»Weil die Politiker mir vorschreiben wollten, was ich zu tun und zu lassen habe. Und als mir dann noch klar wurde, dass die Korruption in Belgien mittlerweile fast schon etwas Alltägliches ist, habe ich den Dienst quittiert.«

»Monsieur Beaurain, was halten Sie eigentlich vom Verschwinden von Mrs Warner?«, fragte Buchanan.

»Meiner Meinung nach wurde sie ermordet. Und ich kann nur hoffen, dass sie davor nicht allzu sehr leiden musste.«

4

Als sie aus dem Peacock hinaus in die eisige Nacht traten, trennten sich ihre Wege. Buchanan, Tweed und Paula fuhren zurück nach London, während Beaurain, der sich in der Gegend »noch etwas umsehen« wollte, versprach, mit ihnen in Kontakt zu bleiben.

»Jules findet bestimmt heraus, was in Carpford tatsächlich vor sich geht«, sagte Tweed. »Er ist ein hervorragender Ermittler.«

»Aber gibt es dort überhaupt etwas herauszufinden?«

»Jules scheint es zu glauben. Und bisher hatte er in solchen Dingen immer eine gute Nase.«

Ihr voller Magen und die Wärme im Wagen ließen Paula bald einnicken. Im Schlaf legte sie den Kopf auf Tweeds Schulter und wachte erst wieder genau in dem Moment auf, als Buchanan vor der Park Crescent anhielt. »Sehen Sie mal, da wartet bereits ein Empfangskomitee«, sagte Paula.

Vor dem Eingang zum SIS-Gebäude stand ein Wagen, vor dem Newman, die Hände tief in den Manteltaschen vergraben, ungeduldig auf und ab ging. Am Steuer saß Marler und rauchte eine seiner King-Size-Zigaretten. Paula sah auf die Uhr. Es war 23 Uhr 15.

»Wir liegen gut in der Zeit«, sagte sie.

»Ich bezweifle, dass Newman Ihnen da zustimmen würde«, antwortete Tweed.

»Da sind Sie ja endich«, sagte Newman gereizt, als Tweed und Paula aus Buchanans Saab stiegen. »Einer von Marlers Topinformanten behauptet, dass er brandheiße

Neuigkeiten hat. Marler und ich haben uns heute schon mit ihm getroffen, aber er hat darauf bestanden, mit Ihnen persönlich zu reden. Und dann kam es auch noch zu einem Zwischenfall ...«

Als sie zusammen im Auto saßen, beschrieb er kurz die Auseinandersetzung in dem Etablissement in Soho. »Taliban?«, fragte Paula stirnrunzelnd. »Oder gar die El Kaida? Da geht wohl Ihre Fantasie ein bisschen mit Ihnen durch.«

»Genau dasselbe hätten Sie mir vermutlich gesagt, wenn ich Ihnen den Anschlag auf das World Trade Center in New York vorhergesagt hätte.«

»Aber Sie haben ihn nicht vorhergesagt.«

»Fahren wir endlich, Bob«, sagte Tweed. »Mit Paula streiten können Sie auch hinterher. Wo soll das Treffen denn überhaupt stattfinden?«

»In der Monk's Alley bei Covent Garden.«

»Nicht gerade das sicherste Pflaster«, sagte Tweed.

»Sollte Paula dann nicht lieber hier bleiben?«, fragte Newman.

»Bob Newman, jetzt sage ich Ihnen mal was: Ich bin kein kleines Mädchen mehr. Monk's Alley soll gefährlich sein? Dass ich nicht lache! Was glauben Sie eigentlich, wie gefährlich es war, als ich kürzlich ganz allein in einem Bergwerk in der Schweiz eine fünffache Mörderin gestellt habe? Also, damit das ein für alle Mal klar ist ...« Sie beugte sich zu ihm nach vorn und knuffte ihn in die Schulter. »... ich lasse mir von Ihnen nicht vorschreiben, was ich zu tun und zu lassen habe.«

Newman warf Tweed einen Hilfe suchenden Blick zu, aber der grinste bloß und sagte: »Paula hat vollkommen Recht. Und nun fahren Sie endlich, Marler ...«

Die Nacht war so bitter kalt, dass die Straßen fast menschenleer waren. Es fuhren kaum Autos, und nur wenige Fußgänger hatten sich nach draußen gewagt. Als sie sich dem Labyrinth schmaler Gässchen in der Nähe von Covent Garden näherten, vergewisserte sich Paula, dass ihre .32er Browning auch wirklich geladen war. Schließlich hielt Marler an einer finsteren Ecke, wo keine Straßenlaternen standen, an und schaltete den Motor und die Scheinwerfer aus.

»Bleiben Sie hier, bis ich die Lage gepeilt habe«, sagte er. »Wenn wir zu viert anrücken, wird Eddie womöglich misstrauisch. Einen Augenblick, ich bin gleich wieder da ...«

Der Augenblick zog sich jedoch in die Länge. Nachdem Marler in der Monk's Alley, einer schmalen, nur spärlich beleuchteten Gasse, verschwunden war, wartete Paula wie auf Kohlen darauf, dass er wiederkam. Marler weiß schon, was er tut, sagte sie sich. Trotzdem kam ihr jede Minute wie eine halbe Ewigkeit vor.

»Vielleicht hat Eddie es sich ja anders überlegt«, sagte sie, weil ihr die angespannte Stille unangenehm war. Sie mochte es nicht, dass Marler dort draußen auf den verlassenen Straßen allein unterwegs war.

»So lange ist Marler nun auch wieder nicht weg«, antwortete Tweed ruhig.

»Ich mache mir trotzdem Sorgen um ihn.«

»Marler ist einer unserer besten Leute, Paula, das wissen Sie doch.«

»Ich finde, dass Paula Recht hat«, mischte sich Newman ein. »Besonders Vertrauen erweckend ist die Gegend hier ja nun wirklich nicht.«

»Die Gegend ist mir egal«, sagte Paula. »Aber Marler ist schon viel zu lange weg. Wir sollten wirklich mal nachsehen.«

»Sie rühren sich nicht von der Stelle«, wies Tweed sie an.

»Da kommt er ja!«, sagte Newman erleichtert. »Wahrscheinlich musste er Eddie erst davon überzeugen, dass Tweed tatsächlich gekommen ist. Aber wieso rennt er denn so?«

Als Marler an Newmans Wagen angelangt war, riss er die Beifahrertür auf. »Schlimme Sache«, sagte er mit ungewohnt ernster Stimme. »Eddie liegt tot in der Monk's Alley. Kein schöner Anblick. Paula, Sie warten hier und verriegeln alle Türen.«

»Das werde ich bestimmt nicht tun«, entgegnete Paula und stieg als Erste aus. Marler eilte voran in die schmale Gasse, in der er zuvor verschwunden war. An einer Häuserwand sah Paula ein altes Schild mit den Worten *Monk's Alley* und dem Bild eines Mönchs. Marler schaltete seine Taschenlampe ein.

Der Tote lag mit dem Rücken auf dem buckligen Kopfsteinpflaster und glotzte mit weit aufgerissenen Augen hinauf in den Nachthimmel. Er hatte den rechten Arm weit von sich gestreckt und die Finger der rechten Hand zur Faust geballt. Das Blut lief in breiten Strömen über das Pflaster.

»Das müssen über zwanzig Messerstiche sein«, sagte Marler. »Wahrscheinlich hat der Mörder noch auf Eddie eingestochen, als der schon tot am Boden lag. Danach hat er ihn von Kopf bis Fuß gefilzt. Ich habe ihn gründlich untersucht und nichts gefunden, woran man ihn hätte identifizieren können.«

»Macht es Ihnen etwas aus, wenn ich selbst noch mal nachsehe?«, sagte Tweed. »Würden Sie mir bitte leuchten?«

»Wenn Sie wollen«, brummte Marler etwas ungehalten.

Tweed ging in die Hocke und betrachtete Eddie längere Zeit mit prüfendem Blick. Dann zog er sich ein Paar Latexhandschuhe über und öffnete vorsichtig die geballte Faust der Leiche. In der Handfläche fand Tweed ein zerknülltes Stück Papier, das er vorsichtig in einen von Paula bereitgehaltenen durchsichtigen Asservatenbeutel steckte. Dann rollte er den Toten auf die Seite und zog unter seinem Rücken einen dunklen Stofffetzen hervor.

»Das ist ja ein Turban!«, rief Newman aus.

Paula nahm ihr Handy aus der Manteltasche und sah Tweed fragend an.

»In Ordnung, verständigen Sie Buchanan ruhig«, sagte er. »Aber erzählen Sie ihm nichts von dem Zettel …«

Kurz nach ein Uhr morgens kamen sie zurück ins Büro.

Marler lehnte sich mit dem Rücken an die Wand und zündete sich eine Zigarette an.

»Eddie war mein bester Informant«, sagte er mit mühsam beherrschter Stimme. »Er hatte überallhin Kontakte – sogar bis nach Italien. Nach Mailand, wenn ich mich nicht irre. Ein solches Ende hat er wirklich nicht verdient.«

»Ich könnte mir vorstellen, dass hier in London sehr bald die Hölle los sein wird«, sagte Tweed leise und ließ sich von Paula den Asservatenbeutel reichen.

Nachdem er sich ein frisches Paar Latexhandschuhe übergestreift hatte, nahm er das fest zusammengeknüllte Stück Papier heraus, faltete es vorsichtig auseinander und strich es dann auf dem Schreibtisch glatt.

»Keine Ahnung, was das soll«, sagte er nur.

»Scheint eine Art Symbol zu sein«, meinte Paula und deutete auf das Stück Papier. »Aber was für eines?«

»Wirklich keine Ahnung«, sagte Tweed. »Aber für Eddie war es offenbar so wichtig, dass er selbst im Tod nicht loslassen wollte. Wenn ich nur wüsste, was es bedeuten soll.« Angestrengt starrte er auf das Symbol, das Eddie auf das Stück Papier gezeichnet hatte.

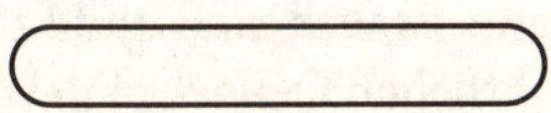

5

Als Tweed am nächsten Morgen um acht Uhr in sein Büro kam, war er erstaunt, dass dort bereits alle seine Mitarbeiter auf ihn warteten. Newman rekelte sich entspannt in einem Sessel, Marler lehnte wie üblich mit dem Rücken an der Wand, und Paula saß an ihrem Schreibtisch in der Ecke des Raumes. Außerdem waren noch Pete Nield und Harry Butler da.

Die beiden waren erfahrene und mit allen Wassern gewaschene Agenten, die zusammen ein hervorragendes Team bildeten. Trotzdem hätte der Kontrast zwischen ihnen kaum größer sein können: Nield trug einen eleganten grauen Geschäftsanzug, der seiner schlanken Statur wie angegossen passte. Er war Mitte dreißig und hatte sauber frisiertes, braunes Haar und einen kleinen, exakt getrimmten Schnurrbart. Der vom Charakter her eher ruhige und nachdenkliche Nield hatte in Oxford studiert und konnte sich deshalb, was Ausdrucksweise und Benehmen anging, auch in den höchsten Kreisen der Gesellschaft sicher bewegen.

Sein Kollege Harry Butler hingegen trug ausgewaschene Jeans und ein schlecht gebügeltes Hemd, das schon bessere Zeiten gesehen hatte. Er war groß und kräftig gebaut, was ihn zu einem gefährlichen Gegner in jedem Straßenkampf machte. Im East End, wo er sich eher zu Hause fühlte als in den vornehmeren Gegenden der Stadt, machte jeder Kriminelle, der Butlers breite Schultern, die riesigen Fäuste und das entschlossene Funkeln in den dunkelbraunen Augen sah, einen weiten Bogen um ihn.

»Warum sind Sie denn alle schon so früh da?«, fragte Tweed, während er seinen Kamelhaarmantel auszog und sich an den antiken Schreibtisch setzte, den ihm seine Mitarbeiter vor Jahren zum Geburtstag geschenkt hatten.

»Ich habe die anderen noch in der Nacht angerufen und ihnen von der Sache mit Eddie erzählt«, erklärte Marler.

»Wenn ich diesen Killer mit dem Turban in die Finger kriege ...«, sagte Butler mit grimmigem Gesicht. Während Nield auf einer Armlehne von Newmans Sessel hockte, hatte sich Butler im Schneidersitz auf den Boden gesetzt. Tweed bemerkte, dass der Agent eisenbeschlagene Stiefel trug. Das Telefon klingelte, und Monica hob ab.

»Peregrine Palfry ist dran«, sagte sie zu Tweed. »Minister Warner möchte, dass Sie zu ihm ins Büro kommen.«

»Sagen Sie Palfry, dass sich der Minister schon selbst ans Telefon bemühen muss, wenn er etwas von mir will.«

Monica richtete die Botschaft aus und legte auf.

»Dieser Palfry ist einer von diesen eingebildeten Schnöseln, die meinen, dass alle anderen um sie herum alles liegen und stehen lassen, wenn sie nur mit den Fingern schnippen«, sagte sie. »Und er war nicht gerade begeistert, als ich ihm Ihre Nachricht Wort für Wort wiederholt habe.«

Paula lächelte Tweed an. »Damit machen Sie sich im Sicherheitsministerium bestimmt keine Freunde.«

»Das interessiert mich nicht«, sagte Tweed. »Wenn Warner wirklich etwas von mir will, dann muss er eben über den eigenen Schatten springen.«

Es dauerte keine fünf Minuten, bis das Telefon wieder klingelte. Monica hörte zu, legte die Hand auf die Sprechmuschel und grinste.

»Für Sie, Tweed. Der Herr Sicherheitsminister höchstpersönlich ...«

»Hier spricht Tweed. Worum geht's?«

»Tweed, ich muss Sie dringend sprechen. Wäre es Ihnen möglich, auf einen Sprung bei mir vorbeizukommen? Leider kann ich Ihnen am Telefon nicht mehr sagen. Ich bin mir natürlich vollauf bewusst, dass ein Mann in Ihrer Position immer viel zu tun hat, aber diese Sache duldet keinen Aufschub. Wann wäre es Ihnen denn recht?«

»Wenn es so dringend ist, kann ich in einer halben Stunde bei Ihnen sein.«

»Wunderbar! Ich bin Ihnen wirklich dankbar für Ihr Entgegenkommen.«

Tweed legte auf und zog seinen Mantel an. »Der Minister möchte, dass ich in einer wichtigen Angelegenheit zu ihm komme«, sagte er zu den anderen. »Paula, Sie begleiten mich.«

»Na dann mal los«, sagte Paula. »Ich bin gespannt, ob Warner wirklich so eingebildet ist, wie behauptet wird.«

»In diesem Mantel könnte man sie glatt für einen Agenten der Special Branch halten«, sagte Paula grinsend zu Tweed, als sie auf das Sicherheitsministerium zugingen. »Die Kamelhaarmäntel sind bei denen inzwischen schon so etwas wie eine Uniform.«

»Das ist mir egal. Ich trage den Mantel gern. Wegen dieser Trampeltiere von der Special Branch werde ich ihn gewiss nicht im Schrank hängen lassen«, antwortete Tweed.

Sie betraten das Ministerium.

»Mr Palfry kommt gleich herunter«, sagte der Pförtner, nachdem Tweed ihm seinen Ausweis gezeigt hatte. Es dauerte auch nicht lange, da eilte der Assistent des Ministers mit einem servilen Lächeln auf den Lippen die Treppe herunter.

»Der Herr Minister weiß es sehr zu schätzen, dass Sie sich herbemüht haben«, sagte er, während er Tweed und Paula in einen großen Saal führte. »Unter uns gesagt: Ich hätte es eher für angebracht gehalten, wenn er zu Ihnen gegangen wäre.«

Paula schätzte den Mann auf Mitte dreißig. Mit dem glatt rasierten Gesicht, dem kohlschwarzen Haar und der athletischen Figur sah er ganz anders aus, als sie ihn sich vorgestellt hatte.

Palfry geleitete sie eine breite Treppe hinauf und dann einen langen Gang entlang, bis er schließlich vor einer schweren Flügeltür stehen blieb. Er klopfte an. »Herein«, rief jemand von der anderen Seite der Tür.

Sie traten in ein großzügig bemessenes Büro. Der Minister kam mit langen Schritten hinter einem protzigen Schreibtisch hervor. Er war groß und spindeldürr und hielt sich kerzengerade. Sein Gesicht war lang gezogen und wies einen schmalen Mund und ein spitzes Kinn auf, das eine gewisse Aggressivität ausstrahlte. Auf Warners großer Nase klemmte ein vergoldeter Zwicker, hinter dem kalte, blaue Augen seine Besucher blitzschnell taxierten. In seinem smarten Jagdjackett, den braunen Reithosen und den auf Hochglanz gewienerten, kniehohen Stiefeln sah er aus, als käme er gerade von einem Ausritt zurück. Mit einem aufgesetzten Lächeln führte er seine Gäste zu einem enorm breiten Sofa, wo er sich so rasch neben Paula niederließ, dass Tweed nichts anderes übrig blieb, als in einem der Sessel gegenüber Platz zu nehmen.

»Bitte entschuldigen Sie, dass ich Sie hierher bemühen musste«, sagte der Minister, »aber ich habe in Kürze eine Kabinettssitzung. Die reinste Zeitverschwendung natürlich, nichts als sinnloses Gelaber. Zum Einschlafen langweilig. Darf ich Ihnen eine kleine Erfrischung anbieten? Einen Tee oder Kaffee vielleicht, oder hätten Sie lieber etwas Stärkeres?«

Tweed lehnte ab, und Paula folgte seinem Beispiel. Warner schüttelte den Kopf in Richtung Tür, wo Palfry dienstbeflissen gewartet hatte. Der Assistent nickte und zog sich zurück.

»Ein wahres Goldstück, dieser Perry«, sagte Warner, nachdem Palfry die Tür hinter sich geschlossen hatte. »Wussten Sie, dass er ein Mitglied von Mensa ist, dieser internationalen Vereinigung von Menschen mit überdurchschnittlich hohem Intelligenzquotienten? Erstaunlich, nicht wahr? Aber Sie kann ich wohl nicht damit beeindrucken Tweed. Sie haben ja Ihre legendäre Paula Grey.« Er lächelte Paula gönnerhaft zu.

»Danke für das Kompliment, aber die Bezeichnung legendär ist für mich vielleicht doch ein bisschen zu hoch gegriffen«, sagte Paula. »Dieses Attribut dürfte wohl eher auf Mr Tweed zutreffen.«

»Nun gut, wie Sie meinen. Also, ich hoffe, Sie nehmen mir das, was ich Ihnen zu sagen habe, nicht übel.«

»Kommt drauf an, was es ist, Herr Minister.«

Paula wunderte sich zunächst, weshalb Tweed Warner mit dessen Titel ansprach, aber dann wurde ihr klar, dass er ihm damit nur Honig ums Maul schmieren wollte. Interessant, dachte sie. Tweed wandte eine derartige Taktik nur recht selten an.

»Es ist mir zu Ohren gekommen, dass Sie beide sich in Carpford umgesehen haben«, begann Warner. »Was hatten Sie dort zu suchen?«

»Das fragen Sie noch? Immerhin ist Ihre Frau auf der Fahrt nach Carpford spurlos verschwunden. Machen Sie sich denn gar keine Sorgen um sie?«, sagte Tweed.

»Natürlich mache ich mir Sorgen. Besonders weil die Polizei noch immer keine neuen Erkenntnisse hat. Und dabei sind inzwischen schon drei Wochen ins Land gegangen. Dieser Buchanan ist doch keinen Schuss Pulver wert.«

»Superintendent Buchanan ist einer der fähigsten Polizisten unseres Landes. Er hat den Wagen Ihrer Frau von seinen Spezialisten gründlich untersuchen lassen, aber leider waren keine verwertbaren Spuren darin zu finden. Wissen Sie eigentlich, dass Sie die Polizei sofort informieren müssen, falls eine Lösegeldforderung bei Ihnen eingeht?«

»Natürlich weiß ich das«, antwortete Warner schroff. »Ich bin ja nicht blöd. Aber es hat sich bisher noch niemand bei mir gemeldet. Und jetzt frage ich Sie noch einmal, was Sie in Carpford zu suchen hatten.«

»Das kann ich Ihnen sagen. Superintendent Buchanan hat mich gebeten, ihn bei der Suche nach Ihrer Frau zu unterstützen. Eigentlich sollte Ihnen das doch nur recht sein.«

»So ist das also.« Warner lehnte sich zurück. »Ich habe schon gehört, dass Sie früher mal so etwas wie der Star von Scotland Yard waren. Und was hat der Superermittler Tweed denn nun herausgefunden? Mit wem hat er in Carpford gesprochen?«

»Unter anderem mit Olaf Margesson, diesem religiösen Fanatiker.«

»Religiöser Fanatiker? Ich fürchte, ich kann Ihnen da nicht ganz folgen, Tweed. Ich kenne Margesson ziemlich gut, weil er mich hin und wieder auf ein Glas Sherry einlädt. Bisher haben wir immer nur über Cricket gesprochen, nie über Religion. Und mit wem haben Sie sonst noch geredet?«

»Mit Mrs Gobble.«

»Die hat zwar nicht alle Tassen im Schrank, ist sonst aber eher harmlos. Haben Ihre Gespräche denn irgendwelche konkreten Hinweise ergeben?«

»Das wird sich noch zeigen. Ich möchte übrigens noch ein ganz anderes Thema anschneiden. Was halten Sie eigentlich von den Gerüchten, dass die El Kaida in letzter Zeit immer wieder Terroristen nach England schleust?«

Die Frage war Warner sichtlich unangenehm. Er sprang auf, eilte zu seinem Schreibtisch und setzte sich auf den Stuhl dahinter.

»Jetzt hören Sie mir mal gut zu, Tweed«, sagte er verärgert. »Ich weiß genau, dass dieser Journalist Robert Newman für Sie arbeitet. Sollte der versuchen, derartige Gerüchte in der Presse zu lancieren, dann werde ich dafür sorgen, dass man ihn per Gerichtsbeschluss zum Schweigen bringt. So absurde Ideen darf man nicht ungestraft weiterverbreiten. Und jetzt verrate ich Ihnen etwas unter dem Siegel der Verschwiegenheit: Mit Ihrer El Kaida sind Sie gehörig auf dem Holzweg. Es wurden zwar in letzter Zeit mehrere Männer illegal in unser Land geschmuggelt, aber das waren allesamt Mitglieder der kolumbianischen Drogenmafia. Vor der sollten wir uns in Acht nehmen und nicht irgendeinen Popanz von wegen Al Kaida aufbauen. Also sorgen Sie gefälligst dafür, dass dieser Newman keinen Unsinn schreibt. Haben wir uns da verstanden?«

»Machen Sie sich wegen Newman mal keine Sorgen. Er wird bestimmt nichts über die kolumbianische Drogenmafia schreiben. Wie sollte er auch, schließlich gibt es ja keine ernst zu nehmenden Informationen über sie.«

»Werden Sie nicht frech, Tweed«, brüllte Warner, der nun völlig aus dem Häuschen war. »Was ich nicht lesen will, ist dieser Unfug über die El Kaida. So eine Meldung würde in der Öffentlichkeit eine noch nie da gewesene Massenhysterie auslösen. Ich wiederhole: *eine Massenhysterie*!«

»Dann sind das also tatsächlich alles nur Gerüchte?«

Warner raufte sich verzweifelt die Haare und verdrehte genervt die Augen.

»Muss ich es Ihnen denn wirklich noch einmal erklären? Ich als Sicherheitsminister würde es doch als Erster erfahren, wenn an solchen Latrinenparolen auch nur ein Fünkchen Wahrheit wäre. Langsam machen Sie mich richtig wütend, Tweed.«

Tweed stand auf. »Und Sie bleiben dabei, dass sich noch keine Entführer bei Ihnen gemeldet haben? Und Ihre Frau selbst auch nicht?«

»Niemand hat sich bei mir gemeldet, weder irgendwelche Entführer noch meine Frau. Wie oft soll ich Ihnen das eigentlich noch sagen? Langsam habe ich das Gefühl, dass Sie mit diesen Untersuchungen heillos überfordert sind.«

»Zum Glück haben Sie darüber nicht zu entscheiden. Und was Linda anbelangt…«

»Linda? Sie nennen meine Frau beim Vornamen?«

»Natürlich. Ich bin ihr schon ein paar Mal auf Empfängen begegnet. Nun, sobald ich etwas Neues erfahre, melde ich mich bei Ihnen.«

Als Tweed und Paula zur Tür gingen, erhob sich der Minister hinter seinem Schreibtisch und funkelte sie über seinen Kneifer hinweg böse an.

Tweed öffnete die Tür und trat hinaus in den Gang, wo Palfry in der Nähe eines Ventilationsschachts an der Wand lehnte. Vermutlich hatte er durch den Schacht das Gespräch im Zimmer des Ministers belauscht. So viel zum Thema Sicherheit im Sicherheitsministerium, dachte Tweed, während er die Tür schloss. Als er mit Paula die Treppe hinabstieg, eilte Palfry ihnen hinterher.

»Wenn Sie mal wieder in Carpford sind, dann kommen Sie doch auf eine Tasse Tee bei mir vorbei, Miss Grey«, flüsterte er Paula zu. »Ich wohne im Round House.«

»Danke für die Einladung, Mr Palfry. Mal sehen, ob sich die Gelegenheit dazu ergibt.«

»Der Minister ist manchmal ein Hitzkopf«, sagte Palfry. »Sie sollten ihn mal im Parlament erleben, wenn er die Opposition fertig macht.«

»Ich glaube nicht, dass ich mir das antun möchte«, entgegnete Tweed.

6

Die Frau war schlank und wirkte sogar in dem Sessel, in dem sie Newman gegenübersaß, noch groß. Während des Gesprächs war Newman etwas nach vorn gerutscht, sodass sich ihre Knie fast berührten. Die Frau trug einen schwarzen Hosenanzug mit taillierter Jacke, der ihre gute Figur betonte, und ihr volles, pechschwarzes Haar fiel ihr geschmeidig über die Schultern. Auf einmal ging die Tür auf, und Tweeds indignierte Stimme war zu vernehmen: »Da hat doch tatsächlich eine Frau die Dreistigkeit besessen, George eine Schachtel allerfeinster Pralinen auf den Schreibtisch zu stellen, um dann ohne ein weiteres Wort an ihm vorbeizurauschen!«

Newman schnellte aus seinem Sessel hoch. Auch die Frau stand auf. Sie war einige Zentimeter größer als Paula, die neben Tweed in der Tür stand. »Darf ich vorstellen: Eva Brand«, sagte Newman hastig. »Die Nichte von Drew Franklin, dem bekannten Kolumnisten.«

»Guten Tag, Mr Tweed«, sagte Eva mit sanfter, aber fester Stimme. »Onkel Drew hat mich einmal auf einer Party auf Sie aufmerksam gemacht. Er ist der Meinung, nur Sie könnten England in Zeiten größter Gefahr retten.«

»Tatsächlich?« Tweed und Paula legten ihre Mäntel ab. »Für gewöhnlich hat alles, was Ihr Onkel sagt – oder schreibt – eine gewisse abfällige Note. Bestimmt hat er sich auch über mich bloß lustig gemacht.«

»Nein, er hat es wirklich ernst gemeint.«

Paula musterte Eva misstrauisch und hatte dabei das Gefühl, dass deren dunkelbraune Augen regelrecht durch sie hindurchsahen. Als sie ihr die Hand gab, fielen ihr Evas feingliedrige Finger und ihr fester Händedruck auf. Auch Tweed gab ihr die Hand, bevor er sich an seinen Schreibtisch setzte und ihr bedeutete, dass sie auf dem Stuhl gegenüber Platz nehmen solle.

Eva schlug ihre langen Beine übereinander und legte die gefalteten Hände in den Schoß.

»Mr Tweed, bitte entschuldigen Sie, dass ich hier einfach so hereingeplatzt bin«, sagte sie, »aber bei manchen Menschen muss man eben mit der Tür ins Haus fallen, wenn man sie sprechen möchte.«

»Hört sich so an, als hätten Sie bereits Übung darin«, bemerkte Tweed in einem etwas versöhnlicheren Ton.

»Ja, das könnte man so sagen. Wenn eine Sache wirklich wichtig ist, dann lasse ich mir etwas einfallen. Und der Grund, weshalb ich heute hier bin, ist in der Tat äußerst wichtig.«

Ganz schön nassforsch, die Gute, dachte Paula. Evas Aussprache hörte man es an, dass sie auf einem der besseren Internate Englands gewesen sein musste. Wer weiß, vielleicht war sie dort ja sogar Schulsprecherin gewesen, dachte Paula. Bei dem Aussehen wäre das kein Wunder. Eva Brand war der Typ Frau, der Männern den Kopf verdrehte und Frauen gelb vor Neid werden ließ.

»Wichtig für Sie oder für mich?« fragte Tweed und spielte mit dem Cartier-Füller, den er von seinen Mitarbeitern zu Weihnachten geschenkt bekommen hatte.

»Wichtig für Sie ...«

»Weiß Ihr Onkel, dass Sie hier sind?«

»Aber nein. Wo denken Sie hin!« Eva machte eine abwehrende Handbewegung. »Der würde an die Decke gehen, wenn er das wüsste.«

»Bevor wir über das reden, was Ihrer Meinung nach dermaßen wichtig ist, würde ich zunächst gern etwas mehr über Sie erfahren. Wer Sie sind, was Sie machen und so weiter.«

Eva schlug ihre langen Beine abermals übereinander. Newman konnte seinen Blick nicht mehr von ihr wenden. Monica schaute hinter ihrem Bildschirm hervor zu Paula und verdrehte die Augen.

»Mit Vergnügen. Zuerst war ich im Internat, und zwar auf der Roedean School in Brighton, später habe ich dann in Oxford Mathematik studiert. Ich kenne mich ganz gut mit der Entschlüsselung von Kodes aus. Außerdem war ich eine Zeit lang bei der Medfords Security Agency angestellt. Und das war gar nicht ohne, kann ich Ihnen sagen. Da musste ich im Auftrag der Firma häufig mit Männern in Bars gehen und sie betrunken machen, um bestimmte Informationen aus ihnen herauszubekommen. Der Trick dabei war der, den Männern noch in der Bar die vertraulichen Informationen zu entlocken, um dann schnell das Weite zu suchen, bevor sie zudringlich werden konnten. Allerdings trifft man bei dieser Art Arbeit manchmal auch auf Exemplare, bei denen man mit härteren Bandagen kämpfen und sich körperlich zur Wehr setzen muss, wenn Sie verstehen, was ich meine.«

»Ich glaube, dass ich mir das durchaus vorstellen kann«, sagte Tweed schmunzelnd. »Hört sich in der Tat nach einem aufreibenden Job an.« Er schaute absichtlich nicht zu Paula hinüber, die ihn erstaunt anstarrte. »Und was ist nun der Grund Ihres Überfalls?«

»Überfall!« Eva lachte. »Das gefällt mir.« Dann wurde sie wieder ernst. »Mein Onkel hat ein Haus in Carpford. Das ist ein kleines Dorf in den North Downs. Ab und zu, wenn er in London ist, fahre ich dorthin und beseitige das Chaos, das er regelmäßig hinterlässt. Manchmal frage ich mich allerdings, wieso ich das tue. Ob Sie es glauben oder nicht, Onkel Drew fällt es nämlich nie auf. Wie dem auch sei, ungefähr vor einer Woche war ich wieder dort und hörte mitten in der Nacht ein Motorrad heranfahren. Es hielt vor dem Haus, und weil ich allein war, zog ich meine Pistole und lud sie durch. Eine Browning …«

»Eine Browning?«, sagte Paula, die versuchte, sich ihr Erstaunen nicht anmerken zu lassen.

»Ja, eine .32er. Eine hervorragende Pistole. Ich bin Mitglied eines Schießklubs unten an der Themse und trainiere regelmäßig. Aber über Waffen brauche ich Ihnen ja sicher nichts zu erzählen. Zurück zu der Nacht in Carpford: Ich spähe also zwischen den zugezogenen Vorhängen nach draußen und sehe, wie der Motorradfahrer an die Haustür kommt und einen Umschlag in den Briefschlitz steckt. Gleich darauf rauscht er wieder ab.«

»Wie sah der Motorradfahrer aus?«

»Er trug schwarze Motorradkleidung aus Leder und einen Helm, unter dem man sein Gesicht nicht erkennen konnte.«

»Und was für einen Umschlag hat er abgeliefert?«

»Er war weder mit einem Namen noch mit einer Adresse beschriftet. Ich fand das so seltsam, dass ich ihn sofort aufgemacht habe. Schließlich habe ich bei Medfords gelernt, wie man einen Umschlag öffnet und wieder verschließt, ohne dass jemand etwas merkt. Als der Motorradfahrer dann zurückkehrte, hatte ich mir schon alles angesehen und den Umschlag wieder zugeklebt. Der Mann kam an den Briefschlitz, drückte ihn nach oben und rief etwas ins Haus.«

»War es derselbe Mann?«

»Soweit ich es beurteilen kann, ja. Auf jeden Fall war es dasselbe Motorrad, eine Harley-Davidson. Er hatte einen starken ausländischen Akzent. Ich stellte mich mit der Browning in der Hand an die Wand neben der Tür und überlegte mir, dass ich ihm ins Bein schießen würde, sollte er gewaltsam ins Haus eindringen.«

»Warum ins Bein?«

»Weil man ihn danach dann noch verhören kann. Der Mann ruft also ein paarmal mit starkem ausländischem Akzent: ›Falsches Haus. Gib Umschlag zurück‹, aber ich bleibe mucksmäuschenstill stehen. Nach einer Weile gibt er auf und braust auf seinem Motorrad davon. Und hier ist das, was in dem Umschlag war.«

Sie reichte Tweed ein weißes Blatt Papier, auf dem sehr detailgetreu eine Kathedrale mit Kuppeldach aufgezeichnet war.

»Diese Zeichnung lässt meiner Meinung nach nur einen Schluss zu«, sagte Eva Brand. »Der nächste Anschlag der El Kaida wird in England verübt werden, und zwar auf die Saint Paul's Cathedral. Schließlich ist sie *das* Symbol des christlichen Glaubens in England – und damit fundamentalistischen Moslems ein Dorn im Auge.«

»Meinen Sie nicht, dass Sie damit etwas zu viel in diese Zeichnung hineininterpretieren?«

»Tue ich das?« Eva strich sich eine Haarsträhne aus der Stirn. »Apropos Anschläge: Onkel Drew kennt die Araber ziemlich gut, und nach dem Anschlag auf das World Trade Center in New York habe ich ihn gefragt, ob Araber überhaupt in der Lage wären, eine so ausgeklügelte Operation zu planen. Er meinte, dass das nicht sehr wahrscheinlich sei, aber er hat sich nicht näher darüber ausgelassen. Deshalb habe ich angefangen, mich intensiver mit dem Thema zu beschäftigen und mir alle Informationen zu beschaffen, an die ich herankommen konnte.«

»Und zu welchem Schluss sind Sie gekommen?«, fragte Tweed.

»Dass für die Anschläge vom 11. September eine gigantische logistische Vorarbeit erforderlich war. Zunächst einmal mussten in Gegenden, in denen viele unterschiedliche Nationalitäten wohnen und wo Araber nicht sonderlich auffallen, Wohnungen angemietet werden. Dann musste eruiert werden, welche Passagiermaschinen für die Anschläge infrage kamen, schließlich mussten sie ja noch viele Tonnen Treibstoff an Bord haben, wenn sie in ihre Ziele rasten. Außerdem mussten Flughäfen ausfindig gemacht werden, an denen die Sicherheitskontrollen besonders lax waren, und schließlich hat jemand auch noch die Baupläne der beiden Türme des World Trade Center analysiert, um herauszufinden, wo die Schwachstellen in den beiden Gebäuden lagen. All das und noch viel mehr musste genauestens geplant werden. Ich war einmal längere Zeit in Ägypten und habe dort die Araber kennen gelernt. Meiner Meinung nach verfügen sie nicht über die Fähigkeiten und das Know-how, um Anschläge wie die am 11. September zu planen.«

»Wer war es dann?«

»Meiner Meinung nach kommt dafür nur ein Amerikaner infrage – oder ein Engländer.«

Als Eva gehen wollte, bat Tweed sie, sich noch einen Augenblick zu gedulden. Dann stieg er rasch hinauf ins nächste Stockwerk, wo Pete Nield und Harry Butler gerade Kaffee tranken. Er beschrieb ihnen Eva Brand und gab ihnen den Auftrag, sie zu beschatten, sobald sie das Gebäude verließ.

»Ich will wissen, wohin sie geht, was sie tut und wen sie trifft. Und jetzt beeilen Sie sich, sie bricht gleich auf.«

Butler öffnete einen Schrank, nahm ein Barett und eine Mütze heraus und steckte sie in die Tasche. Tweed musterte Nield nachdenklich.

»Nicht gerade besonders gut zum Beschatten geeignet, so ein Maßanzug«, bemerkte er trocken.

»Das sehen Sie falsch, Tweed«, antwortete Butler für seinen Kollegen. »Pete kann den Anzug wenden, und in null Komma nichts hat er sich völlig verwandelt. Geben Sie uns dreißig Sekunden …«

Wie die meisten anderen aus Tweeds Team trugen auch

die beiden Schuhe mit Gummisohlen, auf denen sie lautlos die Treppen hinunter an der geschlossenen Tür von Tweeds Büro vorbeihuschten. Als Tweed hörte, wie unten die Eingangstür leise ins Schloss fiel, betrat er wieder sein Büro. Wenn Eva jetzt das Gebäude verließ, würden die beiden sich ihr unauffällig an die Fersen heften. Tweed ließ eine Zielperson gern von zwei Mitarbeitern beschatten, weil man auf diese Weise weitgehend vermeiden konnte, dass sie Verdacht schöpfte.

Als Tweed hereinkam, zog Eva gerade ihren grauen Designermantel an. Lächelnd trat sie auf Tweed zu und küsste ihn zum Abschied auf beide Wangen.

»Ich habe schon viel zu viel Ihrer kostbaren Zeit in Anspruch genommen«, sagte sie nach einem kurzen Blick auf die Armbanduhr. »Vielen Dank, dass Sie mich angehört haben.«

»Was blieb mir auch anderes übrig«, antwortete Tweed, der ebenfalls lächelte. »Einer schönen Frau wie Ihnen kann man einfach nichts abschlagen. Möchten Sie mir nicht Ihre Adresse und Ihre Telefonnummer hier lassen? Für alle Fälle …«

»Sie gehen aber ran, Tweed«, sagte Eva mit einem verschmitzten Grinsen. »Aber keine Sorge, Paula hat schon alle meine Daten aufgenommen. Passen Sie auf sich auf, Paula. Bis später im Ivy.«

Als Eva gegangen war, kam es Tweed so vor, als hätte sie eine Leere hinterlassen. Sogar Monica war ungewöhnlich still.

»Was hat sie denn mit diesem ›Bis später im Ivy‹ gemeint, Paula?«, fragte Tweed.

»Das war Evas Idee«, sagte Paula. »Sie meinte, es wäre vielleicht ganz nett, wenn wir beide mal essen gingen und uns von Frau zu Frau unterhielten.«

»Es ist Ihnen hoffentlich klar, dass dieses Ivy ein sündteures Lokal ist.«

»Ich bin ja nicht von gestern. Aber ich gehe trotzdem hin, ich will Eva nämlich ein bisschen aushorchen. Bestimmt hat sie dasselbe mit mir vor, aber ich werde auf der Hut sein. Übrigens finde ich sie recht sympathisch, und darüber hinaus kommt sie mir ziemlich gescheit vor. Das, was sie über den 11. September gesagt hat, klang gar nicht so abwegig.«

»Ich hege seit Monaten genau dieselbe Vermutung«, sagte Tweed. »Übrigens, bevor ich es vergesse: Ich lasse Eva von Pete und Harry beschatten.«

»Dann trauen Sie ihr wohl nicht?«

»Sie haben's erfasst. Ich bin nun mal von Beruf aus misstrauisch. Außerdem fand ich es seltsam, dass sie mit keinem Wort das mysteriöse Verschwinden von Mrs Warner erwähnt hat. In Carpford müsste das doch eigentlich Tagesgespräch sein.«

Die Tür ging auf, und Marler kam herein. Er lehnte sich mit dem Rücken an die Wand und zog eine King-Size-Zigarette aus der Packung.

»Wer war denn dieses atemberaubende Geschöpf, das gerade unten aus der Tür spaziert ist? Die Große mit den langen, dunklen Haaren?«

»Wer zu spät kommt, den bestraft das Leben«, sagte Paula neckisch. »Das war Eva Brand, und Tweed hat gerade Pete und Harry damit beauftragt, sie zu beschatten. Wenn Sie hier gewesen wären, hätte er den Auftrag vielleicht Ihnen gegeben …«

»Müssen Sie auch noch Salz in meine Wunden reiben?«, erwiderte Marler feixend.

Paula hatte vollkommen Recht. Wäre Marler im Büro gewesen, hätte Tweed vermutlich ihn Eva hinterhergeschickt. Er war ein Meister im Beschatten, und obwohl er stets ohne Partner arbeitete, hatte ihn keine seiner Zielpersonen je bemerkt.

»Und was wollte der steile Zahn hier?«, fragte Marler, während er die Zigarette anzündete.

Das Telefon klingelte. Monica nahm ab und machte gleich darauf ein überraschtes Gesicht. »Sie werden es nicht glauben, wer unten auf Sie wartet«, sagte sie zu Tweed.

Tweed schlug mit der Faust auf den Schreibtisch, wie er es in letzter Zeit häufiger tat. »Verflixt und zugenäht, Monica, lassen Sie doch diese Frage-und-Antwort-Spielchen. Wir sind hier nicht in einer Quizshow. Nun sagen Sie schon, wer da ist.«

»Jules Beaurain«, antwortete Monica, die einen leicht beleidigten Eindruck machte.

Beaurain, der einen klassischen blauen Anzug trug, hatte einen kleinen Blumenstrauß in der Hand. Nachdem Tweed ihn Newman und Marler vorgestellt hatte, ging der Belgier zu Paula hinüber und überreichte ihr die Blumen.

»Für eine außergewöhnlich intelligente und schöne Frau«, sagte er mit einer kleinen Verbeugung. »Das ist bei uns in Belgien so Brauch.«

»Ich glaube Ihnen kein Wort, Jules«, antwortete Paula. »Aber die Blumen sind wunderschön. Vielen Dank!«

»Es war mir ein Vergnügen.«

»Ich werde sie in eine Vase stellen«, sagte Monica.

»Danke. Sie sind ein Schatz, Monica«, sagte Paula.

Beaurain setzte sich Newman gegenüber in den Sessel und starrte ihn an, als handelte es sich bei diesem um ein Prachtexemplar einer seltenen Spezies.

»Sie sind doch Newman, der Journalist, nicht wahr? Ich habe alle Ihre Artikel gelesen. Manche waren sogar richtig gut«, sagte er mit einem ironischen Lächeln.

»Sie sind immer gut«, erwiderte Newman und lächelte ebenfalls.

»Tauschen Sie Ihre Liebenswürdigkeiten ein andermal aus«, sagte Tweed. »Was führt Sie zu uns nach London, Jules?«

»Ich habe wichtige Neuigkeiten aus Carpford für Sie. Buchanan habe ich bereits alles telefonisch mitgeteilt, aber mit Ihnen wollte ich persönlich darüber sprechen. In dem Ort sind inzwischen zwei weitere Personen aufgetaucht. Sie kennen doch Margessons Haus, oder?«

»Ja.«

Monica kam mit einer Vase herein, in der sie die Blumen hübsch arrangiert hatte, und stellte sie Paula auf den Schreibtisch. Paula zog eine Rose heraus, kürzte den Stiel mit einer Schere und steckte sie Beaurain ins Knopfloch. Nachdem sie die Blume noch mit einer Sicherheitsnadel befestigt hatte, trat sie einen Schritt zurück und betrachtete ihr Werk.

»Wenn Sie sich jedes Mal so aufmerksam um mich bemühen, bloß weil ich Ihnen ein paar Blumen gebracht habe, hat der Blumenladen ab sofort einen neuen Stammkunden«, sagte er grinsend.

»Hören Sie auf zu flirten, Jules«, knurrte Tweed, der inzwischen ein Blatt Zeichenpapier aus der Schreibtischschublade genommen und darauf einen Plan von Carpford skizziert hatte. Er drehte das Blatt um und zeigte Beaurain die Zeichnung. »Ist das einigermaßen korrekt?«

Paula beugte sich über Beaurain und sah sich die Skizze an. Sie war erstaunt, wie rasch Tweed die Zeichnung angefertigt hatte. Um den Carp Lake in der Mitte waren die Häuser des Ortes gruppiert: Warners seltsames Märchenschloss, Drew Franklins Betonbunker, Agatha Gobbles Cottage, Peregrine Palfrys Waschzuber und Margessons giftgrüne Villa.

»Sie hätten Kartograph werden sollen, Tweed«, sagte Beaurain anerkennend. »Die Zeichnung ist unglaublich genau. Jetzt müssen Sie nur noch zwei Bungalows einzeichnen, die in einiger Entfernung voneinander südlich von Margessons Haus stehen. Sehen Sie, hier.«

Tweed zeichnete zwei kleine Rechtecke an die Stelle, auf die Beaurain gezeigt hatte.

»Ich kann mich daran erinnern, dass wir an den Bungalows vorbeigekommen sind«, sagte er zu Paula. »Irgendwie fand ich, dass sie absolut nicht in die Gegend passten. Aber das ist ja bei allen Gebäuden in Carpford der Fall.«

»In dem einen Bungalow wohnt ein Mann, der Billy Hogarth heißt, genau wie der berühmte Kupferstecher aus dem 18. Jahrhundert. Der Mieter des anderen Bungalows ist sein Bruder Martin, mit dem er aber seit Jahren verfeindet ist. Die beiden hassen sich wie die Pest, was allerdings durchaus verständlich ist.«

»Wieso?«

»Billy ist das schwarze Schaf der Familie. Die meiste Zeit ist er sturzbetrunken, und dann kann es durchaus auch vorkommen, dass er handgreiflich wird.«

»Und Martin?«

»Der ist ein Gentleman par excellence. Groß, Anfang fünfzig. Redegewandt, gut aussehend, höflich, ein Meister der gepflegten Konversation.«

»Zwei ungleiche Brüder?«

»In der Tat. Aber die beiden haben noch einen anderen Verwandten in Carpford. Und nun raten Sie mal, wen. Drew Franklin ist ihr Cousin!«

»Sieh mal einer an!«, rief Tweed überrascht aus. »Und haben die beiden viel Kontakt mit ihm?«

»Laut Martin, dem ich dieselbe Frage gestellt habe, ist das nicht der Fall.«

»Was aber deshalb noch lange nicht stimmen muss«, sagte Tweed.

»Richtig. Martin redet viel, wenn der Tag lang ist.«

»Vielleicht sollten wir Jules jetzt von Eva Brand erzählen«, sagte Paula. »Schließlich ist sie als Nichte von Drew Franklin ja auch mit den Hogarth-Brüdern verwandt.«

Tweed erzählte Beaurain alles, was sie von Eva erfahren hatten. Zum Schluss zeigte er ihm die Zeichnung der Kathedrale, die der Motorradfahrer bei Franklin in den Briefschlitz geworfen hatte. Beaurain sah sie sich eine Weile an, bevor er sie Tweed wieder auf den Schreibtisch legte.

»Saint Paul's Cathedral.«

»Genau«, antwortete Tweed. »Und was halten Sie davon?«

»Das ist mit Sicherheit ein Ablenkungsmanöver.«

7

»Bist du es Ali?« Der Sprecher am Telefon hatte sich auf Englisch gemeldet.

Es war unmöglich festzustellen, ob es sich bei dem Anrufer um eine Frau oder einen Mann handelte, weil die Stimme elektronisch verzerrt war.

»Ja, Ali aus Finsbury«, antwortete der Mann, der in der öffentlichen Telefonzelle stand.

»Hier spricht Abdullah. Ist die Lieferung schon unterwegs? Alle sechs Transporte?«

»Ja, sie erreichen pünktlich heute Abend um acht ihr Ziel.«

»Ich rufe dich um sieben noch mal an, und zwar auf der nächsten Nummer, die du auf deiner Liste stehen hast.«

Ali verließ rasch die Telefonzelle, die absichtlich so gewählt worden war, dass sie in einer ruhigen Straße lag und nur selten benutzt wurde.

Die Transporte, nach denen Abdullah sich erkundigt hatte – lauter Milchtankwagen, wie es schien –, fuhren auf unterschiedlichen Straßen nach Süden. Sie folgten dabei ihrer normalen Tour, nur dass sie heute außer ihrer üblicherweise harmlosen Fracht noch etwas sehr viel Gefährlicheres transportierten.

Im Milchtank jedes Lastwagens befand sich ein wasserdicht versiegelter Behälter, an dem ein Stahlseil befestigt war. Dieses Seil endete in einem Griff, der knapp unterhalb der Milchoberfläche an einem an die Innenwand des Tanks geschweißten Haken hing.

Später, wenn die Tanklaster in der Scheune einer Monate zuvor eigens für diesen Zweck angekauften Farm angelangt waren, würde jemand den oberen Deckel des Tanks öffnen, mit der Hand nach dem Griff tasten und den Behälter aus der Milch ziehen. Noch in der Scheune würde der Behälter dann zu einem von sechs Lieferwagen mit der Aufschrift »Frische Blumen« gebracht werden, die ebenfalls schon vor längerer Zeit angeschafft worden waren.

Irgendwann einmal würde die Polizei die verlassenen Tankwagen in der Scheune finden, aber dann würde es schon zu spät sein, weil der verheerende Angriff, den Abdullah bis ins kleinste Detail meisterhaft geplant hatte, dann längst stattgefunden und tausende von Opfern gefordert hatte. Und damit meinte Abdullah nur die Zahl der Toten. Die der Verletzten würde mit Sicherheit noch sehr viel höher ausfallen.

Die todbringende Fracht, die in der Milch der vermeintlich harmlosen Tanklaster schlummerte, bestand aus sechs supermodernen Hightechwaffen, mit denen ein skrupelloser Stratege des Terrors unglaubliche Verwüstungen anrichten konnte.

8

In der Park Crescent brachten Tweed und Paula ihren Gast aus Belgien zur Tür. Unten im Erdgeschoss flüsterte Beaurain ihnen so leise, dass George, der Wachmann, es nicht hören konnte, etwas zu.

»Könnten wir uns vielleicht irgendwo noch kurz ungestört unterhalten?«, fragte er.

»Gehen wir ins Besucherzimmer«, antwortete Tweed und führte den Belgier in einen karg möblierten Raum.

Beaurain schaute sich mit einem spöttischen Grinsen um.

»Ziemlich spartanisch eingerichtet, Ihr Besucherzimmer«, bemerkte er. »Nur ein einfacher Holztisch, ein paar harte Stühle und nichts zu lesen. Fast bekommt man den Eindruck, als wollten Sie nicht, dass man sich hier wohl fühlt.«

»Stimmt. Unsere Besucher sollen sich hier ja auch nicht häuslich niederlassen. Aber was wollten Sie uns sagen, Jules?«

»Ich fliege gleich nach Brüssel zurück, wo ich einen Termin beim Direktor der Banque de Bruxelles et Liège habe. Das ist die Bank, auf die der Londoner Winkeladvokat die Mieteinnahmen aus Carpford überweist. Ich bin nach wie vor davon überzeugt, dass das Geld nicht in Brüssel bleibt, und werde den Direktor fragen, wohin es weitergeleitet wird.«

»Aber Sie haben doch gesagt, das Bankgeheimnis würde in Belgien noch besser gehütet als in der Schweiz«, warf Paula ein.

»Völlig richtig«, sagte Beaurain. »Zum Glück verfüge ich aber als ehemaliger Polizeipräsident noch immer über hilfreiche Verbindungen. Auf diese Weise habe ich erfahren, dass der Direktor dieser Bank gewaltig Dreck am Stecken hat, womit ich ihn etwas unter Druck setzen kann. So eine kleine Erpressung kann manchmal Wunder wirken.«

»Und das aus dem Mund eines ehemaligen Polizeipräsidenten …«, sagte Paula mit einem spöttischen Grinsen. »Aber noch etwas ganz anderes: Wissen Sie eigentlich, was sich hinter der hohen Backsteinmauer auf Victor Warners Grundstück befindet?«

»Ja. Eine alte Kalkgrube und ein aufgelassener Steinbruch«, antwortete Beaurain. »Die Mauer braucht er wohl, um ungebetene Besucher fern zu halten, schließlich ist er der Sicherheitsminister Ihres Landes.«

»Wann geht Ihr Flug?«, fragte Tweed.

»In einer Stunde. Ich bin schon auf dem Sprung. Aber keine Sorge, in ein paar Stunden werde ich schon wieder hier sein. So schnell werden Sie mich nicht los«, sagte Beaurain schmunzelnd und umarmte Paula dann zum Abschied.

»Au revoir, Jules«, sagte Paula und gab ihm ein Küsschen auf die Wange.

Nachdem Beaurain gegangen war, sagte sie zu Tweed: »Ich würde gern noch einmal nach Carpford fahren, um mit diesen Hogarth-Brüdern zu sprechen. Irgendwie kommen die mir nicht ganz hasenrein vor. Als Beaurain von ihnen erzählt hat, haben bei mir alle Alarmglocken geschrillt.«

»In Ordnung, fahren Sie hin, aber nicht allein. Wenn ich selbst keine Zeit habe, dann nehmen Sie Newman mit.«

Als sie ins Büro kamen, warf Newman Paula einen spöttischen Blick zu. »Sieht ganz so aus, als hätten Sie eine Eroberung gemacht. Der gute Jules zieht ja alle Register, wenn Sie in der Nähe sind.«

»Unfug!«, erwiderte Paula schnippisch und funkelte Newman herausfordernd an. »Bevor Sie solchen Blödsinn verzapfen, sollten Sie lieber mit mir nach Carpford fahren. Ich möchte mir nämlich diese beiden Brüder vorknöpfen, von denen Jules vorhin gesprochen hat. Und wenn ich schon mal dort bin, werde ich gleich auch noch diesem Drew Franklin auf den Zahn fühlen – falls der gerade in Carpford weilt, versteht sich.«

»Morgen Abend hätten wir gute Chancen, unsere Edelfeder dort anzutreffen«, sagte Newman abfällig. »Soviel ich weiß, geruht der Meister, sich zum Schreiben seiner Kolumnen aufs Land zurückzuziehen. Demnächst ist wieder eine fällig, wir könnten also Glück haben. Wussten Sie übrigens, dass er in unserer Branche als ausgemachter Schürzenjäger gilt?«

»Umso besser. Solche Typen lassen sich leicht um den kleinen Finger wickeln«, gab Paula grinsend zurück.

»Und noch was«, sagte Newman. »Mit diesen Hogarth-Brüdern ist bestimmt nicht gut Kirschen essen. Vor allem mit Billy nicht.«

Tweed stand auf und ging im Büro auf und ab. »Ich habe einen Haufen Arbeit für Sie, Monica«, sagte er. »Zuerst einmal brauche ich möglichst umfangreiche Dossiers über jeden einzelnen Bewohner Carpfords. Bei den Erkundigungen über Warner müssen Sie natürlich mit der nötigen Diskretion vorgehen. Und wenn Sie schon dabei sind, ziehen Sie auch noch Erkundigungen über diese Eva Brand ein. Sie haben doch wirklich ihre Adresse, Paula, oder?«

»Ja, und sie wohnt gar nicht weit von mir. In Fulham. Sie glauben doch nicht etwa, dass Eva etwas mit dem Verschwinden von Mrs Warner zu tun hat?«

»Ich traue niemandem, Paula. Eva muss jedenfalls damit rechnen, dass wir sie überprüfen, immerhin ist sie unangemeldet hier hereingeplatzt, um uns diese Zeichnung von der Saint Paul's Cathedral unter die Nase zu halten.«

Tweed, der vor Paulas Schreibtisch kurz stehen geblieben war, setzte sich wieder in Bewegung. »Gehen wir am besten noch einmal die Verwandtschaftsverhältnisse in Carpford durch. Die Hogarth-Brüder sind also Cousins von Drew Franklin, der wiederum der Onkel von Eva Brand ist. Ein bisschen viel Familienbande für meinen Geschmack.«

Tweed ging zurück zu seinem Schreibtisch und nahm den Plan von Carpford zur Hand, auf dem er die Häuser eingezeichnet hatte. »Könnten Sie sich die Karte bitte einmal ansehen und mir zeigen, wo exakt der Black Wood liegt? Ich kann mich nicht mehr genau erinnern, wie weit der Wald von Carpford entfernt ist.«

»Kein Problem, ich erinnere mich genau«, sagte Paula. »Vom Waldrand bis zur Ortschaft ist es nicht sehr weit.«

Das Telefon klingelte. »Für Sie, Tweed«, rief Monica. »Pete Nield möchte Sie sprechen ...«

Tweed nahm das Telefonat entgegen. »Hallo, Pete, was gibt's? Erzählen Sie mir jetzt bloß nicht, dass Eva Brand Sie abgehängt hat«, sagte er scherzhaft.

»Aber nein, wo denken Sie hin. Ich rufe nur an, weil sie sich ziemlich seltsam verhalten hat. Zuerst hat sie sich ein Taxi zum Sicherheitsministerium genommen, wo sie sich eine gute Viertelstunde aufgehalten hat. Als sie wieder herauskam, hat sie erneut ein Taxi gerufen, um sich nach Covent Garden fahren zu lassen. Dort hat sie das Taxi warten lassen und ist durch die schmalen Gassen zu Fuß zur Monk's Alley gegangen. An der Stelle, wo Eddies Leiche gefunden wurde, hat sie mit einer Taschenlampe am Boden herumgeleuchtet. Sah so aus, als hätte sie etwas gesucht. Dabei hatte sie in der rechten Hand eine Beretta, die sie schnell in ihrer Manteltasche verschwinden ließ, als sie die Gasse verließ.«

»Woher wissen Sie, dass es eine Beretta war, Pete? Sie waren doch bestimmt nicht allzu nah an Eva dran.«

»Richtig, aber für solche Fälle habe ich immer mein Nachtglas dabei. Als Nächstes hat sich Eva von dem Taxi nach Fulham fahren lassen ...«

»Wohin genau?«, unterbrach Tweed ihn und ließ sich von Paula den Zettel mit Evas Anschrift und Telefonnummer geben. Nield nannte ihm genau die Anschrift, die auch auf dem Zettel stand.

»Dort wohnt sie angeblich«, sagte Tweed. »Und was macht sie jetzt?«

»Ich schätze mal, dass sie gerade duscht. Die Badezimmerfenster sind ganz beschlagen.«

»Gut. Beschatten Sie sie weiterhin, und achten Sie peinlich genau darauf, dass Sie nicht von ihr entdeckt werden. Ich sage das, weil ich Eva Brand für ziemlich gerissen halte. Sie ist später mit Paula zum Abendessen im Ivy verabredet. Wenn sie dort angekommen ist, warten Sie vor dem Restaurant. Es wäre vielleicht keine schlechte Idee, wenn Sie sich ein paar Sandwiches besorgen würden, sonst kriegen Sie heute Abend nichts zu essen. Es ist äußerst wichtig, dass Sie vor dem Restaurant die Stellung halten. Es kann gut sein, dass etwas passiert.«

»Alles klar. Wir passen schon auf.«

Tweed legte auf und fing wieder an, ruhelos durch das Büro zu tigern. Für Paula war das ein untrügliches Zeichen dafür, dass er angestrengt nachdachte. Gerade als er stehen blieb, um etwas zu sagen, kam Marler, der einen Kamelhaarmantel trug, herein und lehnte sich wie üblich mit dem Rücken an die Wand.

»Seit wann haben Sie denn auch einen Kamelhaarmantel? Langsam können wir ja der Special Branch Konkurrenz machen«, sagte Tweed.

»Besondere Aufgaben erfordern besondere Maßnahmen. Ich habe mich heute nämlich mal bei ein paar Informanten der Special Branch umgehört. Du meine Güte, das sind vielleicht Pfeifen! Gar kein Vergleich zu meinen Leuten.«

»Kommen Sie zum Thema, Marler«, sagte Tweed ungehalten. »Was haben Sie herausgefunden?«

»Diese Knallchargen sagen eigentlich alle dasselbe. Angeblich sollen Topleute des kolumbianischen Drogenkartells in London aufgetaucht sein. Als ich näher nachgefragt habe, waren sie natürlich schnell mit ihrem Latein am Ende.«

»Auch Warner scheint ganz auf die Kolumbianer fixiert zu sein«, sagte Tweed nachdenklich.

»Was Sie nicht sagen. Übrigens habe ich mich auch noch mit Emma unterhalten, einer meiner besten Informantinnen. Emma ist eine intelligente und gebildete Frau, aber sie kann sich auch hervorragend als leichtes Mädchen aus dem East End ausgeben.« Marler hielt inne und zündete sich in aller Ruhe eine Zigarette an. Man konnte es Tweed ansehen, dass er ungeduldig auf die Fortsetzung des Berichts wartete.

»Emma«, fuhr Marler schließlich fort, »hat ernst zu nehmende Gerüchte gehört, dass London ein Anschlag vom Ausmaß des 11. Septembers bevorsteht. Verübt werden soll er von einer Terrorgruppe aus Saudis und Algeriern, die angeblich schon im Land ist. Wo und wann der Anschlag stattfinden soll, ist bisher noch nicht durchgesickert. Es heißt nur, dass er ziemlich bald erfolgen wird.«

»Und Sie halten diese Emma für zuverlässig?«, fragte Tweed skeptisch.

»Bisher hat sie mir immer erstklassige Informationen geliefert. Und sie spricht neben vielen anderen Fremdsprachen auch Französisch und Arabisch. Das kam ihr neulich im Belles in Soho zugute, wo sie eine Unterhaltung belauscht hat, die drei Araber geführt haben. Die Männer trugen alle weiße Turbane.«

»Die Turbane waren wirklich weiß? Nicht schwarz?«, hakte Tweed nach.

»Nein, weiß. Vielleicht ist denen Schwarz inzwischen ja zu auffällig. Nun ja, Emma hat von der Unterhaltung jedenfalls nur einen kurzen Gesprächsfetzen aufschnappen können: ›Die Lieferung hat die Farm verlassen.‹ Das war alles.«

Das Telefon klingelte. »Das war George«, sagte Monica, nachdem sie wieder aufgelegt hatte. »Unten wartet Jasper Buller mit einem seiner Mitarbeiter und möchte Sie sprechen.«

»Auch das noch«, knurrte Tweed. Buller war der Leiter der Special Branch und wurde von seinen Mitarbeitern, die alle eine Heidenangst vor ihm hatten, natürlich nur »der Bulle« genannt.

Tweed ging an seinen Schreibtisch zurück, zog die Jacke aus und krempelte die Hemdsärmel hoch.

»Jetzt können Sie George sagen, dass er Buller heraufschicken soll, Monica. Aber seinen Gorilla soll er gefälligst unten lassen. Und wenn ihm das nicht passt, kann er sich zum Teufel scheren.«

Newman erhob sich vom Sessel und hockte sich seitlich auf Paulas Schreibtisch.

»Ich bin Buller erst vor kurzem mal begegnet«, sagte er. »Der Mann ist strohdumm.«

»Vorsicht! Er kommt«, sagte Monica.

Im selben Augenblick kam Buller auch schon im unvermeidlichen Kamelhaarmantel hereingestürmt. Der untersetzte Mann, Mitte vierzig, war ungefähr eins siebzig groß. Er hatte dünne Lippen und dazu eine gebrochene Nase, die ihn wie einen Profiboxer aussehen ließ. Den breiten Schädel zierte ein Bürstenhaarschnitt. Seine Verärgerung stand ihm deutlich ins Gesicht geschrieben, als er Tweed und seine Mitarbeiter mit dunklen Augen wütend anstierte. »Was fällt Ihnen ein, meinen Mitarbeiter in ihr Kabuff dort unten einzusperren?«, brüllte er mit einer Stimme, die keinen Zweifel daran ließ, dass er sofortigen Gehorsam gewohnt war. »Was glauben Sie eigentlich, wer Sie sind?«

»Jetzt nehmen Sie doch erst mal Platz«, sagte Tweed freundlich. »Normalerweise kündigen sich unsere Besucher vorher telefonisch an.«

»Das interessiert mich nicht die Bohne«, knurrte Buller und ließ sich in Newmans Sessel fallen. »Sie wissen wohl nicht, wen Sie vor sich haben.«

»Jasper Buller, wenn ich mich nicht irre.« Tweed sprach weiterhin mit freundlichem Ton.

»Genau, den Leiter der Special Branch«, fauchte Buller. »Und Sie sagen mir jetzt sofort, was Sie und diese junge Dame da …« Er deutete auf Paula, und als diese ihn entwaffnend anlächelte, nahm sein Gesicht für den Bruchteil einer Sekunde einen etwas freundlicheren Ausdruck an. »… in Carpford zu suchen hatten.«

»Wieso interessiert Sie das?«, fragte Tweed. »Glauben Sie etwa, die kolumbianischen Drogenbarone haben sich dort eingenistet?«

»Mr Tweed …« Buller beugte sich vor und flüsterte seinem Gegenüber kaum hörbar zu: »Ich wäre Ihnen dankbar, wenn wir uns mal kurz unter vier Augen unterhalten könnten.«

Tweed führte Buller eine Treppe hinauf in das geräumige Büro seines Chefs, der momentan wie üblich in seinem Club zu Mittag aß.

»Vielen Dank, ich weiß Ihre Diskretion zu schätzen«, sagte Buller fast schon freundlich. Plötzlich wirkte er wie ausgewechselt. »Ich wollte Ihnen unter vier Augen mitteilen, dass ich mich in letzter Zeit häufig in der berühmtberüchtigten Moschee in Finsbury Park umgesehen habe.«

»Dass Sie die überhaupt betreten durften, wundert mich allerdings.«

Buller lächelte Tweed an. »Ich habe mich natürlich als Araber verkleidet. Aber das bleibt bitte unter uns. Minister Warner darf keinesfalls etwas davon erfahren. Der Mann ist so dermaßen auf das kolumbianische Drogenkartell fixiert, dass er es einfach nicht wahrhaben will, dass bereits viele arabische Terroristen in unser Land geschleust wurden.«

»Haben Sie denn Beweise dafür?«

»Leider nicht. Aber ich habe in der Moschee mit eigenen Augen mehrere Araber gesehen, die allem Anschein nach erst vor kurzem eingereist sind. Ich glaube, dass Sie und ich in dieser Sache zusammenarbeiten sollten. Das ist natürlich keine offizielle Bitte um Amtshilfe«, fügte er hastig hinzu. »Ich werde Sie jedenfalls über neue Entwicklungen auf dem Laufenden halten. Jetzt muss ich aber leider schon wieder weg.«

»Vielen Dank, dass Sie mir gegenüber so offen waren. Und es würde mich in der Tat freuen, wenn Sie mich über neue Entwicklungen informieren könnten ...«

Während Buller unten seinen Mitarbeiter aus dem Besucherzimmer befreite, eilte Tweed zurück in sein Büro. »Buller bricht gerade auf«, sagte er zu Marler. »Folgen Sie ihm und erstatten Sie mir Bericht.«

»Bin schon weg.« Marler schnappte sich seinen Mantel und ging zur Tür.

»Marler!«, rief ihm Tweed nach. »Seien Sie unbedingt vorsichtig. Kann sein, dass Sie sonst noch in Teufels Küche kommen.«

9

Mittlerweile war der dritte Milchtanklaster auf der Oldhurst Farm in Berkshire angekommen und in eine der drei großen Scheunen gefahren. Der Fahrer kletterte aus dem Führerhaus und streckte die von der langen Fahrt steif gewordenen Glieder. Er ging zu dem Anführer der Gruppe hinüber, den er als Adam kannte. Der Mann stand auf einer großen Plane, die auf dem Boden ausgebreitet war.

»Okay, Adam«, sagte der Fahrer. »Ich habe meinen Teil der Abmachung erfüllt, jetzt will ich meine zweitausend Kröten. Außerdem wüsste ich gern, was ich jetzt eigentlich für euch transportiert habe. Kokain?«

Der Fahrer war so sehr auf das Bündel Geldscheine in Adams Hand fixiert, dass er gar nicht bemerkte, wie einige von dessen Männern auf leisen Sohlen von hinten an ihn heranschlichen.

Adam war klein und trug einen normalen Straßenanzug. Die Haut war so braun, als wäre er gerade im Urlaub gewesen.

»Allah war uns gnädig«, sagte er mit einem seltsamen Grinsen in akzentfreiem Englisch. »Alles ist reibungslos über die Bühne gegangen.«

»Allah?!«, rief der Fahrer entsetzt aus. »Ihr seid doch nicht etwa …?«

Weiter kam er nicht. Einer der Männer hatte ihm ein Messer mit einer breiten Klinge in den Rücken gerammt. Der Fahrer war tot, noch bevor er auf der Plane zusammensackte.

Was nun folgte, war so perfekt einstudiert, dass niemand eine Anweisung brauchte. Mehrere Männer mit dunkler Hautfarbe durchsuchten den Toten und nahmen ihm alles ab, was zu seiner Identifizierung hätte dienen können. Dann wickelten sie ihn in die Plane und umschlangen diese mit einer schweren Eisenkette. Drei der Männer schleppten das Bündel anschließend durch die Hintertür der Scheune zu einer Jauchegrube, in der sie bereits die ermordeten Fahrer der zwei anderen Lastwagen versenkt hatten.

Als sie zurück in die Scheune kamen, war dort bereits eine weitere Plane ausgebreitet worden. Die Araber erwarteten den vierten Milchlaster, der in wenigen Minuten ankommen würde. »Abdullah« hatte alles bis ins kleinste Detail ausgecheckt.

Auf Anweisung von Adam, der eigentlich Ali hieß, kletterte einer seiner Leute auf den Tank des Lasters, öffnete den Deckel und tastete nach dem unter der Milch verborgenen Handgriff. Es kostete ihn einige Anstrengung, bis er den schweren, an seinem Stahlseil befestigten Behälter nach oben befördert hatte.

Neben dem Laster warteten bereits zwei Männer, um ihm den von Milch triefenden Behälter abzunehmen. Sie stellten ihn auf dem Boden ab. Einer der Männer entfernte nun erst das Stahlseil und schnitt dann mit dem Messer, an dem noch das Blut des englischen Fahrers klebte, die wasserdichte Umhüllung auf. Schließlich trat Ali hinzu.

Nachdem er seine Männer auf Arabisch angewiesen hatte, einen Schritt zurückzutreten, schlug er die Plane vollends beiseite und enthüllte einen etwa einen Meter fünfzig langen Metallgegenstand, der von der Form her an eine Flugzeugbombe erinnerte.

»Diese Wunderwaffe hat Allah uns geschenkt«, sagte er. »Jetzt ist sie noch völlig harmlos. Aber das wird nicht immer so bleiben.« Er öffnete eine an der Seite der Waffe eingelassene Klappe, hinter der zwei Knöpfe zum Vorschein kamen. »Wenn ich den orangefarbenen Knopf drücke, wird sie scharf gemacht, und mit dem roten wird sie abgeschossen. Und dann gnade Allah den Ungläubigen.«

Keiner der anwesenden Araber wusste, wohin die Waffe gebracht werden würde oder woher sie kam. Ihr Meisterstratege hatte als Fahrer der Milchlastwagen Exsträflinge angeheuert, die wegen relativ harmloser Vergehen im Gefängnis gesessen hatten. Für zweitausend Pfund hatten sie sich bereit erklärt, die Milchlaster, von denen sie glaubten, dass sie illegale Drogen enthielten, an einem bestimmten Ort zu übernehmen, um sie anschließend zu der abgelegenen Farm zu fahren. Was sie nicht wussten: Die Leichen der rechtmäßigen Fahrer lagen alle längst mit durchschnittener Kehle und Gewichten an den Füßen in verschiedenen Sümpfen. Natürlich war sich der Meisterstratege darüber im Klaren, dass die Eigentümer der Laster das Fehlen ihrer Fahrzeuge bemerken und der Polizei melden würden. Aber wer würde schon einen terroristischen Anschlag wittern, nur weil irgendwo in England sechs Milchlaster verschwunden waren?

Die Polizei bestimmt nicht – jedenfalls nicht, bis ganz London im Chaos versunken und tausende von Menschen ums Leben gekommen waren.

10

Monica und Paula hatten für sich, Tweed und Newman einen Mittagsimbiss aus dem Feinkostladen um die Ecke geholt. Nachdem Tweed fertig gegessen hatte, ging er wieder ruhelos im Büro auf und ab. Nach einer Weile blieb er neben Newman stehen, der wie üblich im Sessel saß.

»Bob, Sie haben doch bestimmt noch Kontakte zur *Daily Nation*. Gibt es dort denn jemanden, dem Sie vertrauen können?«

»Ich denke schon. Ed Jenner, der stellvertretende Chefredakteur, ist ein guter Freund von mir. Warum?«

»Ich möchte, dass Sie sich bei ihm gründlich über Drew Franklin informieren. Ich will wissen, wo er in London lebt, wann und wie lange er in der Redaktion ist, ob er irgendwelche Liebesaffären hat. Selbst das kleinste Detail ist wichtig.«

»Das ist eine meiner leichtesten Übungen«, sagte Newman. »Franklin hat in der Zeitung ein kleines Kabuff, das ziemlich weit entfernt von Ed Jenners Büro liegt. Bin schon unterwegs ...«

Nachdem Newman gegangen war, wandte sich Paula an Tweed. »Warum interessieren Sie sich auf einmal so für Franklin?«, fragte sie.

»Es ist nur so ein Gedanke. Ich schätze mal, dass er viel herumkommt.«

Paula fand, dass Tweed wieder einmal in Rätseln sprach, aber das war nun mal eine seiner Marotten.

Als es bereits dunkelte, bat Monica, die den ganzen Nachmittag über telefoniert und sich dabei eifrig Notizen gemacht hatte, um Gehör.

»Ich weiß, dass Sie es mir nicht aufgetragen haben«, sagte sie zu Tweed, »aber ich habe einfach ein paar Erkundigungen über Jasper Buller eingezogen. Ich hoffe, das war in Ihrem Sinne.«

»Gut gemacht!«, sagte Tweed, den es immer wieder beeindruckte, wie viel Eigeninitiative seine Mitarbeiter entwickelten. »Schießen Sie los ...«

Noch bevor Monica jedoch etwas sagen konnte, kam Marler mit einem breiten Grinsen hereinspaziert. Paula sah es ihm am Gesicht an, dass er etwas Interessantes über Buller herausgefunden hatte. Er zog seinen Mantel aus und zündete sich eine Zigarette an.

»Mit diesem Buller haben wir einen Volltreffer gelandet«, sagte er und blies genüsslich den Rauch aus. »Ich bin ihm bis zu seiner Wohnung in Pimlico hinterhergefahren und habe das Haus aus dem geparkten Auto heraus observiert. Ich musste nicht lange warten. Zwanzig Minuten später kam er als Araber verkleidet, komplett mit Turban und wallendem Gewand, wieder heraus. Er stieg in ein Taxi, das er sich wahrscheinlich von seiner Wohnung aus telefonisch bestellt hat, und ließ sich zur Moschee in Finsbury Park fahren, wo er das Taxi um die Ecke warten ließ. Dann ist er in der Moschee verschwunden, kam aber kurze Zeit später wieder heraus. Was er drinnen gemacht hat, kann ich nicht sagen. Vielleicht hat er ja den Gebetsteppich ausgerollt, den er unter dem Arm trug, und sich dreimal in Richtung Mekka verbeugt.«

»Das ist ja unglaublich«, sagte Paula erstaunt. »Wer hätte diesem Buller das zugetraut!«

»Warten Sie ab, meine Liebe, es kommt noch besser«, sagte Marler und legte ihr die Hand auf die Schulter. »Buller hat sich anschließend nach Pimlico zurückfahren lassen, wo er wieder in seiner Wohnung verschwand. Nach ein paar Minuten kam er abermals heraus, diesmal in legerer Freizeitkleidung. Er trug eine Aktentasche unter dem Arm. Er winkte sich ein neues Taxi heran und ließ sich zur Waterloo Station fahren. Ich folgte ihm in den Bahnhof hinein, wo er plötzlich auf dem Absatz kehrtmachte, direkt auf mich zu ging und sagte: »Na, da habe ich Sie ganz schön in der Gegend herumgehetzt, was, Marler? Bitte sagen Sie Tweed, dass ich mit dem Eurostar hinüber auf den Kontinent fahre, um mich in Mailand mit einem Kontaktmann zu treffen. Ich will herausfinden, woher das Geld kommt, mit dem die Terroristen ihre Anschläge finanzieren.«

»Unglaublich!«, sagte Paula fassungslos.

»Aber ich habe noch etwas für Sie.« Marler zog ein zusammengefaltetes Stück Papier aus der Tasche und reichte es Tweed. »Hier sind Name und Anschrift seines Kontaktmanns in Mailand. Er hat sie mir für den Fall, dass er nicht zurückkommt, gegeben.«

»Das klingt aber gar nicht gut«, sagte Newman nachdenklich.

Tweed sah auf das Blatt, das offensichtlich aus einem Block herausgerissen war. In deutlich lesbarer Schrift stand darauf: Mario Murano, Via Legessa 290, Milano.

»Damit haben wir eine neue Front«, sagte Tweed leise. »Italien.«

»Buller hat noch gesagt, dass er herausfinden will, auf welchen Wegen die Terroristen ins Land gelangen, aber dann musste er auch schon losrennen, um seinen Zug nicht zu verpassen.«

»Dann können wir nur hoffen, dass er heil wieder zurückkommt«, sagte Tweed.

»Wer hätte das gedacht«, sagte Paula. »Dabei habe ich Buller immer für einen absoluten Schwachkopf gehalten, der von Tuten und Blasen keine Ahnung hat.«

»Woraus wir wieder einmal lernen können, dass man nicht vorschnell über einen Menschen urteilen sollte«, sagte Tweed, allerdings eher zu sich als zu den Anwesenden. »Buller hat den grobschlächtigen ›Bullen‹ immer nur gespielt.«

»Ich wette, dass Victor Warner keinen blassen Schimmer davon hat, was Buller wirklich macht«, sagte Paula. »Und seine Untergebenen bei der Special Branch wissen bestimmt auch nichts davon.«

»Interessanterweise«, sagte Tweed zu Marler, »hat Monica gerade aus eigenem Antrieb ein Dossier über Jasper Buller erstellt.«

»Na ja«, sagte Monica, »mit dem, was Marler herausgefunden hat, kann ich natürlich nicht mithalten. Ich habe nur seine Adresse in Pimlico recherchiert und in Erfahrung gebracht, dass er bei seinen Untergebenen regelrecht verhasst ist und oft stundenlang allein durch die Gegend streift – obwohl er darauf besteht, dass seine Mitarbeiter stets zu zweit arbeiten. Über heimliche Besuche in dieser berüchtigten Moschee in Finsbury Park habe ich jedoch nichts herausgefunden.«

»Nachdem Buller in die Moschee gegangen war, habe ich alle Besucher, die herauskamen, fotografiert«, sagte Marler.

Er zog eine kleine Digitalkamera aus der Tasche und schloss sie an einen kleinen, transportablen Drucker an, den die Eierköpfe des SIS eigens konstruiert hatten. Immer wenn ein Bild fertig war, schnitt Paula es mit einer Schere von der Rolle und reichte es dann an Tweed weiter. »Wahrscheinlich sind sie ziemlich nichts sagend«, sagte Marler.

Als alle Bilder ausgedruckt waren, ging Paula hinüber zu Tweed an den Schreibtisch und blickte ihm über die Schulter, während er sich die Bilder genau ansah. Auf den meisten waren Araber in ihren typischen langen Gewändern zu sehen. Schließlich nahm Paula eines der Fotos, um es unter einer Lupe zu betrachten.

»Ich glaube, diese Frau hier habe ich schon einmal gesehen. Allerdings kann ich mich nicht mehr erinnern, wo das war«, sagte sie.

»Zeigen Sie her!«, sagte Tweed.

Auf dem Bild sah man eine verschleierte Person, die gerade aus der Moschee kam. Sie ging stark vornübergebeugt an einem Krückstock, weshalb man die Körpergröße nur ungefähr schätzen konnte.

»Mir sagt das Bild überhaupt nichts.« Tweed wiegte den Kopf. »Haben Sie zufällig bemerkt, wohin diese Frau danach gegangen ist?«, fragte er Marler.

»Nein, dazu war keine Zeit, schließlich wollte ich ja noch die anderen Besucher fotografieren.«

»Geben Sie die Bilder zu den Ermittlungsakten«, sagte Tweed zu Paula.

»Wo sind eigentlich Butler und Nield momentan?«, fragte Marler.

»Die beschatten doch Eva Brand.«

»Haben Sie den steilen Zahn etwa im Verdacht?«

»Ihre dummen Machosprüche können Sie sich sparen!«, sagte Paula empört.

»Immerhin ist Eva die Nichte von Drew Franklin«, sagte Tweed und beendete damit das kleine Wortgefecht. »Und deshalb möchte ich, dass sie überprüft wird. Genauso übrigens wie die Hogarth-Brüder, die ebenfalls mit Franklin verwandt sind. Wenn wir das nächste Mal in Carpford sind, sollten wir die persönlichen Beziehungen der Bewohner zueinander ganz genau durchleuchten.«

Paula sah auf die Uhr. »Ach du meine Güte, ich muss ja los, um mich für das Abendessen mit Eva herzurichten.«

»Und das kann Stunden dauern«, frotzelte Newman. »Wenn zwei Frauen zusammen ausgehen, brezeln sie sich immer ganz besonders auf.«

»Also, ich mag es, wenn Frauen Wert auf ihr Äußeres legen«, sagte Tweed.

Noch bevor sich wieder ein Geplänkel zwischen Paula und Newman entwickeln konnte, klingelte das Telefon, und Monica hob ab.

»Das war Jules Beaurain«, sagte sie, nachdem sie wieder aufgelegt hatte. »Er ist gerade in Heathrow gelandet und wird ungefähr in einer Stunde hier sein. Er hat wichtige Neuigkeiten, sagt er. Sehr wichtige sogar.«

Mittlerweile war auch der sechste und letzte Milchlaster in der Scheune auf der Oldhurst Farm eingetroffen. Binnen weniger Minuten lag die Leiche des Fahrers auf dem Grund der Jauchegrube, und die letzte der Spezialwaffen wurde zu einem Lieferwagen mit der Aufschrift *Frische Blumen* getragen, der hinter dem Milchlaster in die Scheune gefahren war.

Ali stand mit verschränkten Armen vor dem Lieferwagen und beobachtete zufrieden, wie die Waffe auf eine kompakte, mit dem Wagenboden verschraubte Abschussrampe montiert wurde.

Bei der Vorstellung, was passieren würde, wenn er den roten Knopf drückte, breitete sich ein genüssliches Grinsen auf Alis braunem Gesicht aus. Wenn die Waffe erst einmal ihr Ziel erreichte, würde sie eine unfassbare Zerstörung anrichten.

»So, und jetzt kommt die Tarnung«, sagte er auf Arabisch.

Vier seiner Männer beluden daraufhin den vorderen Teil des Lieferwagens vom Boden bis zur Decke mit in Zellophan verpackten Blumensträußen, bis die Rakete vollständig darunter verschwunden war. Dahinter stellten sie mehrere Reihen großer Topfpflanzen, die so schwer waren, dass sie auch den neugierigsten Polizisten mutlos machen würden, wenn er erst einmal die vordere Reihe hatte wegräumen müssen.

Ali sah auf seine Uhr. Sie lagen genau im Zeitplan. Abdullah hatte ihn angewiesen, die Lieferwagen getrennt in

Richtung Süden fahren zu lassen, damit sie während der Rushhour in London ankamen. Zu dieser Zeit führte die Polizei nur sehr selten Fahrzeugkontrollen durch. Wie schon beim Anschlag auf das World Trade Center im Jahr zuvor war auch diesmal alles aufs Genaueste durchdacht worden.

11

Auf der Fahrt zum Ivy blickte Paula, die unter ihrem Wintermantel einen lachsfarbenen Hosenanzug trug, immer wieder durch die Heckscheibe des Taxis. Etwa drei Autos hinter ihnen fuhr ein Motorrad, dessen Fahrer eine schwarze Lederkombi und einen Integralhelm mit getöntem Visier trug, hinter dem das Gesicht nicht zu erkennen war. Das Motorrad folgte ihr nun schon seit ihrer Wohnung.

Als das Taxi vor dem Restaurant anhielt, blieb der Motorradfahrer unmittelbar hinter ihnen stehen. Paula zahlte den Taxifahrer, riss dann die Wagentür auf und rannte in das voll besetzte Lokal, wo sie der Geschäftsführer sofort an Evas Tisch brachte. Eva trug ein eng anliegendes goldfarbenes Kleid mit Stehkragen. Sie stand auf, um Paula zur Begrüßung auf die Wangen zu küssen. Auf dem Tisch stand in einem mit Eis gefüllten Champagnerkühler eine Flasche Krug Grand Cuvée.

»Sie sehen umwerfend aus«, sagte Paula und nahm Platz. »Das Kleid steht Ihnen ausgezeichnet.«

»Nicht so gut wie Ihnen Ihr Hosenanzug«, entgegnete Eva mit einem breiten Grinsen. »Aber genug der Komplimente, stoßen wir an.« Sie erhoben die Gläser, die der Ober ihnen gerade eingegossen hatte. »Auf das Verbrechen«, sagte Eva.

»Auf die *Bekämpfung* des Verbrechens, würde ich eher meinen.«

»Oh, Pardon«, sagte Eva kichernd. »Jetzt ist mir doch tatsächlich unser alter Trinkspruch aus der Sicherheitsagentur Medfords herausgerutscht. Ohne Verbrechen wären wir dort alle arbeitslos gewesen. Stört es Sie, wenn ich rauche?«

Paula schüttelte den Kopf. »Seltsam, bei Ihrem Toast musste ich an Minister Warner denken«, sagte sie. »Finden Sie es nicht auch höchst mysteriös, dass seine Frau seit nunmehr drei Wochen verschwunden ist und man seitdem nichts mehr von ihr gehört hat? Victor Warner zeigt seine Gefühle natürlich nicht in der Öffentlichkeit, aber bestimmt dreht er bei dem Gedanken, was seine Frau vielleicht gerade durchmacht, innerlich fast durch.«

»Das denke ich auch«, sagte Eva und blies genüsslich den Rauch aus. »Sie war eine wirklich nette Frau.«

»Dann kannten Sie sie?«, fragte Paula.

»Ich habe sie ein paarmal auf Partys getroffen. Außerdem hat sie wie ich Sprachen studiert. Linda hat fast die ganze Welt bereist, aber in England hat es ihr immer am besten gefallen. Sie liebte dieses Land.«

»Welche Sprachen haben Sie denn studiert?«, fragte Paula und blickte von der Speisekarte auf.

»Französisch, Arabisch, Spanisch und Italienisch.«

»Arabisch auch? Alle Achtung!«

»Ich habe mal für Medfords in Kairo einen Mann dingfest gemacht, der sich mit einer ziemlich großen Geldsumme dorthin abgesetzt hatte. Und was gibt es bei Ihnen Neues?« Sie wechselte ein wenig zu rasch das Thema. »Verfolgen Sie inzwischen schon eine heiße Spur?«

Der Ober kam, um die Bestellung aufzunehmen. Paula wählte eine Lachsquiche und Eva ein Omelett mit Trüffeln. Als der Ober wieder gegangen war, sagte Paula – die keine Lust hatte, den ganzen Abend lang Smalltalk zu machen – freiheraus:

»Was ist denn Ihrer Meinung nach mit Mrs Warner passiert?«

»Ich glaube, sie wurde entführt.«

»Aber warum gab es dann bisher noch keine Lösegeldforderung? Seit ihrem Verschwinden sind immerhin schon drei Wochen vergangen.«

»Darüber zerbreche ich mir nicht den Kopf. Dafür haben wir ja Profis wie Sie.«

»Sie haben erwähnt, dass Sie auch Italienisch sprechen. Waren Sie denn schon oft in Italien?«

»Das kann man wohl sagen. Unter anderem in Rom, Florenz und Verona. Und in Mailand.«

»Und wann waren Sie zuletzt in Mailand?«, fragte Paula.

Evas Lächeln verschwand, und sie funkelte Paula mit ihren dunklen Augen herausfordernd an. »Wenn ich nicht genau wüsste, dass Sie ausgezeichnete Manieren haben, könnte ich fast auf den Gedanken kommen, dass Sie mich gerade aushorchen wollen.«

»Warum sollte ich das tun?«, sagte Paula grinsend und nippte an ihrem Champagner. »Ein edler Tropfen.« Sie wiegte anerkennend den Kopf.

Eva strich, ohne eine Miene zu verziehen, Butter auf ein Stück Weißbrot und biss ab.

»Mein Gott, ist der fett geworden!«, sagte sie und deutete auf einen bekannten Rockmusiker, der an einem der anderen Tische saß. »Finden Sie nicht auch, dass diese Popstars maßlos überschätzt werden?« Paula wollte gerade etwas erwidern, da stand drüben an dem Tisch ein hagerer junger Mann auf, der einen weißen Anzug trug. Leicht schwankend kam er auf sie zu. Er glotzte Eva mit glasigen Augen an und packte sie am linken Handgelenk.

»Na, wen haben wir denn da?«, sagte er mit schwerer Zunge. »Die bezaubernde Eva Brand, wenn ich mich nicht irre.«

Er verzog seine fleischigen Lippen zu einem hässlichen Grinsen und entblößte eine Reihe nikotingelber Zähne.

»Ich bin Joe Yorkie, der Leadsänger von den Busy Bees. Ich hab 'ne Jacht im Mittelmeer. Wie wär's, soll ich Sie in meinem Privatjet mal kurz runterfliegen lassen?«

»Wenn Sie mich nicht sofort loslassen, können Sie sich mein Omelett von Ihrem dämlichen weißen Anzug kratzen«, fauchte Eva und griff nach ihrem Teller.

»Warum so unfreundlich?«, lallte Yorkie und ließ Evas Handgelenk los. »Du blöde Tusse bist sowieso nicht mein Typ.«

»Da bin ich aber beruhigt. Am besten setzen Sie sich in Ihren albernen Privatjet und fliegen dorthin, wo der Pfeffer wächst. Und jetzt lassen Sie uns gefälligst in Ruhe, Sie leere Hose.«

Paula wäre vor Lachen fast ein Bissen im Hals stecken geblieben. Viel hatte nicht gefehlt, und Evas Omelett wäre auf dem blütenweißen Anzug des betrunkenen Sängers gelandet, der jetzt wie ein begossener Pudel zu seinem Tisch zurückwankte.

Eva lächelte, als wäre nichts passiert. »Wo waren wir gerade?«

Der Rest des Abendessens verlief angenehm und ohne weitere Unterbrechungen. Die beiden Frauen unterhielten sich über Gott und die Welt, und Paula stellte Eva keine verfänglichen Fragen mehr. Nach dem Kaffee sah sie auf die Uhr.

»Vielen Dank für die Einladung, Eva. Es war ein wunderschöner Abend, aber jetzt habe ich leider noch einen wichtigen Termin«, flunkerte Paula.

»Das ist in Ordnung«, sagte Eva. »Ich erwarte ohnehin noch einen Gast. Ein Freund von mir wollte noch auf einen Digestif vorbeischauen.«

Als Paula draußen vor der Garderobe in ihren Mantel schlüpfen wollte, merkte sie auf einmal, dass ihr jemand hineinhalf.

»Gestatten Sie«, sagte Peregrine Palfry mit fröhlicher

Stimme. »Und denken Sie bitte an meine Einladung zum Tee. Sie sehen heute übrigens wirklich besonders entzückend aus.«

»Vielen Dank, Mr Palfry …«

»Bitte, nennen Sie mich doch Perry.«

Palfry, dessen glatte Haut im gedämpften Licht leicht glänzte, fixierte Paula mit seinen moosgrünen Augen und küsste Sie zum Abschied auf die Wangen.

»Passen Sie gut auf sich auf«, sagte er und zog dann weiter.

Paula ließ sich mit dem Zuknöpfen ihres Mantels Zeit und beobachtete, wie Palfry an Evas Tisch trat, sie umarmte und ihr gegenüber Platz nahm.

Ob er wohl der Freund ist, den sie erwartet hat?, fragte sich Paula, während sie hinaus in die eiskalte Nacht trat. Sie ahnte nicht, dass dort eine unliebsame Überraschung auf sie wartete.

Ein kleiner, kräftig gebauter Mann in Arbeitskleidung, der sich eine Schirmmütze tief in das dunkle Gesicht gezogen hatte, packte Paula fest am rechten Unterarm, sodass sie nicht mehr nach der in ihrer Umhängetasche verborgenen Browning greifen konnte. Ein größerer Mann mit Glatze ergriff ihren linken Arm.

»Mach uns keine Schwierigkeiten«, knurrte der Kleine. »Wir bringen dich bloß heim.«

Die beiden zerrten Paula zu einer überlangen Limousine, die ein paar Meter vom Ivy entfernt stand. Auf einmal sprang Harry Butler aus einem der Hauseingänge und versetzte dem Mann mit der Schirmmütze einen kräftigen Magenschwinger.

»Finger weg von der Lady«, zischte er.

Der Mann ließ Paula los und ging zu Boden. Paula wollte nach ihrer Browning greifen, aber sie konnte den Arm kaum bewegen, so fest war der Griff des Mannes gewesen. Nun kam von hinten Pete Nield herangelaufen und versetzte dem Mann mit der Glatze zunächst einen Handkantenschlag in die Nierengegend, dass dieser sich vor Schmerzen krümmte. Dann holte Nield noch einmal aus und schickte den Unhold mit einem vernichtenden Kinnhaken endgültig zu Boden, während Butler dem Kleinen mit der Schirmmütze den Kopf so lange aufs Pflaster des Gehsteigs schlug, bis der Mann bewegungslos liegen blieb. Inzwischen war Newman auf die Limousine zugerannt, hatte die Tür aufgerissen und eine Rauchbombe durch das offene Fenster hineingeworfen.

Der Fahrer keuchte und hustete und versuchte verzweifelt, den Sicherheitsgurt zu öffnen. Newman rannte grinsend zurück zu seinem Wagen und rief dabei Paula zu: »Taxi gefällig, schöne Frau?«

Paula stieg ein und drehte sich dabei noch einmal zu Nield und Butler um, die ihren Angreifern gerade den Rest gaben. Die beiden Typen würden bestimmt für längere Zeit außer Gefecht sein. »Danke, dass Sie mich wieder mal rausgehauen haben«, sagte sie. »Aber wie kommt es, dass Sie so plötzlich zur Stelle waren?«

»Das war Tweeds Idee. Er hat wohl eine Art Vorahnung gehabt und daraufhin Pete und Harry angewiesen, vor dem Ivy auf Sie zu warten. Ich hatte gerade nichts Besseres vor und habe mich ihnen einfach angeschlossen«, sagte Newman mit einem verschmitzten Grinsen. »Der Fahrer der Limousine, in der Sie eine Fahrt ins Blaue machen sollten, wird übrigens gerade geräuchert.«

»Wie meinen Sie das?«

»Ich habe ihm eine Rauchbombe hineingeworfen. Ich schätze, der rührt so schnell keine Zigarette mehr an. Und wie geht es Ihnen?«

»Ein bisschen mitgenommen bin ich schon, aber sonst ist alles in Ordnung.«

»Und jetzt nichts wie in die Park Crescent.«

Als sie ins Büro kamen, wartete Tweed dort bereits ungeduldig auf Paula und schloss sie sofort in die Arme. Monica, die bemerkt hatte, wie blass Paula war, setzte gleich Teewasser auf. Paula zog ihren Mantel aus, ließ sich auf den Schreibtischstuhl sinken und fing plötzlich an zu zittern. Sie stand ganz offensichtlich noch unter Schock.

»Was ist denn passiert?«, fragte Tweed.

Newman beschrieb kurz, aber präzise, was vor dem Restaurant passiert war. Monica kam ins Büro zurück und stellte eine Tasse Tee vor Paula auf den Schreibtisch. »Trinken Sie das«, sagte sie. »Ich weiß, Sie mögen keinen Zucker im Tee, aber in Ihrem Zustand wirkt er Wunder.« Als Paula die Tasse nahm, bemerkte Monica, wie deren Hände zitterten.

Ein paar Minuten später ging die Tür auf, und Nield und Butler stürmten herein. Butler, dem Paula besonders am Herzen lag, ging zu ihr hinüber und legte ihr eine Hand auf die Schulter. Paula zitterte jetzt nicht mehr und hatte schon wieder etwas Farbe im Gesicht.

»Sie haben mir das Leben gerettet!«, sagte sie. »Ich weiß gar nicht, wie ich Ihnen danken soll! Tweed, was hat Sie eigentlich so misstrauisch gemacht?«

»Es war vielleicht nur so eine Art sechster Sinn.«

»Ich frage mich, was diese Männer von mir wollten«, sagte Paula.

»Vermutlich wollten sie herausfinden, wie weit wir mit unseren Ermittlungen sind«, antwortete Tweed.

»Ermittlungen in welcher Richtung?«

»In alle Richtungen. Mich interessiert an dem Überfall allerdings vor allem, woher Ihre Angreifer wussten, dass Sie sich im Ivy aufhielten. Im Moment fällt mir eigentlich nur Eva Brand ein. Hatte sie eigentlich ein Handy dabei?«

»Vielleicht in ihrer Handtasche, die über der Stuhllehne hing. Aber in meinem Beisein hat sie nicht telefoniert.«

»Das musste sie ja auch nicht. Sie hätte die Typen ja lange vorher anheuern und ihnen nur kurz ein Zeichen zu geben brauchen, nachdem Sie vom Tisch aufgestanden sind«, meinte Tweed.

»Übrigens bin ich mir ziemlich sicher, dass mich jemand verfolgt hat, als ich mit dem Taxi zum Ivy fuhr. Ein Motorradfahrer in Lederkleidung und mit schwarzem Helm.«

Marler, der die ganze Zeit über schweigend an der Wand gelehnt war, meldete sich nun zu Wort: »Ich tippe trotzdem auf Eva Brand. Worüber haben Sie denn mit ihr gesprochen?«

Paula wiederholte die Unterredung Wort für Wort. Als Tweed an einer bestimmten Stelle die Stirn runzelte, hakte sie nach.

»Was denken Sie gerade, Tweed?«

»Ich überlege, was ich davon halten soll, dass Eva Brand Italienisch spricht und in Mailand war. Auf einmal scheint Italien in aller Munde zu sein …« Er zog den Zettel mit der Adresse hervor, die Marler ihm gegeben hatte. »Marler, erzählen Sie uns noch einmal in allen Einzelheiten, was passiert ist, als Sie Buller beschattet haben.«

Marler wiederholte das, was er Tweed und Paula erzählt hatte.

»Von dieser Moschee in Finsbury Park heißt es, dass die Anhänger der El Kaida dort einer Gehirnwäsche unterzogen werden«, sagte Harry Butler, der sich abermals im Schneidersitz auf den Boden gesetzt hatte.

»Das stimmt«, sagte Tweed. »Was mich an Marlers Erzählung aber viel mehr interessiert, ist die Tatsache, dass Buller nach Mailand fahren wollte, um einen Informanten zu treffen. Und zwar, nachdem er in der Moschee gewesen war. Und jetzt haben wir von Eva Brand schon den zweiten Hinweis auf Mailand bekommen.« Er sah auf die Uhr. »Bob, haben Sie bei der *Daily Nation* etwas über Drew Franklin herausgefunden?«

»Ja – und nein. Ich habe meinen Freund, den stellvertretenden Chefredakteur, auf ein Bier eingeladen. Er sagt, dass Franklin von seinen Kollegen für seine bissigen, bei den Lesern äußerst populären Kolumnen zwar geschätzt wird, aber ansonsten nicht allzu beliebt ist. Er spricht nur selten mit ihnen und scheint sich für was Besseres zu halten. Franklin besitzt eine Wohnung gleich hinter dem Eaton Square – ich habe mir die Adresse notiert –, aber seine Kolumnen schreibt er meistens in Carpford. In London geht er oft auf Partys, was er ja auch muss, wenn er auf dem Laufenden bleiben will, und im Januar fliegt er regelmäßig für sechs Wochen ins Ausland, aber niemand weiß, wohin. In dieser Zeit erscheint seine Kolumne nicht. Von seinen Kollegen wird er übrigens hinter seinem Rücken bloß ›der Fatzke‹ genannt. Mehr habe ich bisher noch nicht herausgefunden, eines allerdings dürfte schon jetzt klar sein: Irgendetwas stimmt mit diesem Franklin nicht.«

Tweed dankte Newman und wandte sich an Paula, die still an ihrem Schreibtisch saß. »Paula. Sie sollten jetzt nach Hause gehen. Nach dem Vorfall heute Abend brauchen Sie erst mal viel Schlaf. Beaurain sitzt übrigens noch immer in Heathrow fest – der Sicherheitsdienst am Flughafen hat einen anonymen Anruf bekommen, dass ein Terrorist an Bord der Maschine gewesen sein soll und überprüft jetzt alle Passagiere. Es wird also bestimmt spät, bis er kommt. Ich werde hier auf ihn warten.«

»Dann warte ich auch«, sagte Paula bestimmt.

Eine halbe Stunde später waren nur noch Marler, Tweed, Paula und natürlich Monica im Büro. Marler stand am Fenster und zog den Vorhang ein wenig zur Seite.

»Sieh mal einer an, wir kriegen hohen Besuch«, sagte er und stieß einen erstaunten Pfiff aus. »Machen Sie sich auf was gefasst, Tweed!«

Es dauerte keine Minute, bis sich George auf Monicas Apparat meldete.

»Victor Warner ist im Anmarsch«, sagte sie dann zu Tweed. »Er möchte Sie dringend sprechen.«

»Er soll raufkommen«, knurrte Tweed. »Aber allein.«

»Da unten stehen übrigens zwei schwarze Limousinen«, berichtete Marler. »In der ersten war der Minister, und aus der zweiten steigen gerade lauter Typen von der Kamelhaarmantel-Fraktion. Und die Schießbudenfiguren bauen sich jetzt doch tatsächlich vor unserem Eingang auf. Ist ja zu komisch!«

Kurze Zeit später flog die Tür auf, und Victor Warner preschte in einem Kamelhaarmantel – allem Anschein nach eine Maskerade für die Fahrt von Whitehall zum SIS – herein. Ohne ein Wort des Grußes nahm er Tweed gegenüber Platz und legte einen großen Umschlag aus braunem Karton vor ihm auf den Schreibtisch.

»Ich hielt es fürs Beste, Ihnen das hier persönlich zu überreichen. Wir wissen jetzt, wer hinter den ganzen Gerüchten von einem Terroranschlag steckt und wo er vermutlich stattfinden wird. Aber bevor Sie den Umschlag öffnen, möchte ich, dass Ihre Mitarbeiter das Büro verlassen.«

»Ich muss sowieso gehen«, sagte Marler und verließ den Raum.

»Und ich wollte gerade Kaffee machen«, verkündete Monica und ging ebenfalls.

»Dürfte ich Sie auch kurz nach draußen bitten, Miss Grey?«, sagte Warner zu Paula. »Was ich zu sagen habe, geht nur Tweed und mich etwas an.«

»Miss Grey bleibt«, sagte Tweed forsch. »Sie ist in alle meine Pläne eingeweiht. Falls ich eines Tages einmal ausfallen sollte, wird sie meine Nachfolgerin.«

Paula, die verblüfft, um nicht zu sagen, peinlich berührt war, vermied es, Tweed anzusehen. Bisher hatte Tweed sie noch nie als seine mögliche Nachfolgerin benannt.

»Wenn das so ist, kann sie natürlich bleiben«, sagte Warner. »Und jetzt machen Sie bitte den Umschlag auf.«

Tweed tat, was der Minister von ihm wollte. Er zog eine Fotografie heraus.

»Was ist das Ihrer Meinung nach?«, fragte Warner mit bedeutungsschwangerer Miene.

»Ein Foto vom Canary Wharf Tower.«

»Das nächste Ziel der Terroristen«, sagte der Minister düster.

»Woraus schließen Sie das?«

»Zwei Polizisten in den Docklands ist ein Mann aufgefallen, der den Canary Wharf Tower ungewöhnlich oft und von allen Seiten fotografiert hat. Sie haben ihn sich geschnappt. Buchanan hat den Film entwickeln lassen und mir per Kurier die Bilder geschickt. Der Mann sitzt jetzt im Polizeigewahrsam, weil sich herausgestellt hat, dass er ein Mitglied der IRA ist. Er wurde erst vor ein paar Monaten aus dem Gefängnis entlassen.«

»Was wissen Sie über ihn?«, fragte Tweed.

»Er heißt Tim O'Leary. Angeblich hat die IRA ihn vor Jahren für ein paar Monate in den Nahen Osten geschickt, um dort Waffenlieferanten zu suchen. Er spricht fließend Arabisch.«

»Und er hat den Canary Wharf Tower derart auffällig fotografiert, obwohl zwei Polizisten in der Nähe waren?«

»Wahrscheinlich hat er sie nicht bemerkt. Oder er hat geglaubt, dass er sich am wenigsten verdächtig macht, wenn er seine Bilder vor aller Augen schießt. Wie gesagt, es war reiner Zufall, dass die Polizisten vor Ort waren.«

»Dann glauben Sie also, dass der Canary Wharf Tower das nächste Ziel für einen Anschlag der IRA ist?«

»Ja, möglicherweise gleichzeitig mit der Saint Paul's Cathedral. Ich habe bereits alle nötigen Sicherheitsvorkehrungen angeordnet. Jeder, der eines der beiden Gebäude betritt, wird gründlich durchsucht. Und nicht nur das...« Warner geriet jetzt richtig in Fahrt. »Die Royal Air Force sichert den Luftraum über London rund um die Uhr mit Kampfflugzeugen und hat strikte Anweisung, jedes Flugzeug abzuschießen, sobald es in die von uns eingerichteten Flugverbotszonen eindringt. Das gilt auch für Passagiermaschinen. Sie sehen, Tweed, wir sind auf alles vorbereitet – ganz gleich ob auf dem Boden oder in der Luft. Es gibt für Sie also keinen vernünftigen Grund mehr, sich weiterhin um diese Sache zu kümmern. Und jetzt darf ich mich von Ihnen verabschieden.« Warner stand auf.

»Vielen Dank, Herr Minister, dass Sie sich extra zu uns herbemüht haben, um uns auf den aktuellen Stand zu bringen«, sagte Tweed mit ruhiger Stimme.

Paula hielt Warner, der sich dafür mit keinem Wort bei ihr bedankte, die Tür auf. Er war noch keine zehn Minuten weg, da klingelte abermals das Telefon. George teilte Monica mit, dass Jules Beaurain soeben eingetroffen sei.

»Jetzt wissen wir wenigstens, warum der arme Kerl so lange am Flughafen hat warten müssen«, sagte Tweed. »Das verdankt er bestimmt Warners neuen Sicherheitsvorkehrungen in Heathrow. Sagen Sie ihm, dass er heraufkommen soll.«

Paula, die einen von der langen Reise und den Unannehmlichkeiten am Flughafen erschöpften Mann erwartet hatte, war ganz erstaunt, als der Belgier nun voller Elan mit einem breiten Grinsen im Gesicht ins Büro marschiert kam. Er sah aus, als könne er Bäume ausreißen.

Beaurain, der eine unauffällige Windjacke und legere Cordhosen trug, setzte sich in einen der Sessel und stellte seinen kleinen Aktenkoffer auf dem Boden ab.

»Ich habe wichtige Neuigkeiten für Sie«, sagte Tweed.

»Ich auch, aber ich lasse Ihnen gern den Vortritt«, sagte Beaurain. Er hörte aufmerksam zu, während Tweed ihm von Warners Überraschungsbesuch erzählte.

»Und? Was halten Sie davon, dass der Canary Wharf Tower das Ziel eines Anschlags werden soll?«, fragte Tweed abschließend.

»Schon wieder ein Täuschungsmanöver«, antwortete der Belgier trocken.

12

»*Ein Täuschungsmanöver?*«, rief Paula aus. »Das haben Sie auch über die Zeichnung von der Saint Paul's Cathedral gesagt.«

»Stimmt. Und zwar deshalb, weil ich fest davon überzeugt bin, dass diese Bilder und Zeichnungen einzig und allein dem Ziel dienen, uns auf eine falsche Fährte zu locken. Wer auch immer uns dieses Material in die Hände spielt, betreibt gezielte Desinformation. Das ist doch sonnenklar.«

»Ich bin vollkommen Ihrer Meinung«, sagte Tweed. »Ich sehe das auch so.«

»Wieso ist es denn so klar?«, fragte Paula.

»Paula, Sie sind doch eine hochintelligente Frau«, sagte Beaurain mit einem Lächeln. »Führen Sie sich doch bloß einmal diese inszenierte Geschichte am Canary Wharf Tower vor Augen. Da marschiert dieser Tim O'Leary – der bestimmt nur deshalb für diesen Job ausgewählt wurde, weil er in der IRA ist – am helllichten Tag vor dem Hochhaus herum und fotografiert es immer wieder von allen Seiten. Glauben Sie denn im Ernst, dass ein erfahrener IRA-Mann es nicht bemerken würde, wenn zwei Polizisten in der Nähe sind?«

»O'Leary war der Köder«, fügte Tweed mit einem Lächeln hinzu, »und Victor Warner hat angebissen. Jetzt zappelt er am Haken und merkt es nicht einmal.«

»Und das ist für einen Sicherheitsminister ein ziemliches Armutszeugnis«, sagte Beaurain.

»Paula«, sagte Tweed, »ich möchte, dass Jules über alles im Bilde ist. Würden Sie ihm bitte berichten, was sich vor dem Ivy zugetragen hat?«

Paula holte tief Luft und schilderte ausführlich ihr Erlebnis. Beaurain hörte ihr mit immer finsterer werdender Miene zu und ließ sie nicht eine Sekunde aus den Augen. Schließlich nickte er und sagte in ernstem Ton: »Diese Geschichte ist doch höchst aufschlussreich, finden Sie nicht auch? Es sieht ganz danach aus, als ob man Sie entführen und irgendwo einem Verhör unterziehen wollte. Wenn nicht noch Schlimmerem. Sie sollten vielleicht mal überlegen, mit wem Sie sich getroffen haben und was sie diesen Personen alles gesagt haben. Und vergessen Sie dabei Carpford nicht. Offenbar haben Sie mit irgendeiner Bemerkung bei jemandem einen Nerv getroffen.«

»Sie meinen ...«

»Ich meine, dass dieser Jemand allem Anschein nach glaubt, Sie hätten etwas gesehen – oder gehört –, was seinen Plänen gefährlich werden könnte. Überlegen wir doch einmal, wer alles davon wusste, dass Sie im Ivy waren. Da hätten wir zum Beispiel den Motorradfahrer, der Sie verfolgt hat. Wer war das? Und dieser Eva Brand würde ich auch gern mal auf den Zahn fühlen. Irgendwie scheint mir die auch nicht ganz koscher zu sein.«

»Eva wird Ihnen bestimmt gefallen. Sie ist eine ausgesprochen attraktive Frau«, sagte Paula neckisch.

»Ob Sie's nun glauben oder nicht«, antwortete Beaurain mit einem spöttischen Grinsen, »in unseren belgischen Gefängnissen sitzen zurzeit mehrere ausgesprochen attraktive Frauen, die mir eine Menge zu erzählen hatten.«

»Apropos Belgien«, mischte Tweed sich neugierig ein. »Sie haben uns noch gar nicht erzählt, was Sie bei Ihrem Bankier in Brüssel in Erfahrung bringen konnten, Jules.«

»Ich musste ihm nur ein paar kompromittierende Unterlagen zeigen, und schon hat er geredet wie ein Wasserfall.

Ist schon erstaunlich, was man alles erfährt, wenn man jemandem mit ein paar Jahren Gefängnis droht.« Beaurain schüttelte leise lächelnd den Kopf. »Also: Die Mieteinnahmen aus Carpford, bei denen es sich Monat für Monat um eine beträchtliche Summe handelt, bleiben nicht in Belgien, sondern werden per elektronischer Überweisung an einen gewissen Mario Murano in Mailand transferiert. Ich kenne den Mann übrigens persönlich, er hat mich früher des Öfteren mit Informationen versorgt. Hier auf dem Zettel steht seine Adresse.«

Als Tweed erkannte, dass die Adresse mit der übereinstimmte, die Marler von Jasper Buller bekommen hatte, erzählte er Beaurain, was Marler über den Chef der Special Branch herausgefunden hatte.

»Ich hoffe, dieser Buller kann gut auf sich aufpassen«, sagte Beaurain mit einem nachdenklichen Blick zur Decke.

»Ich denke schon«, sagte Tweed. »Wie kommen Sie darauf?«

»Weil Mario Murano ein mit allen Wassern gewaschener Ganove und Spitzel ist, der enge Kontakte zur Mafia unterhält. Er erfährt hochbrisante Dinge, die er gegen fürstliche Bezahlung an die italienische Polizei und ausländische Ermittler wie beispielsweise mich weitergibt. Auf diese Weise hat er schon etliche Mafiabosse hinter Gitter gebracht, aber dieses gefährliche Doppelspiel wird ihm vermutlich irgendwann einmal zum Verhängnis werden. Die Mafia braucht ihm bloß auf die Schliche zu kommen, und dann heißt es ›Ciao, Mario‹.«

»Das steht zu vermuten«, sagte Tweed. »Er muss aufpassen, dass er nicht eines Tages im Betonpfeiler einer neuen Autobahnbrücke endet.«

»Ich war heute übrigens nicht nur in Brüssel, sondern auch in Paris«, erzählte Beaurain weiter. »Ist ja nur ein Katzensprung, wenn man schon mal drüben auf dem Kontinent ist. Ich habe dort mit einem guten Freund von Ihnen gesprochen, dem Leiter der französischen Spionageabwehr. Er hat mich gebeten, Ihnen etwas auszurichten, Tweed, aber es ist nicht allzu schmeichelhaft, fürchte ich.«

»Reden Sie nicht um den heißen Brei herum, Beaurain. Was lässt mir der alte Fuchs ausrichten?«

»Dass die Tommys – so nannte er euch Engländer – nicht mehr alle Tassen im Schrank hätten. Die französischen Dienste haben erfahren, dass mehrere Terroristen der El Kaida vor kurzem nach England eingereist sind, und die entsprechenden Informationen sofort an Ihr Sicherheitsministerium weitergeleitet. Dort hat man ihnen zwar für ihre Bemühungen gedankt, aber nichts unternommen. Ihr Freund versteht das nicht und ist stinksauer.«

»Das kann ich ihm nicht verdenken. Aber leider sind mir die Hände gebunden. Ich kann Warner nicht vorschreiben, wie er sein Ministerium zu führen hat.«

Beaurain nickte verständnisvoll. »Das weiß ich doch. Aber frustrierend ist es trotzdem, wenn man weiß, was demnächst passieren wird, man aber nichts dagegen unternehmen kann. Ich werde morgen nach Italien fahren und Signor Murano fragen, wohin er das Geld aus Brüssel weiterleitet. Der Bankier in Brüssel hat mir erzählt, dass jemand aus Carpford unter dem Kodenamen Brutus riesige Summen an ihn überweist. Möchte mich vielleicht jemand von Ihnen begleiten?«

»Ja, ich!«, sagte Paula spontan.

»Was halten Sie davon, Tweed?«, fragte Beaurain.

»Ich kenne Paula. Wenn ich es ihr verbieten würde, hätte ich keine ruhige Minute mehr.«

»Gut, dann wäre das also auch geklärt.« Beaurain zog einen Notizblock heraus und schrieb etwas darauf. Paula bemerkte, dass er fast so schnell schrieb, wie er sprach. Er riss den Zettel aus dem Block und gab ihn ihr. »Das ist die Adresse meines Hotels hier in London. Meine Zimmernummer steht auf der Rückseite. Ich habe dort als Mr Vance eingecheckt. Wir fahren morgen in aller Frühe von der Waterloo Station ab. Dürfte ich Sie jetzt noch um Ihre Browning bitten? Vielen Dank. Die schmuggle ich dann zusammen mit meiner eigenen Waffe durch die Sicherheitskontrollen. Nehmen Sie nur einen Koffer mit, und vergessen Sie nicht, warme Sachen einzupacken. Um die Fahrscheine kümmere ich mich. Aber jetzt muss ich gehen, ich habe noch viel zu erledigen.«

Er stand auf und ging zur Tür, wo er aber noch einmal kurz stehen blieb.

»Mir ist noch etwas bezüglich des Überfalls vor dem Ivy eingefallen«, sagte er. »Vergessen Sie nicht, diesen Palfry einmal genauer unter die Lupe zu nehmen. Theoretisch wäre es möglich, dass er den Kerlen draußen ein Zeichen gegeben hat, als er gesehen hat, dass Sie das Lokal verlassen. *Au revoir* …« Und damit war er auch schon verschwunden.

»Interessant, was er so alles erzählt hat«, sagte Tweed mehr zu sich selbst. »Nicht gerade sehr schmeichelhaft, was man in Paris über uns denkt.«

»Ich fahre jetzt nach Hause und bereite alles für Italien vor«, sagte Paula voller Tatendrang. »Dort wird es uns bestimmt nicht langweilig werden. Andiamo! Milano!«

»Ich hoffe nur, dass Ihre Reise sich nicht *zu* ereignisreich erweist«, sagte Tweed, der nicht sonderlich begeistert klang.

13

Beaurain und Paula waren die Ersten, die aus dem Schnellzug stiegen, als dieser gerade in den Bahnhof von Mailand eingefahren war. Staunend blickte Paula hinauf zu dem gewölbten Glasdach der riesigen Bahnhofshalle.

»Das sieht ja aus wie eine Kathedrale«, sagte sie.

»Stimmt«, sagte Beaurain und nahm sie am Arm, um noch vor den anderen Fahrgästen vom Bahnsteig zu verschwinden. »Ich will so schnell wie möglich weg von hier«, erklärte er. »Ist Ihnen nicht aufgefallen, dass wir bereits seit der Waterloo Station verfolgt werden?«

»Von wem denn?«

»Von dem gut gekleideten Mann, der im Zug ein paar Reihen vor uns saß. Kurz vor Mailand hat er mit seinem Handy telefoniert. Würde mich nicht wundern, wenn uns hier eine unangenehme Überraschung erwartet ...«

Es war später Nachmittag, aber noch hell. Weit vor Mailand hatte Beaurain Paula ein schweres, in seltsam glänzendes Papier eingeschlagenes Päckchen überreicht und sie gebeten, es auf der Toilette zu öffnen. Nachdem sie dem Päckchen ihre .32er Browning nebst drei Magazinen entnommen hatte, hatte sie das Papier zurück zu Beaurain gebracht, der es zunächst sorgfältig glatt gestrichen hatte, um es danach in seinem Koffer zu verstauen. Dann war Beaurain mit einem ähnlichen Päckchen auf die Toilette gegangen, und seitdem trug er in einem Schulterhalfter eine Smith & Wesson .38er Special mit extra kurzem Lauf. Der Revolver wog gerade mal ein Pfund.

Als sie durch die von Menschen wimmelnde Halle auf den Ausgang zugingen, sah sich Paula im Bahnhof um. Er schien mindestens zwanzig Bahnsteige zu haben.

»Bleiben Sie ganz nahe bei mir«, sagte Beaurain, der seine Augen überall hatte.

Draußen stiegen sie über eine Reihe breiter Steinstufen hinunter auf den Bahnhofsplatz, wo Paulas Blick als Erstes auf ein Hochhaus fiel, das gerade von der Abendsonne in ein dramatisches Licht getaucht wurde. Der über hundert Meter hohe Wolkenkratzer lief an den Kanten trapezförmig zu, was ihm ein schlankes, elegantes Aussehen gab. »Das muss das berühmte Pirelli-Gebäude sein«, sagte Paula. »Ein architektonisches Meisterwerk.«

»So ist es.«

Beaurain klang so, als ob er nicht ganz bei der Sache wäre, und hörte nicht auf, sich nach allen Richtungen umzusehen und jeden Fußgänger, der an ihnen vorbeiging, mit misstrauischen Blicken zu mustern. Es war offensichtlich, dass er jeden Augenblick mit einem Angriff rechnete. Als sie am unteren Ende der Treppe angelangt waren, bemerkte Paula eine am Straßenrand geparkte Stretchlimousine. Von der Seite kam ein Mann, der einen überladenen Obstkarren vor sich her schob, auf sie zu.

Auf einmal wurde die hintere Tür der Limousine geöffnet, wodurch sie Beaurain am Weitergehen hinderte. Im selben Augenblick kippte der Obstkarren um, und eine ganze Ladung frischer Früchte purzelte auf das Trottoir.

»Wir haben Sie bereits erwartet, Signor Beaurain«, sagte ein Mann, der auf der Rückbank der Limousine saß. Er trug einen teuren Geschäftsanzug. »Im Hotel Hassler sind Zimmer für Sie reserviert ...«

Der Mann hörte abrupt auf zu sprechen, weil Beaurain seinen Revolver gezogen und direkt auf ihn gerichtet hatte. Als der Fahrer der Limousine das sah, sprang er aus dem Wagen, rannte um den Kühler herum und bedrohte den Belgier mit einer Glock, einer tödlichen Waffe mit enormer Durchschlagskraft. Aber Paula war zur Stelle und rammte dem Fahrer die Mündung ihrer Browning in den Rücken.

»Waffe weg«, zischte sie, »oder Ihr letztes Stündchen hat geschlagen.«

Vermutlich war es die Entschlossenheit in ihrer Stimme, die den Fahrer dazu brachte, augenblicklich seine Pistole fallen zu lassen. Paula kickte sie mit dem Fuß unter die Limousine, während Beaurain sich ins Wageninnere beugte und den Mann im Geschäftsanzug mit einem Kinnhaken außer Gefecht setzte.

»Verschwinden wir von hier«, rief er Paula zu, nachdem er dem Fahrer einen Magenschwinger verpasst hatte, der ihn vor Schmerz laut aufstöhnend auf den Gehsteig sinken ließ. Beaurain bückte sich, packte den halb Bewusstlosen unter den Achseln und warf ihn in die Limousine. Dann schlug er die Tür zu.

»Das haben Sie gut gemacht«, keuchte er, während er mit Paula quer über den Bahnhofsplatz rannte. »Schnell, da fährt gerade eine Straßenbahn ab …«

Kurz bevor sich die Türen schlossen, sprangen sie in den fast leeren Waggon, der sich gleich darauf mit ihnen in Bewegung setzte. Bereits im Laufen hatten sie beide ihre Waffen wieder eingesteckt, sodass keiner der wenigen Fahrgäste auf sie aufmerksam wurde. Erleichtert ließen sie sich auf einer Sitzbank nieder. Paula wischte sich die feuchten Hände an ihrer Hose ab. Obwohl es im Bahnhof bitter kalt gewesen war, hatte sie sich ihre Handschuhe nicht angezogen, um gegebenenfalls besser mit ihrer Waffe hantieren zu können.

»Ist das nicht seltsam?«, sagte sie. »Niemand hat von diesem Vorfall auch nur die geringste Notiz genommen. Vielleicht ist so was in Mailand ja ganz alltäglich. Wo fahren wir eigentlich hin?«

»Zu Mario Murano. Die Straßenbahn hält ganz in der Nähe seines Hauses. Alles okay mit ihnen?«

»Mir geht's gut«, sagte Paula. »Weiß Murano denn, dass wir kommen?«

»Ja, ich habe ihn vom Zug aus angerufen. Er weiß also Bescheid. Übrigens ist er nicht der Typ, der ins Hotel Hassler geht, das hier in Mailand in etwa dem Ritz in London entspricht.«

»Haben Sie eine Ahnung, wer die beiden in der Limousine waren?«

»Nicht die geringste. Jedenfalls schienen sie nicht gerade um unser Wohlergehen besorgt zu sein …«

Paula schaute aus dem Fenster. Die Trambahn fuhr gerade eine Straße mit alten, vier- bis fünfstöckigen Häusern entlang. In vielen der Häuser befanden sich im Erdgeschoss Bäckereien, Gemüsegeschäfte, Buchhandlungen oder die unvermeidlichen Supermärkte. Die Bahn hielt an einer Haltestelle, wo alle Passagiere den Waggon verließen, aber niemand zustieg. Als sie sich wieder in Bewegung setzte, waren Paula und Beaurain die einzigen verbliebenen Fahrgäste. Paula sah, wie draußen auf der Straße alte Frauen, die sich in dicke Schals gehüllt hatten, schwere Plastiktüten mit ihren Einkäufen nach Hause schleppten und dabei vornübergebeugt gegen den eisigen Wind ankämpften. Langsam begann es dunkel zu werden.

»An der nächsten Haltestelle steigen wir aus«, sagte Beaurain. »Wir müssen dann zwar noch ein Stück zu Fuß gehen, aber dabei können wir wenigstens die Gegend sondieren, was mir nach unserem Empfang am Hauptbahnhof ziemlich angeraten erscheint …«

Um sich gegen den eiskalten Wind zu schützen, band sich Paula ihren Wollschal um den Kopf, so wie sie es bei den alten Frauen gesehen hatte. Beaurain wartete, bis die Straßenbahn abgefahren war, und sah sich dann nach allen Seiten um.

»Glauben Sie, dass noch mehr passiert?«, fragte Paula.

»Das wäre durchaus möglich. Vielleicht hat ja jemand über Handy durchgegeben, welche Straßenbahn wir genommen haben.«

»Und wer sollte das sein? Die beiden in der Limousine waren dazu bestimmt nicht mehr in der Lage.«

»Sie vergessen den Mann im Zug. Der hat vielleicht alles mit angesehen und danach irgendwo Bescheid gegeben. Sehen Sie das Haus da vorn? Dort wohnt und arbeitet Murano.«

Hier, am Ende der Straße, gab es weniger Geschäfte und so gut wie keine Fußgänger, lediglich auf der Straße fuhren noch viele Autos. Beaurain deutete auf ein seltsam aussehendes Gebäude, das ein Stück in die Straße hineinragte. Es war aus großen, grauen Steinquadern erbaut, besaß eine breite, zweiflügelige Eingangstür und im Dach eine Fledermausgaube. Beaurain drückte auf den Klingelknopf neben der Gegensprechanlage, aus der kurz darauf eine Stimme in leicht italienisch gefärbtem Englisch ertönte: »Ich habe Sie schon kommen gesehen, mein lieber Jules. Drücken Sie gegen den rechten Türflügel. Und dann steigen Sie die Treppe hinauf bis ins Dach. Die Tür schließt sich automatisch hinter Ihnen ...«

»Ziemlich still hier in der Gegend«, meinte Paula.

»Ein wenig zu still für meinen Geschmack«, sagte Beaurain.

Hintereinander durchquerten sie eine kleine Empfangshalle und stiegen dann eine Wendeltreppe mit Steinstufen empor. Im Dachgeschoss angekommen, wurde ihnen die Tür geöffnet, und sie betraten ein großes Zimmer mit Steinfußboden und schrägen Wänden. Beaurain winkte Paula herbei und stellte sie dem Mann vor, der in der Mitte des Raums stand.

Mario Murano war klein und untersetzt. Er hatte braunes, kurz geschnittenes Haar und trug eine Lederweste, eine Lederhose und Schuhe aus braunem Wildleder. Während er Paula die Hand schüttelte, verzog sich sein fülliges Gesicht zu einem freundlichen Lächeln, das Paula irgendwie an einen Teddybären erinnerte.

»Wen haben Sie mir denn da mitgebracht, Jules?«, fragte er mit einem leisen Kichern. »Diese schöne junge Frau weiß genau, was sie tut. Ein Vollprofi. So was spüre ich sofort.«

Murano sprach fließend Englisch und besaß eine so freundliche Ausstrahlung, dass sich Paula in seiner Gegenwart auf Anhieb wohl fühlte.

»Sie übertreiben, Signor Murano«, entgegnete sie und erwiderte sein Lächeln.

»Bitte, nennen Sie mich Mario! Alle meine Freunde nennen mich Mario, und ich spüre schon jetzt, dass Sie mir eine gute Freundin sind. Wie ich sehe, interessieren Sie sich für mein bescheidenes Heim. Schauen Sie sich ruhig um, während ich Ihnen ein Glas Wein einschenke.«

»Vielen Dank, Mario. Ich finde Ihr Haus in der Tat sehr interessant. Alles hier sieht so ungewöhnlich aus.«

Paula ging hinüber zu der Fledermausgaube, die ihr schon von außen aufgefallen war. Sie war das einzige Fenster in dem Raum. Um hinaussehen zu können, musste Paula in die Hocke gehen, weil die Unterkante des Fensters direkt mit dem Fußboden abschloss. An beiden Enden lief es in einem sanften Bogen nach oben, und selbst an seiner höchsten Stelle in der Mitte war es nicht höher als neunzig Zentimeter.

»Von hier aus haben Sie uns also kommen sehen«, sagte sie, während sie sich wieder aufrichtete.

»Gut erkannt«, sagte Mario und kicherte. »Aber kommen Sie jetzt. Setzen Sie sich zu mir und unserem Freund Jules, der es sich schon bequem gemacht hat. Natürlich gilt die Aufforderung nur, wenn Sie Ihre Erkundung meines Kaninchenbaus jetzt abgeschlossen haben.«

Beaurain hatte inzwischen auf einem der brokatgepolsterten Lehnstühle Platz genommen, die im Kreis um einen schweren antiken Tisch standen. Paula sagte Mario, dass sie sich noch ein wenig umsehen wolle, und ging an die Stirnwand des Raums, wo ein großes Bücherregal stand. Murano setzte sich auf einen Stuhl neben Beaurain und beobachtete sie mit einem amüsierten Lächeln.

In dem Regal befanden sich alte, in Schweinsleder gebundene Bücher, von denen Paula das eine oder andere herausnahm und durchblätterte. Murano interessierte sich offenbar für die unterschiedlichsten Wissensgebiete, darunter auch für Spionage. Paula fand sogar einen Band über die Gründung des britischen Secret Service zur Zeit von Königin Elisabeth I.

»Ich habe Ihnen ein Glas Chianti eingeschenkt«, sagte Murano, als Paula sich schließlich zu ihm und Beaurain gesellte. »Aber wenn Sie lieber etwas Nichtalkoholisches wollen, habe ich auch frisch aufgebrühten Kaffee für Sie. Wasser gibt es natürlich auch. Sie haben die Wahl.«

»Sie sprechen fabelhaft Englisch«, bemerkte Paula, während sie einen Schluck von dem Wein nahm.

»Danke! Als ich noch jung war, habe ich drei Jahre lang in London in einem Fish-and-Chips-Shop gearbeitet. Ich liebe Ihre englischen Chips. Viel besser als unsere *patate fritte*. Auf Ihr Wohl, meine Liebe.«

»Ich will ja kein Spielverderber sein, Mario«, sagte Beaurain mit einem Anflug von Ungeduld in der Stimme, »aber unsere Zeit ist leider sehr knapp bemessen. Ich muss unbedingt wissen, was mit dem Geld geschieht, das Ihnen von der belgischen Bank überwiesen wird.«

»Das kann ich Ihnen verraten. Ich überweise es elektronisch auf ein Konto auf Aruba, einer Insel der Kleinen Antillen. Nach Abzug einer kleinen Bearbeitungsgebühr, versteht sich.«

»Dann ist das Geld also in Südamerika«, sagte Paula.

»Und entzieht sich damit unseren Nachforschungen«, sagte Beaurain. »Einen Bankier auf dieser Insel zum Reden zu bringen, dürfte fast so schwer sein wie ein Einbruch in Fort Knox.«

»Aber das Geld bleibt nicht auf den Antillen«, sagte Mario lächelnd. »Das weiß ich deshalb, weil die Bank auf Aruba mir einmal aus Versehen eine Kopie der weiterführenden Transaktion zugeschickt hat. Damals ging das Geld an eine kanadische Bank auf den Bahamas. Warten Sie, ich gebe Ihnen gleich die genauen Daten.«

»Was meinen Sie, Paula?«, fragte Beaurain in nicht ganz ernstem Ton. »Wollen wir zusammen auf die Bahamas fliegen?«

Murano zog eine dicke Brieftasche aus seinem Jackett und holte daraus ein gefaltetes Blatt Papier hervor, das er glatt strich, bevor er es Beaurain reichte. Dann kicherte er abermals.

»Es gibt Leute – ziemlich unangenehme Leute –, die mir ein Vermögen für diese Information zahlen würden.« Er machte eine abfällige Handbewegung. »Aber keine Angst, Jules, Sie bekommen sie umsonst.«

»Der Bankdirektor heißt Rick Pendleton«, las Beaurain von dem Blatt ab. »Interessant. Ich kenne diesen sauberen Herrn.«

»Ist das nicht toll?«, sagte Mario zu Paula und fuchtelte mit den Händen aufgeregt in der Luft herum. »Jules kennt Gott und die Welt. Was für ein außergewöhnlicher Mann! Und er weiß so viel ...«

»Nur eines weiß er nicht«, sagte Paula trocken. »Auf welchem Weg die Terrorkommandos der El Kaida nach England kommen.«

Auf einen Schlag veränderte sich Marios bisher heitere und gelöste Stimmung. Er verstummte und machte ein ernstes, fast schon ängstliches Gesicht. Paula lächelte ihn freundlich an und schenkte sich, nachdem sie den Wein ausgetrunken hatte, aus einer stilvollen Kanne eine Tasse starken, schwarzen Kaffee ein.

»Wenn die Antwort auf diese Frage Sie in Gefahr bringt, dann wollen wir sie nicht hören«, sagte sie, wobei sie es vermied, Beaurain anzusehen.

»Sie sind in viel größerer Gefahr als ich«, entgegnete Murano. »Hier in Mailand sind Sie nirgends sicher. Seien Sie also äußerst vorsichtig ...«

Das schnurlose Telefon, das vor Mario auf dem Tisch lag, klingelte. Er nahm es, drückte eine Taste und sprach dann in rasend schnellem Italienisch mit der Person am anderen Ende der Leitung. Dabei veränderte er sich auf verblüffende Weise. Sein rundliches Kinn straffte sich, und seine angenehm weiche Stimme bekam einen rauen, kratzigen Ton. Als er das Telefon zurück auf den Tisch legte, machte er ein besorgtes Gesicht.

»Probleme?«, fragte Beaurain.

»Entschuldigen Sie bitte«, antwortete Mario und reichte Paula einen Teller mit Keksen. Sie nahm einen und steckte ihn sich in den Mund. Er schmeckte gut. »Ich muss leider weg und mich mit jemandem treffen. Es dauert nicht lang, deshalb schlage ich vor, dass Sie hier bleiben, bis ich wieder zurück bin.« Er stand auf und ging zur Tür. »Und für den Fall, dass ich nicht zurückkehren sollte ...« Paula bekam bei diesen Worten ein ganz flaues Gefühl im Magen. »Sie müssen in Verona unbedingt den Mann aufsuchen, der Ihnen alles über die Route erzählen kann, auf der die Terroristen in Ihr Land kommen. Ich selbst weiß leider überhaupt nichts darüber. Sein Name ist Aldo Petacci. Soll ich Ihnen das buchstabieren? Nein? Umso besser. Aldo kann Ihnen bestimmt weiterhelfen.«

Murano griff abermals zum Telefon, wählte eine Nummer und redete wieder so rasend schnell, dass Paula mit ihrem rudimentären Italienisch nicht einmal mitbekam, worum es bei dem Gespräch ging.

Beaurain sah sie über den Tisch hinweg an. Sein Gesichtsausdruck war fast so besorgt wie der von Mario. Er lehnte sich auf seinem Stuhl zurück und griff mit der rechten Hand in sein Jackett. Paula wusste sofort, dass er seine Waffe überprüfte.

»Ich habe gerade mit Aldo gesprochen«, sagte Murano, der sein Gespräch inzwischen beendet hatte. »Er möchte, dass Sie ihn morgen Punkt achtzehn Uhr am Haupteingang der Arena di Verona treffen. Kennen Sie die Arena, Jules?«

»Natürlich.«

»Aldo ist ziemlich vorsichtig, deshalb hat er mich gebeten, Ihnen diese Karte zu geben.« Er stand auf, nahm eine Visitenkarte aus seiner Brieftasche und reichte sie Beaurain. »Wenn Sie ihm die überreichen, weiß er, dass Sie von mir kommen. Und eines noch: Wenn ich in einer Stunde nicht zurück bin, dann verlassen Sie dieses Haus. Aber nicht durch den Haupteingang. Sehen Sie die kleine Tür da drüben? Ich sperre sie Ihnen auf. Dahinter verbirgt sich eine Wendeltreppe, die hinunter zum Hinterausgang führt, der in einer kleinen Gasse mündet. Halten Sie sich auf keinen Fall länger als eine Stunde hier auf.«

»Können wir Ihnen irgendwie behilflich sein?«, fragte Paula.

»Nein. Aber danke für das Angebot.« Murano ging zu der Tür, die er Beaurain gezeigt hatte, und sperrte sie auf. »Passen Sie auf der Treppe auf. Die Stufen sind sehr glatt und schmal. Aber jetzt muss ich wirklich los.« Er ging hinüber zu Paula und umarmte sie, wobei sie fast in Tränen ausgebrochen wäre. »Es war mir ein großes Vergnügen, Sie kennen gelernt zu haben.«

Dann wandte er sich Beaurain zu und gab ihm einen Umschlag.

»Hier sind zwei Rückfahrkarten nach Verona«, sagte er. »So müssen Sie sie nicht am Schalter kaufen.«

»Passen Sie auf sich auf!«, rief Paula Mario noch hinterher, als dieser schon an der Tür war.

»Das werde ich«, sagte er und lächelte wieder so, wie er es bei ihrer Ankunft getan hatte. »Ich fahre mit meinem Auto. Es ist ein Fiat. Vielleicht haben Sie ihn ja unten vor dem Haus stehen sehen.«

Nachdem sich die Tür hinter ihm geschlossen hatte, ging Paula zum Fenster und bückte sich. Draußen war es inzwischen ganz dunkel geworden, aber im Licht einer Straßenlaterne konnte sie erkennen, dass nun überhaupt kein Mensch mehr auf der Straße war.

»Was machen Sie da?«, fragte Beaurain.

»Ich will sehen, wie er abfährt.«

Beaurain kam ebenfalls ans Fenster und ging neben Paula in die Hocke. Gemeinsam beobachteten sie, wie Murano in seinen kleinen Fiat stieg und losfuhr. Er war noch nicht weit gekommen, als plötzlich aus einer Seitenstraße Männer in schwarzen Sturmhauben auftauchten. Sie hatten Maschinenpistolen im Anschlag und eröffneten sofort das Feuer.

Mario hatte keine Chance. Ein Kugelhagel durchsiebte den Fiat auf seiner ganzen Breite, und als Mario anhielt und mit gezogener Waffe die Fahrertür aufriss, zerfetzte ihm ein Feuerstoß aus einer der Maschinenpistolen die Brust. Er kippte aus dem Auto und sackte blutüberströmt auf dem Gehsteig zusammen.

»Großer Gott! Sie haben ihn umgebracht!«, schrie Paula in einer Mischung aus Wut und Entsetzen.

»Sie kommen hierher!«, rief Beaurain. »Wir müssen sofort verschwinden!«

Er packte Paula am Arm und rannte mit ihr zu der kleinen Tür, die Murano aufgesperrt hatte. Als Beaurain sie aufriss, ließ eine Geschossgarbe das Fenster zersplittern, und ein schwerer Metallgegenstand wurde in den Raum geschleudert. Beaurain schob Paula durch die Tür und zog sie hinter sich ins Schloss. Sekundenbruchteile später hörten sie einen lauten Knall. Die massive Tür wackelte bedenklich, hielt der Explosion aber stand.

»Was war das?«, schrie Paula.

»Eine Handgranate, die sie durchs Fenster geworfen haben. Zum Glück ist die Tür gute zehn Zentimeter dick. Nichts wie weg hier! Aber geben Sie auf der Treppe Acht!«

Paula hielt sich an dem eisernen Geländer fest und folgte Beaurain, der eine kleine Taschenlampe aus dem Jackett gezogen hatte, die tückisch glatten Steinstufen hinab. Am unteren Ende der Wendeltreppe stießen sie auf eine weitere Tür, die mit einem dicken Holzbalken verriegelt war. Beaurain steckte die Taschenlampe wieder ein, entfernte den Riegel und öffnete die Tür. Dann spähte er mit gezogener Waffe hinaus auf einen schwach erleuchteten Platz, von dem aus drei schmale, mit runden Kieseln gepflasterte Gassen in unterschiedliche Richtungen führten. Die Gasse in der Mitte wurde von an den Häuserwänden befestigten Laternen ein wenig besser erleuchtet als die anderen beiden. Nirgends war eine Menschenseele zu sehen.

»Wir müssen uns ein Hotel für die Nacht suchen«, sagte Beaurain. »Folgen Sie mir.«

Langsam ging er die erleuchtete Gasse entlang, wobei er vorsichtig in jede Seitenstraße lugte, die sich vor ihnen auftat. Paula, die Hand am Griff ihrer Browning, sicherte nach hinten. Falls Marios Mörder sie entdeckten, waren ihre Überlebenschancen gleich null.

14

Paula und Beaurain schlichen lautlos durch das Labyrinth düsterer, nur sporadisch erleuchteter Gässchen. In keinem der massigen, fast bedrohlich wirkenden Häuser aus dunklem Stein brannte ein Licht, und alle Türen waren fest verschlossen.

Immer wenn sie an eine Kreuzung kamen, brachte Beaurain Paula mit einer Handbewegung zum Stehen und spähte vorsichtig um die Ecke, ob dort die Luft rein war.

Es war so kalt, dass Paula ihren Atem sehen konnte, aber trotzdem traute sie sich nicht, die Handschuhe anzuziehen, weil sie sonst ihre Waffe nicht mehr so sicher führen konnte.

Als sie zu einer weiteren Biegung kamen und Beaurain vorsichtig um die Ecke linste, flüsterte er Paula zu: »Ich glaube, da vorn ist ein Hotel. Warten Sie hier, ich sehe es mir kurz an…«

Über dem Eingang des Hotels blinkte eine rote Neonreklame. Hinter der Eingangstür stand eine Blondine, die Beaurain beim Eintreten verführerisch anlächelte. Sie trug ein kurzes Kleid, das ihre langen, schlanken Beine optimal zur Geltung brachte.

»*Ciao, bello*«, hauchte sie auf Italienisch. »Willst du mit auf mein Zimmer…?«

Beaurain schüttelte den Kopf und verließ das Hotel. Als er Paula heranwinkte, rief ihm die Blondine auf Italienisch eine abfällige Bemerkung hinterher.

»Was hat sie gesagt?«, fragte Paula, während sie weitergingen.

»Das würden Sie bestimmt nicht gern hören. Auf jeden Fall war das nicht das richtige Hotel für uns.«

Nach ein paar Metern stieß die Gasse auf eine größere Straße, in der Paula nicht weit entfernt ein hell erleuchtetes Hotel sah. *Albergo Pisa* las sie über dem Eingang, in dem ein Portier in blauer Uniform und goldbetresster Mütze stand. Gerade fuhr ein von einem Chauffeur gesteuerter Jaguar vor, dem ein gut gekleidetes Pärchen entstieg. Die beiden verschwanden im Hotel, und der Chauffeur fuhr mit dem Jaguar wieder davon.

»Das nehmen wir«, sagte Beaurain und bot Paula seinen Arm an. »Ist alles in Ordnung bei Ihnen? Nach dieser Geschichte vorhin?«

»Ja. Sicher. Aber ich sterbe vor Hunger.«

Nach einem exzellenten Abendessen mit Beaurain fühlte Paula sich todmüde und freute sich auf ihr Bett. Bevor Beaurain, der zwei nebeneinander liegende Zimmer gemietet hatte, sich an ihrer Tür von ihr verabschiedete, sagte er noch warnend: »Ich glaube zwar, dass wir hier sicher sind, aber man kann nie wissen. Wenn Ihnen also irgendetwas seltsam vorkommt, dann klopfen Sie an meine Wand. Am besten testen wir gleich noch, ob ich Sie hören kann. Klopfen Sie zweimal kräftig.«

In ihrem Zimmer klopfte Paula mit ihrer Haarbürste zweimal an die Zwischenwand, und Beaurain signalisierte ihr mit einem Klopfen seinerseits, dass er sie gehört hatte. Paula putzte sich daraufhin die Zähne und schminkte sich ab. Als sie später im Bett lag, musste sie an den armen Mario denken. Sie wischte sich mit einem Taschentuch die Tränen aus den Augen und konnte lange Zeit nicht einschlafen.

Als sie von einem lauten Klopfen an der Tür geweckt wurde, sprang sie sofort aus dem Bett, zog sich schnell ihren Bademantel über und griff nach der Browning, die sie für nachts unter ihr Kopfkissen gesteckt hatte. Nachdem sie einen raschen Blick in den Spiegel geworfen und ihre Frisur in Ordnung gebracht hatte, öffnete sie die Tür mit vorgelegter Sicherheitskette. Draußen stand Beaurain. Er trug einen eleganten blauen Anzug mit einem blütenweißen Hemd und dazu passender blauer Krawatte. Er sah aus wie frisch aus dem Ei gepellt.

»Wie spät ist es?«, fragte Paula.

»Zehn Uhr morgens. Wird Zeit, dass Sie aufstehen«, sagte Beaurain mit seinem unwiderstehlichen Lächeln. »Ich bin schon seit sieben wach. Wir werden erst einmal ausgiebig frühstücken, und dann nehmen wir ein Taxi zum Hauptbahnhof. Wie ich den Verkehr hier in Mailand kenne, wird es bestimmt eine Ewigkeit brauchen.«

»Geben Sie mir zwanzig Minuten. Ich muss nur noch kurz duschen und meine Sachen packen.«

»Lassen Sie sich ruhig Zeit. Bestimmt haben Sie nicht besonders gut geschlafen. Ich habe nachgefragt: Frühstück gibt es auch in einer Stunde noch. Klopfen Sie einfach bei mir, wenn Sie fertig sind.«

Paula suchte nach einem frischen Taschentuch und griff dabei in die Tasche ihres Mantels, den sie am Abend achtlos über einen Stuhl geworfen hatte. Dabei spürte sie einen kleinen Gegenstand und zog ihn heraus. Es war einer von Marios Keksen, den sie sich wohl reflexartig in die Tasche gesteckt haben musste, bevor sie aus seinem Haus geflüchtet waren. Wieder stiegen ihr die Tränen in die Augen.

Weinend stieg sie unter die Dusche und ließ sich die warmen Wasserstrahlen mehrere Minuten lang ins Gesicht prasseln. Danach trocknete sie sich ab, betrachtete sich im Badezimmerspiegel und war froh, dass man ihr nicht ansah, dass sie geweint hatte.

Eine Dreiviertelstunde später trat sie mit ihrem Koffer in der Hand aus dem Zimmer. Sie klopfte nebenan bei

Beaurain. Er öffnete sofort, nahm Mantel und Koffer und lächelte sie an.

Warum lächelt der eigentlich immer so?, fragte sich Paula.

Der große und geschmackvoll eingerichtete Speisesaal war bis auf zwei an einem Tisch in der Ecke sitzende Geschäftsleute leer. Beaurain dirigierte Paula an einen Tisch außer Hörweite der beiden und reichte ihr dort die Speisekarte. Als der Ober kam, bestellte sie Kaffee und Polenta.

»Polenta zum Frühstück!«, rief Beaurain erstaunt aus, nachdem der Ober gegangen war. »Wissen Sie, was Sie sich da antun? Die riesigen Portionen, die man hier bekommt, schaffen Sie nie.«

»Oh doch. Mit Sicherheit. Ich bin schon wieder am Verhungern. Wenn das so weitergeht, werde ich auf dieser Reise bestimmt einige Kilo zunehmen. Aber das macht nichts.«

»Stimmt. Bei Ihrer Figur können Sie sich das leisten.«

»Vielen Dank für das Kompliment, Jules. Was ich Sie schon die ganze Zeit fragen wollte: Was hat es eigentlich mit diesem Spezialpapier auf sich, in das Sie unsere Waffen eingewickelt haben?«

»Das Papier hat ein Freund von mir entwickelt. Er ist Chemiker an der Universität von Louvain und erfindet dort die tollsten Sachen. Soviel ich weiß, tränkt er das Papier mit einer bestimmten Chemikalie und lässt es danach wieder trocknen. Das Papier bildet dann so eine Art Schutzschicht, die Metalldetektoren nicht durchdringen können. Die Amerikaner haben meinem Freund schon Unsummen für seine Erfindung geboten, aber der weigert sich, die Rezeptur zu verkaufen, weil er nicht möchte, dass sie in die Hände von Terroristen fällt.«

»Ich muss die ganze Zeit an den armen Mario denken«, sagte Paula. »Was glauben Sie denn, wer ihn ermordet hat?«

»Möglicherweise die Mafia. Vielleicht hat sie von seinem doppelten Spiel erfahren.«

»Meinen Sie? Einer der Mörder hatte die Sturmhaube nicht ganz bis zum Hals heruntergezogen. Ich konnte sehen, dass er einen langen, pechschwarzen Bart hatte. Wäre da nicht auch eine Verbindung zur El Kaida denkbar?«

»Möglich wäre das schon«, sagte Beaurain und hielt kurz inne, weil der Kellner mit dem Frühstück kam. »Eigentlich wollte ich Ihnen das nicht sagen«, fuhr er fort, als sie wieder allein waren, »aber was diesen hinterhältigen Überfall vor dem Ivy in London angeht, so denke ich, dass der auf jeden Fall auf das Konto der El Kaida geht. Deshalb möchte ich, dass Sie hier in Italien nichts auf eigene Faust unternehmen und immer an meiner Seite bleiben. Ich möchte nicht, dass Ihnen etwas zustößt.«

»Einverstanden.«

Paula machte sich mit großem Appetit über ihre Polenta her. Innerhalb weniger Minuten hatte sie den ganzen Teller leer gegessen und schenkte sich mit einem genüsslichen Lächeln noch eine Tasse Kaffee ein. Nach diesem Frühstück hatte sie das Gefühl, dass sie Bäume ausreißen könnte.

Nachdem Beaurain an der Rezeption die Rechnung beglichen hatte, ließ er sich ein Taxi rufen und gab dem Fahrer als Ziel das Pirelli-Gebäude an.

»Was glauben Sie, wann wir in Verona ankommen?«, fragte Paula leise, während sich das Taxi durch den dichten Verkehr quälte.

»Schätzungsweise am späten Nachmittag. Hoffentlich so rechtzeitig, dass wir uns am vereinbarten Treffpunkt noch etwas umsehen können. Der Zug hält vor Verona übrigens nur zwei Mal: in Brescia und Desenzano, einem Hafenort am Gardasee.«

»Haben Sie den Eindruck, dass es unterwegs Ärger geben wird?«

»Ich gehe davon aus, dass wir in Italien nur Ärger haben werden.«

»In Verona auch?«

»Vor allem in Verona. Ich werde das Gefühl nicht los, dass unser Gegner über ein weit gespanntes Netzwerk verfügt. Auch das ist übrigens ein deutlicher Hinweis darauf, dass wir es mit der El Kaida zu tun haben könnten.«

15

Der Schnellzug nach Venedig glitt aus der Halle des Mailänder Bahnhofs hinaus in die gleißende Sonne des Nachmittags. Eine ganze Weile fuhr er an Vorstädten mit tristen Hochhäusern vorbei, auf deren Balkonen Wäsche zum Trocknen hing.

»Sieht aus wie in jeder x-beliebigen Großstadt. Ich bin froh, dass wir Mailand den Rücken kehren«, sagte Paula zu Beaurain.

»Sie haben die schönen Seiten der Stadt noch nicht gesehen, Paula«, entgegnete Beaurain. »Die *galleria* zum Beispiel. Dort finden Sie ein exklusives Geschäft neben dem anderen, und die Damen der feinen Gesellschaft gleich dazu.«

Außer ihnen saßen nur noch wenige andere Fahrgäste in dem Großraumwagen der ersten Klasse. Bald hatte der Zug die Stadt hinter sich gelassen und fuhr durch offene Landschaft, wo sich kahle Felder, die flach wie Billardtische waren, bis zum Horizont erstreckten. Dann wieder sah Paula weite Wasserflächen, aus denen zarte, grüne Schösslinge hervorschauten.

»Was ist denn das?«, fragte Paula.

»Das sind Reisfelder«, sagte Beaurain. »Hier in der Poebene wächst ein wunderbarer Arborio-Reis, der sich hervorragend für Risotto eignet.«

Ein gut gekleideter Mann mit einem breitkrempigen Hut ging an ihnen vorbei. Weil der Zug in diesem Augenblick besonders stark ruckelte, verlor er das Gleichgewicht und fiel halb auf Beaurain, der ihm half, sich wieder aufzurichten.

»Ich bitte vielmals um Entschuldigung«, sagte der Mann und zog seinen Hut.

Dann ging er weiter, wobei er sich an den Lehnen der Sitze abstützte. Schließlich setzte er sich einige Reihen weiter vorn hin. Beaurain sah ihm nach, knuffte Paula in die Seite und räusperte sich. Als Paula ihn ansah, legte er einen Zeigefinger auf die Lippen und flüsterte leise:

»Wir steigen in Brescia aus.«

Paula runzelte die Stirn und fragte sich, was das wohl alles sollte, sagte aber nichts. Beaurain fasste an die Außenseite seines Sitzes, riss etwas ab und steckte es ein. Dann stand er auf und ging langsam nach vorn, bis er neben dem Passagier mit dem breitkrempigen Hut stand. Als der Zug wieder ruckelte, tat er so, als würde auch er das Gleichgewicht verlieren und schlug dabei dem Mann mit dem Hut seinen Ellbogen derart kräftig ins Gesicht, dass dieser ohnmächtig wurde.

Beaurain schlenderte langsam zu Paula zurück, die ihn fragend ansah.

»Was war denn das?«

Beaurain setzte sich wieder neben sie und zog etwas aus seiner Tasche. Als er die Hand öffnete, sah sie einen kleinen Gegenstand mit silberfarbener Oberfläche.

»Als der Mann mich vorhin anrempelte, hat er dieses Ding da an meinem Sitz befestigt. Es handelt sich dabei um eine Wanze mit einem winzigen Sender. Und der Typ hatte den passenden Empfänger dazu im Ohr. Sah aus wie ein Hörgerät.«

»Wir scheinen den Gegner einfach nicht abschütteln zu können«, sagte Paula nervös.

»Aber jetzt glaubt er, dass wir in Brescia aussteigen. Und er wird mit Sicherheit schon einige Zeit vorher aufwachen. Wenn wir in Brescia einfahren, stehen wir auf, nehmen unsere Koffer und warten im Ausgangsbereich. Bestimmt wird er uns folgen.«

»Und was machen wir dann?«

»Das lassen Sie mal meine Sorge sein«, sagte Beaurain mit einem hinterhältigen Grinsen.

Paula sah wieder aus dem Fenster. Über den Reisfeldern hingen Nebelschwaden, die sich in der Sonne langsam auflösten. Alles war in ein milchig-weiches, warmes Licht getaucht, das Paula gleichermaßen beruhigte und faszinierte. Sie fand diese stille, fast melancholische Landschaft so anziehend, dass sie beschloss, eines Tages wieder herzufahren und sie sich in Ruhe anzusehen. Der Mann, den Beaurain mit dem Ellbogen k. o. geschlagen hatte, kam langsam wieder zu sich. Paula fand es bezeichnend, dass er sich kein einziges Mal nach ihnen umsah.

Kurz vor Brescia änderte sich die Landschaft. In der Ferne ragten sanfte Hügelkuppen aus dem Dunst hervor. Beaurain gab Paula ein Zeichen und stand auf. Auch sie nahm daraufhin ihren Koffer und ging hinter Beaurain zu der noch geschlossenen Waggontür. Es dauerte nicht lange, bis sich der Mann mit dem breitkrempigen Hut zu ihnen gesellte. Paula sah aus den Augenwinkeln, dass sein Kinn ganz blau und geschwollen war. Beaurain war nicht gerade zimperlich gewesen.

Der Zug verlangsamte die Fahrt, fuhr in den Bahnhof ein und blieb schließlich stehen. Nachdem sich die Türen zischend geöffnet hatten, wollte Beaurain dem Mann mit dem Hut den Vortritt lassen, aber der bestand darauf, dass er und Paula zuerst aussteigen sollten.

Dieses Spiel ging einige Male hin und her, sodass Paula es schon fast lustig fand. Nun fiel auch ihr der Empfänger auf, den der Mann im Ohr hatte. Dann hörte sie, wie der Stationsvorsteher unten auf dem Bahnsteig mit seiner Trillerpfeife das Zeichen zur Abfahrt gab. Kurz bevor die Tür sich automatisch schloss, gelang es Beaurain, den Mann mit einem entschlossenen Stoß aus dem Waggon zu schubsen. Der war so verblüfft, dass er sich nicht mehr festhalten konnte und kopfüber auf den Bahnsteig stürzte. Die Tür ging zu, und der Zug nahm Fahrt auf.

»Hoffentlich hat er sich nicht verletzt«, sagte Paula, als sie sich wieder auf ihre Plätze setzten.

»Ehrlich gesagt, das ist mir egal«, entgegnete Beaurain.

»Sie waren vorhin auf der Toilette. Haben Sie dort die Wanze entsorgt?«

»Kluges Mädchen. Ja, ich habe sie erst zertreten und dann hinuntergespült. Den Burschen wären wir los, aber ich bin mir sicher, dass er nicht der Letzte war, den man uns auf den Hals hetzt.«

Kurze Zeit später kam ein Zugbegleiter mit einem Imbisswagen vorbei. Paula kaufte sich ein Schinkenbrötchen und einen Pappbecher Kaffee. Das Brötchen aß sie so schnell, dass Beaurain nur den Kopf schütteln konnte.

»Wie können Sie nach der Polenta von heute früh bloß schon wieder hungrig sein?«

»Ich muss bei Kräften bleiben. In Verona wird man bestimmt nicht zimperlich mit uns umgehen.«

»Da könnten Sie durchaus Recht haben.«

Die Hügel draußen kamen Paula jetzt viel höher vor als aus der Entfernung.

»Das sind die ersten Ausläufer der Dolomiten, die man von hier aus allerdings nicht sehen kann«, sagte Beaurain. »Vor unserer Abfahrt habe ich im Hotel gelesen, dass in den Bergen ziemlich viel Schnee gefallen sein soll. In Verona wird es also bestimmt kalt sein.«

Der Zug verlangsamte die Fahrt und blieb schließlich auf freier Strecke stehen. Beaurain sah auf seine Uhr und schüttelte den Kopf, während Paula eine plötzliche Müdigkeit überkam. Sie schloss die Augen und wachte erst wieder auf, als sich der Express erneut in Bewegung setzte. Draußen ging langsam die Sonne unter.

»Oh, entschuldigen Sie«, sagte sie, »ich muss wohl kurz eingenickt sein.«

»Sie waren lange eingenickt. Eine ganze Stunde. Wenn wir in Verona ankommen, wird es bereits dunkel sein. Wir müssen also sehr vorsichtig sein.«

»Schaffen wir unsere Verabredung mit Petacci in der Arena denn noch?«

»Ja, aber eigentlich wollte ich mir die Gegend um die Arena vorher noch bei Tageslicht ansehen. Das geht jetzt wohl nicht mehr.«

»Wird es dadurch für uns nicht ziemlich gefährlich?«, hakte sie nach. »Ich bin ein großes Mädchen, Beaurain. Sie brauchen sich mir gegenüber kein Blatt vor den Mund nehmen.«

»Ja, wir müssen auf alles gefasst sein.«

16

Am Abend zuvor war Tweed mit Monica den Stand der Dinge durchgegangen.

»Pete Nield und Harry Butler beobachten das Sicherheitsministerium«, las Tweed von einer Liste ab. »Dabei ist Nield auf Victor Warner angesetzt und Butler auf Peregrine Palfry. Beide melden sich mit einer kodierten Nachricht, sobald eine ihrer Zielpersonen das Gebäude verlässt.«

»Richtig«, sagte Monica.

»Was Marler anbelangt, so verfolgt der immer noch Eva Brand. Haben Sie inzwischen schon was von ihm gehört?«

»Nein, noch nicht.«

»Newman versucht, mehr über diese Hogarth-Brüder herauszufinden. Gibt's da was Neues?«

»Bisher auch noch nicht.«

Das Telefon klingelte, und Monica hob ab. Nachdem sie wieder aufgelegt hatte, sagte sie: »Sie haben Besuch, Tweed. Agatha Gobble aus Carpford.«

»Tatsächlich? Was für eine Überraschung. Als ich ihr meine Karte gegeben habe, hätte ich nie gedacht, dass sie mich wirklich einmal hier in London besuchen kommt. George soll sie raufschicken. Mit ihr hätte ich, ehrlich gesagt, am wenigsten gerechnet.«

Mrs Gobble trug einen Pelzmantel, der schon bessere Zeiten gesehen hatte, und dieselbe blaue Perlenkette, die sie auch damals bei ihrer ersten Begegnung in ihrem Laden angehabt hatte. Nachdem Tweed sie begrüßt und ihr Monica vorgestellt hatte, ließ sich die kräftig gebaute Frau mit einem lauten Seufzer in einen der Sessel fallen. Sie war ganz blass im Gesicht, und als sie die Handschuhe auszog, bemerkte Tweed, dass ihre Hände zitterten. Monica bot ihr eine Tasse Tee an, die sie dankend annahm.

»Was führt Sie so spät am Abend zu uns nach London?«, fragte Tweed erstaunt.

»Es ist sicherer, wenn's dunkel ist. Dann sieht mich keiner. Wenn Sie wüssten, was in Carpford für seltsame Dinge geschehen …«

»Jetzt trinken Sie erst mal einen Schluck Tee, Mrs Gobble. Und dann erzählen Sie mir in aller Ruhe, was Sie so beunruhigt.«

»Genau deshalb bin ich hier. Stellen Sie sich vor, in letzter Zeit kommen sogar zwei Motorradfahrer regelmäßig nach Carpford. Einer kurz nach Sonnenuntergang, ein zweiter später in der Nacht. Und sie rasen auch nicht mehr nur zu Mr Margesson. Jetzt stellen sie die Motorräder ab, gehen ganz gemächlich um den See herum und klingeln bei allen Häusern, damit niemand sagen kann, zu wem sie wirklich wollen. Von einem habe ich sogar das Gesicht gesehen. Das war so ein komischer Ausländer.«

»Wie haben Sie denn das geschafft, Mrs Gobble?«, fragte Tweed.

Monica brachte den Tee, und Tweed wartete, bis Mrs Gobble ein paar Schlucke genommen hatte. Langsam kehrte in ihr dickliches Gesicht wieder etwas Farbe zurück.

»Das war vielleicht ein Ding, so erschrocken bin ich noch nie in meinem Leben!«, erzählte Mrs Gobble aufgeregt. »Ich bringe gerade den Müll über die Straße, als einer von denen mit einem Affenzahn herangebraust kommt. Er sieht mich, tritt auf die Bremse, die Maschine bricht hinten aus, und der Motorradfahrer stürzt. Ich renne hinüber und will nachsehen, ob ihm was passiert ist, aber der rappelt sich schon wieder hoch und glotzt mich böse an. Dabei komme ich ihm so nahe, dass ich im Licht der Straßenlaterne durch das Helmvisier sein Gesicht sehen kann. Er hatte einen schwarzen Bart und eine so fiese, dunkle Visage, dass ich die ganze Nacht dran denken musste und kein Auge zugetan habe.«

»War das der erste oder der zweite Motorradfahrer?«, fragte Tweed.

»Der zweite. Der vorher war ein anderer.«

»Und dann hätte ich noch eine Frage, Mrs Gobble. Wie sind Sie eigentlich an Ihren Antiquitätenladen gekommen?«

»Über eine Anzeige in der *Times*. ›Allein stehende Frau für kleines Geschäft gesucht‹. Ich dachte mir: Warum nicht? Ist doch eine nette Gegend dort in Surrey, und die Miete war auch bezahlbar. Ich habe also die Nummer angerufen, die unter der Anzeige stand, und einen Termin mit einem Mr Pecksniff vereinbart.«

»Hieß der tatsächlich so?«

»Ja, wie die Figur aus dem Roman *Martin Chuzzlewit*. Dickens mag ich ja sehr, aber dieser Pecksniff, der mir den Laden vermietet hat, war ein ziemlicher Unsympath. Ich musste ihn in so einer zwielichtigen Spelunke im East End treffen. Da hat er mich von vorn bis hinten ausgefragt, bevor er mir gnädig den Laden überließ. Warum, weiß ich allerdings auch nicht so recht. Hier, ich habe Ihnen seine Telefonnummer und die Adresse von der Kaschemme aufgeschrieben. Aber jetzt muss ich wieder los. Es ist noch ein weiter Weg zurück nach Carpford.«

»Sollen wir Ihnen nicht lieber eine nette Pension hier in London suchen?«, fragte Tweed, und Monica fügte hinzu: »Sie können auch bei mir übernachten. Ich habe ein Gästezimmer.«

»Nein, nein, ich fahre zurück nach Carpford«, sagte Mrs Gobble bestimmt. »Ich schlafe am liebsten in meinem eigenen Bett.«

Nachdem Mrs Gobble gegangen war, sagte Tweed: »Ich gehe jetzt auch nach Hause. Morgen komme ich nicht ins

Büro. Ich brauche Ruhe zum Nachdenken. Das mit den beiden Motorradfahrern gibt mir zu denken, und irgendwie habe ich das Gefühl, als ob die Situation sich zuspitzen würde. Möglicherweise bleibt uns nicht mehr viel Zeit. Jetzt haben wir zwar eine Liste potenzieller Verdächtiger, aber noch keine konkrete Spur. Vielleicht sehe ich ja morgen klarer, nachdem ich ausgiebig nachgedacht habe. Ich bin also für niemanden zu erreichen – außer in Notfällen.«

»Vergessen Sie nicht, die Dossiers mitzunehmen«, sagte Monica und reichte ihm einen dicken Schnellhefter. Tweed schob den Hefter in seine Aktentasche. Dann zog er seinen Mantel an und verließ das Büro.

Stunden später klappte Tweed, der im Schlafanzug im Bett saß, den Schnellhefter zu und legte ihn auf den Nachttisch, wo bereits ein dicker Block mit Notizen lag. Er wollte gerade das Licht ausmachen, da klingelte das Telefon. Tweed sah auf seinen Wecker. Es war sechs Uhr früh.

»Guten Morgen, Tweed, hier ist Monica. Bitte entschuldigen Sie die Störung, aber Sie sagten, in Notfällen dürfte ich sie anrufen ...«

»Was ist passiert?«

»Superintendent Buchanan war gerade hier. Er hat mir gesagt, dass Mrs Gobble verschwunden ist. Ihr Wagen wurde verlassen auf der Straße nach Carpford gefunden.«

17

Als der Zug in den Bahnhof von Verona einfuhr, war es schon dunkel. Paula und Beaurain stiegen aus und gingen dann den kalten, fast leeren Bahnsteig entlang.

»Einen Augenblick«, sagte Beaurain und tat so, als müsste er sich den Mantel zuknöpfen. In Wirklichkeit schaute er aber nach links ans Ende des Zugs, wo gerade zwei Männer in dunklen Mänteln aus dem letzten Waggon stiegen.

»Ich wusste doch, dass wir noch immer verfolgt werden«, knurrte er.

»Wer sagt Ihnen denn, dass das nicht zwei ganz normale Geschäftsleute sind?«

»Haben Sie nicht gesehen, dass sie ständig zu uns herüberschauen? Los, verschwinden wir von hier.«

Noch während er das sagte, schritt er mit seinen langen Beinen so kräftig aus, dass Paula ihm nur mit Mühe folgen konnte. Bald hatten sie den Bahnhof verlassen, und vor Paula tat sich im Licht der Straßenbeleuchtung und des soeben aufgegangenen Mondes eine mittelalterliche Stadt voller architektonischer Kostbarkeiten auf. Sie war so begeistert von der Schönheit der alten Häuser mit ihren eleganten Bogen und Säulenreihen, dass sie fast vergaß, weshalb sie und Beaurain hier waren.

»Sind diese Bauten von Palladio?«, fragte sie.

»Nein, aber von Palladio inspiriert. Übrigens, die Arena wird Ihnen bestimmt gefallen. Die stammt noch aus der Römerzeit.«

»Ist sie denn so beeindruckend wie das Kolosseum in Rom?«

»Das Kolosseum ist eine Ruine, während die Arena hier völlig intakt ist. Im Sommer finden darin sogar Opernaufführungen statt. Sehen Sie, da vorn ist sie schon.«

Staunend blieb Paula stehen. Das hohe Oval des Amphitheaters sah wirklich so aus, als wäre es erst ein paar Jahre zuvor erbaut worden.

»Sollen wir schon hineingehen?«, fragte Paula.

»Nein, wir haben noch Zeit. Fast eine Stunde. Trotz des langen Aufenthalts auf freier Strecke vorhin. Gehen wir doch einfach in die Bar dort drüben. Da können wir uns aufwärmen.«

Als Beaurain die Glastür der Bar aufstieß, kam ihnen ein Schwall warmer Luft entgegen. Das Lokal war bis auf eine junge schwarzhaarige Frau, die hinter dem Tresen stand, leer.

»Was darf's sein?«, fragte sie. Ihr Englisch war mit einem breiten amerikanischen Akzent versehen.

»Zwei Espressi«, sagte Beaurain. »Sind Sie denn Amerikanerin?«

»Ja, ich komme aus Kansas. Mein Dad arbeitet in Mailand bei einer Computerfirma. Aber die Stadt hat mir nicht gefallen, deshalb bin ich nach Verona gezogen. Mein Vater hat hier eine riesige Eigentumswohnung, die fast schon ein kleiner Palast ist.«

Beaurain bemerkte, dass Paula sehnsuchtsvoll auf einen Teller mit Gebäck blickte, der hinter der Theke in einer Kühlvitrine stand. »Sie haben doch nicht etwa schon wieder Hunger?«

»Sie müssen unbedingt eine von diesen köstlichen Makronen probieren«, sagte die junge Frau, die Paulas Blicke ebenfalls bemerkt hatte. »Wenn sie Ihnen nicht schmeckt, brauchen Sie sie nicht zu bezahlen.« Sie nahm mit einer Servierzange eine der Makronen und reichte sie Paula auf einem kleinen Teller. »Ich heiße übrigens Sandy.«

»Angenehm«, antwortete Paula. »Ich bin Jenny, und das ist Peter.«

Paula aß die Makrone – oder was auch immer es war – und bat Sandy anschießend sofort um eine zweite.

Sandy deutete auf einen Tisch neben der Tür. »Warum setzen Sie sich nicht? Ich bringe Ihnen die Sachen dann an den Tisch.«

»Gute Idee«, sagte Beaurain.

Er wählte einen Stuhl, von dem aus er einen guten Blick hinüber zur Arena hatte. Kurze Zeit später brachte Sandy zwei Tassen mit Espresso und einen Teller voller Makronen. Dann blieb sie, die Hände in die Hüften gestützt, vor dem Tisch stehen.

»Sie sind Engländerin, stimmt's?«, sagte sie zu Paula. »Ich höre das sofort.«

Beaurain bat gleich um die Rechnung und gab Sandy beim Bezahlen dann ein großzügiges Trinkgeld. Als sie den Zehneuroschein in die Geldbörse steckte, verzog sie das Gesicht. »Ich kann mir nicht helfen, aber diese Euros sehen aus wie Spielgeld«, sagte sie. »Da lobe ich mir doch unsere guten, alten Dollars.«

Nachdem Sandy wieder hinter der Theke verschwunden war, sagte Beaurain anerkennend zu Paula: »Geschickter Schachzug, der Kleinen falsche Namen zu nennen.«

»Das war nur für den Fall, dass jemand nach uns fragt.«

»Was durchaus im Bereich des Möglichen ist.«

Paula griff gerade nach der dritten Makrone, als Beaurain plötzlich sagte: »Kommen Sie, Paula, wir müssen los!«

»Wieso das denn?«, sagte Paula missmutig. »Ich dachte, wir hätten noch Zeit.«

»Gerade ist jemand in die Arena gegangen. Kann sein, dass es Petacci war.«

Sie verabschiedeten sich schnell von Sandy und verließen die Bar. Der Mann, den Beaurain gesehen hatte, war bereits in dem Amphitheater verschwunden. Beaurain befahl Paula, dicht hinter ihm zu bleiben, und öffnete langsam das Tor. Vorsichtig spähte er ins Innere der Arena, wo er nicht weit vom Eingang den Mann entdeckte. Dessen Gesicht war in der Dunkelheit kaum zu erkennen. Beaurain ging langsam auf ihn zu, und Paula griff vorsichtshalber nach ihrer Browning. Irgendetwas war hier nicht in Ordnung.

»Signor Petacci?«, sagte Beaurain.

»Sí.«

»Hat Signor Murano mit Ihnen telefoniert?«

»Sí.«

»Dann kennen Sie bestimmt seinen Vornamen. Wie lautet er?«

Der Mann im Schatten bewegte sich, als wollte er sich etwas bequemer hinstellen. Er hatte die Hände in den Manteltaschen.

»Wie lautet Muranos Vorname?«, wiederholte Beaurain.

»In unserem Metier gibt es keine Vornamen«, antwortete der Mann auf Englisch. Er sprach allerdings mit einem Akzent, den Paula nicht einordnen konnte.

Beaurain schlug dem Mann aus heiterem Himmel so heftig mitten ins Gesicht, dass dieser rückwärts gegen die Mauer taumelte. Beaurain setzte nach, packte den Mann mit der Hand am Kinn und schlug dessen Hinterkopf gegen die Steine, bis der Mann bewusstlos zusammenbrach. Das alles geschah innerhalb weniger Sekunden. Beaurain ging in die Hocke, griff dem Bewusstlosen in die Manteltasche und zog eine Pistole der Marke Glock heraus. Nachdem er sie in seine eigene Manteltasche gesteckt hatte, schleifte er den Mann an den Füßen in eine aus dem Fels gehauene Nische. Dann stand er auf und strich sich den Mantel glatt.

»Woher wussten Sie, dass er nicht Petacci ist?«, fragte Paula.

»Weil er mich nicht nach Marios Visitenkarte gefragt hat. Und außerdem hat er seinen Vornamen nicht gekannt.«

»Was meinen Sie? Hatte er den Auftrag, uns zu erschießen?«

»Die Pistole hatte er sicher nicht zum Spaß dabei. Aber jetzt sollten wir uns lieber auf die Suche nach dem richtigen Aldo Petacci machen.«

Auf einmal konnte man die Schritte mehrerer Personen vernehmen, die sich von draußen dem Haupteingang näherten. Beaurain packte Paula am Arm und führte sie über eine schräge Rampe hinunter ins Oval der Arena. Unten angekommen, deutete er auf eine lange Treppe, die zwischen steil ansteigenden Sitzreihen nach oben führte.

»Steigen Sie da hinauf«, sagte er. »Und bleiben Sie immer hinter den Stuhlreihen in Deckung. Ich nehme die Treppe neben der Ihren …«

Paula fand die Stille in der Arena unheimlich und bedrückend zugleich. Sie musste unwillkürlich an die Gladiatoren denken, die vor vielen Jahrhunderten in derartigen Manegen um ihr Leben gekämpft hatten.

Vorsichtig, aber dennoch so schnell wie möglich, stieg sie gebückt die Steinstufen hinauf.

Auf einmal hörte sie hinter sich laute Schritte und gedämpfte Stimmen. Das mussten ihre Verfolger sein. Paula stieg die Stufen nun noch schneller hinauf.

Kurz bevor sie den oberen Rand des Amphitheaters erreicht hatte, sah sie dort eine dunkle Gestalt kauern. Inzwischen hatten sich ihre Augen so gut an die Dunkelheit gewöhnt, dass sie die Maschinenpistole in den Händen des Mannes deutlich erkennen konnte. Er bemerkte Paula nicht, weil er ganz auf Beaurain fixiert war, der ebenfalls auf den letzten Metern der Treppe war.

Paula musste sofort handeln. Sie nahm ihre Browning in beide Hände, zielte sorgfältig und gab rasch hintereinander zwei Schüsse ab. Der Mann zuckte zusammen, ließ die Maschinenpistole fallen und stürzte sich überschlagend die Treppe hinunter. Paula trat rasch beiseite, um nicht mitgerissen zu werden, und nahm dann die Kalaschnikow des Mannes an sich. Das Magazin war noch ganz voll. Anschließend stieg sie hinunter zu dem Toten, der ein paar Meter unterhalb von ihr liegen geblieben war, und durchsuchte ihn. In einer seiner Manteltaschen fand sie ein weiteres Magazin und steckte es ein. Beaurain war inzwischen am oberen Rand des Amphitheaters angekommen und rannte die Stufen zu ihr herab.

»Sie hätten sich besser bücken müssen, Jules«, keuchte Paula. »Man hat Ihren Kopf ganz deutlich über den Stuhlreihen gesehen.«

»Dann verdanke ich Ihnen wohl mein Leben. Der Kerl hätte einen Schweizer Käse aus mir gemacht, wenn Sie nicht aufgepasst hätten. Geben Sie mir die Kalaschnikow.«

»Nein, die behalte ich. Ich kann damit umgehen ...«

Erst vor kurzem hatte Paula im geheimen Trainingslager des SIS in Surrey ihre Kenntnisse an Uzis und Kalaschnikows aufgefrischt.

»Na schön, aber halten Sie sie schussbereit«, sagte Beaurain, der seinen Revolver gezogen hatte.

Als sie den oberen Rand der Arena wieder erreicht hatten, sahen sie, wie drei bewaffnete Männer auf sie zuliefen. Paula riss die Kalaschnikow hoch und mähte die Angreifer mit einer einzigen Salve nieder. Die Männer sanken zu Boden und rührten sich nicht mehr. Dann pfiff auf einmal eine von unten aus der Arena abgefeuerte Kugel haarscharf an Paulas Kopf vorbei. Beaurain wirbelte herum und erledigte den Angreifer mit einem Schuss in die Stirn. Drei weitere Männer stürmten die Treppe herauf, aber Paula und Beaurain erschossen sie, noch bevor sie ihnen gefährlich werden konnten. Bald war es wieder totenstill in der Arena.

Während sie nachluden, hörte Paula, wie jemand von hinten auf sie zurannte. Sie riss die Browning in die Höhe und feuerte das ganze Magazin auf einen riesenhaften Mann ab. Erst nach mehreren Treffern fiel der Mann zu Boden.

»Gut gemacht«, sagte Beaurain, während er die frisch nachgeladene Trommel seines Revolvers einschnappen ließ.

»Passen Sie lieber auf, da ist noch einer!«, rief Paula und deutete auf eine Gestalt, die sich ein paar Sitzreihen unterhalb von Beaurain urplötzlich erhoben hatte und mit einer im Mondlicht schimmernden Pistole auf ihn zielte. Reflexartig feuerte Beaurain zwei Schüsse ab. Der Mann brach röchelnd über einem der Sitze zusammen.

»Haben wir jetzt alle erwischt?«, fragte Paula, während sie die Maschinenpistole durchlud.

»Pst! Hören Sie das?«

In der gespenstisch stillen Arena war auf einmal eine leise Stimme zu hören, die Beaurain allerdings nicht genau lokalisieren konnte.

»Nicht schießen. Ich bin Aldo Petacci«, sagte jemand mit einer Stimme, die so klang, als formte derjenige die Hände vor dem Mund zu einem Trichter. »Alle Angreifer sind tot. Ich habe sie gezählt, als sie in die Arena kamen.«

Aldo Petacci, der im Licht von Paulas Taschenlampe mit langsamen Schritten zu ihnen hinaufstieg, war ein spindeldürrer, ausgezehrt wirkender Mann. Er trug eine abgewetzte Windjacke und braune Cordhosen.

Ein paar Stufen von ihnen entfernt blieb er stehen. Paula sah, dass seine Hände zitterten.

»Ich bin Aldo Petacci«, wiederholte er. »Haben Sie etwas für mich?«

Beaurain holte Muranos Karte aus der Brieftasche. Er konnte kaum glauben, dass er sie erst einen Tag zuvor in Mailand erhalten hatte. Es kam ihm inzwischen so vor, als wäre eine Ewigkeit vergangen, seit Mario Murano ums Leben gekommen war. Petacci besah sich die Karte im Licht der Taschenlampe und lächelte, als er das Geheimzeichen erkannte, das Murano auf die Rückseite gekritzelt hatte.

»Ich habe Wasser dabei«, sagte er in fließendem Englisch. »Für den Fall, dass Sie Durst haben …«

Paulas Kehle war von der Aufregung tatsächlich wie ausgetrocknet. Dankbar ließ sie sich von Petacci die Feldflasche reichen und trank drei große Schlucke, bevor sie sie an Beaurain weiterreichte.

»Sie sprechen hervorragend Englisch, Signor Petacci«, sagte sie. »Fast könnte man Sie für einen Engländer halten.«

»Das bin ich auch«, antwortete Petacci mit einem strahlenden Lächeln auf seinem mageren Gesicht.

»Dann ist Petacci nur ein Deckname?«

»Einer von vielen. Hier in Italien halten mich alle für einen Italiener.«

»Mario hat uns gesagt, dass Sie wissen, auf welchen Wegen die El Kaida ihre Terrorkommandos nach England einschleust«, sagte Beaurain. »Stimmt das?«

»Ja, das kann ich Ihnen sagen. Die erste Station der Terroristen in Europa ist Mailand. Von hier aus fahren sie mit dem Zug über Paris nach St. Malo in der Bretagne. Dort werden sie von Schleusern erwartet, die sie auf Fischerbooten über den Kanal bringen. Ein paar Meilen von der englischen Küste entfernt steigen sie dann in Schlauchboote um, mit denen sie schließlich an einem entlegenen Strand in der Nähe von Hastings landen. Das ist allerdings nur bei ruhiger See möglich.«

»Und wie geht es dann weiter?«, fragte Beaurain.

»Das konnte mir mein Gewährsmann nicht verraten. Aber dafür hat er mir etwas anderes gesagt: Das Ziel des nächsten Terroranschlags wird London sein.«

»Klingt alles straff durchorganisiert. Und wie sind Sie an diese Informationen gekommen? Ist die Quelle zuverlässig?«

»Ich glaube schon. Aber mehr kann und will ich Ihnen nicht sagen«, erwiderte Petacci. »Sie müssen sich schon auf mein Wort verlassen.«

»Wissen Sie, wie viele Terroristen auf diese Weise schon nach England gekommen sind?«

»Zwischen dreißig und vierzig. Bisher war ihre Basis in der Nähe von Mailand, aber jetzt haben sie sie ganz nach England verlegt. Wohin genau konnte mir mein Gewährsmann nicht sagen. Sicher ist nur, dass dort ein ganz großer Anschlag geplant wird. Beim Sicherheitsminister brauchen Sie mit dieser Information allerdings erst gar nicht vorstellig werden. Das ist bei diesem Volltrottel verlorene Liebesmüh.«

»Sie scheinen sich in Whitehall ja erstaunlich gut auszukennen«, sagte Beaurain. »Wer sind Sie wirklich?«

»Es gibt Fragen, die stellt man nicht, Monsieur Beaurain. Reden ist Silber, Schweigen ist Gold.«

»Aber eines können Sie uns doch sagen«, sagte Paula. »Haben Sie schon mal für einen britischen Geheimdienst gearbeitet?«

»Sagen wir mal so: Es gab gewisse Berührungspunkte mit der Special Branch, aber dann haben sich unsere Wege getrennt. Was aber nicht heißen soll, dass ich keine Kontakte mehr nach London habe. Apropos London, wie gedenken Sie denn nach Hause zu reisen?«

»Genau so, wie wir hergekommen sind«, antwortete Paula. »Wir fahren mit dem Zug von Mailand nach Paris und nehmen von dort den Eurostar nach England …«

»An Ihrer Stelle würde ich fliegen«, sagte Petacci. »Im Zug sind Sie nicht sicher. Von Mailand aus gehen täglich mehrere Flüge nach Heathrow. Nehmen Sie den nächsten Zug, dann erwischen Sie noch die letzte Maschine. Wenn Sie wollen, fahre ich Sie gleich zum Bahnhof.«

»Danke für das Angebot«, sagte Beaurain und überreichte Petacci einen Umschlag voller Banknoten. »Das ist für Sie.«

Petacci winkte ab. »Behalten Sie das Geld. Im Herzen bin ich noch immer ein Patriot.«

18

Als Beaurain und Paula am späten Abend gerade im Anflug auf Heathrow waren, bekam Tweed überraschend Besuch. Außer ihm waren nur noch Marler und Monica im Büro. Während Monica bereits seit Stunden an ihrem Computer saß, war Marler gerade erst hereingekommen.

»Unten ist Besuch für Sie«, sagte Monica mit einem gekünstelten Grinsen. »Jasper Buller, der reizende Leiter der Special Branch.«

»Dann ist er also wieder wohlbehalten aus Italien zurück. Schicken Sie ihn hoch.«

Zur Abwechslung trug Buller mal keinen Kamelhaar-, sondern einen Regenmantel. Er zog ihn lächelnd aus und setzte sich dann hin. Monica konnte nicht glauben, dass das der Mann sein sollte, der seinen Mitarbeitern so unsympathisch war, dass sie ihn hinter seinem Rücken nur den »Bullen« nannten. »Möchten Sie vielleicht eine Tasse Kaffee?«, fragte sie ihn.

»Ja, gern. Ich könnte eine ganze Kanne vertragen«, antwortete er grinsend.

Tweed sah ihn nachdenklich an. Er vermutete, dass Buller seine Unbeschwertheit nur vortäuschte, in Wirklichkeit aber unter Hochspannung stand.

»Darf ich?«, sagte Buller und zündete sich, noch bevor ihm jemand antworten konnte, eine Zigarette an. Über die Flamme seines Feuerzeugs hinweg sah er Tweed durchdringend an. »Ich glaube, wir steuern auf eine höchst gefährliche Krise zu«, sagte er dann leise.

»Dann haben Sie in Mailand also etwas herausgefunden?«

»Ja. Angeblich plant die El Kaida ihren nächsten spektakulären Anschlag hier in London. Wir müssen uns auf ein Blutbad gigantischen Ausmaßes gefasst machen.«

»Hat Mario Murano die Karten auf den Tisch gelegt?«, fragte Tweed

»Nein, das hat er nicht.« Buller nahm von Monica eine große Tasse Kaffee entgegen und lächelte sie dankbar an. »Im Gegenteil, Murano war verschlossen wie eine Auster. Bei meinem letzten Besuch vor sechs Monaten war das noch ganz anders. Diesmal hatte ich den Eindruck, als wäre er ziemlich nervös. Er wollte mich so schnell wie möglich wieder loswerden.«

»Und woher wissen Sie dann von dem geplanten Anschlag der El Kaida?«

Buller, der seine Tasse in Rekordzeit geleert hatte, ließ sich von Monica noch einmal nachschenken. »Nach meinem Besuch bei Murano habe ich noch einen weiteren meiner Kontaktleute aufgesucht«, sagte er dann. »Der Mann war früher mal ein ziemlich hohes Tier bei den Carabinieri. Als ihm die Korruption in der italienischen Polizei zu viel wurde, hat er den Dienst quittiert und sein eigenes Ermittlungsbüro aufgemacht. Einer seiner besten Leute hat sich in die El Kaida eingeschmuggelt, wo er sogar stellvertretender Führer der Mailänder Zelle wurde.«

Buller trank auch die zweite Tasse Kaffee aus und stellte sie zurück auf den Schreibtisch.

»Mein Informant hasst die El Kaida«, fuhr er fort. »Seine Frau – eine Amerikanerin – war am 11. September 2001 im Nordturm des World Trade Center. Er hat mir alles erzählt, was er wusste. So will er beispielsweise erfahren haben, dass die Mailänder Zelle der El Kaida ihre Basis nach England verlegt hat, weil der nächste Anschlag in London stattfinden soll. Einen Tag nach unserem Treffen hat man seine Leiche auf den Bahngleisen gefunden, nur wenige Minuten bevor sie von einem Zug zermalmt worden wäre. Die Autopsie hat ergeben, dass mein Informant eine Zyankalitablette geschluckt hat – wahrscheinlich hat er sich umgebracht, damit er unter der zu erwartenden Folter niemanden verraten musste.«

»Werden Sie diese Informationen an das Sicherheitsministerium weiterleiten?«, fragte Tweed.

»Sie machen wohl Witze?«, blaffte Buller. »Glauben Sie im Ernst, Warner würde sich für so etwas interessieren? Der ist doch nur auf sein kolumbianisches Drogenkartell fixiert und seit neuestem höchstens noch auf die IRA.«

»Traurig, aber wahr«, sagte Tweed zustimmend.

»Als Nächstes werde ich dieses Carpford genauer unter die Lupe nehmen. Seltsames Dorf! Ich werde mir jeden Bewohner einzeln vorknöpfen, und wenn ich ihn dazu höchstpersönlich aus dem Bett zerren muss. Wir haben nicht mehr viel Zeit, der Anschlag kann jeden Tag erfolgen.«

»Wann wollen Sie denn nach Carpford?«

»Noch heute Nacht.« Buller stand auf und zog seinen Regenmantel an. »Carpe diem!«, sagte er. »Nutze den Tag.«

»Passen Sie auf sich auf. Dieses Dorf ist nicht ungefährlich«, sagte Tweed. »Wenn Sie wollen, gebe ich Ihnen Marler mit.«

»Seien Sie mir nicht böse, Marler«, sagte Buller. »Ich weiß, dass Sie ein hervorragender Agent sind, aber das hier erledige ich lieber allein.«

»Kein Problem«, antwortete Marler.

Nachdem Buller gegangen war, sagte Tweed in besorgtem Ton: »Die ganze Sache gefällt mir überhaupt nicht.«

»Meinen Sie das, was er über den Anschlag gesagt hat?«, fragte Monica.

»Das auch. Aber bei dem Gedanken, dass Buller nach Einbruch der Dunkelheit allein nach Carpford fährt, ist mir auch nicht ganz wohl. Aber er wollte es ja nicht anders.«

»Dann können wir nur hoffen, dass ihm nichts zustößt«, sagte Marler.

Minuten später klingelte Marlers Handy. Er ging ran und sagte kurz darauf zu Tweed: »Es ist Roy Buchanan. Er ist mit dem Auto zu uns unterwegs und möchte Sie kurz sprechen …«

»Ja, Roy, was gibt's?«, sagte Tweed in das Handy, das Marler ihm mittlerweile gereicht hatte. »Ich hoffe nur, dass dieses verflixte Telefon auch abhörsicher ist.«

»Ihres oder meines?«, fragte Buchanan.

»Marlers Handy ist okay. Er hat ein abhörsicheres Modell.«

»Das ist meines auch. Gut. Ich rufe an, weil Victor Warner sich etwas Neues hat einfallen lassen. Jetzt behauptet er steif und fest, dass die sizilianische Mafia ihre Leute nach England einschleust. Die sollen hier angeblich Spielcasinos eröffnen, die aber in Wirklichkeit als Umschlagplatz für Drogen fungieren. Und das natürlich alles in enger Zusammenarbeit mit den Kolumbianern, versteht sich.«

»Was für ein Idiot! Der Mann ist eine absolute Niete! Wo sind Sie jetzt, Roy?«

»Ganz in Ihrer Nähe.«

»Dann kommen Sie doch auf einen Sprung vorbei. Ich habe nämlich auch wichtige Neuigkeiten für Sie, aber die sage ich Ihnen lieber von Angesicht zu Angesicht.«

Tweed gab Marler das Handy zurück und fing wieder einmal damit an, im Büro auf und ab zu gehen. Kann der Mann denn nie still sitzen?, dachte Monica.

»Meinen Sie mit den wichtigen Neuigkeiten das, was Buller uns eben gesagt hat?«, fragte Marler.

»Ja, aber nicht nur. Als ich gestern den Tag nicht hier war, konnte ich nachts lange nicht einschlafen. Ich habe mir die ganze Zeit überlegt, was ich wohl tun würde, wenn ich eine Organisation wie die El Kaida befehligen und einen Anschlag in London planen würde. Ich würde ein Ziel aussuchen, wo ich die Stadt an ihrem Lebensnerv treffen könnte.«

Eine Viertelstunde später betrat Buchanan das Büro. »Geht Ihnen dieser Warner eigentlich auch so auf die Nerven?«, fragte er, nachdem er alle reihum begrüßt hatte. »Am liebsten würde ich den Knallkopf auf den Mond schießen. Wenn man bedenkt, wie viele Einsatzkräfte er mit seinen Hirngespinsten beschäftigt, wird einem ganz anders. Erst die Kolumbianer, dann die IRA, und dann soll sich hier auch noch die sizilianische Mafia tummeln …«

»Wie setzt er denn die Leute ein?«, fragte Tweed.

»Er ist noch immer fest davon überzeugt, dass diese Zeichnung der Saint Paul's Cathedral etwas zu bedeuten hat. Deshalb hat er Beamte vor dem Eingang postiert, die jeden Besucher gründlich filzen. Außerdem lässt er an den Gottesdiensten Polizisten in Zivil teilnehmen. Wahrscheinlich will er sich damit bloß für den Fall absichern, dass tatsächlich ein Anschlag auf die Kathedrale verübt und er danach zur Verantwortung gezogen wird. Ich persönlich glaube allerdings nicht, dass die Kathedrale das nächste Ziel der El Kaida sein wird.«

»Ganz meine Meinung«, sagte Tweed.

»Aber das ist noch nicht alles«, fuhr Buchanan aufgebracht fort. »Vor dem Canary Wharf Tower wimmelt es nur so von Polizisten. Jeder, der in das Gebäude will, wird kontrolliert, und das beunruhigt die Menschen, die dort arbeiten, zutiefst. Außerdem hat er Tag und Nacht Scharfschützen auf den Dächern der umliegenden Gebäude postiert. So, das wär's erst einmal. Und was wollten Sie mir erzählen?«

Tweed berichtete Buchanan alles, was er von Jasper Buller erfahren hatte. Buchanan runzelte die Stirn, sagte aber nichts, bis Tweed zu Ende war.

»Wenn sogar er dagegen ist, Warner zu informieren, können wir unseren so genannten Sicherheitsminister getrost vergessen«, sagte Buchanan dann. »Übrigens ist mir nicht ganz wohl bei dem Gedanken, dass Buller jetzt allein nach Carpford unterwegs ist.«

»Ich wollte ihm Marler mitgeben, aber er hat das höflich, aber bestimmt abgelehnt.«

»Das kann ich schon verstehen«, warf Marler ein. »Ich an seiner Stelle wäre auch allein gefahren.«

»Ich muss jetzt leider wieder gehen«, sagte Buchanan und stand auf. »Ich habe noch etwas Dringendes zu erledigen.«

Nachdem der Superintendent gegangen war, meldete sich Monica zu Wort. »Seltsam«, sagte sie. »Buchanan hat uns gar nicht erzählt, was er als Nächstes vorhat. Er ist doch sonst kein solcher Geheimniskrämer.«

»Ja, das ist mir auch aufgefallen«, sagte Tweed. »Und jetzt möchte ich, dass Sie nach Hause gehen. Es ist schon spät. Ich bleibe noch eine Weile hier.«

Das Telefon klingelte, und Beaurain war am Apparat. Er klang ziemlich genervt.

»Ich bin mit Paula aus Italien zurück. Jetzt sitzen wir in Heathrow fest. Keine Ahnung, wie lange das noch dauert. Die drehen hier schier durch mit ihren Sicherheitskontrollen.«

Tweed informierte darauf Monica und Marler, dass Beaurain und Paula am Flughafen festsaßen, worauf die beiden noch warten wollten. Kurz vor deren Ankunft klingelte abermals das Telefon. Monica hob ab und gab den Hörer dann an Tweed weiter.

»Tweed, hier spricht Roy Buchanan. Ich bin jetzt in Carpford. Buller ist verschwunden.«

»Was soll das heißen?«

»Wir haben Bullers blauen Ford vor einem Gasthof an der Straße nach Carpford gefunden. Der Zündschlüssel steckt, und im Inneren des Wagens gibt es keinerlei Hinweise auf Gewaltanwendung. Von Buller selbst fehlt jedoch jede Spur.«

»Vielleicht sollten Sie im Carp Lake nach ihm suchen lassen.«

»Genau das habe ich soeben veranlasst. Ich habe Taucher und starke Unterwasserscheinwerfer angefordert. Übrigens hat schon jemand gegen diese Maßnahme protestiert.«

»Wer?«

»Drew Franklin. Er macht sich Sorgen um die Fische im See. Ich persönlich befürchte eher, dass wir darin noch heute Nacht mindestens drei Leichen finden werden.«

19

»Ich hoffe, dass Buchanan mit seinen drei Leichen nicht Recht behält«, sagte Tweed genau in dem Moment, als die Tür aufging und Beaurain und Paula hereinkamen.

»Wieso drei Leichen?«, fragte Paula sofort. Sie und Beaurain wirkten von der Reise ziemlich erschöpft. Weil sie keine Antwort bekam, fragte sie noch einmal, diesmal mit Nachdruck: »Wieso auf einmal drei Leichen?«

»Inzwischen sind auch Mrs Gobble und Jasper Buller verschwunden.«

Monica bot den beiden Kaffee an, den sie auch dankbar annahmen. Tweed lehnte sich in seinem Stuhl zurück und berichtete von Mrs Gobbles Besuch in der Park Crescent und ihrem darauf folgenden Verschwinden auf der Fahrt nach Carpford.

»Sie werden es nicht glauben, aber genau dasselbe ist Jasper Buller passiert, dem Leiter der Special Branch. Er war heute Abend hier und hat uns interessante Dinge aus Mailand berichtet. Dann wollte er nach Carpford fahren, wo er aber nie ankam. Buchanan hat sein leeres Auto gefunden und lässt jetzt den Carp Lake von Tauchern absuchen.«

»Was hat er denn aus Mailand berichten können?«, fragte Paula, und Tweed erzählte ihr, was Buller alles mitgeteilt hatte.

»Das deckt sich ziemlich genau mit dem, was wir in Italien herausgefunden haben«, sagte Beaurain.

»Und das wäre?«, sagte Tweed.

Während Beaurain Bericht erstattete, machte Tweed sich Notizen. Gelegentlich sah er zu dem Belgier hinüber, wobei er sich aber nicht anmerken ließ, was er dachte.

»Hört sich so an, als hätten Sie sich in der Arena hervorragend geschlagen«, sagte er zu Paula, als Beaurain mit seinem Bericht fertig war.

»Ohne sie wäre ich jetzt nicht mehr am Leben«, sagte Beaurain.

»Jules und ich waren ein gutes Team«, sagte Paula bescheiden.

»Beschreiben Sie mir doch bitte diesen Engländer, der sich Petacci nennt, etwas genauer«, bat Tweed. »Wie sah er aus? Alter? Größe? Augenfarbe? Haarfarbe?«

Paula schloss kurz die Augen und stellte sich Petacci geistig vor.

»Ungefähr vierzig«, sagte sie dann. »Eins fünfundneunzig groß, blaue Augen, braunes Haar.«

»Das war bestimmt Philip.« Tweed lehnte sich wieder in seinem Stuhl zurück. »Er war bei der Special Branch und galt als unglaublich sprachbegabt. Nachdem er seinen Abschied genommen hat, ist er ziemlich lange durch Europa gereist und hat dabei die Kontakte aus seiner Zeit bei der Special Branch genutzt, um sich Informationen zu beschaffen, die er anschließend an verschiedene Interessenten weiterverkaufte. Auf diese Weise hat er sich seinen Lebensunterhalt verdient. Allerdings hat er immer darauf geachtet, dass England dabei kein Schaden entsteht.«

»Und wie heißt dieser Philip mit Nachnamen?«, fragte Paula.

»Es wäre ihm bestimmt nicht recht, wenn ich seine Identität preisgäbe.«

»Und Sie glauben, dass man ihm trauen kann?«, fragte Beaurain.

»Philip ist genauso vertrauenswürdig wie Sie.«

»Dann glauben Sie also, dass das mit der El Kaida stimmt?«

»Absolut. Und da sich Ihre Informationen ziemlich genau mit denen von Jasper Buller decken, sollten wir davon ausgehen, dass die El Kaida ihre Basis bereits tatsächlich nach England verlegt hat. Was wiederum ein Indiz dafür ist, dass London ziemlich bald ein Terroranschlag nach Art des 11. Septembers bevorsteht. Ein alarmierender Gedanke.«

»Ich finde, wir sollten uns die Gegend um Hastings, wo die Terroristen offensichtlich an Land gebracht werden, so schnell wie möglich genauer ansehen«, sagte Beaurain.

»Das wäre reine Zeitverschwendung. Solche Terrorzellen haben selten mehr als dreißig Mitglieder, und so viele sind laut Philips Informationen längst ins Land geschmuggelt worden. Mich interessiert viel mehr, wo die Terroristen sich jetzt versteckt halten.«

»Vielleicht in Carpford?«, sagte Paula.

»Das halte ich für unwahrscheinlich. Zwar wäre es ein Leichtes, von Hastings unbemerkt nach Carpford zu kommen, aber wo könnte man dort über dreißig Männer verstecken? Wenn überhaupt jemand von der El Kaida in Carpford sitzt, dann höchstens der Stratege, der diese Operation befehligt.«

»Was macht Sie eigentlich so sicher, dass es sich dabei um einen Mann handelt?«, fragte Marler. »Es könnte doch genauso gut eine Frau sein, oder? Ach, da fällt mir ein, dass ich Ihnen noch gar nicht berichtet habe, was Eva Brand heute Nachmittag gemacht hat.«

Alle sahen Marler verblüfft und gespannt an. Der genoss die Spannung sichtlich und zündete sich genüsslich eine seiner King-Size-Zigaretten an. Nachdem er den Rauch tief eingesogen hatte, blickte er lächelnd in die Runde.

»Marler!« Tweed schlug mit der Faust auf den Schreibtisch. »Wir stehen kurz vor einer Katastrophe gigantischen

Ausmaßes und haben keine Zeit für Ihre Spielchen. Nun sagen Sie schon, was Eva Brand so getrieben hat.«

»Gut. Zuerst war sie im Sicherheitsministerium, wo sie nach einer Stunde mit Peregrine Palfry zusammen herauskam. Sie verabschiedete sich von Palfry, nahm sich ein Taxi und fuhr in ihre Wohnung. Ich habe mich an ihr Wohnzimmerfenster geschlichen und hineingeschaut. Und jetzt kommt der Hammer: Sie hat einen kleinen Gebetsteppich ausgerollt, sich hingekniet und mehrere Male in Richtung Osten verbeugt. Dann ist sie wieder aufgestanden, hat den Teppich zusammengerollt, und ihn unter dem Sofa versteckt.«

»Eva, eine Muslima! Ist denn das zu fassen?!«, stieß Paula hervor.

»Deshalb auch meine Frage von vorhin«, sagte Marler. »Was macht Sie, Tweed, so sicher, dass der führende Kopf der hiesigen El-Kaida-Zelle ein Mann ist?«

Tweed gab keine Antwort und sah Marler nur zu, wie dieser nachdenklich an seiner Zigarette zog.

»Soll ich Ihnen noch erzählen, was sie danach gemacht hat?«, fragte Marler grinsend.

»Was ist denn heute mit Ihnen los, Marler?«, raunzte Tweed. »Spannen Sie uns doch nicht so auf die Folter!«

»Immer mit der Ruhe, ich bin ja schon dabei: Also, nach einer halben Stunde kam Eva wieder heraus und setzte sich hinter das Steuer ihres Saab. Vorher hatte sie noch etwas im Auto verstaut…«

»Und was war das, Himmelherrgott noch mal?«, polterte Tweed.

»Das wollte ich gerade erzählen. Als sie aus dem Haus kam, hatte sie zwei Tragetaschen bei sich. Eine größere von Harrods und dann noch eine kleinere ohne Aufdruck. Beide hat sie jedenfalls ganz vorsichtig im Kofferraum verstaut. Und jetzt raten Sie mal, wo sie dann hingefahren ist. Nach Carpford! Dort parkte sie den Saab hinter Martin

Hogarths Bungalow, und zwar so, dass ihn von der Straße aus niemand sehen konnte …«

»Sie ist zu Martin gegangen? Nicht zu Billy?«, fragte Paula nach.

»Wenn Sie mich ausreden ließen, würden Sie es erfahren«, sagte Marler gereizt. »Eva stieg dort also aus und holte beide Tüten aus dem Kofferraum. An der Tür des Bungalows wartete bereits Martin auf sie, der sie auch sofort hereinließ. Sie blieb zwei Stunden bei ihm und fuhr anschließend wieder zurück in ihre Wohnung in Fulham. Ich war bis vorhin noch dort, aber sie hat das Haus seitdem nicht mehr verlassen. Deshalb bin ich jetzt auch wieder hier.«

»Seltsam«, sagte Beaurain. »Die Dame würde ich wirklich gern mal kennen lernen.«

»Das werden Sie bestimmt noch«, sagte Marler schmunzelnd. »Und sie wird Sie faszinieren. Dessen bin ich mir ganz sicher.«

»Sieht sie denn so gut aus?«

»Gut wäre noch untertrieben.«

»Nach allem, was Marler erzählt hat, sollten wir Martin Hogarth noch genauer überprüfen«, sagte Tweed. »Aber morgen fühlen wir erst einmal diesem Mr Pecksniff auf den Zahn, dem Anwalt, der für die New Age Development die Mieten aus Carpford kassiert.«

Ali wartete in einem abgelegenen Dorf in einer Telefonzelle. Beim zweiten Läuten nahm er ab.

»Ja?«

»Mit wem spreche ich?« Die Stimme am anderen Ende klang elektronisch verzerrt.

»Ali.«

»Abdullah hier. Sind die Lieferungen am Bestimmungsort eingetroffen?«

»Die sechs Milchtanklaster mit den Raketen …«

»Idiot! Ich habe von ›Lieferungen‹ gesprochen. Tu das gefälligst auch. Ich höre?«

»Die sechs Lieferungen sind angekommen und werden gerade weitertransportiert. Unsere Leute sind mittlerweile auch alle vor Ort und ...«

Fluchend hängte Ali den Hörer ein. Abdullah hatte einfach aufgelegt. Während er die Telefonzelle verließ und hinaus in den Nieselregen trat, überlegte er sich ein weiteres Mal, ob die Person am anderen Ende ein Mann oder eine Frau war.

Die Anwaltskanzlei Pecksniff und Partner lag in einer der schlechteren Gegenden von Bermondsey, wo auf den Gehsteigen neben anderem Müll auch zerbrochene Backsteine herumlagen, die sich aus dem maroden Mauerwerk der dreistöckigen Häuser gelöst hatten. Die Fenster der Kanzlei waren offenbar seit Ewigkeiten nicht mehr geputzt worden, und auf dem angelaufenen Messingschild an der Hauswand fehlten mehrere Buchstaben, sodass nur noch »sniff und Partner« zu lesen war.

»Sieht nicht gerade sehr Vertrauen erweckend aus«, sagte Butler. »Ziemlich heruntergekommen, sogar für das East End. Und Ganoven gibt es hier bestimmt an jeder Ecke.«

»Dann bleiben Sie am besten hier und passen auf den Wagen auf«, sagte Tweed.

Nachdem er und Paula ausgestiegen waren, verriegelte Butler die Türen von innen und holte aus dem Handschuhfach eine Spraydose mit Tränengas.

Tweed drückte auf die Klingel neben der Tür und wartete. Niemand öffnete.

Erst nachdem Tweed Sturm geklingelt hatte, wurde die Tür geöffnet. Ein Mann in einem fadenscheinigen schwarzen Jackett stand vor ihnen. Mit seinen altmodisch spitz zulaufenden Revers und der goldenen Uhrkette, die aus einer der Taschen hing, erinnerte er Paula tatsächlich an die

Figur des Mr Pecksniff aus Charles Dickens' Roman *Martin Chuzzlewit*. Der Mann hatte einen leichten Buckel und etwas angegrautes, honigblondes Haar.

»Mr Pecksniff?«, sagte Tweed. »Wir haben einen Termin bei Ihnen.«

»Unmöglich. Ich vereinbare keine Termine«, entgegnete der Mann und starrte sie aus verschlagen wirkenden Augen böse an.

»Wir bekommen immer einen Termin«, erwiderte Tweed und hielt ihm seinen SIS-Ausweis direkt unter die Nase. »Und jetzt würden wir gern hereinkommen. Hier draußen stinkt es nämlich gottserbärmlich.«

»Aber das passt mir jetzt überhaupt nicht. Ich muss gleich weg …«

»Das ist mir egal. Sie gehen, wenn ich Sie gehen lasse.«

Nachdem er Tweed und Paula in ein nur spärlich eingerichtetes und ziemlich verwahrlost wirkendes Büro geführt hatte, schloss er umständlich die Eingangstür ab und schlurfte dann voraus in ein zweites Büro, das aber völlig anders als das vorherige aussah. Es war mit teuren Antiquitäten möbliert und tadellos sauber und aufgeräumt. Als der Anwalt hinter seinem Regency-Schreibtisch Platz nahm, bemerkte Paula, dass er eine Whiskyfahne hatte.

»Gehe ich richtig in der Annahme, dass Sie Mr Peck Sniff sind?«, sagte Tweed.

»Pecksniff, wenn ich bitten darf«, antwortete der Anwalt indigniert.

»Wir sind hier wegen einer Firma namens New Age Development, der in den North Downs fast eine komplette Ortschaft gehört«, sagte Tweed.

»Eine solche Firma ist mir nicht bekannt«, antwortete Pecksniff. Während er sprach, klapperte sein falsches Gebiss.

»Sparen Sie sich Ihre Lügen. Die Ortschaft heißt Carpford, und Sie verwalten die Mieteinnahmen der Häuser dort. Das haben uns die Mieter selbst gesagt.«

Pecksniff klammerte sich mit seinen knochigen Fingern an der Schreibtischplatte fest und starrte Tweed so empört an, als hätte dieser soeben einen Unschuldigen eines Kapitalverbrechens bezichtigt.

»Ich weiß nicht, wovon Sie reden. Und jetzt verlassen Sie bitte augenblicklich meine Kanzlei.«

»Dann leugnen Sie also, dass Sie Verbindungen zu der Firma New Age Development unterhalten?«

»Ich habe von diesem Unternehmen noch nie etwas gehört.«

»Nehmen Sie doch noch einen Schluck Scotch«, sagte Paula mit einem maliziösen Lächeln. »Vielleicht hilft das ja Ihrem Gedächtnis auf die Sprünge. Andernfalls können wir auch mit einem Hausdurchsuchungsbefehl zurückkommen und diese Bruchbude hier auf den Kopf stellen.«

»Dagegen werde ich beim Untersuchungsrichter eine einstweilige Verfügung erwirken.«

»Machen Sie sich nicht lächerlich«, sagte Tweed. »Sie wissen doch ganz genau, dass Sie damit nicht durchkommen.«

»Dort hat der Zimmermann das Loch gelassen«, sagte Pecksniff und deutete mit zitternder Hand zur Tür. »Ich habe Ihnen nichts weiter zu sagen.«

»Gut, wenn Sie es nicht anders haben wollen«, sagte Tweed und stand seufzend auf. »Bemühen Sie sich nicht, wir finden selbst hinaus.«

Ohne Pecksniff eines weiteren Blickes zu würdigen, verließen sie die Kanzlei. Als Butler sie kommen sah, entriegelte er die Autotüren und legte das Tränengas wieder ins Handschuhfach.

»Und, waren Sie erfolgreich? Lange hat es ja nicht gedauert.«

»Aus dem war nichts herauszubekommen.«

»Das wollen wir doch mal sehen«, sagte Butler. »Warten Sie hier, ich werde dem Burschen mal ein bisschen Feuer unter dem Hintern machen. Aber verriegeln Sie die Türen. Kann sein, dass es etwas länger dauert.«

Butler stieg aus und ging hinüber zur Tür der Kanzlei, wo er den Daumen eine halbe Minute lang auf dem Klingelknopf ließ. Als Pecksniff öffnete, hielt er ihm kurz seinen Dienstausweis unter die Nase und schob ihn dann vor sich her in die Kanzlei.

»Special Branch. Ich muss mit Ihnen reden ...«

Butler packte Pecksniff am Arm und zerrte ihn in sein Büro, wo er ihn in den Stuhl hinter dem Schreibtisch drückte.

»So können Sie nicht mit mir umspringen«, schrie Pecksniff empört. »Ich bin Rechtsanwalt und werde ...«

»Schnauze!«

Butler zog sich einen Stuhl heran und setzte sich.

»Gehe ich recht in der Annahme, dass die Unterlagen über die Mietsache in Carpford dort drüben in dem Aktenschrank sind?«, herrschte Butler den noch immer völlig verdatterten Anwalt an. »Na los, holen Sie sie. Und zwar ein bisschen fix!«

»Was für Unterlagen?«, fragte Pecksniff beleidigt.

»Versuchen Sie nicht, mich für dumm zu verkaufen! Ich spreche von der Firma New Age Development!«

»Ich kenne keine ...«

Harry Butler stand auf und packte Pecksniff an seinen altmodischen Kragenaufschlägen, bis dem Mann die Luft wegblieb. Dann zerrte er ihn so weit über die Schreibtischplatte, dass ihre Gesichter sich fast berührten.

»Jetzt hören Sie mir mal gut zu, Sie windiger Rechtsverdreher«, zischte Butler bedrohlich. »Ich bin normalerweise eine Seele von Mensch, aber wenn mir der Geduldsfaden reißt, dann kann ich für nichts mehr garantieren. Hier geht es nicht um irgendwelche dubiosen Grundstücksspekulationen, sondern um Mord, haben Sie mich verstanden? Und wenn Sie hier weiterhin den Ahnungslosen spielen, kriege ich Sie wegen Beihilfe dran, und dann sind Sie die längste Zeit Anwalt gewesen. So, und jetzt machen Sie endlich den Schrank auf und geben Sie mir die Akten, sonst werde ich wirklich ungemütlich.«

»Um Mord …?«, wiederholte Pecksniff, den Butler noch immer fest am Kragen gepackt hielt, mit heiserer, halb erstickter Stimme. Butler lockerte den Griff und ließ den Anwalt in seinen Stuhl zurückfallen. Schon an der Tür hatte er Pecksniffs Whiskyfahne bemerkt, weshalb er jetzt ein mit Fingertappern übersätes Glas von dem Beistelltisch holte und es vor dem Anwalt auf den Schreibtisch stellte.

»Wo ist die Flasche?«, fragte er. »Ich glaube, Sie brauchen jetzt erst mal einen kräftigen Schluck. Das beruhigt die Nerven.«

Der kreidebleich gewordene Pecksniff zog wortlos die unterste Schublade seines Schreibtischs auf und holte dort eine Flasche Johnnie Walker hervor. Er schraubte sie auf und wollte gerade einen Schluck daraus nehmen, als Butler sie ihm aus der Hand riss.

»Nicht so hastig, mein Freund, erst kriege ich die Unterlagen, und dann bekommen Sie was zu trinken.«

Butler goss drei Fingerbreit Whisky in das Glas und hielt es Pecksniff dann vor die Nase.

»Haben Sie wirklich von Mord gesprochen?«, fragte Pecksniff.

»Ja. Und zwar an einer gewissen Mrs Gobble, die von Ihnen ein Antiquitätengeschäft in Carpford gemietet hat, sowie an Linda Warner, der Frau des Sicherheitsministers. Wir haben genügend Beweise, um Sie mit beiden Verbrechen in Verbindung zu bringen. Es sei denn, Sie entschließen sich doch noch, mit uns zu kooperieren.«

Mit einem Seufzer stand Pecksniff auf und ging leicht schwankend zu dem Aktenschrank, wo er umständlich einen Schlüssel aus der Tasche holte. Dann schloss er die

Türen auf und zog einen dicken grünen Ordner heraus. Er legte ihn vor Butler auf den Tisch.

»Hier finden Sie sämtliche Belege über die finanziellen Transaktionen hinsichtlich Carpford.«

Butler nahm den Ordner und blätterte ihn durch. »Und was sind das hier für große Beträge, die kürzlich überwiesen wurden?«, fragte er. »Einmal 200 000 und einmal 400 000 Pfund, das können doch nicht alles Mieteinnahmen sein.«

»Er hat gesagt, dass er das Geld für Renovierungsarbeiten in Carpford braucht.«

»Wer hat das gesagt?«

»Gerald Hanover. Der Besitzer von New Age Development, dem fast ganz Carpford gehört. Er hat sich die Mieter persönlich ausgesucht, ich sollte lediglich eine allein stehende Frau für den Antiquitätenladen finden. Ich habe also eine Anzeige in der *Times* aufgegeben und mir die Frauen, die sich daraufhin gemeldet haben, genau angesehen. Mr Hanover wollte eine Witwe mit schlichtem Gemüt, und Mrs Gobble war die ideale Besetzung dafür. Natürlich kam mir das alles ziemlich merkwürdig vor, aber Hanover hat mich großzügig bezahlt.«

»Wie sieht dieser Hanover aus?«

»Das weiß ich nicht. Ich habe meine Anweisungen immer telefonisch bekommen.«

»Und wie hört er sich an?«

»Ziemlich seltsam. Die Stimme muss irgendwie elektronisch verzerrt sein, sodass ich nicht einmal weiß, ob er nicht in Wirklichkeit eine Frau ist. Hanover war wütend, als er erfahren hat, dass sich Victor Warner in Carpford ein Grundstück gekauft hat. Er selbst hatte es nämlich einfach übersehen. Aber dieser Grundstückskauf ist nicht über mich gelaufen. Wahrscheinlich hat Warner damit eine Kanzlei in der City beauftragt.«

Butler wusste nicht, ob es an seiner Einschüchterungstaktik oder an Pecksniffs Gier nach dem Whisky lag, auf jeden Fall redete der Anwalt jetzt wie ein Buch.

»Haben Sie jemals versucht, mehr über Hanover herauszufinden?«, fragte Butler.

»Ja, ein einziges Mal. Ich habe über einen Bekannten bei der Telefongesellschaft eine Fangschaltung legen lassen und herausgefunden, dass sein Anruf aus einer Telefonzelle am Berkeley Square kam.«

»Berkeley Square. Ziemlich noble Adresse. Und wie ist die Provision zu Ihnen gelangt?«

»Das Geld hat mir ein Bote einer internationalen Transportfirma in einem Umschlag gebracht. Mehr kann ich Ihnen über die New Age Development beim besten Willen nicht sagen. Kriege ich jetzt meinen Whisky?«

Angewidert stellte Butler das Glas vor Pecksniff auf den Schreibtisch und verließ die Kanzlei.

20

Tweed und Paula stiegen in den luxuriös ausgestatteten Lift mit den golden gerahmten Spiegeln und der mit rotem Leder gepolsterten Sitzbank.

»Stil hat er ja, das muss man ihm lassen!«, sagte Paula.

»Er hat Geld«, sagte Tweed trocken. »Das ist nicht dasselbe.«

»Ich weiß. Schon irgendwie seltsam, wenn man bedenkt, dass der Vater von ihm sein Vermögen mit Abführmitteln gemacht hat.«

Mrs Carson, Warners grauhaariger Hausdrachen, öffnete die Wohnungstür.

»Guten Tag, Mr Tweed«, sagte sie höflich, aber reserviert. »Mir ist nicht bekannt, dass Sie erwartet werden.«

»Das ist auch nicht der Fall. Aber es handelt sich um einen Notfall. Wir müssen unbedingt mit dem Minister sprechen.«

Victor Warner blickte von seinem Schreibtisch auf, der mitten in seinem geräumigen Wohnzimmer stand, und schob hastig einige Papiere zusammen. Dann erhob er sich, ging mit grimmigem Gesicht auf Tweed und Paula zu und schaute sie durch seinen Zwicker abschätzig an. »Für gewöhnlich werde ich vorher um einen Termin gebeten«, sagte er mit einer Stimme, die in penetranter Weise seine Zugehörigkeit zur Oberschicht verriet. »Meine Besucher wissen für gewöhnlich nämlich, was sich gehört.«

»Ich weiß, Herr Minister. Aber ich konnte weder Sie noch Mr Palfry hier erreichen.«

Er deutete auf Palfry, der gerade vom Sofa aufstand.

»Mein lieber Tweed«, sagte Palfry mit einem gewinnenden Lächeln, »Sie hätten mich doch nur anzurufen brauchen. Sei's drum, offenbar führt Sie etwas sehr Dringendes hierher. Wo drückt Sie denn der Schuh?«

»Das fragen Sie noch? Sie beide wissen doch so gut wie ich, dass London mit ziemlicher Sicherheit ein katastrophaler Terroranschlag bevorsteht.« Während Tweed das sagte, sah er nicht Palfry, sondern Warner an.

»Bitte, nehmen Sie doch Platz«, sagte Palfry rasch und führte die Besucher zu einem der Sofas. »Wir sitzen doch alle im selben Boot.«

»Wie beruhigend!«, brummte Tweed. Er klang nicht gerade begeistert.

Er und Paula setzten sich, während Warner stehen blieb und von oben auf sie herabblickte. Er ließ sich deutlich anmerken, dass ihm der Besuch äußerst ungelegen kam.

Tweed kam ohne Umschweife zur Sache, nachdem Warner endlich auf seinem Schreibtischstuhl Platz genommen hatte. »Haben Sie jemals etwas von einem Gerald Hanover gehört?«

»Wie war der Name?«, fragte Warner und putzte seinen Zwicker mit einem blütenweißen Taschentuch, bevor er ihn sich wieder auf die große Nase klemmte.

»Gerald Hanover«, wiederholte Tweed.

»Nicht, dass ich wüsste. Wer soll das sein?«

»Möglicherweise der König in diesem mörderischen Schachspiel, das wir gegen einen unsichtbaren Feind spielen. Er könnte natürlich auch eine Dame sein, so genau wissen wir das nicht.«

Die Tür ging auf, und zu Paulas großem Erstaunen kam Eva Brand mit einem Tablett herein, auf dem sich eine Teekanne und drei Tassen befanden. Sie stellte das Tablett auf dem Couchtisch ab und zwinkerte Paula dabei freundlich zu.

»Mit Eva Brand muss ich Sie ja nicht erst bekannt machen, Paula«, ergriff Palfry hastig das Wort. »Eva, der Gentleman hier ist Mr Tweed, der stellvertretende Direktor des SIS.«

»Angenehm«, sagte Eva, als hätte sie Tweed nie zuvor gesehen. »Möchten Sie vielleicht eine Tasse Tee? Ich hoffe, Sie mögen Earl Grey.«

»Wir lieben Earl Grey«, antwortete Paula, die einfach Palfrys Beispiel folgte und für ihren Chef das Wort ergriff. »Wie aufmerksam von Ihnen.«

Tweed sagte nichts und machte nur ein nachdenkliches Gesicht.

»Eva ist eine gute Freundin von mir«, erklärte Palfry weiter. »Und eine außergewöhnlich intelligente Frau obendrein.«

»Ab und zu hilft sie uns im Ministerium aus«, knurrte Warner, den es ganz offensichtlich wurmte, dass Palfry an seiner statt das Gespräch führte. »Selbstverständlich nur in Dingen, die nicht der Geheimhaltung unterliegen.«

»Dann sollte sie jetzt vielleicht lieber den Raum verlassen«, sagte Tweed kühl.

»Machen Sie sich deshalb keine Sorgen, lieber Tweed«, sagte Warner mit einem süffisanten Grinsen. »Miss Brand war früher für Medfords Security tätig. Sie kann schweigen wie ein Grab.«

»Wie Sie sicher schon gehört haben, ist Jasper Buller, der Leiter der Special Branch, spurlos verschwunden. Und zwar unter ähnlich mysteriösen Umständen wie Ihre Frau – und Mrs Gobble.«

»Das ist äußerst bedenklich und in der Tat ziemlich beunruhigend.« Warner blickte an die Decke.

»Diese Vorfälle sind mehr als nur bedenklich oder beunruhigend«, entgegnete Tweed. »Möglicherweise sind sie der Auftakt zu einem brutalen Massenmord. Und in welche Richtung wir auch ermitteln, immer wieder führen die

Spuren nach Carpford. Wir müssen dieses Dorf Millimeter für Millimeter unter die Lupe nehmen.«

»Das geschieht bereits«, sagte Warner schroff. »Soviel ich weiß, lässt Buchanan den Carp Lake von Tauchern absuchen. Er hat sogar Unterwasserscheinwerfer herbeischaffen lassen. Sein Team hat die ganze Nacht durchgearbeitet …«

»Und hat man etwas gefunden?«

»Warum so ungeduldig, Tweed? Wir müssen doch alle einen kühlen Kopf bewahren. Nein, Buchanans Taucher haben bislang außer dem üblichen Unrat und ein paar verstörten Fischen nichts gefunden. Ich habe ihm gleich gesagt, dass die ganze Aktion die reinste Zeitverschwendung ist.«

»Zeitverschwendung? Da bin ich völlig anderer Meinung. Wir müssen jede nur erdenkliche Möglichkeit in Betracht ziehen. Und nachdem es mittlerweile schon bis zu den Zeitungen durchgesickert ist, dass man in London einen Terroranschlag größeren Ausmaßes zu befürchten hat, wird morgen in der *Daily Nation* ein Bericht von Newman erscheinen, in dem er auf das mysteriöse Verschwinden Bullers in Verbindung mit den anderen beiden Fällen eingeht.«

»Das ist ja unerhört«, polterte der Minister los. »Ich kann das Erscheinen dieses Artikels jederzeit untersagen.«

»Und wozu sollte das gut sein? Die Öffentlichkeit muss informiert werden. Schließlich geht es hier um die Sicherheit der Bevölkerung.«

»Ich hoffe nur …«

Warner hielt inne und putzte abermals seinen Zwicker. Paula vermutete, dass er mit dieser Geste seinen Worten lediglich mehr Gewicht verleihen wollte.

»Ich hoffe nur«, fuhr Warner fort, »dass Newman seinen Artikel so schreibt, dass morgen in der Stadt nicht das Chaos ausbricht.«

»Keine Sorge. Newman ist ein verantwortungsbewusster Journalist. Und er wird sich auch nicht in Spekulationen darüber ergehen, welche Organisation möglicherweise diese Anschläge plant, falls es das ist, was Ihnen Kopfzerbrechen bereitet.«

»Wieso sollte ich mir den Kopf über so was zerbrechen?«, sagte Warner mit einem gequälten Lächeln. »Ich sage doch nur, dass wir die IRA und die sizilianische Mafia nicht aus den Augen lassen sollten.«

»Kommen Sie, Paula, wir gehen«, sagte Tweed, dem der Ärger über derart unverbesserliche Ignoranz förmlich ins Gesicht geschrieben stand. »Für mich ist dieses Gespräch beendet.«

An der Tür drehte er sich noch einmal um und sagte zum Abschied: »Ich hoffe nur, dass Sie bald etwas von Ihrer Frau hören.«

Eva trat auf die beiden zu. »Ich bringe Sie nach unten«, sagte sie und führte die beiden hinaus auf den Gang, wo Mrs Carson bereits mit griesgrämiger Miene auf Tweed und Paula wartete. Eva lächelte sie an. »Bemühen Sie sich nicht, Mrs Carson. Ich kümmere mich schon um unsere Gäste.«

Wortlos machte Mrs Carson auf dem Absatz kehrt und verschwand hinter einer Tür, die sie lautstark zuwarf. Offensichtlich gefiel es ihr nicht, dass Eva sich in ihren Tätigkeitsbereich einmischte.

»Die gute Mrs Carson reagiert manchmal etwas überempfindlich«, sagte Eva lächelnd. »Seit Victors Frau verschwunden ist, hält sie sich offenbar für die rechtmäßige Hausherrin.« Auf der Fahrt nach unten schien Eva dann zur Sache zu kommen: »Mr Tweed, dürfte ich Sie noch einmal in der Park Crescent besuchen? Natürlich würde ich vorher telefonisch einen Termin vereinbaren.«

»Kommen Sie, wann immer Sie wollen«, antwortete Tweed gönnerhaft. »Wir könnten ja einmal gemeinsam zu Mittag oder zu Abend essen.«

»Ja, das ist eine gute Idee.« Eva lächelte ihn freundlich an.

Tweed und Paula stiegen schließlich in ihr Auto und fuhren zurück zur Park Crescent.

»Warner mimt den Ahnungslosen ziemlich gut«, sagte Tweed, während er sich in den dichten Berufsverkehr einfädelte. »Oder was war Ihr Eindruck?«

»Ich glaube, dass er wirklich keine Ahnung hat.«

In der Innenstadt gerieten sie in zunehmend zähflüssigeren Verkehr, der sich immer wieder mal staute. Am Hyde Park Corner ging dann überhaupt nichts mehr. Die Autos standen Stoßstange an Stoßstange und kamen nur noch zentimeterweise voran.

Als sie die Statue des Duke of Wellington halb umrundet hatten und wieder einmal alles zum Stillstand kam, bemerkte Paula in einem der Autos unmittelbar neben ihnen einen jungen Mann mit braunem Teint und Kurzhaarschnitt, der trotz der Kälte sein Fenster herunterkurbelte. Misstrauisch geworden, holte sie ihre Browning aus der Schultertasche und fuhr ihr Fenster ebenfalls herunter. Gerade als es wieder ein paar Meter vorwärtsging, zog der Mann eine Pistole und richtete sie auf Tweed. Ohne zu zögern, hob Paula ihre Waffe und schoss dem Mann in die rechte Hand. Er schrie vor Schmerz laut auf und ließ die Pistole fallen.

»Fahren Sie los, Tweed!«, schrie Paula.

Der Wagen neben ihnen war stehen geblieben, und die Fahrer hinter ihm fingen wie wild zu hupen an. Tweed entdeckte eine Lücke im Verkehr, riss das Lenkrad herum und raste den Grosvenor Place hinunter.

Paula drehte sich um und sah, dass der Wagen ihres Angreifers noch immer mitten auf der Straße stand. Das Hupkonzert hinter ihm wurde immer lauter.

»Dieser Mistkerl wollte Sie umbringen«, keuchte Paula.

»Wenn ich Sie nicht hätte, Paula! Aber woher wusste der Mann nur, wo wir waren? Wahrscheinlich hat jemand Warners Haus observiert und per Handy gemeldet, dass wir losgefahren sind.«

»Kann sein. Vielleicht kam der Anruf aber auch von jemandem aus Warners Haus.«

21

Als Tweed und Paula ins Büro kamen, warteten dort bereits die anderen auf sie. Newman saß wie üblich in einem der Sessel, auf dessen Armlehne diesmal aber Pete Nield Platz genommen hatte. Butler hockte natürlich im Schneidersitz auf dem Boden, und Marler lehnte – natürlich – mit dem Rücken an der Wand. Im anderen Sessel saß ganz entspannt Beaurain, der Paula freundlich zuzwinkerte. Tweed hängte seinen Regenmantel an die Garderobe und setzte sich an seinen Schreibtisch.

»Ich habe Sie alle herrufen lassen, um mit Ihnen die gegenwärtige Lage und unsere weiteren Aktionen zu besprechen. Der wichtigste Punkt dürfte wohl sein, dass wir jetzt mit an Sicherheit grenzender Wahrscheinlichkeit wissen, mit wem wir es zu tun haben: mit niemand anderem als der El Kaida. Dafür sprechen drei voneinander völlig unabhängige Aussagen: die von Marlers Topinformantin Emma, die des ehemaligen Carabinieri-Offiziers, den Jasper Buller in Mailand aufgesucht hat, und die eines Mannes namens Philip in Verona, der mir persönlich als äußerst zuverlässig bekannt ist und zurzeit den Namen Aldo Petacci benutzt.« Wie so oft in letzter Zeit, schlug Tweed mit der Faust auf den Tisch, um seinen Worten mehr Nachdruck zu verleihen. »Damit dürften wohl auch die letzten Zweifel ausgeräumt sein. Eine gefährliche Terrorzelle, die bisher ihr Unwesen in Mailand getrieben hat, operiert jetzt quasi vor unserer Haustür. Und sie plant nichts Geringeres als einen Anschlag, der höchstwahrscheinlich in London erfolgen und den Terror des 11. Septembers noch in den Schatten stellen wird.«

»Sollten Sie den anderen nicht erzählen, dass man versucht hat, Sie umzubringen?«, warf Paula ein.

»Was Sie zum Glück verhindert haben«, sagte Tweed und schilderte dann den Vorfall am Hyde Park Corner.

Newman reagierte unverzüglich. »Ab sofort dürfen Sie ohne bewaffneten Leibwächter nirgendwo mehr hin, Tweed«, sagte er.

»Da reden wir noch drüber ...«

»Nein!«, widersprach Newman energisch. »Das ist beschlossene Sache.«

»Dürfte ich jetzt bitte fortfahren? Danke. Also, mit der El Kaida haben wir einen Furcht erregenden Gegner, über den wir nur sehr wenig wissen.« Wieder sauste die Faust hinab auf die Tischplatte. »Wir wissen nicht, wo in London der Anschlag erfolgen soll, wir wissen nicht, wo die Zelle ihr Hauptquartier hat, und wir wissen vor allem nicht, wer sie anführt ...«

»Was ist denn mit Carpford?«, fragte Nield dazwischen. »Könnte das Hauptquartier sich nicht dort befinden?«

»In Carpford? Wo wollen Sie da denn dreißig Terroristen verstecken?«

»Das könnte man doch schnell herausfinden«, sagte Newman. »Ein Freund von mir ist der Chef von Airsight, einer Firma, die Luftbilder für kartographische Zwecke erstellt. Er hat schon für das Verteidigungsministerium gearbeitet und verfügt über einen ausgezeichneten Leumund. Wenn ich ihn darum bitte, fotografiert er uns alles, was wir brauchen.«

»Dann schicken Sie ihn möglichst bald nach Carpford. Morgen wäre ein guter Tag dafür, das Wetter soll nämlich sehr schön werden.«

»Morgen geht es nicht, er ist nämlich erst heute für zwei Tage mit dem Eurostar nach Paris gefahren.«

»Warum sagen Sie das nicht gleich? Dann buchen Sie ihn eben für den Tag nach seiner Rückkehr. Zum Thema Carpford fällt mir übrigens noch etwas anderes ein. Wir sollten uns unbedingt die verwandtschaftlichen Beziehungen zwischen einigen Personen dort noch einmal genauer ansehen. Ich denke da hauptsächlich an Drew Franklin, den Cousin der seltsamen Hogarth-Brüder, dessen Nichte Eva Brand eine gute Freundin von Peregrine Palfry ist. Außerdem ist sie bei Victor Warner anscheinend so gut gelitten, dass sie in seinem Haus ein- und ausgeht. Interessant, nicht wahr?«

»Darf ich noch etwas hinzufügen?«, fragte Monica.

»Aber natürlich«, sagte Tweed und ermunterte sie mit einem Lächeln. »Nur zu.«

»Das Dossier, das ich über Eva Brand zusammengestellt habe, bestätigt das, was sie uns bei ihrem Überraschungsbesuch hier im Büro erzählt hat, in allen Punkten. Sie war auf der Roedean School und später in Oxford, wo sie Französisch, Spanisch und Arabisch studiert hat. Als ihre Mutter bei einem Autounfall ums Leben kam, brach sie ihr Studium ab und verschwand zunächst spurlos. Erst zwei Jahre später tauchte sie in London wieder auf, wo sie auch sofort in besagte Sicherheitsfirma Medfords eintrat.«

»Was wissen wir eigentlich über ihren Vater?«

»Überhaupt nichts. Anscheinend kann niemand sagen, wer er war und was er gemacht hat. Eine frühere Arbeitskollegin von Eva meinte nur, dass diese nie über ihn gesprochen hat. Aber das war auch schon alles, was ich herausfinden konnte.«

»Eine mysteriöse Frau, diese Eva Brand«, sagte Tweed. »Ist zwei Jahre lang verschwunden und redet nicht über ihren Vater. Interessant. Und wie steht sie finanziell da?«

»Darauf wollte ich gerade zu sprechen kommen. Ihre Mutter stammte aus einer reichen Familie und hat ihr eine halbe Million Pfund hinterlassen.«

»Daher also ihre Vorliebe für teure Restaurants …«

Tweed hielt inne, weil das Telefon klingelte. Monica nahm den Hörer ab und reichte ihn dann an Tweed weiter.

»Wenn man vom Teufel spricht«, flüsterte sie.

»Hallo Tweed«, flötete Eva mit sanfter Stimme. »Ich wollte Sie fragen, ob Sie nicht vielleicht Lust hätten, heute Abend um sieben mit mir zum Essen zu gehen.«

»Mit dem allergrößten Vergnügen. Wie wäre es denn mit dem Santini? Kennen Sie das? Dort gibt es eine schöne Terrasse über der Themse.«

»Super Idee! Ich war schon seit Ewigkeiten nicht mehr dort. Dann bis um sieben im Santini.«

»Ich freue mich. Und passen Sie auf sich auf.«

Tweed legte auf und erzählte den anderen dann von seiner Verabredung. Mit strengem Gesicht fügte er hinzu: »Während ich mit Eva zu Abend esse, haben Sie ein volles Programm. Wir müssen den Hauptakteuren in diesem Drama endlich Feuer unter dem Hintern machen. Newman, Sie postieren sich vor dem Redaktionsgebäude der *Daily Nation* und warten dort, bis Drew Franklin herauskommt. Nehmen Sie eine Kamera mit und fotografieren Sie alle Personen, mit denen er sich trifft.«

»Aber Franklin kennt mich doch.«

»Umso besser. Wir wollen ihn schließlich unter Druck setzen. Marler, Sie gehen nach Whitehall und beschatten Peregrine Palfry. Für Sie gilt das Gleiche wie für Newman. Butler, Sie rufen Pecksniff an und fragen ihn, welcher Immobilienmakler die Häuser in Carpford vermietet hat. Dann fahren Sie zu seinem Büro und warten im Auto, bis er herauskommt. Sobald das der Fall ist, verfolgen Sie ihn. Und nun noch zu Ihnen, Nield: Sie beobachten Bullers Wohnung in Pimlico. Marler kann Ihnen die Adresse geben.«

»Aber Buller ist doch verschwunden«, warf Paula ein.

»Haben Sie schon mal daran gedacht, dass er sein Verschwinden nur vorgetäuscht haben könnte? Vielleicht hat er sein Auto absichtlich kurz vor Carpford abgestellt und sich dann von einem Helfer nach Pimlico zurückfahren lassen.«

»Daran habe ich tatsächlich überhaupt noch nicht gedacht«, sagte Paula. »Zwei Dinge gehen mir übrigens nicht mehr aus dem Kopf: die zwei Jahre, die in Evas Biographie fehlen, und die Tatsache, dass wir nichts über ihren Vater wissen.«

»Vielleicht erzählt sie mir heute beim Abendessen ja etwas darüber.«

»Außerdem frage ich mich, ob nicht vielleicht sämtliche Bewohner von Carpford etwas mit der Führung der El-Kaida-Zelle zu tun haben. Könnte doch sein, dass sie alle unter einer Decke stecken.«

»Ein interessanter Ansatzpunkt.«

»Eines haben Sie übersehen, Tweed«, sagte Beaurain. »Wenn Sie zum Essen ins Santini wollen, müssen Sie allein hinfahren, aber das erscheint mir angesichts der Tatsache, dass heute schon einmal ein Anschlag auf Sie verübt wurde, wenig ratsam. Wann wollen Sie denn losfahren? So um halb sieben? Das dachte ich mir. Also, ich werde einfach eine Bekannte von mir anrufen und sie zum Essen ins Santini einladen. Wenn Sie hinfahren, bleibe ich dicht hinter Ihnen.«

»Wie Sie wollen ...«

»So und nicht anders.«

Ali, der sich hierzulande als Adam ausgab, stand in einer öffentlichen Telefonzelle, die sich in einer menschenleeren Londoner Nebenstraße befand, und schaute sich verstohlen um, ob auch wirklich niemand in Hörweite war. Als das Telefon klingelte, hob er ab und fragte auf Englisch:

»Wer ist dran?«

»Wie heißt du?« Es war wieder die verzerrte Stimme.

»Ali.«

»Hier ist Abdullah. Warum ist dieser Tweed immer noch am Leben?«

»Mehmet wollte ihn am Hyde Park Corner ausschalten, aber das Mädchen in Tweeds Wagen hat Mehmet in die Hand geschossen. Die Polizei hat ihn festgenommen, und jetzt wird er im St.-Thomas's-Krankenhaus behandelt.«

»Schick jemanden als Arzt verkleidet hin und lass ihn umbringen. Daran hättest du übrigens auch selbst denken können.«

»Ich ...«

»Halt den Mund! Ich bin noch nicht fertig. Ich will, dass du augenblicklich einen anderen Mann auf Tweed ansetzt. Er muss ausgeschaltet werden. Und sind die Lieferungen jetzt alle an ihrem Bestimmungsort?«

»Alle bis auf eine. Es ist nicht leicht, weil ganz London nur so von Polizei wimmelt.«

»Das ist keine Entschuldigung. Und sieh zu, dass Tweed liquidiert wird. Aber es muss wie ein Unfall aussehen ...«

Wieder einmal legte Abdullah einfach auf. Ali, der so gut Englisch sprach, dass man ihn für einen Einheimischen halten konnte, stieß daraufhin einen derben angelsächsischen Fluch aus.

Der riesige Sattelschlepper stand an der Straßenbiegung, wo die Euston Road in die Park Crescent überging. Der Fahrer hatte den Schirm seiner Baseballmütze tief ins Gesicht gezogen und studierte ein Foto von Tweed, das zu ergattern Abdullah ein Vermögen gekostet hatte. Ein zwielichtiger Paparazzo, der sich darauf spezialisiert hatte, unbemerkt Bilder von wichtigen Personen zu schießen, hatte es ihm nach längerem Hin und Her verkauft.

Unter seiner schäbigen Lederjacke hatte der Fahrer ein kleines, aber lichtstarkes Nachtglas verborgen, mit dem er jede Person musterte, die aus der Tür eines bestimmten Gebäudes in der Park Crescent kam. In der letzten halben

Stunde waren mehrere Männer aus dem Haus gekommen, aber niemand hatte wie der Mann auf dem Foto ausgesehen.

Nach einer Weile hielt ein Streifenwagen der Polizei neben dem Sattelschlepper, womit der Fahrer aber schon gerechnet hatte, weil der lange Lastzug ein ziemliches Verkehrshindernis darstellte. Er wartete, bis einer der Beamten ausgestiegen und an sein Führerhaus gekommen war.

»Wieso stehen Sie hier?«, fragte der Polizist.

»Ich hatte eine Motorpanne, die aber jetzt behoben ist. Ich will nur noch kurz einen Blick auf den Stadtplan werfen, dann fahre ich auch schon weiter.«

»Beeilen Sie sich, Sie halten nämlich den ganzen Verkehr auf.«

Ein paar Minuten später kam Tweed aus dem Gebäude und setzte sich hinter das Steuer seines Wagens. Der Lastwagenfahrer startete den Motor und setzte den Sattelzug langsam in Bewegung.

22

Als alle anderen bis auf Tweed und Monica gegangen waren, rief Harry Butler bei Rechtsanwalt Pecksniff an. Dabei schaltete er die Freisprecheinrichtung des Telefons ein, damit Tweed das Gespräch mithören konnte.

»Sind Sie es, Mr Pecksniff?«

»Ja. Mit wem spreche ich?«

»Wir haben uns heute schon mal angeregt über Carpford unterhalten. Erinnern Sie sich?«

»Ja. Was wollen Sie denn nun schon wieder? Ich habe wirklich sehr viel zu tun.«

»Es dauert nicht lange, Mr Pecksniff. Nur noch eine einzige kleine Frage. Wenn Sie mir die allerdings nicht am Telefon beantworten möchten, kann ich auch gern wieder bei Ihnen vorbeikommen …«

»Was wollen Sie wissen?«, fragte Pecksniff mit zittriger Stimme.

»Sie haben mir doch erzählt, dass in Carpford alle Grundstücke bis auf ein einziges dieser Firma New Age Development gehören. Welcher Makler hat den ganzen Papierkram erledigt, als die Häuser vermietet wurden?«

»Ich natürlich. Wer denn sonst?«

»Ich glaube, ich komme doch lieber noch einmal bei Ihnen vorbei. Bis gleich …«

»He, Moment mal …«

Butler legte auf, ohne den Anwalt ausreden zu lassen. »Der scheint sich ja nicht gerade auf meinen Besuch zu freuen«, sagte er.

»An diesem Carpford ist auf jeden Fall etwas faul. Wenn ich nur wüsste, was«, sagte Tweed, während er seinen Regenmantel anzog. »Nun denn. Ich muss jetzt los zu meiner Verabredung mit Eva.«

Draußen vor dem Gebäude blieb er kurz unter einer Straßenlaterne stehen und schlug den Mantelkragen hoch.

Dann setzte er sich hinter das Steuer seines Wagens und fuhr in Richtung Baker Street los. Schon nach den ersten paar Metern bemerkte er im Rückspiegel den Kühlergrill eines gigantischen Lastwagens. Das ist vielleicht ein Kaliber, dachte er und fragte sich, wie viele Tonnen dieser Leviathan wohl auf die Straße bringen mochte. Solche Monstren hatten in der Innenstadt nun wirklich nichts zu suchen, fand Tweed, der erst kürzlich hatte mit ansehen müssen, wie ein ähnlicher Laster an einer engen Kurve endlos rangiert und dadurch den gesamten Verkehr lahm gelegt hatte. Jetzt gab der Riesentruck auch noch Gas und schien ihm fast an der Stoßstange zu kleben, was Tweed überhaupt nicht mochte. Was, wenn er plötzlich bremsen musste? Konnte der Vollidiot hinter ihm sein Ungetüm dann noch rechtzeitig zum Stehen bringen? Tweed beschleunigte, um mehr Abstand zu gewinnen, aber der Sattelzug erhöhte ebenfalls die Geschwindigkeit. Was soll denn das?, fragte sich Tweed und trat das Gaspedal voll durch.

Draußen vor dem Gebäude des SIS hatte Beaurain zusammen mit seiner Bekannten namens Sally schon eine ganze Weile in seinem auffrisierten Audi gesessen und darauf gewartet, dass Tweed herauskam. Obwohl Beaurain Sally erst seit einem Monat kannte, wusste er schon, dass sie ihn bald zu Tode langweilen würde. Sie sah zwar fabelhaft aus, war aber geistig nicht gerade eine Leuchte. Wenigstens konnte sie sich halbwegs kultiviert ausdrücken und zog sich chic genug an, um sich mit ihr in Lokalen wie dem Santini sehen lassen zu können.

Sally kramte ein silbernes Zigarettenetui aus ihrer Handtasche und steckte sich eine Zigarette zwischen die Lippen.

»Würde es dir etwas ausmachen, im Auto nicht zu rauchen?«, fragte Beaurain höflich.

»Bist du jetzt unter die Nichtraucher gegangen, oder was?«, gab Sally ungehalten zurück.

»Nein, aber im Auto rauche ich grundsätzlich nicht, weil man dadurch beim Fahren zu sehr abgelenkt wird. Außerdem nimmt einem der Rauch die Sicht.«

»Wann fahren wir denn endlich? Ich habe Hunger.«

»Ich auch. Aber wir wollen doch nicht die ersten Gäste im Restaurant sein, oder? Dann wäre ja niemand da, um die attraktive Frau an meiner Seite zu bewundern.«

»So habe ich das noch gar nicht gesehen, Jules«, sagte Sally mit einem versöhnlichen Lächeln.

Während des ganzen Gesprächs hatte Beaurain den an der Ecke zur Euston Road geparkten Sattelzug beobachtet, dessen Fahrerkabine ein gutes Stück weit in die Straße ragte.

Ihm war auch nicht entgangen, dass der Fahrer immer dann, wenn jemand aus dem Gebäude des SIS trat, ihn sich lange durch ein Fernglas ansah. Jetzt aber, als Tweed herauskam und sich den Mantelkragen hochschlug, legte der Mann das Fernglas schnell beiseite und startete den Lastwagen. Beaurain reagierte sofort und ließ den Motor des Audi an. Sally, die seit fünf Minuten mit ihren lackierten Fingernägeln ungeduldig auf ihrer Handtasche herumgetrommelt hatte, seufzte erleichtert auf.

»Endlich!«

Beaurain fuhr los, musste aber gleich wieder bremsen, weil der Sattelzug, ohne zu blinken, direkt vor ihm ausgeschert und hinter Tweeds Wagen in die Baker Street abgebogen war. Da er den Truck auf der engen Straße nicht überholen konnte, musste Beaurain sich damit begnügen, hinter dem überlangen Monstrum herzufahren.

Als der Laster beschleunigte, wurde Beaurain auf einmal klar, dass dessen Fahrer Tweed von hinten rammen wollte. Wenn Tweed aus irgendeinem Grund die Fahrt verlangsamen musste, war es um ihn geschehen.

Beaurain wusste, dass er jetzt handeln musste, und riskierte alles. Ohne Rücksicht auf etwaigen Gegenverkehr scherte er aus und trat das Gaspedal bis zum Boden durch. Der auffrisierte Audi beschleunigte wie eine Rakete und schoss an dem Lastwagen vorbei. Auf der Gegenfahrbahn kam wild hupend ein Taxi entgegen, das Beaurain nur knapp verfehlte, als er Zentimeter vor der Kühlerhaube des Sattelschleppers wieder nach links zog. Der Fahrer, der nicht das falsche Auto platt fahren wollte, musste voll in die Bremsen steigen, was bei dieser Geschwindigkeit dazu führte, dass der tonnenschwere Auflieger nach links ausbrach und von der Straße abkam. Der Fahrer wollte gegensteuern, verlor dabei die Kontrolle über sein Monstrum und raste mit voller Wucht frontal gegen eine erst einen Tag zvuor hochgezogene Betonmauer. Dabei wurde das Führerhaus wie eine Ziehharmonika zusammengedrückt. Der Fahrer war auf der Stelle tot.

23

»Ich habe mich entschlossen, nach Carpford zu fahren«, verkündete Paula, nachdem Tweed gegangen war.

»Das würde Tweed aber gar nicht gefallen«, sagte Monica. »Denken Sie nur daran, was Mrs Gobble und Jasper Buller zugestoßen ist.«

Paula schlüpfte in ihre mit Wollstoff gefütterte Windjacke. Außerdem trug sie eine warme Jeans und kniehohe Lederstiefel, sodass sie gegen die Kälte draußen gut gewappnet war. »Keine Sorge Monica, ich passe schon auf mich auf«, sagte sie und entnahm der mittleren Schublade ihres Schreibtischs eine 6,35 mm Beretta Automatik, die nur elfeinhalb Zentimeter lang war und ohne Magazin lächerliche 280 Gramm wog. Nachdem sie sich versichert hatte, dass die Pistole entladen war, schob sie ein volles Magazin in den Griff und steckte die handliche Waffe dann in den Schaft ihres rechten Stiefels, während in den linken ein kurzes Messer samt Scheide kam. Ihre Browning nahm Paula auch mit, und zwar wie üblich im Geheimfach ihrer Umhängetasche. Außerdem steckte sie sich für beide Pistolen noch je ein Ersatzmagazin ein.

»Soll ich nicht doch lieber versuchen, Tweed im Santini zu erreichen?«, fragte Monica.

»Unterstehen Sie sich!«

Auf dem Weg zu ihrem Auto spürte Paula, wie eisig kalt die Nacht war. Sie drehte die Heizung voll auf und fuhr dann los in Richtung Baker Street. Sie war noch nicht allzu weit gekommen, da sah sie, dass die Straße vor ihr gesperrt war. Ein riesiger Lastwagen war frontal in eine Baustelle gerast. Weil sie den Polizisten, der vor dem Umleitungsschild stand, kannte, hielt sie an und kurbelte das Fenster herunter.

»Was ist denn da passiert, John?«, fragte sie und deutete auf das Wrack des Sattelschleppers. »Ist denn jemand zu Schaden gekommen?«

»Sieht übel aus. Der Fahrer ist noch immer im Führerhaus eingeklemmt und muss wohl von der Feuerwehr herausgesägt werden. Ich glaube nicht, dass noch viel von ihm übrig ist.« Der Polizist hüstelte nervös, als bereute er bereits, dass er Paula gegenüber etwas ausgeplaudert hatte. »Aber sagen Sie niemandem, dass Sie das von mir haben, Miss Grey.«

»Natürlich nicht, John. Darauf können Sie sich verlassen.«

Paula lächelte dem Polizisten zu und fuhr weiter. Zwanzig Minuten später brauste sie knapp unterhalb der zulässigen Höchstgeschwindigkeit die A 3 entlang. Ein bleicher Mond tauchte die mit Frost überzuckerten Wiesen in ein gespenstisches Licht, aber Paula genoss es, zur Abwechslung einmal allein zu sein. Jetzt konnte sie endlich die Dinge auf *ihre* Weise anpacken.

Sie fuhr von der Schnellstraße ab und lenkte ihren Wagen auf derselben Straße wie damals, als sie mit Tweed und Buchanan zum ersten Mal nach Carpford gefahren war, ins Hügelland der Downs. Als sie an dem Gasthaus vorbeifuhr, vor dem man Bullers Wagen verlassen aufgefunden hatte, fragte sie sich, was hier wohl vorgefallen sein mochte. Das Geheimnis um Bullers Verschwinden bestärkte sie im Glauben an die Wichtigkeit ihrer Mission – schließlich hatte Tweed ja selbst gesagt, dass ihnen nur noch wenig Zeit bis zu einem verheerenden Anschlag auf London blieb.

Erst als sie sich dem Black Wood näherte und dünne Nebelschwaden über die Straße drifteten, kamen ihr die ersten Zweifel. Als sie in den dunklen, tief eingeschnittenen Hohlweg fuhr, der hinauf zur Hochebene von Carpford führte, überfiel sie auf einmal ein Gefühl der Beklemmung. Hatte sich da vorn im Nebel nicht etwas bewegt? Paula hielt an, nahm die Browning in die rechte Hand und kurbelte mit der linken das Seitenfenster herunter. Jetzt konnte sie *hören*, wie etwas aus dem Nebel langsam auf sie zuschlich. Großer Gott! War es nicht doch zu leichtsinnig gewesen, sich nachts allein in die Downs zu wagen? Das leise, kaum hörbare Geräusch kam immer näher. Paula blickte sich rasch im Wagen um. Gott sei Dank hatte sie vor der Abfahrt alle Türen verriegelt.

Paulas Nerven waren bis aufs Äußerste angespannt. Wer mochte sich da mitten in der Nacht im Black Wood herumtreiben? Welche Gefahr lauerte da im immer dichter werdenden Nebel auf sie? Paula überlegte gerade, ob sie aufs Gas treten und weiterfahren oder aussteigen und der Sache nachgehen sollte, als plötzlich im Licht ihrer Scheinwerfer ein großer Fuchs auftauchte.

Das Tier sah sie mit glühenden Augen an, bevor es sich wieder in Bewegung setzte und die Böschung des Hohlwegs hinaufschnürte. Nachdem der Fuchs zwischen den Bäumen verschwunden war, wischte sich Paula die schweißnassen Hände an ihrer Jeans ab und fuhr dann weiter in Richtung Carpford.

Als sie kurze Zeit später an der Stelle vorbeikam, an der man Mrs Warners Wagen gefunden hatte, musste sie wieder an die drei Menschen denken, die auf der Fahrt nach Carpford spurlos verschwunden waren. Buchanan war fest davon überzeugt, dass man sie ermordet hatte. Aber wenn das stimmte, wo waren dann die Leichen? Im Carp Lake jedenfalls war bislang niemand gefunden worden.

Kaum hatte Paula das Plateau erreicht, stellte sie besorgt fest, dass hier der Nebel noch dichter war als weiter unten in jenem Hohlweg. Sie beschloss, als Erstes dem Laden von Mrs Gobble einen Besuch abzustatten und nachzusehen, ob das Teleskop noch dort war. Als sie langsam an Victor Warners Märchenschloss vorbeifuhr, sah sie, dass in allen Fenstern Licht brannte. Offenbar beehrte der Herr Sicherheitsminister Carpford momentan mit seiner Anwesenheit.

Auch in den runden Bullaugen des futuristischen Betonbunkers, in dem Drew Franklin wohnte, sah Paula Licht. Es schien ganz so, als ob der Ausflug nach Carpford sich gelohnt hätte.

Mrs Gobbles Laden hingegen lag im Dunkeln und wirkte dadurch wie ausgestorben. Paula fuhr langsam daran vorbei. Hinter dem Haus entdeckte sie einen großen Schuppen, der ihr bei ihrem ersten Besuch gar nicht weiter aufgefallen war.

Sie stieg aus und untersuchte das Tor des Schuppens. Es war nicht abgeschlossen. So leise wie möglich öffnete sie es. Sie leuchtete mit ihrer Taschenlampe in den Schuppen, der sich als völlig leer herausstellte. Ein idealer Ort, um den Wagen zu verstecken, dachte sie. Nachdem sie ihn hineingefahren und das Tor des Schuppens wieder zugemacht hatte, ging sie durch die feuchte, neblige Kälte hinüber zu Mrs Gobbles Laden.

Auch hier war die Tür nicht abgeschlossen. Paula betrat vorsichtig das stille Haus und hielt dabei die Browning in der Hand. Im Lichtkegel der Taschenlampe sah sie sofort, dass jemand den Laden gründlich durchsucht haben musste. Wenigstens hatte man nicht alles achtlos aus Schränken und Schubladen gerissen, was darauf schließen ließ, dass hier die Polizei zugange gewesen war. Der Paravent am Fenster stand zwar noch genauso da wie bei Paulas erstem Besuch, aber das Teleskop dahinter war verschwunden. Wer mochte es wohl mitgenommen haben?

Auf dem Uferpfad ging Paula weiter zu Peregrine Palfrys seltsamer Behausung, deren Lichter ihr durch den Nebel entgegenschimmerten. Sie stieg die Stufen zum Eingang hinauf und drückte auf einen erleuchteten Klingelknopf. Im Haus erklang ein lauter Gong, und kurze Zeit später ging die Tür auf. Peregrine Palfry stand vor ihr.

»Miss Grey, was für eine angenehme Überraschung. Je später der Abend, desto schöner die Gäste! Kommen Sie doch bitte herein …«

Palfry, der ein sportliches Jackett mit Karomuster und beige Hosen mit messerscharfen Bügelfalten trug, lächelte Paula so freundlich an, als hätte er sie bereits erwartet. Er ist eben durch und durch ein Diplomat, dachte Paula, während Palfry die Haustür wieder schloss und sie bat, ihm ins Wohnzimmer zu folgen.

»Ich habe mir gerade einen Kaffee gemacht«, sagte er. »Wollen Sie auch eine Tasse? Nach Ihrer Wanderung im Nebel wird sie Ihnen bestimmt gut tun.«

Nachdem Palfry die Windjacke von Paula an die Garderobe gehängt hatte, führte er sie zu einem großen, bequemen Lehnstuhl, dessen Bezugsstoff ihr irgendwie orientalisch vorkam. Bevor sie sich setzte, schob er ihr rasch noch ein Kissen in den Rücken.

»So, jetzt sitzen Sie bequem. Einen Augenblick bitte, bin gleich wieder da. Ich hole nur den Kaffee …«

Paula, die ihre Umhängetasche auf dem Schoß hatte, nutzte die Gelegenheit, um sich den merkwürdigen Raum näher anzusehen. Er war wirklich kreisrund, und das bei einem enormen Durchmesser. Die Decke wurde von einer Art Stoffbaldachin gebildet, der Paula an ein Beduinenzelt erinnerte. Schließlich kam Palfry mit einer Kaffeekanne und zwei Tassen zurück. Er goss ein und setzte sich dann auf einen hohen, an einen Thron erinnernden Stuhl.

»Nun, wie finden Sie meine bescheiden Hütte?«, fragte er fröhlich.

»Originell. Und groß genug, um eine kleine Armee darin unterzubringen.«

»Wie bitte?«, sagte Palfry. Mit seinen sonst so sanften Augen blickte er Paula auf einmal scharf an.

»Ich sagte gerade, dass man in Ihrem Haus glatt eine kleine Armee unterbringen könnte, so groß wie es ist.«

»Ach so. Ich hatte sie akustisch nicht verstanden.« Er lachte. »Aber erzählen Sie das mit der Armee bloß nicht dem Verteidigungsminister.«

»Wo denken Sie hin. Nein, Sie haben es hier wirklich hübsch. Ich mag diesen orientalischen Stil.«

»Freut mich, dass mein Haus wenigstens Ihnen gefällt. Meine Freundin findet es abscheulich. Sie war nur einmal kurz hier und hat danach verkündet, dass sie mich fortan nur noch in London treffen will.«

»Waren Sie denn schon einmal im Nahen Osten?«, fragte Paula.

»Bitte?« Er sah sie wieder so merkwürdig wie zuvor schon an.

»Ich habe gefragt, ob Sie schon einmal im Nahen Osten waren.«

»Ob ich im Nahen Osten war? Ja. Aber nur kurz. Ich hatte eine Stelle an der Botschaft in Kairo. Die Stadt hat mir überhaupt nicht gefallen. Zu viele Menschen, zu viel Abgase. Ich war froh, ihr wieder den Rücken kehren zu können.«

»Dürfte ich Sie noch etwas anderes fragen, Mr Palfry …«

»Nur zu. Aber wie gesagt, nennen Sie mich doch bitte Perry.«

»Gibt es eigentlich etwas Neues über Mrs Warner? Haben Sie inzwischen irgendeine Vorstellung, was ihr zugestoßen sein könnte?«

»Die Antwort auf beide Fragen lautet leider nein.«

»Es gibt Gerüchte, dass sie mit einem Liebhaber durchgebrannt sein soll.«

»Das ist völlig ausgeschlossen. Mrs Warner ist nicht nur eine echte Lady, sondern auch eine treue Ehefrau, die weiß, was sich gehört. Solche Frauen findet man heutzutage nur noch höchst selten«, sagte Palfry. »Anwesende natürlich ausgenommen«, fügte er dann mit einem charmanten Lächeln hinzu.

Paula trank ihren Kaffee aus, lehnte Palfrys Angebot, ihr noch eine Tasse einzuschenken, aber dankend ab. »Ich trinke so spät am Abend eigentlich nie Kaffee. Übrigens, bevor ich zu Ihnen kam, habe ich mich im Laden von Mrs Gobble ein wenig umgesehen. Die Tür war offen, also bin ich einfach hineingegangen. Es sieht so aus, als ob der Laden durchsucht worden wäre.«

»Das war die Polizei. Als ich die Streifenwagen gesehen habe, bin ich gleich hinübergelaufen und habe mir die Ausweise zeigen lassen. Mrs Gobble hat mich schon vor längerer Zeit gebeten, immer mal nach dem Rechten zu sehen, sollte sie nicht da sein.«

»Hat die Polizei denn etwas beschlagnahmt? Ein Teleskop zum Beispiel?«

»Nein. Soviel ich weiß, wurde nichts mitgenommen. Dafür haben sie aber überall ihr ekelhaftes Fingerabdruckpulver hinterlassen. Es hat Stunden gedauert, bis ich alles wieder sauber hatte. Ich wusste gar nicht, dass Mrs Gobble ein Teleskop besaß. Wozu auch?«

»Allein stehende Frauen suchen sich oft die seltsamsten Hobbys. Ach, noch etwas: Mrs Gobble hat mir erzählt, dass nachts häufig Motorradfahrer nach Carpford kommen. Haben Sie in letzter Zeit vielleicht auch welche bemerkt?«

»Motorradfahrer? Nein. Mir sind noch nie welche aufgefallen.«

»Mrs Gobble meinte aber, die Dinger würden einen Heidenlärm machen.«

»Das kann schon sein, aber hier drinnen hört man sie nicht. Mein Haus ist hervorragend schallisoliert.«

»Na, ist ja auch egal, Perry, ich bin eigentlich nur gekommen, um Sie zu fragen, ob Sie irgendetwas Neues über Mrs Warner wissen. Jetzt muss ich leider wieder gehen.«

»Wie wollen Sie denn mitten in der Nacht zurück nach London kommen?«

»Ich habe meinen Wagen in der Nähe abgestellt. Vielen Dank für Ihre Gastfreundschaft und auf Wiedersehen.«

»Es war mir ein Vergnügen.«

Als Palfry kurz verschwand, um ihre Windjacke zu holen, hörte Paula auf einmal, wie draußen ein Motorrad vorbeifuhr. So viel zum Thema Schallisolierung, dachte sie.

»Schauen Sie doch recht bald mal wieder vorbei«, sagte Palfry, nachdem er zurückgekehrt war. »Ich habe mich wirklich sehr über Ihren Besuch gefreut.«

Mit einem freundlichen Lächeln öffnete er die Tür und ließ Paula hinaus in die neblig-kalte Nacht. Auf dem Weg hinüber zum Haus von Olaf Margesson überlegte sie sich, was sie an dem Gespräch mit Palfry gestört hatte. Irgendetwas war da gewesen.

Paula war immer noch nicht dahintergekommen, was ihr an Palfry nicht ganz geheuer gewesen war, als sie an Margessons grün gestrichener Villa klingelte.

Der bärtige Riese, der Paula in seinem wallenden Gewand abermals stark an einen Propheten aus dem alten Testament erinnerte, gab sich keine Mühe, seine Ablehnung zu verbergen.

»Der Herr bewahre mich vor der Versuchung!«, donnerte er los, kaum dass er Paula erblickt hatte. »Verschwinden Sie und lassen Sie mich mit Ihrem Ränkespiel in Ruhe. Nach Einbruch der Dunkelheit kommt mir keine Frau mehr ins Haus.«

Mit diesen Worten knallte Margesson ihr die Tür vor der Nase zu, und Paula blieb nichts anderes übrig, als kopfschüttelnd den Rückzug anzutreten. Sie sagte sich, dass ein Gespräch mit diesem religiösen Fanatiker ohnehin die reine Zeitverschwendung gewesen wäre.

Nachdenklich ging sie weiter zu Billy Hogarths Bungalow, wo durch die geschlossenen Fensterläden ein schmaler Lichtstreifen nach außen drang. Sie atmete tief durch und drückte in der Hoffnung, dass Billy wenigstens halbwegs nüchtern war, den Klingelknopf. Als gleich darauf die Tür geöffnet wurde, sah sie sich zu ihrem Erstaunen einem großen, gut aussehenden Mann gegenüber, der glatt rasiert und tadellos gekleidet war. Er war etwa Mitte vierzig.

»Entschuldigen Sie die späte Störung«, sagte Paula, »aber ich hätte gern mit Billy Hogarth gesprochen.«

»Kommen Sie doch herein, da draußen ist es ja furchtbar ungemütlich. Ich bin Martin Hogarth. Mein Bruder Billy hat leider etwas zu viel getrunken und ist kaum ansprechbar. Und Sie sind …?«

»Pardon, ich habe vergessen, mich vorzustellen. Mein Name ist Paula Grey …«

»Tweeds legendäre Assistentin. Sie brauchen mir erst gar nicht Ihren Ausweis zu zeigen, ich weiß bestens Bescheid. Darf ich Ihnen etwas zu trinken anbieten?«

Als Paula in den engen Flur trat, schloss Martin eilig die Tür und lächelte ihr dabei freundlich zu. Zu freundlich, fand Paula, die Männern wie ihm zutiefst misstraute. Martin nahm sie am Arm und führte sie in ein gemütlich eingerichtetes Wohnzimmer, wo sich ein kräftig gebauter Mann mit grauem Vollbart und dichtem weißem Haar aus einem der Sessel erhob und dann mit geschmeidigen Bewegungen auf Paula zukam.

»Herzlich willkommen«, sagte er und streckte ihr eine große Hand entgegen. »Es tut gut, mal jemand anders zu sehen als nur meinen stinklangweiligen Bruder.«

Paula, die beim Anblick seiner Pranke schon Angst um ihre Fingerknochen gehabt hatte, war von Billys sanftem Händedruck angenehm überrascht.

»Wollen Sie etwas trinken?«, fragte Martin.

»Einen Kaffee, wenn es Ihnen keine Umstände macht.«

»Aber natürlich nicht«, antwortete Martin lächelnd und ging in Richtung Küche.

»Ich bin Paula Grey vom SIS«, stellte Paula sich gegenüber Billy vor, nachdem Martin verschwunden war.

Billy roch nach Bier, und sein Gesicht war schweißnass.

»Gestatten Sie?«, sagte Paula und tupfte ihm mit ihrem Taschentuch den Schweiß von der Stirn. Es erstaunte sie selbst, dass sie das tat, aber irgendwie hatte sie den massigen Mann spontan ins Herz geschlossen.

Er lächelte verlegen, dankte ihr und murmelte etwas von einer zu stark aufgedrehten Heizung. Dann bat er sie, in einem der Lehnsessel Platz zu nehmen. Während er zu dem Sessel zurückschlurfte, in dem er zuvor gesessen hatte, schnüffelte Paula verstohlen an ihrem Taschentuch. Es roch nach Bier. Billy hatte sich offenbar das Gesicht damit eingerieben, um wie ein Betrunkener zu riechen. Aber warum?

Er nahm das Bierglas, das vor ihm auf dem Couchtisch stand, und trank einen kleinen Schluck daraus.

»Womit kann ich Ihnen behilflich sein, Miss Grey?«, fragte er.

»Ich habe gehofft, dass Sie mir etwas über Mrs Warner erzählen könnten, Mr Hogarth.«

»Bitte, nennen Sie mich doch einfach Billy.«

»Mrs Warner ist jetzt schon seit drei Wochen verschwunden. Soviel ich weiß, sind Gerüchte im Umlauf, dass sie mit einem Liebhaber durchgebrannt ist, aber irgendwie glaube ich nicht dran.«

»So was kann man nie wissen«, mischte Martin sich ein, der gerade auf einem Tablett eine Tasse aus Meißener Porzellan sowie ein Milchkännchen und eine Zuckerdose hereinbrachte. »Darf ich Ihnen den Kaffee einschenken?«, fragte er. »Mit Milch? Zucker?«

»Schwarz, bitte.«

»Kümmern Sie sich nicht um Martins Bemerkung«, brummte Billy. »Linda Warner ist eine echte Lady, auch wenn mein Bruder für so etwas keine Antennen hat. Aber ich kann das beurteilen, weil ich sie nämlich persönlich gekannt habe. Als eines Tages einmal ihre Haustür geklemmt hat, ist sie zu mir gekommen und hat mich um Hilfe gebeten. Danach haben wir noch einen Kaffee getrunken und uns ein wenig unterhalten.«

»Bevor ich zu Ihnen kam, war ich kurz bei Mr Margesson«, sagte Paula, während sich Martin einen Sessel heranzog. »Er wollte mich nicht bei sich hereinlassen und verkündete bloß großspurig, dass er nach Einbruch der Dunkelheit keinen Damenbesuch mehr empfange. Und dann hat er mir doch glatt die Tür vor der Nase zugeschlagen.«

»Margesson tickt nicht mehr richtig«, sagte Billy und lachte. »Man möchte nicht glauben, dass er früher mal Housemaster in Eton war. Die armen Schüler! Als er hierher gezogen ist, war er allerdings noch kein religiöser Fanatiker. Sein ganzes Geschwafel über Allah …«

»… über Gott«, verbesserte Martin ihn.

»Meinetwegen. Jedenfalls, sein ganzes religiöses Geschwafel hat erst später angefangen. Manchmal kommt es mir so vor, als hätte ihn jemand einer Gehirnwäsche unterzogen, aber vielleicht will er sich damit auch nur wichtig machen, der aufgeblasene Fatzke.«

»Ich glaube nicht, dass sich Miss Grey für solche Klatschgeschichten aus Carpford interessiert, Billy«, sagte Martin.

»Sie haben vorhin gesagt: ›Mrs Warner *ist* eine Lady‹«, sagte Paula unbeirrt zu Billy. »Glauben Sie denn, dass sie noch am Leben ist?«

»Zumindest hoffe ich das. Leider gibt es nicht mehr allzu viele von ihrem Schlag. Übrigens, Martin, dieser verdammte Motorradfahrer ist anscheinend immer noch hier. Ich habe seine Maschine kommen, aber noch nicht wieder abfahren hören.« Er blickte hinüber zu Paula. »Diese Krawallmacher lehnen ihre Motorräder immer an die Wand meines Bungalows. Wehe, wenn ich mal einen von denen dabei erwische!«

»Wie viele dieser Störenfriede sind es denn?«, fragte Paula.

»Zwei. Sie kommen immer nachts, aber nie gemeinsam. Keine Ahnung, was die hier wollen.«

»Vielleicht fahren sie ja Pizzas aus«, sagte Martin.

»In diesen dünnen, weißen Umschlägen? So flache Pizzas gibt es doch gar nicht.«

»Mein Bruder hält sich für einen Meisterdetektiv«, sagte Martin abfällig.

»Ich finde, damit hat er gar nicht so Unrecht«, entgegnete Paula.

Martin legte verstohlen seine Hand auf die ihre. Paula nahm sie weg, was Martin aber nur noch weiter anzuspornen schien.

»Kommen Sie doch noch auf einen Drink mit rüber zu mir«, sagte er und lächelte Paula schmierig an. »Es sind nur ein paar Schritte. Wir könnten uns doch ein paar schöne Stunden machen.«

»Das würde ich an Ihrer Stelle lieber nicht tun«, sagte Billy. »Mein Bruder ist ein schlimmer Schürzenjäger.«

»Ich wollte mich ohnehin wieder auf den Weg zurück nach London machen«, sagte Paula nach einem kurzen Blick auf ihre Uhr.

Martin sprang auf, um Paulas Windjacke zu holen. Kaum war er verschwunden war, flüsterte Paula Billy zu: »Kannten Sie eigentlich Mrs Gobble? Sie hatte ein großes Teleskop, das jetzt plötzlich verschwunden ist.«

»Die gute Mrs Gobble … Ich mache mir große Sorgen um sie. Sie gehört nicht zu den Menschen, die einfach so von heute auf morgen verschwinden. Zumindest von mir hätte sie sich verabschiedet. Sie war oft sehr einsam, und mit dem Teleskop hat sie sich die Zeit vertrieben …«

Billy verstummte, weil sein Bruder mit Paulas Windjacke hereinkam. Paula wollte schnell allein hineinschlüpfen, aber Martin bestand darauf, ihr beim Anziehen zu helfen, wobei er sie dann mehrmals an Armen und Schultern berührte. Paula entzog sich, so gut es ging, seinen Zudringlichkeiten, dankte ihm förmlich und ging dann hinüber zu Billy, der sich aus seinem Sessel erhoben hatte.

»Vielen Dank für den freundlichen Empfang. Sie sind ein angenehmer Gastgeber.«

»Ich bin übrigens auch ein ziemlich guter Koch. Was essen Sie denn gern?«

»Shepherd's Pie.«

»Wenn Sie mich das nächste Mal besuchen kommen, rufen Sie doch vorher an«, sagte Billy und reichte ihr seine Visitenkarte. »Shepherd's Pie ist eine meiner Spezialitäten.«

Martin brachte sie anschließend zur Tür.

»Nehmen Sie meinem Bruder seine plumpen Vertraulichkeiten nicht übel«, sagte er mit einem verächtlichen Grinsen. »Billy ist leider ein haltloser Trinker.«

»Das habe ich gehört, Martin!«, rief Billy, der noch immer in der Wohnzimmertür stand, aus dem Hintergrund. »Mein Bruder hat vergessen, Ihnen zu sagen, dass er sich den Bungalow und seine teuren Anzüge nur deshalb leisten kann, weil er eine ganze Stange Geld von unserem Onkel geerbt hat. Ich hingegen musste für meinen Lebensunterhalt immer hart arbeiten. Aber jetzt sollten Sie lieber gehen, Miss Grey, sonst kann Martin seine Finger überhaupt nicht mehr in Zaum halten.«

»Ich wünsche Ihnen beiden eine gute Nacht«, sagte Paula.

Sie trat hinaus in den Nebel, und Martin schloss die Tür

hinter ihr. *Ein haltloser Trinker?* Als Martin vorhin mit dem Kaffee aus der Küche gekommen war, hatte Billy demonstrativ einen Schluck aus dem Bierglas genommen und es dann absichtlich laut abgestellt. Offenbar spielte er seinem Bruder den Trinker nur vor. Aber warum?

Ein paar Meter von Billys Bungalow entfernt blieb Paula stehen. Der Nebel zog in dichten Schwaden über die Straße. An der Rückwand lehnte eine schwere Harley-Davidson. Der geheimnisvolle Bote war demnach immer noch in Carpford.

Paula beschloss, um das Ende des Sees herum zu Drew Franklins Betonbunker zu gehen, wo immer noch Licht brannte. Die Chance, den Journalisten befragen zu können, kam bestimmt nicht so schnell wieder. Nachdem sie den viereckigen Klingelknopf gedrückt hatte, war im Inneren des Gebäudes kein Geräusch zu hören. Sie wartete eine Weile und wollte gerade wieder gehen, da wurde plötzlich die Tür doch noch aufgerissen. Ein schlanker, gut aussehender Mann mittlerer Größe starrte sie herausfordernd an.

»Was wollen Sie, Miss Grey?«, sagte er und musterte sie von Kopf bis Fuß. »Von mir aus können Sie gern reinkommen. Sie sehen so aus, als könnte man was mit Ihnen anfangen.«

Franklin führte Paula in ein großes, geschmackvoll mit Antiquitäten eingerichtetes Wohnzimmer. Er trug eine weiße Bundfaltenhose und einen eierschalenfarbenen Rollkragenpullover, hatte sorgfältig frisiertes, dunkelbraunes Haar und intelligente Augen. Sein Kinn war kräftig, wirkte aber nicht aggressiv. Nachdem er die Tür geschlossen hatte, ging er zu dem Sofa, das neben dem großen Schreibtisch stand.

»Darf ich Ihnen die Jacke abnehmen?«, sagte er.

Paula, die wusste, dass Franklin als notorischer Weiberheld galt, der selbst vor verheirateten Frauen nicht Halt machte, beschloss, sich nicht von ihm einwickeln zu lassen. Sie zog sich die Jacke zwar aus, faltete sie aber zusammen und hängte sie sich über den linken Unterarm.

»Danke, sehr aufmerksam, aber ich bleibe nicht lange. Und ›etwas anfangen‹ werden Sie mit mir bestimmt nicht, darauf gebe ich Ihnen Brief und Siegel.«

»Genau so habe ich Sie mir vorgestellt. Eine Frau, die weiß, was sie will.«

»Woher wissen Sie überhaupt, wer ich bin?«

»Es gehört nun mal zu meinem Job, über die wichtigen Leute der Gesellschaft Bescheid zu wissen. Aber nehmen Sie doch bitte Platz.«

»Danke, aber ich bleibe lieber stehen. Ich habe heute schon genug gesessen.«

»Wie Sie wollen«, entgegnete Franklin liebenswürdig und steckte die Hände in die Hosentaschen. »Womit kann ich Ihnen dienen?«

»Kannten Sie Mrs Warner eigentlich persönlich?«

»Sie reden wohl nicht gern um den heißen Brei herum, was, Miss Grey? Das gefällt mir. Ja, ich kannte Linda Warner, aber leider nur oberflächlich. Ich mochte sie, was aber nicht auf Gegenseitigkeit beruhte. Ihr Mann ist übrigens ein ausgemachter Volltrottel. Wollen Sie mal lesen, was ich in meiner nächsten Kolumne für die *Daily Nation* über ihn schreibe?«

Er ging hinüber zum Schreibtisch, auf dem ein Computer stand, und nahm eine Seite aus dem Drucker. Nachdem er einen Absatz mit rotem Stift markiert hatte, gab er Paula das Blatt zum Lesen. Sie überflog rasch die witzig formulierten Bosheiten über bekannte Mitglieder der Londoner Society und las dann das, was Franklin eingekringelt hatte:

Hat die Polizei eigentlich jemals in Betracht gezogen, dass Linda Warner vielleicht mit einem Liebhaber durchgebrannt sein könnte?

Ihr Ehemann jedenfalls scheint sich mehr Sorgen um die Saint Paul's Cathedral zu machen als um sie. Wenn man davon ausgeht, dass Terrororganisationen wie die El Kaida vornehmlich an spektakulär hohen Opferzahlen interessiert sind, erscheint mir das Gotteshaus als ein ziemlich unwahrscheinliches Ziel für einen etwaigen Anschlag.

»Könnte Warner Sie nicht wegen des ersten Satzes verklagen?«, fragte Paula.

»Das habe ich gerade von unserem Anwalt überprüfen lassen. Er hat mir grünes Licht gegeben.«

»Wenn Warner das mit der El Kaida liest, dreht er bestimmt durch. Er möchte mit allen Mitteln verhindern, dass etwas darüber in die Presse gelangt.«

»Das glaube ich gern. Aber vielleicht rüttelt meine Kolumne ja den Premierminister in letzter Sekunde auf. Sie sollten wissen, Miss Grey, dass ich ein Journalist mit Verantwortungsbewusstsein bin.«

»Sie trauen Warner wohl nicht zu, dass er mit der gegenwärtigen Bedrohung fertig wird?«

»Da sprechen Sie ein wahres Wort gelassen aus. Und deshalb hoffe ich, dass meine Kolumne im Kabinett wie eine Bombe einschlägt. Genau das ist meine Absicht. Aber jetzt hätte ich mal eine Frage an Sie. Wie kommt denn Tweed eigentlich mit seinen Ermittlungen voran?«

»Er verfolgt verschiedene Spuren«, antwortete Paula zurückhaltend.

»Nun hören Sie aber auf, Miss Grey. Mir als altem Hasen brauchen Sie mit solchen nichts sagenden Formulierungen nicht zu kommen. Das bedeutet doch nichts anderes, als dass er nach wie vor mit leeren Händen dasteht.«

Franklin setzte sich auf das Sofa und schlug die Beine übereinander.

»Glauben Sie mir, ich weiß, wovon ich rede, Miss Grey«, sagte er. »Statt in London seine Zeit mit toten Informanten zu verschwenden, sollte Tweed lieber dem sinistren Völkchen hier in Carpford mal gehörig auf den Zahn fühlen. Tja, vielleicht sind Sie ja gerade deswegen hier. Mit wem haben Sie denn schon alles gesprochen?«

»Erst mit Peregrine Palfry und dann mit Margesson, aber der hat mir bloß die Tür vor der Nase zugeschlagen. Danach war ich noch bei Billy Hogarth, bei dem gerade sein Bruder Martin zu Besuch war.«

»Martin sollten Sie besonders genau unter die Lupe nehmen, Miss Grey. Aber für den Anfang haben Sie das nicht schlecht gemacht. Ist schon lange her, dass ich so etwas zu jemandem gesagt habe.«

»Ich muss jetzt leider wieder gehen«, sagte Paula und zog ihre Windjacke wieder an. »Danke, dass Sie mir so viel von Ihrer kostbaren Zeit gewidmet haben. Bestimmt wollen Sie jetzt Ihre Kolumne zu Ende schreiben.«

»Sie haben's erraten«, sagte Franklin und erhob sich. »Wie kommen Sie denn zurück nach London? Es ist schon spät.«

»Ich bin mit dem Auto da.«

Franklin brachte Paula zur Tür.

»Nehmen Sie sich in Acht, hier im Ort sind Sie nicht sicher«, flüsterte er ihr zu, bevor sie hinaus in die Nacht trat.

Nachdenklich machte sich Paula auf dem Rückweg zu ihrem Wagen. Der Nebel war inzwischen noch dichter geworden, sodass sie kaum die eigene Hand vor den Augen sehen konnte. Sie hatte sich noch nicht allzu weit von Franklins Haus entfernt, da hörte sie auf einmal Schritte hinter sich. Gerade als sie sich umdrehen wollte, bekam sie einen kräftigen Schlag auf den Hinterkopf. Sie verlor das Bewusstsein.

24

Als Paula wieder langsam zu sich kam, hatte sie das Gefühl, aus einer tiefen Narkose aufzuwachen. Sie konnte kaum einen zusammenhängenden Gedanken fassen und lag noch eine ganze Weile mit geschlossenen Augen still da, um wieder einen klaren Kopf zu bekommen. Dabei lauschte sie angestrengt, ob jemand in der Nähe war, konnte aber nichts hören. Es war totenstill. Allmählich spürte sie ihren Körper wieder, und ihr wurde bewusst, dass man ihr die Hände gefesselt hatte und sie auf einer Art Holzpritsche lag. Wo zum Teufel war sie? Langsam öffnete sie die Augen, und was sie dann sah, war nicht gerade ermutigend. Sie lag auf dem Rücken in einem quadratischen, fensterlosen Raum mit Natursteinboden. Zu ihrer Rechten war eine schwere Holztür mit Gitterfenster, das auf der Außenseite offenbar mit einer Klappe versehen war. Paula fror und fühlte sich steif wie ein Brett. Vorsichtig richtete sie den Oberkörper auf. Dabei bemerkte sie, dass auch ihre Füße gefesselt waren. Immerhin hatte man ihr etwa zwei Handbreit loses Seil zwischen den beiden Fußgelenken gelassen, sodass sie die Füße etwas bewegen konnte. Mit Erleichterung stellte Paula zudem fest, dass ihre Peiniger ihr nicht die Stiefel ausgezogen hatten, und dass auch ihre Hände nicht allzu eng aneinander gefesselt waren. Die Ärmel ihrer Windjacke hatte man hochgekrempelt. Auf ihrem linken Unterarm klebte ein Pflaster. Man hatte sie also tatsächlich betäubt! Wie lange sie wohl hier gelegen hatte?

Mit Mühe gelang es Paula, ihren noch immer nicht ganz klaren Kopf zu drehen, um über die Schulter nach hinten zu blicken. In die Wand hinter ihr war eine große, runde Steinplatte mit arabischen Schriftzeichen eingelassen. Paula sah auf ihre Armbanduhr, die man ihr seltsamerweise auch nicht abgenommen hatte. Es war acht Uhr. Morgens oder abends? Schwer zu sagen, weil der Raum keine Fenster besaß. Erschöpft ließ sie sich wieder zurück auf die Pritsche sinken. Sie war hungrig und fühlte sich völlig hilflos. Aber sie durfte sich nicht gehen lassen. Nachdenklich biss sie sich auf die Unterlippe. Jetzt war guter Rat teuer.

Lange starrte sie hinauf zu der einzigen Lichtquelle des Raums, einer von einem Drahtkäfig umgebenen Glühbirne an der Decke direkt über ihr. Dann hörte sie, wie die Sichtklappe an der Tür geöffnet wurde, und schloss rasch die Augen.

Ein Schlüssel wurde ins Schloss gesteckt und herumgedreht, und dann ging die Tür mit einem lauten Quietschen der Angeln langsam auf. Vorsichtig öffnete Paula die Augen etwas und sah, wie ein großer, schlanker Mann um die zwanzig mit dunklem Teint und kurz geschnittenem schwarzem Haar hereinkam. Er hatte einen Plastikkanister und einen Pappbecher dabei. Nachdem er die Tür von innen wieder zugesperrt hatte, knipste er das Licht aus und schaltete eine mitgebrachte Taschenlampe ein. Jetzt nur nicht die Nerven verlieren!, dachte Paula. Sie hörte, wie der Mann auf die Pritsche zukam und den Behälter und den Becher auf den Steinboden stellte. Auf einmal schlug ihr der Mann ins Gesicht und sagte:

»Wach auf! Nun komm schon! Wach endlich auf!«

Nachdem der Mann ihr zwei weitere Ohrfeigen verpasst hatte, öffnete sie langsam die Augen. Die Taschenlampe leuchtete ihr mitten ins Gesicht. Sie stöhnte und brabbelte absichtlich wirres Zeug, bevor sie mit heiserer Stimme krächzte: »Wo bin ich? Warum ist es so dunkel?«

Zu Paulas Überraschung ging der Mann zurück zur Tür und schaltete das Deckenlicht wieder an. Dann stellte er die Taschenlampe auf den Boden. Sie fiel um und rollte unter die Pritsche. Der Mann fluchte in einer unverständlichen Sprache und wollte sich gerade bücken, da sagte Paula: »Dafür kommen Sie ins Gefängnis. Ist Ihnen das klar?«

»*Du* bist hier im Gefängnis, Puppe. Und es hängt ganz von dir ab, ob du jemals wieder rauskommst.«

Der Mann sah Paula mit seinen dunklen Augen ausdruckslos an. Er trug weite, blaue Hosen und ein schwarzes T-Shirt an einem durchtrainiert wirkenden, muskulösen Körper. Es würde nicht leicht sein, ihn zu überwältigen. Auf Grund seines dunklen Teints vermutete Paula, dass der Mann aus Nordafrika kam.

»Ich habe Durst«, krächzte Paula mit übertrieben heiserer Stimme. »Geben Sie mir etwas zu trinken.«

Der junge Mann nickte und goss aus dem Kanister Wasser in den Pappbecher. Paula richtete den Oberkörper auf, nahm den Becher in ihre gefesselten Hände und trank. Obwohl ihre Kehle förmlich nach Flüssigkeit lechzte, zwang sie sich, in kleinen Schlucken zu trinken. Als der Becher leer war, streckte sie ihn dem jungen Mann hin. »Mehr«, krächzte sie.

Er schenkte ihr nach, setzte sich auf den Rand der Pritsche und sah Paula beim Trinken zu. Da ihr Durst gestillt war, überlegte Paula nun, wie sie am besten aus ihrem Verlies entkommen konnte.

»Und jetzt will ich wissen, wie weit Tweed mit seinen lächerlichen Ermittlungen ist«, sagte der Mann und nahm Paula den Pappbecher weg.

Bei dem Wort »lächerlich« wäre sie ihm am liebsten ins Wort gefallen, aber sie entschloss sich, weiterhin die Benebelte zu spielen.

»Ich kann nicht … richtig denken«, sagte sie. »Ich will schlafen.«

Kraftlos ließ sie sich zurück auf die Pritsche sinken und schloss die Augen.

»Ich komme später wieder. Und dann hast du die Wahl: Entweder du beantwortest mir meine Fragen, dann lasse ich dich laufen, oder du spielst die Heldin und sagst nichts. Ihn diesem Fall kommst du hier nicht mehr lebend raus.«

Während er sprach, sah Paula ihm in seine ausdruckslosen Augen und wusste genau, dass er log. Sobald er aus ihr herausbekommen hätte, was er wissen wollte, hätte ihr letztes Stündchen geschlagen. Dann würde sie genauso von der Bildfläche verschwinden wie all die anderen vor ihr.

»Bitte, lassen Sie mich erst schlafen«, krächzte sie »Dann sage ich es Ihnen … alles, was ich weiß.«

Offenbar glaubte ihr der junge Mann, jedenfalls stand er nun auf, nahm Becher und Wasserkanister und ging zur Tür. Nachdem er sie von außen wieder abgeschlossen hatte, blieb Paula noch eine Weile mit geschlossenen Augen liegen, nur für den Fall, dass er sie durch das Sichtfenster beobachtete. Sie nutzte die Zeit, um über ihre Lage nachzudenken. Zumindest in einer Hinsicht hatte sie ihn überlistet – sie hatte ihn davon abgehalten, die Taschenlampe aufzuheben, die ihm unter die Pritsche gerollt war. Vielleicht würde sie ihr später ja noch nützlich sein.

Nach fünf Minuten setzte sie sich auf und tastete mit den gefesselten Händen nach dem Messer im Stiefelschaft. Nachdem sie es vorsichtig herausgezogen und sich in den Hosenbund gesteckt hatte, holte sie die Beretta aus dem anderen Stiefel. Sie konnte sie zwar nur im äußersten Notfall abfeuern, weil der Knall des Schusses weiß Gott wen auf den Plan rufen würde, aber immerhin gab ihr die Waffe ein gewisses Gefühl der Sicherheit.

Zum wiederholten Male fragte sich Paula, wo sie war, und ließ die letzten Minuten vor ihrem Black-out noch einmal Revue passieren. Kurz nachdem sie von Drew Franklin weggegangen war, hatte sie einen Schlag auf den Hinterkopf erhalten und war bewusstlos geworden. Aber wer hatte ihr den Schlag verpasst? Paula beschloss, ihren Kreislauf wieder in Gang zu bringen, und streckte erst die Beine, dann die Arme abwechselnd von sich und zog sie wieder an. Nachdem sie das ein paar Dutzend Mal getan hatte, überlegte sie, ob sie ihre Fesseln mit dem Messer so präparieren sollte, dass sie sie bei passender Gelegenheit leicht durchreißen konnte, entschied sich dann aber dagegen. Das Risiko, dass der junge Mann die Fesseln kontrollierte, war einfach zu groß.

Als Paula hörte, wie der Schlüssel auf einmal wieder umgedreht wurde, legte sie sich rasch wieder hin und stellte sich schlafend. Sie durfte jetzt keinen Fehler machen, nun ging es nämlich um Leben und Tod.

Der Mann war zum Glück allein und wiederholte dieselbe Prozedur wie zuvor: Als er in Paulas Zelle war, schloss er die Tür von innen ab und ließ den Schlüssel stecken. Diesmal hatte er allerdings kein Wasser dabei. Als er sich über sie beugte, blinzelte sie leicht und tat so, als wäre sie eben aufgewacht. Der Mann setzte sich wieder auf den Rand der Pritsche.

»Also, Puppe, was weiß Tweed über uns?«, fragte er ohne Umschweife.

Er hob die rechte Hand, strich ihr damit zunächst sanft über die Wange und schlug ihr dann urplötzlich mit voller Wucht ins Gesicht. Aber Paula ließ sich dadurch nicht aus der Fassung bringen.

»Wen meinen Sie mit ›uns‹?« fragte sie leise.

»Ich stelle hier die Fragen. Gegen wen ermittelt Tweed?«

»Das weiß ich nicht.«

»Muss ich dir wirklich erst dein hübsches Gesicht so zurichten, dass dich in Zukunft kein Mann mehr freiwillig anschaut?«, sagte er mit eiskalter Stimme. Er hatte auf einmal einen Krummdolch in der Hand, mit dem er Paula dicht vor der Nase herumfuchtelte.

Paula rührte sich keinen Millimeter und tat so, als wäre sie starr vor Angst.

»Ich sage alles«, flüsterte sie mit gebrochener Stimme. »Alles, was Sie wissen wollen. Aber bitte ... bitte ... stecken Sie den Dolch weg. Da kann ich ja keinen klaren Gedanken fassen.«

Mit einem selbstzufriedenen Grinsen nahm der Mann den Dolch von ihrem Gesicht weg und wollte ihn in eine an seinem Gürtel befestigte Scheide stecken. Jetzt oder nie!, dachte Paula. Mit einem Ruck schnellte sie nach oben, riss ihr Messer aus dem Hosenbund und rammte es dem völlig überraschten Mann mit aller Kraft zwischen die Rippen. Der Mann ließ den Dolch fallen und starrte mit ungläubigem Staunen zuerst auf Paula und dann auf den Griff ihres Messers, der inmitten eines zusehends größer werdenden Blutflecks aus seinem T-Shirt ragte. Dann stieß er einen röchelnden Schrei aus und stürzte sich auf Paula, die ihm aber geschickt auswich, indem sie sich von der Pritsche gleiten ließ. Der Schlag des Mannes ging ins Leere, worauf er taumelnd um sein Gleichgewicht rang. Paula nahm, so gut es mit ihren gefesselten Füßen ging, einen kurzen Anlauf und warf sich mit der Schulter gegen seinen Oberkörper, wobei sie das Messer noch tiefer in die Wunde trieb. Hellrotes Blut spuckend, torkelte der Mann nach hinten und schlug mit dem Hinterkopf genau auf die in der Wand eingelassene Steinplatte mit den arabischen Schriftzeichen. Er stieß einen gurgelnden Schmerzensschrei aus, der Paula durch Mark und Bein ging, und sackte dann an der Wand entlang zu Boden, wo er regungslos liegen blieb.

Paula trat auf den Toten zu, fühlte seinen Puls und zog dann ihr Messer aus seiner Brust. Nachdem sie das daran haftende Blut am T-Shirt des Mannes abgewischt hatte, schnitt sie erst ihre Hand- und dann ihre Fußfesseln durch.

Erst danach blickte sie nach oben und bemerkte, dass die Steinplatte an der Wand durch den Aufprall nach hinten aufgeschwungen war und eine runde Öffnung von etwa einem Meter Durchmesser freigegeben hatte. Paula bückte sich, hob die Taschenlampe, die der Wächter bei seinem ersten Besuch hatte liegen lassen, vom Boden auf und leuchtete damit in das hinter der Öffnung liegende Loch hinein.

Was sie sah, verschlug ihr fast den Atem: Vor ihren staunenden Augen tat sich ein langer, aus dem Fels gehauener Stollen auf, in dem sich die Schienen einer Schmalspurbahn in der Dunkelheit verloren. Direkt unterhalb des Lochs stand eine kleine Lore, die mit Büchern und Zeitschriften gefüllt war.

Im fahlen Licht der Taschenlampe sah Paula, dass der Gang leicht abschüssig war, und an seinem Ende meinte sie einen schwachen Lichtschein erkennen zu können.

Einen Augenblick lang überlegte sie, ob sie den Raum nicht doch lieber durch die Tür verlassen sollte, durch die der Mann hereingekommen war. Der Schlüssel steckte noch immer im Schloss. Aber sie verwarf den Gedanken sofort wieder, weil sie nicht wusste, was sie auf der anderen Seite der Tür erwartete. Also kletterte sie durch die Öffnung in der Wand und ließ sich vorsichtig auf die Lore hinabgleiten. Dann schaltete sie die Taschenlampe an und sah sich an, worauf sie saß.

Es waren feuchte, zerfallende und teilweise bereits verschimmelte Ausgaben englischer Klassiker wie *Tom Jones*, *Jahrmarkt der Eitelkeit* und so weiter, aber auch zerfledderte Flughandbücher für Jumbo Jets und andere Passagierflugzeuge. Offenbar hatte man das Zeug auf die Lore geworfen, um es später einmal zu entsorgen. Aber wo? Vielleicht am Ende des abschüssigen Tunnels?

Paula entdeckte an der rechten Seite der Lore einen langen Hebel. Sie steckte sich die Beretta griffbereit in den Hosenbund und schob dann den Hebel probehalber nach vorn. Sofort begann die Lore, der Schwerkraft gehorchend, die Schienen hinunterzurollen. Paula zog den Hebel wieder an, und die Lore blieb stehen. Anscheinend handelte es sich bei dem Hebel um eine Art Bremse.

Gerade als Paula ein paar Bücher von der Lore werfen wollte, um mehr Platz für sich zu schaffen, hörte sie auf der anderen Seite des Lochs aufgeregte Stimmen in einer Sprache, die sie nicht verstand. Offenbar hatte man die Leiche ihres Peinigers entdeckt.

Mit einem entschlossenen Ruck schob Paula den Hebel nach vorn, und die Lore setzte sich in Bewegung. Erst langsam, dann immer schneller rollte sie auf den Lichtschein zu, den sie zuvor schon gesehen hatte. Als sie erkannte, dass der Ausgang des Tunnels durch ein kräftiges Metallgitter versperrt war, zog sie mit zitternden Händen den Hebel nach hinten und brachte die Lore mit einem grässlich lauten metallischen Quietschen zum Stehen.

In der darauf folgenden Stille konnte Paula Stimmen hören und sah den tanzenden Lichtpunkt einer starken Taschenlampe, mit der jemand zu ihr herableuchtete.

Leise fluchend zog sie ihre Beretta, zielte sorgfältig und gab dann kurz hintereinander drei Schüsse auf den sich nähernden Lichtkegel ab. Die Schüsse gellten ohrenbetäubend laut durch den engen Stollen. Gleich nach dem ersten Schuss ging die Taschenlampe aus. Paula lauschte angestrengt in die Dunkelheit, konnte nun aber weder Schritte noch Stimmen hören. Eilig stieg sie von der Lore herab und presste sich in den engen Raum zwischen den Schienen und der Stollenwand.

Das ist meine letzte Chance, dachte sie und schob den Bremshebel so weit nach vorn wie möglich. Augenblicklich setzte sich die schwere Lore in Bewegung und wurde auf den steil nach unten führenden Schienen immer schneller, bis sie schließlich mit voller Wucht gegen das Gitter prallte und es aus seiner Verankerung riss.

Während die Lore im Nebel vor dem Stollenausgang verschwand, rannte Paula, so schnell es ging, auf den Eisenbahnschwellen nach unten.

Von draußen hörte sie zunächst noch ein metallisches Poltern und schließlich einen lauten Aufschlag, aber als sie das Ende des Stollens erreicht hatte, drang kein Laut mehr durch den dichten Nebel zu ihr herauf.

Wo war sie bloß? Weil sie kaum die eigene Hand vor Augen sehen konnte, suchte sie auf dem Boden herum, bis sie einen abgebrochenen Ast fand. Damit tastete sie dann vor sich den Weg ab, um nicht in eine verborgene Grube zu fallen. Ihrem Instinkt folgend, ging sie quer zu dem steilen Abhang nach links. Als sich der Nebel für einen Augenblick lichtete, erkannte sie, dass sie sich auf halber Höhe einer Geröllhalde befand. Etwa fünfzig Meter unter ihr lag die Lore, deren Fracht auf mehrere Meter im Umkreis verstreut lag, zerschmettert zwischen großen Gesteinsblöcken, die so aussahen, als wären sie vor nicht allzu langer Zeit aus der gegenüberliegenden Felswand herausgebrochen.

Auf einmal sah Paula, wie sich vom oberen Rand des Steinbruchs ein weiterer riesiger Gesteinsbrocken löste. Mehrmals am Abhang aufschlagend, polterte er mit lautem Getöse nach unten. War dort oben jemand? Sie spähte angestrengt hinauf, konnte aber niemanden entdecken. Offenbar war das Gestein so brüchig, dass sich der Felsbrocken von selbst gelöst hatte.

Wenn sie nicht erschlagen werden wollte, musste Paula schleunigst von hier verschwinden. Zum Glück löste sich der Nebel zunehmend auf, sodass sie mittlerweile halbwegs erkennen konnte, wohin sie kletterte. Minuten später hatte sie den Rand des Steinbruchs erreicht. Vor sich sah sie ein hölzernes Gebäude, das ihr irgendwie bekannt vorkam. Das war doch tatsächlich der Schuppen hinter Mrs Gobbles Haus! Paula befand sich also immer noch in Carpford.

So schnell sie konnte, rannte sie um den Schuppen herum, wobei sie mehrmals stolperte und einmal sogar der Länge nach hinschlug. Mit zitternden Händen öffnete sie das schwere Holztor und stellte mit einem Seufzer der Erleichterung fest, dass ihr Auto noch immer dort stand. Mit Tränen in den Augen schickte sie ein heißes Dankgebet gen Himmel.

25

Zum Glück sprang der Wagen sofort an. Paula fuhr aus dem Schuppen, bog nach links ab und verließ Carpford auf dem schnellsten Weg. Dabei war sie wild entschlossen, jeden, der sich ihr in den Weg stellen mochte, ohne mit der Wimper zu zucken zu überfahren. Zum Glück hatte sich der Nebel oben auf dem Plateau bereits vollständig aufgelöst, denn als sie zwischen Mrs Gobbles Laden und Drew Franklins Betonbunker zwei Gestalten, beide im Wintermantel, auf sich zukommen sah, erkannte sie gerade noch rechtzeitig, dass es sich dabei um Tweed und Beaurain handelte. Paula legte eine Vollbremsung hin und sprang unverzüglich aus dem Wagen.

Tweed stand die Erleichterung ins Gesicht geschrieben. Die beiden sanken sich in die Arme, und Paula legte ihren Kopf an seine Brust. Während sie weinte, strich ihr Tweed beruhigend über das Haar.

»Tweed war ganz außer sich vor lauter Angst um Sie«, sagte Beaurain, nachdem Paula sich von Tweed gelöst und den Belgier ebenfalls in die Arme geschlossen hatte.

»Jules! Bin ich froh, Sie zu sehen.«

Tweed gab ihr ein Taschentuch, damit sie sich die Tränen abwischen konnte. Vor Freude zitterte sie am ganzen Körper.

»Alles in Ordnung, Paula?«, fragte Tweed mit sanfter Stimme.

»Mir geht es gut. Aber ich habe einen Bärenhunger.«

»Dann sollten wir auf der Stelle zum Peacock fahren und uns ein ordentliches Frühstück gönnen«, sagte Beaurain.

»Ich fahre, und Sie können es sich neben Tweed auf dem Rücksitz bequem machen.«

Als Beaurain den Wagen aus Carpford hinaussteuerte, legte Paula den Arm um Tweed. Nach etwa hundert Metern kamen sie an Newman vorbei, der am Straßenrand stand und mit hochgerecktem Daumen das Okay-Zeichen machte. Paula erwiderte die Geste und schaffte es sogar, ihren Kollegen freundlich anzulächeln. Kurz darauf fuhren sie an Marler, Butler und Nield vorbei, die ihr alle erleichtert zuwinkten.

Dann hatten sie Carpford hinter sich und fuhren den Hügel hinunter zu der Stelle, an der man Mrs Warners Wagen gefunden hatte.

»Wie viele von uns sind denn hier heraufgekommen?«, fragte Paula.

»Alle«, antwortete Tweed, der jetzt sehr viel ruhiger wirkte. »Als ich von meinem Essen mit Eva Brand zurückkam und Monica mir erzählte, dass Sie nach Carpford gefahren sind, habe ich sofort alle Hebel in Bewegung gesetzt, um Sie zu finden. Auch Buchanan ist hier. Wir waren gerade dabei, den ganzen Ort auf den Kopf zu stellen.«

»Ach ja, ich sollte vielleicht Buchanan anrufen, um ihm zu sagen, dass wir Paula gefunden haben«, sagte Beaurain vom Fahrersitz her. Die eine Hand am Steuer zog er mit der anderen sein Handy aus der Tasche. Kurz darauf teilte er dem Superintendent die gute Nachricht mit.

»Buchanan lässt Sie schön grüßen, Paula«, sagte Beaurain nach Beendigung des Telefonats. »Er ist ja so erleichtert. Eigentlich wollte er mit Ihnen sprechen, aber ich habe ihm gesagt, dass er sich noch etwas gedulden soll. Buchanan hatte volles Verständnis dafür.«

»Das ist wirklich nett von ihm«, sagte Paula. »Und ich habe Ihnen so viel zu berichten … Ich habe wichtige Dinge herausgefunden … Ich war gerade bei Drew Franklin gewesen, als …«

»Erzählen Sie uns das alles später«, sagte Tweed. »Jetzt wird erst einmal ordentlich gefrühstückt. Sind Sie denn auch wirklich okay?«

»Ich denke schon. Man hat mir wohl eine Art Betäubungsspritze verabreicht«, sagte Paula und krempelte den Ärmel ihrer Windjacke hoch, um Tweed das Einstichloch zu zeigen.

»Nach dem Frühstück bringen wir Sie zu einem Freund von mir«, sagte Beaurain. »Er ist Anästhesist und erst kürzlich in den Ruhestand gegangen. Er soll Sie sich einmal anschauen.«

»Aber es geht mir gut«, protestierte Paula. »Bis auf den Hunger ist alles völlig in Ordnung.«

»Trotzdem sollten Sie sich von Dr. Manderson untersuchen lassen«, sagte Beaurain, der unverrückbar auf seinem Standpunkt beharrte. »Er wohnt ganz in der Nähe des Peacock. Wir müssen wissen, was die Ihnen gespritzt haben.«

»Ach, Sie haben Recht«, sagte Paula und seufzte.

»Aber jetzt denken Sie nicht mehr an die ganze Sache«, sagte Tweed im Befehlston. »Überlegen Sie sich lieber, was Sie zum Frühstück essen wollen.«

»Wenn wir wieder in der Park Crescent sind, werde ich einen ausführlichen Bericht aufsetzen«, sagte Paula. »Dann muss ich Ihnen jetzt nicht alles erzählen.«

»Gute Idee«, entgegnete Tweed zustimmend. »Aber zuvor sollten Sie sich auch noch gründlich ausschlafen.«

»Schlafen kann ich später. Ich will alles aufschreiben, solange es mir noch frisch im Gedächtnis ist. Ich hatte ein längeres Gespräch mit Peregrine Palfry, ein kurzes Zusammentreffen mit Margesson und dann eine Unterhaltung mit Billy Hogarth, die trotz der Anwesenheit seines unsympathischen Bruders recht angenehm verlaufen ist. Schließlich war ich noch bei Drew Franklin, und kurz nach Verlassen seines Hauses habe ich einen Schlag auf den Schädel bekommen und bin bewusstlos geworden.«

»Dann war also die letzte Person, die Sie vor dem Überfall gesehen haben, Drew Franklin«, resümierte Beaurain. »Wie interessant.«

»Schluss jetzt«, sagte Tweed bestimmt. »Paula muss erst mal wieder zu Kräften kommen.«

»Hier spricht Ali«, sagte der Mann in der Telefonzelle, nachdem er den Hörer abgehoben hatte. Er verwendete eine Zelle jeweils nur ein einziges Mal und hielt sich dabei peinlich genau an die Liste, die er von seinem Auftraggeber erhalten hatte. Diesmal stand er in einer verschlafenen kleinen Ortschaft, in der keine Menschenseele auf der Straße war.

»Hier Abdullah.« Es war wie üblich die verzerrte Stimme. »Wir haben nicht mehr viel Zeit für unser Geschäft. Ich verlange einen sofortigen Statusbericht.«

»Die Lieferungen können auf die Transporter verladen werden.«

Die Waffen können an ihren Bestimmungsort gebracht werden.

»Sind die Männer, die sich um die Lieferungen kümmern sollen, bereit?«

»Ja. Sie sind vor Ort.«

»Haben Sie sich schon für einen Lieferzeitpunkt entschieden?«

»Halb sechs am Abend wäre eine gute Zeit. Da hätten wir die besten Bedingungen.«

Die Zahl der Opfer wird in die tausende gehen.

»Und wann ist der Tag X?«

»Voraussichtlich in drei Tagen, von jetzt an gerechnet.«

Ali wartete darauf, dass die verzerrte Stimme noch mehr sagte, aber die Leitung war tot. Sein Gesprächspartner hatte wieder einmal einfach aufgelegt. Mit einem Fluch auf den Lippen verließ Ali die Telefonzelle, setzte sich in seinen Wagen und fuhr zurück zur Farm.

Paula saß an ihrem Schreibtisch in der Park Crescent und tippte mit rasender Geschwindigkeit ihren Bericht an Tweed in den Computer. Dabei war sie erstaunt darüber, wie gut sie sich noch an die kleinsten Details ihrer Entführung und der Gespräche davor erinnern konnte. Weil sie nicht wissen konnte, was für Tweed wichtig war, schrieb sie alles auf, was ihr einfiel. Das reichhaltige Frühstück im Peacock hatte ihre Lebensgeister wieder geweckt.

»Wie lange war ich eigentlich in der Hand der Entführer?«, fragte sie Tweed.

»Zwölf Stunden.«

»Mir kommt es so vor, als wären es zwölf Tage gewesen. Übrigens, ich habe die Berichte über meinen Besuch in Mrs Gobbles Haus sowie über meine Gespräche mit Palfry und Margesson schon fertig. Wollen Sie vorab schon mal einen Blick darauf werfen?«

»Ja, gerne. Machen Sie mir doch bitte einen Ausdruck davon.«

Monica genoss gerade eine ihrer seltenen fünf Minuten langen »Pausen« und las Zeitung.

»Was es nicht alles gibt«, sagte sie zu Tweed und deutete auf die Zeitung. »Da sind doch tatsächlich sechs Milchtanklaster, die unterschiedliche Großmolkereien beliefern, an ein und demselben Tag spurlos verschwunden. Ist das nicht wirklich seltsam? Wieso klaut jemand bloß sechs Milchlaster?«

»Zeigen Sie her«, sagte Tweed barsch. Monica reichte ihm die Zeitung. »Die Tanklaster stammen aus drei verschiedenen Depots in den Midlands. Ich hoffe nur, dass ihre Fahrer noch am Leben sind.«

»Wieso sagen Sie das?«, fragte Monica.

»Solche Laster haben ziemlich große Tanks«, sagte Tweed und starrte nachdenklich ins Leere. »Was könnte man in ihnen außer Milch sonst noch transportieren? Irgendeine Flüssigkeit? Oder hat jemand etwas in der Milch versenkt, damit es im Fall einer Kontrolle nicht gefunden wird? Als die Tanklaster verschwanden, waren sie in den frühen Morgenstunden in Richtung Süden unterwegs …«

»So habe ich das noch gar nicht betrachtet. Ich habe die Laster nur erwähnt, weil ich ihr Verschwinden irgendwie kurios fand.«

»Kurios ist nicht das richtige Wort. Ich finde es eher beunruhigend und werde gleich mal Buchanan darauf aufmerksam machen. Wir haben drei verschwundene Menschen und nun erfahren wir von sechs verschwundenen Milchlastern. Es könnte durchaus sein, dass da ein Zusammenhang besteht.«

Eine Stunde später hatte Paula auch den Rest ihres Berichts fertig gestellt. Nachdem Tweed ihn aufmerksam gelesen hatte, lehnte er sich in seinem Schreibtischstuhl zurück und verschränkte die Arme vor der Brust.

»Sie haben Schreckliches durchgemacht, Paula, aber vielleicht ist es Ihnen ein gewisser Trost, dass die Informationen, die Sie mir gerade gegeben haben, einfach unbezahlbar sind. Mir ist jetzt vieles klarer geworden. Allerdings weiß ich noch immer nicht, was das Ziel des geplanten Anschlags sein wird. Wie wollen die Terroristen London angreifen? Und wer hat den Plan ersonnen? Auf all diese Fragen muss ich so rasch wie möglich Antworten finden. Hoffentlich ist es dafür nicht schon zu spät.«

»Vielleicht sollten wir noch einmal jemanden genauer befragen. Aber wen?«

»Ich weiß, wen«, sagte Tweed und sprang auf.

In diesem Augenblick kam Newman zur Tür herein. Er ging schnurstracks hinüber zu Paula und umarmte sie. Dann drehte er sich um und sah, dass Tweed seinen Regenmantel anzog. »Was haben Sie denn vor?«, fragte er.

»Ich will Mr Pecksniff noch einmal einen Besuch abstatten«, antwortete Tweed. »Ich bin davon überzeugt, dass der saubere Anwalt uns längst noch nicht alles erzählt hat, was er weiß.«

»Dann begleite ich Sie. Ich lasse Sie auf keinen Fall allein fahren.«

»Ich komme auch mit«, sagte Paula. »Schließlich bin ich mit meinen Berichten jetzt fertig.«

»Nein, Sie müssen sich ausruhen«, sagte Tweed und ging zur Tür.

»Ich will aber mit!«, rief Paula trotzig und zog sich ihre Windjacke an. »Außerdem bin ich nicht müde.«

»Was hat eigentlich Roy Buchanan gesagt, als Sie ihn vorhin wegen der verschwundenen Milchlaster angerufen haben?«, fragte Monica. »Wahrscheinlich fand er die Sache nicht der Rede wert.«

»Im Gegenteil. Er hat eine landesweite Fahndung nach den Lastern in die Wege geleitet. Aber jetzt müssen wir wirklich los.«

Auf der Fahrt durch den dichten Verkehr wollte Paula von Tweed wissen, wie er es geschafft hatte, mitten in der Nacht die ganze Mannschaft nach Carpford zu beordern. Tweed, der neben Newman auf dem Beifahrersitz saß, lächelte grimmig.

»Als ich von meinem Essen mit Eva Brand zurückkam und Monica mir erzählte, dass Sie allein nach Carpford gefahren sind, habe ich sofort Großalarm geschlagen und Bob, Marler, Nield und Butler auf ihren Mobiltelefonen angerufen. Außerdem habe ich Buchanan verständigt, der sich daraufhin sofort auf den Weg in die Downs gemacht hat. In Carpford habe ich dann die Bewohner einen nach dem anderen aus dem Bett geklingelt. Das hat ihnen natürlich nicht gefallen, aber als sie sahen, in welcher Stimmung ich war, haben sie mir alles gesagt, was ich wissen wollte. Auf diese Weise konnte ich genau nachvollziehen, was Sie dort oben gemacht haben. Das Problem war nur, dass ich erst um Mitternacht von meinem Essen mit Eva zurückgekommen bin und Sie zu dieser Zeit schon längst in der Hand Ihrer Entführer waren.«

»Wie war es denn mit Eva?«, fragte Paula.

»Ganz nett. Ich hatte allerdings irgendwie den Eindruck, als wollte sie mich mit ihrem Charme betören. Jedenfalls hat sie ein Kleid mit einem tief ausgeschnittenen Dekolletee getragen und mir ständig Wein nachgeschenkt. Und irgendwann hat sie dann versucht, mir bestimmte Informationen zu entlocken, die ich ihr natürlich nicht gegeben habe. Aber sie hat dabei wirklich alle Register gezogen, das kann ich Ihnen sagen.«

»Haben Sie denn wenigstens etwas aus ihr herausbekommen können?«

»Nicht viel. Nur dass der tödliche Autounfall ihrer Mutter fünf Jahre zurückliegt und dass sie keine weiteren Verwandten hat. Über ihren Vater wollte sie nicht sprechen. Ehrlich gesagt, die Frau ist mir nach wie vor ein Rätsel, ebenso wie die fehlenden zwei Jahre in ihrer Biographie, für die Monica noch immer keine Belege hat finden können. Eva hat mir außerdem noch erzählt, dass sie Mrs Warner schon seit längerem kennt und immer gut mit ihr ausgekommen ist. Sie hat sie mir als eine Frau beschrieben, die weiß, was sie tut. Über Peregrine Palfry sagt sie, dass er nichts weiter als der subalterne Befehlsempfänger des Ministers ist, allerdings teile ich diese Meinung nicht ganz. Außerdem hält sie Drew Franklin für den intelligentesten Menschen in ganz Carpford.«

»Klingt nicht gerade so, als hätten Sie von Eva viel Neues erfahren.«

»Die Frau ist gerissen wie ein Fuchs.«

»Vielleicht sollte ich noch einmal mit ihr reden«, sagte Paula.

»Sie glauben doch nicht im Ernst, dass Sie bei ihr mehr Erfolg haben als ich?«, sagte Tweed mit einem skeptischen Lächeln.

»Warum nicht? Manchmal bringt ein Gespräch von Frau zu Frau mehr, als man denkt.«

Niemand sagte mehr etwas, bis sie vor Pecksniffs Kanzlei anlangten. Newman schlug vor, den Wagen in einer Seitenstraße abzustellen.

»Eigentlich sollte Butler die Kanzlei rund um die Uhr observieren, aber dann hat Tweed ihn gegen eins nach Carpford beordert«, sagte Newman an Paula gewandt. »Er hat mir erzählt, dass in Pecksniffs Büro die ganze Zeit über Licht brannte. Offenbar ist der Mann eine richtige Nachteule. Laut Butler hat er jedenfalls den ganzen Abend über keinen Besuch bekommen …«

Nachdem Newman einen Parkplatz für den Wagen gefunden hatte, gingen sie gemeinsam durch die stille, menschenleere Straße mit ihren heruntergekommenen Gebäuden zur Kanzlei. Durch die Milchglasscheibe der Tür war kein Anzeichen von Bewegung zu sehen. Als Newman klingeln wollte, bemerkte er, dass die Tür einen Spalt weit offen stand. Tweed signalisierte ihm durch ein Kopfnicken, sie vorsichtig zu öffnen. Newman rief Pecksniffs Namen in die Kanzlei hinein, aber niemand antwortete.

»Gehen wir hinein«, sagte Tweed ernst.

Newman zog seine Smith & Wesson und betrat, gefolgt von Tweed und Paula, das schäbige Büro, in dem eine unheimliche Stille herrschte. Paula musste sich auf die Beretta verlassen, weil man ihr in Carpford die Umhängetasche mit der Browning abgenommen hatte.

Im Vorzimmer war niemand. Newman stieß mit dem Fuß die Tür zum Büro des Anwalts auf und preschte mit der Waffe im Anschlag hinein. Auch hier war niemand, aber der Stuhl, auf dem Pecksniff bei Tweeds erstem Besuch gesessen hatte, lag umgestürzt hinter dem Schreibtisch. Daneben entdeckte Paula einen großen, dunkelbraunen Fleck auf dem Teppich. Blut. Die Tür des Aktenschranks an der Wand stand offen, und auf dem Boden lagen mehrere

Aktenhefter, deren Inhalt jemand herausgerissen und im Büro verstreut hatte

»Jetzt ist auch noch Pecksniff verschwunden«, sagte Tweed düster.

Paula trat an den Schrank, wo eine Schublade mit einer Hängeregistratur herausgezogen war. Sie zog sich Latexhandschuhe an und ging die darin hängenden Akten durch. »Der Buchstabe N fehlt«, sagte sie. »N wie New Age Development.« Auch unter den Papieren auf dem Boden war nichts zu finden, was auf diesen Namen lautete.

»Jemand hat die Akte von New Age Development mitgenommen«, sagte Paula zu Tweed.

»Bob, rufen Sie Buchanan an und sagen Sie ihm, dass er sofort hierher kommen soll. Ich befürchte, wir haben Hinweise auf einen vierten Mord.«

Eine halbe Stunde später trat Buchanan ein, begleitet von seinem undurchschaubaren Assistenten Sergeant Warden.

»Was will denn Häuptling Holzgesicht hier?«, flüsterte Paula Newman zu, der den Scherz mit einem breiten Grinsen quittierte.

»Das habe ich gehört, Miss Grey«, raunzte Warden indigniert. »Und überhaupt, wieso haben Sie Latexhandschuhe an? Sie haben doch hoffentlich nichts angefasst. Möglicherweise befinden wir uns hier am Tatort eines Kapitalverbrechens.«

»Das tun wir sogar mit Sicherheit«, entgegnete Paula. »Ich habe nach der Akte einer Firma namens New Age Development gesucht, sie aber nicht gefunden. Wer immer Mr Pecksniff umgebracht hat, war hinter dieser Akte her.«

»Umgebracht?«, sagte Warden mürrisch. »Dafür haben Sie doch nicht den Hauch eines Beweises.«

»Umgeworfene Möbel, ein durchsuchter Aktenschrank und ein Blutfleck auf dem Teppich sind mir Beweise genug.«

»Was für ein Blutfleck?«

»Sergeant Warden, hätten Sie jetzt vielleicht die Güte, das Vorzimmer zu untersuchen?«, sagte Buchanan in scharfem Ton. »Und schließen Sie bitte die Tür hinter sich.«

Der Superintendent wartete, bis sein Assistent leise vor sich hin grummelnd gegangen war, bevor er sich von Tweed den braunen Fleck auf dem Teppich zeigen ließ.

»Eindeutig geronnenes Blut«, sagte er, nachdem er eine winzige Stelle davon mit dem Finger überprüft hatte.

»Was halten Sie von der Sache hier, Tweed?«, fragte er.

»Ich glaube, dass der Stratege der ganzen Aktion eine potenzielle Schwachstelle nach der anderen aus dem Weg räumt. Pecksniff ist bereits die vierte Person, die spurlos verschwunden ist und möglicherweise ermordet wurde. Und das wiederum sagt mir, dass eine Entscheidung unmittelbar bevorsteht.«

26

»Sie sollen sofort in die Downing Street zum Premierminister kommen«, sagte Howard, als Tweed an Monica vorbei ins Büro kam.

»Wieso? Gibt es was Neues?«, fragte Tweed.

»Das wird Ihnen der Premier gleich selbst sagen!«

Howard war ein Engländer wie aus dem Bilderbuch: Der stattliche Mann um die fünfzig trug einen teuren blauen Maßanzug aus der Savile Row, eine weißes Hemd von Turnbull & Asserin in der Jermyn Street, dazu eine blaue Hermès-Krawatte und ein Paar maßgefertigter Schuhe. Howard, der sich wie gewohnt in einen der Sessel fallen ließ, hatte exakt geschnittenes braunes Haar, das an den Schläfen schon leicht ergraut war, und ein rosiges Gesicht mit blauen Augen, eine kräftige Nase und ein entschlossenes Kinn.

Seine wichtigste Aufgabe bestand darin, den Kontakt zu den »Schreibtischtätern« in Whitehall zu halten. Wegen seiner jovialen Art war er dort ein gern gesehener Gast, weshalb ihn Paula hinter seinem Rücken bisweilen »den großen Anbiederer« nannte.

»Was soll die Geheimniskrämerei?«, fragte Tweed, als Paula an ihm vorbei an ihren Schreibtisch ging und Monica dabei vielsagend anlächelte.

Newman, der Howards elitäres Geschwafel nicht ausstehen konnte, kam als Letzter ins Büro. Er hockte sich, nachdem er dem Direktor des SIS kurz zugenickt hatte, auf die Kante von Paulas Schreibtisch.

»Mein lieber Tweed, Sie wissen ja, wie sehr ich mit Ihrer Arbeit zufrieden bin …«, begann Howard mit einer weit ausholenden Geste seiner sorgfältig manikürten Hände. »Aber diese Geschichte nimmt langsam bedrohliche Formen an. Deshalb ersuche ich Sie dringend, unverzüglich beim Premier vorzusprechen. Er ist sich vollauf bewusst, wie ernst die Lage ist, und erwartet ungeduldig Ihren Besuch. Schenken Sie ihm reinen Wein ein.«

Nachdem Tweed gegangen war, sagte Howard gedankenversunken: »Wurde auch Zeit, dass der Premier Nägel mit Köpfen macht!«

»Was meinen Sie mit ›Nägel mit Köpfen machen‹?«, fragte Paula.

»Das kann ich Ihnen im Moment nicht sagen, meine Liebe, aber eines können Sie mir glauben: Sobald Tweed zurück ist, werden in diesem Fall andere Saiten aufgezogen. Und jetzt gehen wir am besten alle wieder an unsere Arbeit. Wenn Sie mich brauchen, finden Sie mich oben in meinem Büro. Wer weiß, was heute noch alles passiert …«

Als Tweed mit einem großen Umschlag unter dem Arm zurückkam, war Paula bereits nach Hause gefahren, um sich endlich einmal richtig auszuschlafen. Newman hatte darauf bestanden, sie nach Hause zu bringen. Nur Marler, Butler und Nield waren noch im Büro. Nachdem Tweed Monica seinen Regenmantel gegeben und sich an seinen Schreibtisch gesetzt hatte, zog er ein mit dem Briefkopf des Premierministers versehenes Schreiben aus dem Umschlag.

»Hier, lesen Sie!«, sagte er zu Marler und reichte ihm das Blatt.

Marler verzog beim Lesen keine Miene. Nachdem er Tweed das Schreiben zurückgegeben hatte, steckte er sich eine Zigarette in den Mund.

»Wurde auch Zeit!«, bemerkte er trocken.

»Was steht denn drin?«, fragten die anderen wie im Chor.

»Tweed hat die Weisungsbefugnis über alle Sicherheitsbehörden des Landes übertragen bekommen«, sagte Marler mit ernster Stimme. »Dazu gehört neben der Special Branch sowie sämtlichen Polizeikräften auch das Sicherheitsministerium. Der Premier gibt ihm völlig freie Hand.«

»Donnerwetter!«, entfuhr es Monica. »Jetzt hat also Tweed das Sagen!«

»Der Premier hat eine Heidenangst vor einem Terroranschlag auf London«, erklärte Tweed mit ruhiger Stimme. »Auf mein Anraten hin hat mir der Premier auch den Special Air Service unterstellt, immerhin die beste Antiterroreinheit des Landes. Monica, verbinden Sie mich doch bitte mit dem Kommandeur des SAS!«

Gerade als Monica den Hörer abnehmen und beim SAS anrufen wollte, klingelte das Telefon. Die anderen horchten auf, als sie hörten, wie Monica wiederholt nach dem Namen des Anrufers fragte, ihn aber allem Anschein nach nicht in Erfahrung bringen konnte.

»Was ist denn los?«, fragte Tweed.

»Da ist jemand mit einer ganz seltsamen Stimme am Apparat. Hört sich nach East End an, würde ich sagen. Er behauptet, dass er wichtige Informationen hat, aber nur mit Ihnen persönlich reden will, Tweed.«

»Geben Sie ihn mir … Hallo, hier Tweed am Apparat. Was kann ich für Sie tun?«

»Meister, ich will Ihnen mal was sagen …« Die Stimme am anderen Ende klang, als würde jemand durch ein Taschentuch sprechen.

»Um was handelt es sich denn?«

»Ich weiß, wer hinter dieser El Kaida steckt, Meister. Interessiert Sie das?«

»Ja, sicher.«

»Der Knabe heißt Abdullah. Er hat die Killer angeheuert!«

»Und wo finde ich diesen Abdullah?«

»Keine Ahnung. Das war's dann, Meister. Übrigens kennen wir uns. Aber jetzt muss ich die Fliege machen …«

»Warten Sie!«

Die Leitung war tot. Tweed erzählte den anderen, was derjenige mit der Stimme, die er nicht eindeutig als männlich oder weiblich hatte einordnen können, gesagt hatte.

»Das ist unter Garantie wieder so ein Täuschungsmanöver!«, sagte Marler geringschätzig. »Bei den Arabern heißt doch jeder Zweite Abdullah!«

»Der Anrufer hat gesagt, dass ich ihn kenne«, sagte Tweed nachdenklich. »Ich komme allerdings nicht drauf, wer er sein könnte. Aber ich bin mir ziemlich sicher, dass er wusste, wovon er sprach. Und warum kommt der Anruf ausgerechnet jetzt, wo allen Sicherheitseinrichtungen des Landes per Kurier mitgeteilt wurde, dass sie ab sofort meinem Oberbefehl unterstehen?«

»Ich sehe da keinen Zusammenhang«, meinte Marler.

Die Tür ging auf, und Paula kam, gefolgt von Newman, herein. Newman machte sofort eine abwehrende Handbewegung.

»Ich kann nichts dafür«, sagte er. »Sie hat bei sich zu Hause nur kurz eine Dusche genommen, und dann wollte sie sofort wieder ins Büro.«

Paula, die jetzt einen schwarzen Hosenanzug trug, setzte sich auf ihren Schreibtisch und ließ lässig die Beine baumeln. »Ich bin in Topform«, sagte sie frohgemut. »Gibt es was Neues?«

Tweed ging zu ihr hinüber und reichte ihr das Schreiben, das er vom Premierminister bekommen hatte. Sie las es zweimal aufmerksam durch, bevor sie es mit ernster Miene zurückgab.

»Das kam ja gerade noch rechtzeitig«, sagte sie schließlich.

»Hoffen wir's.«

Paula bemerkte eine Spur von Gereiztheit in Tweeds Stimme, etwas, was er nur dann an den Tag legte, wenn er unter enormer Anspannung stand.

»Ich muss Sie wohl nicht eigens daran erinnern, dass uns immer noch die drei wichtigsten Puzzleteile fehlen«, fuhr Tweed fort. »Erstens: Wo soll der Anschlag stattfinden? Zweitens: Wer ist der Kopf hinter dem Ganzen? Drittens: Wann soll der Anschlag verübt werden? Wenn ich diese Informationen nicht binnen vierundzwanzig Stunden auf dem Tisch habe, sieht es zappenduster aus.«

Plötzlich wurde es still im Raum, weil sich alle auf einmal der enormen Verantwortung bewusst wurden, die auf ihnen lastete.

Tweed hob den Hörer seines Telefons ab und wählte die Geheimnummer des Sicherheitsministers. Er musste eine Weile warten, bis ein hörbar gereizter Palfry abhob. »Tweed am Apparat. Ich möchte mit dem Sicherheitsminister sprechen.«

»Der ist nicht hier.«

»Wo kann ich ihn erreichen?«

»Das ist eine streng geheime Information, die ich Ihnen nicht geben darf …«

»Haben Sie denn noch nicht das Schreiben vom Premierminister erhalten?«

»Doch. Auch der Minister hat es gelesen …«

»Dann sagen Sie mir jetzt gefälligst, wo ich ihn finden kann, oder Sie sind gefeuert.«

»Ich glaube, er ist in seiner Wohnung in Belgravia.«

»Was soll das heißen? *Glauben* Sie es oder *wissen* Sie es?«

»Ich weiß es …«

»Danke!«

Nachdem Tweed den Hörer aufgelegt hatte, zog er sofort den Regenmantel an.

»Ich fahre zu Warner«, sagte er. »Ich muss sicherstellen, dass er uns nicht in den Rücken fällt …«

Das Telefon klingelte. Monica ging ran und winkte dann Tweed, der schon an der Tür war, zurück.

»Unten ist jemand für Sie …«

»Ich bin nicht da. Wimmeln Sie ihn ab.«

»Es ist Eva Brand.«

»Tatsächlich?« Tweed überlegte und sagte dann: »Sie soll kurz warten.« Dann sah er sich im Zimmer um und sagte zu den anderen: »Warum sitzen Sie hier noch rum? Marler, Sie fahren zu Martin Hogarth und nehmen ihn noch einmal kräftig in die Mangel. Und dabei müssen Sie kein besonderes Feingefühl an den Tag legen, wenn Sie verstehen, was ich meine.«

»Bin schon unterwegs«, antwortete Marler.

»Butler«, sagte Tweed forsch. »Sie fahren in dieses Etablissement in Soho. Wie hieß es noch gleich? Belles? Hören Sie sich dort ein bisschen um. Vielleicht hat jemand etwas über den bevorstehenden Anschlag gehört. Die Mädchen auf den Straßen kriegen ja oft mehr mit als alle anderen.«

»Wird sofort erledigt«, sagte Butler und verließ das Büro.

»Und Sie, Pete, fahren ebenfalls nach Carpford«, sagte Tweed. »Knöpfen Sie sich dort diesen Margesson vor, aber richtig. Newman kann Ihnen sagen, wo das Haus von diesem Menschen ist.«

Tweed warf Monica seinen Regenmantel zu und nahm wieder an seinem Schreibtisch Platz. Er wartete, bis Marler, Butler und Nield gegangen waren, und ließ dann Eva Brand heraufkommen.

Bevor sie das Büro betrat, wandte er sich noch kurz an Newman: »Sagen Sie mal, Bob, wie lange braucht man eigentlich von Warners Wohnung bis hierher?«

»Um diese Tageszeit mindestens eine halbe Stunde.«

»Wenn Eva Brand bei Warner war, müsste sie eigentlich vor einer halben Stunde losgefahren sein, sehe ich das richtig?«

»Nicht unbedingt«, meldete sich Monica zu Wort. »Ich habe vorhin zufällig aus dem Fenster geschaut und gesehen, wie Miss Brand mit einem Motorrad vorgefahren ist. Damit kommt sie natürlich viel schneller voran.«

»Mit einem Motorrad?«, wiederholte Tweed langsam. »Das erinnert mich doch sofort an die Kuriere, die immer spätnachts nach Carpford kommen. Übrigens habe ich erst kürzlich gelesen, dass Osama Bin Laden, als er von der Nordallianz in Kandahar eingekreist war, ebenfalls auf einem Motorrad geflohen ist. Irgendwie scheint also auch die El Kaida eine Vorliebe für Motorräder zu haben.«

Tweed schaute gedankenverloren aus dem Fenster.

»Lassen Sie Miss Brand jetzt heraufkommen«, sagte er schließlich.

Kurze Zeit später betrat Eva mit dem Sturzhelm in der Hand das Büro. Sie trug eine schwarze Lederkombi und hohe Motorradstiefel und lächelte freundlich in die Runde.

Auf Tweeds Einladung hin nahm sie in einem Sessel vor seinem Schreibtisch Platz.

»Es freut mich, Sie wiederzusehen, Miss Brand«, sagte er und wirkte zum ersten Mal seit seiner Rückkehr vom Premierminister etwas entspannter. »Sie sehen wie immer bezaubernd aus. Haben Sie gute Neuigkeiten?«

»Was sind Sie nur für ein unverbesserlicher Charmeur, Tweed!«, sagte Eva lachend, bevor ihr Gesicht dann wieder ernstere Züge annahm. »Leider bringe ich Ihnen schlechte Nachrichten. Deshalb bin ich ja auch sofort zu Ihnen herübergebraust.«

»Was ist denn passiert?«

»Victor ist völlig aus dem Häuschen, seitdem er erfahren hat, dass er jetzt Ihnen untersteht. Ich habe ihn noch nie so aufgebracht erlebt. Er schäumt vor Wut, tigert wie ein Verrückter durch sein Büro und brüllt herum, dass er Ihnen einen Strich durch die Rechnung machen wird. Er meint, der Premier habe ihn im Kabinett unmöglich gemacht, weil er nun plötzlich nach Ihrer Pfeife tanzen muss.«

»Was Sie nicht sagen.«

»Übrigens hat er heute Vormittag Tolliver zum kommissarischen Leiter der Special Branch ernannt. Buller ist ja nach wie vor verschwunden.«

»Tolliver? Nun ja, er ist nicht gerade eine Leuchte, aber er tut wenigstens, was man ihm sagt. Es freut mich sehr, dass Sie sich extra herbemüht haben, um mir das zu sagen.«

»Ich hoffe, dass ich Ihnen Victors Reaktion eindrücklich genug geschildert habe. Er führt sich momentan auf wie Kapitän Bligh kurz vor der Meuterei auf der Bounty.«

»Verstehe. Wie gesagt, ich weiß es zu schätzen, dass Sie sich hierher bemüht haben.«

»Das ist doch selbstverständlich.« Eva stand auf und sah auf die Uhr. »Ich fahre jetzt lieber zurück, bevor ihm auffällt, dass ich nicht da bin.« Im Hinausgehen zwinkerte sie Paula zu. »Wir müssen bald mal wieder zusammen ausgehen, Paula.«

»Ich melde mich bei Ihnen, sobald ich Zeit habe«, antwortete Paula mit einem Lächeln.

Dann war Eva auch schon wieder verschwunden. Als sie kurze Zeit später hörten, wie unten ein Motorrad startete, blickte Monica aus dem Fenster. Sie sah, wie Eva das Gas voll aufdrehte und sich in gewagter Schräglage in die Kurve legte. »Ganz schön schnittig«, murmelte sie bewundernd.

»Bob, können wir jetzt gehen?«, sagte Tweed und zog seinen Regenmantel an.

»Ich komme auch mit, haben Sie das schon vergessen?«, sagte Paula mit fester Stimme.

»Paula, ich …«, begann Tweed, verstummte aber, als er Paulas entschlossenes Gesicht sah.

Newman, den die kleinen Machtkämpfe zwischen den beiden immer wieder erheiterten, schmunzelte amüsiert. Er wusste schon, was nun kommen würde.

»Meinetwegen«, brummte Tweed. »Aber machen Sie schnell, wir haben nicht ewig Zeit.«

Später, als sie im Auto saßen und Newman im Rückspiegel beobachtete, wie Tweed schmollend neben Paula auf der Rückbank saß, hätte er am liebsten laut losgelacht.

In Belgravia blieb Newman im Auto sitzen, während Tweed und Paula mit dem Aufzug hinauf zu Warners Wohnung fuhren. Mrs Carson, der grimmige Hausdrachen, öffnete ihnen die Tür und baute sich mit verschränkten Armen vor ihnen auf. Hinter ihr kam Eva, die jetzt hochhackige Schuhe trug, den Gang entlang.

»Was wünschen Sie?«, fragte Mrs Carson.

»Wir möchten den Minister sprechen.«

»Haben Sie einen Termin bei ihm?«

»Ich bringe die Herrschaften zum Minister«, sagte Eva. »Und Sie gehen am besten zurück in die Küche – nicht, dass Ihnen noch was überkocht.«

Mrs Carson stampfte davon und warf die Tür hinter sich lautstark ins Schloss. Eva verdrehte die Augen und führte die beiden Gäste vor die Tür von Warners Arbeitszimmer.

»Wer zum Teufel ist da?«, blaffte Warner, nachdem Eva geklopft hatte.

»Sie haben Besuch«, antwortete Eva und öffnete die Tür.

Der Schreibtisch, hinter dem Warner saß, stand leicht erhöht auf einer Art Podest. Als der Minister sah, wer hereingekommen war, blickte er von dem Blatt Papier auf, das er zuvor intensiv angestarrt hatte. Es handelte sich um nichts anderes als das Bevollmächtigungsschreiben des Premierministers für Tweed.

»Dass Sie es überhaupt noch wagen, hier aufzukreuzen!«, polterte Warner los und rückte den Zwicker auf seiner Nase zurecht.

Ohne ein Wort zu erwidern, nahm Tweed auf einem der Stühle vor dem Schreibtisch Platz und winkte Paula zu sich.

»Sicher haben Sie nichts dagegen, dass meine persönliche Assistentin bei unserer Unterredung anwesend ist«, sagte Tweed in neutralem Ton.

Der Minister blickte von seinem Podest aus herablassend auf seine ungebetenen Besucher hinunter.

»Es ist mir bekannt, dass Sie sich nirgendwo allein hintrauen«, sagte er verächtlich.

Paula ballte die Hände zu Fäusten. Am liebsten wäre sie diesem Warner an die Gurgel gesprungen.

»Aber was Sie können, kann ich schon lange«, fuhr Warner mit einem süffisanten Grinsen fort. »Eva, kommen Sie doch bitte her und setzen Sie sich zu uns. Ich kann mich übrigens noch gut an die Zeiten erinnern, als die einzigen Frauen im Staatsdienst Bürokräfte oder Sekretärinnen waren. Damals lief alles noch wie am Schnürchen.«

Eva zog sich einen Stuhl heran, setzte sich neben Paula und faltete die Hände im Schoß.

»Aus Whitehall ist mir zu Ohren gekommen, dass Sie nicht allzu glücklich mit dem Erlass des Premierministers sein sollen«, bemerkte Tweed.

Eva war erleichtert, dass Tweed die wahre Quelle seiner Informationen nicht preisgab. Warner stand auf und funkelte Tweed von oben herab wütend an. Dann nahm er das Schreiben des Premierministers in die Hand und wedelte damit vor Tweeds Gesicht herum.

»Dieser Wisch ist die reinste Farce!«, krächzte er. »Soviel ich weiß, haben ihn die Leiter aller Sicherheitseinrichtungen im Land bis hin zum Verteidigungsminister erhalten.« Seine Stimme wurde immer lauter, und schließlich brüllte er vor Wut. »Aber wenn Sie jetzt glauben, dass ich mir von Ihnen etwas sagen lasse, dann sind Sie gewaltig auf dem Holzweg! So etwas Lächerliches ist mir in meinem ganzen Leben noch nicht untergekommen! Schließlich bin ich der Minister, der für die Sicherheit in unserem Land verantwortlich ist! Mir jemanden wie Sie vor die Nase zu setzen, ist einfach ungeheuerlich!« Er hielt inne und strengte sich an, sich etwas zu beruhigen. »Wissen Sie was?«, sagte er mit mühsam beherrschter Stimme. »Ich werde mich beim Premier persönlich beschweren!«

»Das bleibt Ihnen unbenommen, Herr Minister«, sagte Tweed gleichmütig.

»Ich weiß, was mein gutes Recht ist. Das brauchen Sie mir nicht zu sagen.«

»Herr Minister ...« Tweed hatte sich nach vorn gebeugt und sprach ruhig weiter. »... ich hatte gehofft – und hoffe es immer noch –, dass wir in dieser extrem gefährlichen Situation an einem Strang ziehen können. Mir ist wirklich sehr daran gelegen, gemeinsam mit Ihnen gegen diese verbrecherische Organisation vorzugehen. Schließlich bedroht der Terror das ganze Land, und nur mit vereinten Kräften können wir dem Gegner das Handwerk legen.«

Warner nahm den Zwicker ab, putzte ihn mit dem Taschentuch und klemmte ihn sich dann wieder auf den Nasenrücken.

»Was Sie sagen, ist nicht ganz von der Hand zu weisen«, sagte er dann in einem erstaunlich ruhigen, fast schon zuvorkommenden Ton. »In den meisten Punkten stimme ich Ihnen ja völlig zu.«

Auf einmal erkannte Paula, was für einen genialen Schachzug Tweed gerade gemacht hatte. Nachdem ihm klar geworden war, dass Warner vor allem um sein Ansehen als Minister besorgt war, hatte er ihm genau die Argumente geliefert, mit denen er vor seinen Kabinettskollegen das Gesicht wahren konnte.

Offenbar war Warner jetzt klar, dass er die Entscheidung des Premierministers nicht mehr rückgängig machen konnte und er sich nur dadurch unbeschadet aus der Affäre ziehen konnte, indem er mit Tweed zusammenarbeitete.

»Ich würde Ihnen gern einen Vorschlag machen«, sagte Tweed.

»Nur zu. Ich bin ganz Ohr.«

»Meine Quelle in Whitehall hat durchsickern lassen, dass Sie Tolliver zum kommissarischen Leiter der Special Branch ernannt haben.«

»Da sind Sie völlig richtig informiert. Tolliver ist ein fähiger Mann.«

»Mir ist aufgefallen, dass die Agenten der Special Branch in letzter Zeit sozusagen eine Uniform tragen«, fuhr Tweed fort. »Und zwar diese Kamelhaarmäntel. Der Gegenseite ist das bestimmt auch schon aufgefallen, und deshalb schlage ich vor, möglichst viele auf diese Weise gekleidete Agenten ins Zentrum der Stadt abzukommandieren. So könnten sie an wichtigen Orten wie dem Buckingham Palace, der Saint Paul's Cathedral oder dem Canary Wharf Tower obrigkeitliche Präsenz zeigen.«

»Was für eine geniale Idee!«, sagte Warner mit einem gequälten Lächeln. »Ich werde das gleich nach unserem Gespräch veranlassen.«

»Und dann würde ich gern noch etwas anderes mit Ihnen besprechen«, sagte Tweed. »Wer auch immer diesen Anschlag plant, er muss auf irgendeine Art mit seinen Helfern kommunizieren. Möglicherweise finden dafür Funkgeräte Verwendung. Sie haben doch eine Einheit, die praktisch den gesamten Funkverkehr abhören kann. Und sollten die Terroristen verschlüsselte Botschaften senden, verfügen Sie mit Miss Brand ja über eine der besten Kodeknackerinnen weit und breit.«

»Sie sprühen ja geradezu vor Ideen, Tweed. Den Funkverkehr hören wir zwar bereits ab, aber ich werde meine Leute anweisen, gezielt darauf zu achten, ob bestimmte Frequenzen besonders häufig benutzt werden. Wissen Sie was, Tweed? Wir sollten unser soeben geschlossenes Bündnis mit einem Glas Sherry besiegeln.«

»Danke für das Angebot, aber ich muss leider ganz schnell zurück in die Park Crescent. Ein andermal vielleicht.«

»Verstehe. Eva wird Sie hinausbegleiten. Und ich kümmere mich darum, dass Ihre Vorschläge unverzüglich in die Tat umgesetzt werden …«

Als sie die Tür zum Arbeitszimmer hinter sich geschlossen hatten, fasste Eva Tweed am Arm und flüsterte ihm zu: »Sie sind wirklich ein fähiger Mann, Tweed. Jetzt verstehe ich voll und ganz, weshalb der Premier Ihnen diese Vollmachten übertragen hat. Ich hätte nicht im Traum daran gedacht, dass es jemandem gelingen könnte, Victor derart rasch umzustimmen.«

»Alles nur eine Frage der Selbstbeherrschung«, sagte Tweed leichthin. »Nur wer über die verfügt, kann seine Taktik an die jeweiligen Gegebenheiten anpassen.«

»Jetzt verblüffen Sie mich schon wieder …«

Paula und Tweed gingen zurück zum Wagen und stiegen ein.

»Ich frage mich, wie Marler wohl in Carpford vorankommt«, sagte Tweed nachdenklich, als sie losfuhren.

27

Bei Martin Hogarths Bungalow handelte es sich um ein solides Gebäude, das halb aus Stein, halb aus Holz gebaut war. Die Eingangstür aus massiver Eiche wies drei Sicherheitsschlösser auf, und die Fensterläden ließen nur ganz schmale Lichtstreifen nach außen dringen. Da Marler keine Klingel fand, betätigte er mehrmals hintereinander den eisernen Türklopfer.

Bis alle Schlösser aufgesperrt waren, dauerte es eine Weile, und als schließlich die Tür geöffnet wurde, sah sich Marler einem Mann Mitte vierzig gegenüber, der eine 7,63-mm-Mauser-Pistole mit langem Lauf auf ihn gerichtet hatte.

»Marler vom SIS«, sagte Marler wenig beeindruckt und streckte dem Mann seinen Dienstausweis hin.

Der Mann trug eine grüne Hose und einen beigefarbenen Pullover und hatte weiße Socken, aber keine Schuhe an.

»Würde es Ihnen etwas ausmachen, die Pistole wegzulegen?«, fragte Marler ruhig. »Diese Dinger können gefährlich werden.«

»Was Sie nicht sagen«, höhnte der Mann. »Aber wir leben nun mal in einer gefährlichen Welt, und wer mitten in der Nacht wie ein Wilder an meiner Tür klopft, muss sich so was nun einmal gefallen lassen. Woher soll ich denn wissen, wer Sie sind und was Sie vorhaben?«

»Aber jetzt wissen Sie es ja«, sagte Marler und steckte den Ausweis wieder ein. »Also legen Sie die Waffe weg und lassen Sie mich herein. Wir müssen miteinander reden.«

»Damit meinen Sie wohl, dass *Sie* mit mir reden müssen. Ich für meinen Teil habe kein gesteigertes Interesse an einer Unterhaltung mit Ihnen.«

Immerhin legte Martin Hogarth die Mauser auf den Tisch, der neben der Tür stand, und bedeutete Marler mit einem Kopfnicken, dass er eintreten könne. Marler kam er wie ein Hochstapler vor, dem die Eitelkeit irgendwann einmal zum Verhängnis werden würde.

Während Hogarth alle drei Sicherheitsschlösser nacheinander wieder absperrte, nutzte Marler die Gelegenheit und nahm das Magazin aus der Mauser.

»Nur für den Fall, dass wir eine Meinungsverschiedenheit haben«, sagte er und steckte sich das Magazin in die Jackentasche.

Dann folgte er dem Mann in einen teuer möblierten Wohnraum mit indirekter Beleuchtung. An den dunkelgrün gestrichenen Wänden hingen gerahmte Bilder von nackten Frauen in lasziven Posen. Marler fand, dass sie hervorragend zum Charakter des Bewohners passten.

»Sind Sie Martin Hogarth?«, fragte er.

»Was soll die Frage? Das steht doch deutlich lesbar an der Tür.«

»Sie könnten ja auch jemand anders sein, ein Nachbar beispielsweise.«

»Lassen Sie mich eines gleich mal klarstellen: Ich hatte erst neulich Besuch von Ihresgleichen. Als ich drüben bei meinem Bruder Billy war, hat so ein schwarzhaariges Flittchen versucht, sich bei ihm einzuschleimen.«

Marler holte aus und verpasste Hogarth einen nicht allzu festen Kinnhaken, der diesen trotzdem rückwärts taumeln und vor einem der Sessel zusammenbrechen ließ. Nachdem er eine Weile wie ein Häufchen Elend auf dem teuren Teppich gelegen und sich sein schmerzendes Kinn gerieben hatte, rappelte er sich hoch und funkelte Marler aus seinen verschlagenen Augen gehässig an.

»Das ist Körperverletzung«, sagte er. »Ich werde mich beim Sicherheitsminister über Sie beschweren.«

»Die Mühe können Sie sich sparen«, erwiderte Marler ruhig und ungerührt. »Warner hat mir überhaupt nichts zu sagen. Aber ich gebe Ihnen für die Zukunft den guten Rat, Ihre Zunge besser im Zaum zu halten. Miss Grey ist nicht nur eine hochprofessionelle Mitarbeiterin des SIS, sondern auch eine Dame, die unter meinem persönlichen Schutz steht. Aber jetzt zu Ihnen.«

Marler setzte sich auf einen mit Seidenstoff bezogenen Stuhl, während Hogarth zu einem Schrank ging, wo er eine Flasche teuren Scotch herausnahm. Er goss sich ein Glas ein und leerte es in einem Zug, bevor er die Flasche wieder in den Schrank stellte, ohne Marler etwas davon anzubieten.

»Nachts kommen immer wieder Motorradkuriere zu Ihnen«, begann Marler, »und bringen Ihnen große, weiße Umschläge.«

»Mir nicht«, sagte Hogarth, während er sich in einen der Sessel fallen ließ. »Sie lehnen bloß ihre verdammten Maschinen an den Bungalow meines Bruders. Das geht mir ganz schön auf die Nerven.«

»Und warum gehen Sie dann nicht hinaus und sagen ihnen, dass sie ihre Motorräder gefälligst woanders hinstellen sollen?«

»Weil diese Typen so aussehen, als wären sie zu allem fähig. Ich muss schon sagen, es ist weit gekommen in diesem Land. In England ist es inzwischen ja schon fast so gefährlich wie in Afghanistan.«

»Waren Sie denn schon einmal in Afghanistan?«

Hogarth stand auf und ging hinüber zu dem Tisch, auf dem sein leeres Whiskyglas stand.

»Wo denken Sie hin?«, antwortete er erstaunt. »In Afrika und Asien leben doch lauter Wilde. Und wir sind auch noch so blöd und lassen diese Gestalten in unser Land. Wenn Sie mich fragen, sollte man die alle miteinander wieder dahin schicken, wo sie hergekommen sind.«

»Woher hatten Sie eigentlich die Mittel, sich diesen Bungalow zu kaufen?«

»Er gehört mir nicht. Ich habe ihn auf eine Annonce in der *Times* hin lediglich zu einem horrenden Preis für fünf Jahre gemietet.«

»Dann kennen Sie doch bestimmt einen Anwalt namens Pecksniff.«

»Was heißt hier kennen? Ich war ein einziges Mal in seiner Kanzlei, um dort den Mietvertrag zu unterschreiben, das ist aber auch schon alles. Ein seltsamer Kauz, das kann ich Ihnen flüstern.«

»Der seltsame Kauz ist jedenfalls inzwischen spurlos verschwunden. Es besteht der dringende Verdacht, dass er ermordet wurde.«

»Sie haben wohl zu viele Krimis gelesen, Meister«, sagte Hogarth, holte abermals die Flasche aus dem Schrank und goss sich einen doppelten Scotch ein. »Zum Wohlsein.«

Marler sah schweigend zu, wie Hogarth den Whisky abermals auf einen Sitz kippte, um sich anschließend mit dem leeren Glas in Händen wieder in den Sessel zu fläzen.

»Sonst noch was?«, fragte Hogarth, nachdem ihn Marler eine Minute lang schweigend angesehen hatte.

»Ja. Ich frage mich, warum Sie an einen so abgeschiedenen Ort gezogen sind. Und ob es Ihnen jetzt, nachdem drei Menschen auf dem Weg nach Carpford verschwunden sind, hier oben nicht langsam unheimlich wird.«

»Welche drei Menschen?«, fragte Hogarth und umklammerte sein Glas fest mit beiden Händen. »Da komme ich nicht mehr mit.«

»Dann lassen Sie mich Ihnen auf die Sprünge helfen«, sagte Marler. »Da hätten wir erst mal Mrs Warner, dann Mrs Gobble und schließlich Jasper Buller, den Direktor der

Special Branch. Und jetzt ist auch noch der Anwalt verschwunden, der Ihnen diesen Bungalow vermietet hat. Chief Superintendent Buchanan von Scotland Yard ist übrigens der Meinung, dass alle vier ermordet wurden. Da fragt man sich natürlich, warum. Weil sie zu viel wussten? Vielleicht über eine Firma namens New Age Development?«

Marlers Fragen begannen langsam Wirkung auf Hogarth zu zeigen. Er rutschte nervös auf seinem Sessel herum, bis er sich schließlich zusammenriss und sich gerade hinsetzte. »Ich kannte keine einzige dieser Personen«, sagte er mit mühsam beherrschter Stimme.

»Erzählen Sie mir doch keine Märchen. Zumindest Pecksniff haben Sie gekannt, das haben Sie gerade selbst zugegeben. Und außerdem können Sie mir nicht weismachen, dass Sie als Bewohner von Carpford Mrs Gobble nicht gekannt haben. Ihr Bruder wusste sogar, dass sie ein Teleskop hat.«

»Was für ein Teleskop? Sie sprechen schon wieder in Rätseln, guter Mann.«

»Ich glaube, ich habe jetzt alle Informationen, die ich brauche«, sagte Marler und stand auf. »Hätten Sie vielleicht die Güte, die drei Türschlösser wieder aufzusperren und mich aus Ihrer Festung hinauszulassen?«

»Was für Informationen?«

Marler gab keine Antwort und folgte Hogarth wortlos zur Tür. Während dieser an den Schlössern hantierte, fragte er noch einmal: »Welche Informationen denn?«

»Seltsam. Manche Leute merken es nicht einmal, wenn sie einem zu viel erzählt haben«, sagte Marler lächelnd und trat ins Freie. »Ich glaube nicht, dass wir Sie noch einmal belästigen müssen, Mr Hogarth. Außer wenn wir mit einem Haftbefehl kommen, natürlich.«

Im Hinausgehen sah Marler, dass Hogarth kreidebleich wurde. Diese Unterredung hatte sich wirklich gelohnt.

Als Beaurain aus der kalten, klaren Nacht in Tweeds Büro kam, wo sich – bis auf Marler – wieder einmal das ganze Team versammelt hatte, spürte er sofort die angespannte Atmosphäre, die dort herrschte.

»Uns läuft die Zeit davon«, stellte er mit ernster Miene fest und fuhr sich mit dem Finger nachdenklich über den Schnurrbart.

»Das sehe ich genauso«, stimmte Tweed ihm zu.

»Ich bin inzwischen zu dem Schluss gekommen, dass der Kopf hinter der nach England infiltrierten El-Kaida-Zelle in Carpford zu suchen ist. Was meinen Sie, Tweed?«

»Kann durchaus sein. In dieser seltsamen Ortschaft leben sehr verdächtige Leute.«

»Ich finde, wir sollten uns in Carpford einen Stützpunkt schaffen, damit wir die Einwohner besser beobachten können. Ich komme gerade von dort und habe Billy Hogarth mit in die Stadt genommen. Er hat eingewilligt, mir für ein paar Tage seinen Bungalow zu überlassen. Er zieht derweil in ein Hotel in Bloomsbury, wo ich ihn gerade abgeliefert habe. Noch heute Nacht fahre ich zurück nach Carpford.«

»Das ist eine gute Idee«, sagte Tweed. »Wir müssen jetzt in die Offensive gehen.«

»Ich komme mit Ihnen mit, Jules«, meldete sich Paula zu Wort. »Sie brauchen jemanden als Wachablösung.«

Die Tür ging auf, und Marler, der gerade aus Carpford zurückgekehrt war, kam herein. Er machte sich sofort daran, von seinem Besuch bei Martin Hogarth zu erzählen.

»Irgendetwas ist an dem Mann nicht in Ordnung«, schloss er seinen Bericht.

Als Tweed ihm daraufhin Beaurains Entschluss mitteilte, hatte Marler nur eine einzige Frage.

»Kann man Billy Hogarth denn vertrauen?«

»Ich glaube schon«, sagte Paula. »Ich hatte ein längeres Gespräch mit ihm und bin mir sicher, dass er mit der Terrorzelle nichts zu tun hat. Sein Bruder Martin ist da eher der faule Apfel im Korb.«

»Und beileibe nicht der einzige, mit dem wir es zu tun haben«, ergänzte Beaurain.

»Trotzdem sollten wir Billy im Auge behalten«, sagte Tweed. »Sie sind mir dafür verantwortlich, dass er in dem Hotel bleibt, Pete. Paula wird Ihnen beschreiben, wie er aussieht.«

Nachdem Paula ihrem Kollegen Pete Nield eine ausführliche Beschreibung von Billy Hogarth gegeben hatte, schrieb Beaurain ihm die Adresse des Hotels auf.

»Marler, Sie verbreiten jetzt unter Ihren Informanten das Gerücht, dass demnächst die Armee in London für die Sicherheit sorgen wird«, sagte Tweed. »Ich will den Oberstrategen der Terroristen gehörig unter Druck setzen. Vielleicht macht er dann ja einen Fehler und verrät sich.«

Nachdem Marler und Nield gegangen waren, meldete sich Newman zu Wort: »Kann denn Marler seine Informanten überhaupt mitten in der Nacht kontaktieren?«

»Das ist sogar die beste Zeit für so was«, antwortete Butler grinsend. »Marler kennt eine Menge Callgirls, die wiederum mit vielen Leuten zusammenkommen. Auf diese Weise kann sich ein Gerücht in Windeseile über die ganze Stadt verbreiten. Und solche Damen arbeiten nun einmal vornehmlich nachts, falls Ihnen das bisher entgangen sein sollte.«

Paula holte aus einem der Schränke eine Reisetasche, die sie für den Notfall dort deponiert hatte, und Monica reichte Beaurain einen großen Leinenbeutel.

»Ich haben Ihnen noch rasch eine Thermoskanne mit Kaffee und ein paar Sandwiches gemacht. Hoffentlich mögen Sie Schinken und Käse. Obst ist auch dabei.«

»Vielen Dank, Monica, aber Billy Hogarth hat eine gut

bestückte Küche«, sagte Paula. »Wir wären also auch ohne Ihr Carepaket nicht verhungert.«

Während Beaurain Monica umarmte und sie als die »weltbeste Sekretärin« lobte, kam Butler, der ein paar Minuten zuvor das Büro verlassen hatte, mit zwei Geigenkästen herein. Einen davon gab er Beaurain mit den Worten: »Hier, das können Sie vielleicht gebrauchen. Man weiß ja nie.«

Als Beaurain den Geigenkasten öffnete, entdeckte er darin eine Uzi-Maschinenpistole mit mehreren Ersatzmagazinen.

»Vielen Dank«, sagte er. »Das ist sehr aufmerksam von Ihnen.«

»Jetzt verfügen wir über fast so viel Feuerkraft wie eine kleine Armee«, sagte Paula, der Butler den zweiten Geigenkasten überreicht hatte. »Nun sollten wir aber wirklich aufbrechen, Jules.«

»Halten Sie mich auf dem Laufenden«, rief Tweed ihnen noch hinterher.

»Und was ist mit mir?«, brummte Butler, nachdem die beiden fort waren.

»Keine Bange, auch für Sie habe ich einen Auftrag. Gehen Sie zu Ihren Informanten und verbreiten Sie unter ihnen dasselbe Gerücht wie Marler. Auf diese Weise wird sich alles noch schneller herumsprechen.«

»Wird erledigt.«

Als Butler gegangen war, stand Newman auf und nahm sich aus dem Garderobenschrank einen langen schwarzen Mantel, der ihm fast bis an die Knöchel reichte. Dann bat er Monica, ihm ebenfalls einen »Geigenkasten« zu holen, und schaute aus dem Fenster.

»Paula und Jules sind gerade in seinem Wagen weggefahren«, sagte er. »Ich lasse ihnen ein paar Minuten Vorsprung und folge ihnen dann nach Carpford. Dort werde ich zur Abwechslung mal die mysteriöse schwarze Gestalt spielen, die am Rand des Black Wood herumschleicht. Und versuchen Sie bloß nicht, mich daran zu hindern, Tweed …«

»Macht denn hier jetzt jeder, was er will?«, sagte Tweed lächelnd. »Erst Paula, und jetzt Sie. Aber meinetwegen, fahren Sie nach Carpford. Erstatten Sie mir aber über Ihr Handy regelmäßig Bericht.«

Monica kam zurück ins Büro und überreichte auch Newman einen Geigenkasten.

»Passen Sie auf sich auf«, sagte sie.

»Na klar doch.«

Monica trat auf Newman zu, küsste ihn auf beide Wangen und gab ihm eine ähnliche Leinentasche wie zuvor Beaurain und Paula.

»Kaffee und Mineralwasser«, sagte sie. »Ich weiß doch, wie schnell Sie immer Durst bekommen.«

»Vielen Dank, Monica. Sie sind ein Schatz …«

Nachdem Newman sie verlassen hatte, war es auf einmal ungewohnt still in dem sonst so betriebsamen Büro. Tweed ließ sich von Monica mit dem Sicherheitsministerium verbinden, wo man ihm erklärte, dass Minister Warner nicht im Haus sei. Als Nächstes tippte er die Nummer von Warners Wohnung in Belgravia ein. Er war ziemlich überrascht, als ihm dort eine wohl bekannte sanfte Stimme antwortete.

»Hallo?«

»Sind Sie es, Eva? Hier spricht Tweed.«

»Gut erkannt«, antwortete Eva mit ihrer sinnlichen Stimme. »Einen Augenblick bitte …«

Tweed hörte, wie Eva Mrs Carson zurief, sie solle gefälligst wieder in die Küche gehen.

»So, jetzt bin ich wieder dran«, sagte sie, nachdem im Hintergrund deutlich vernehmbar eine Tür geknallt hatte. »Diese Frau steckt ihre Nase ständig in Dinge, die sie nichts angehen. Also, was kann ich für Sie tun?«

»Fragen Sie mich so etwas lieber nicht, sonst fallen mir noch die sonderbarsten Dinge ein. Aber Spaß beiseite: Ich wollte eigentlich nur wissen, ob der Minister da ist.«

»Nein, der ist nach Carpford gefahren und verschanzt sich in seinem Märchenschloss. Ich kann Ihnen seine Telefonnummer dort geben, aber Sie dürfen ihm nicht sagen, dass Sie sie von mir haben. Sie steht nämlich nicht im Telefonbuch.«

»Danke, das ist sehr nett von Ihnen, aber ich werde die Nummer wohl nicht brauchen.«

»Sagen Sie mal, Tweed, könnten wir uns vielleicht noch auf einen Sprung treffen? Ich fühle mich irgendwie einsam und ruhelos. Wie wäre es denn in Marco's Love Nest in der Lower Cheyne Street? Das ist ganz in der Nähe der Walton Street.«

»Sie sind mir vielleicht eine …«

»Soll ich Ihnen beschreiben, wie Sie hinkommen?«

»Nicht nötig. Ich kenne das Lokal.«

»Das hätte ich jetzt nicht gedacht, aber Sie sind wirklich immer für eine Überraschung gut. Sagen wir in einer Stunde?«

»In Ordnung. Bis dann.«

Tweed legte kurz auf und rief dann ein weiteres Mal im Sicherheitsministerium an, wo er nach Peregrine Palfry fragte. »Der ist nicht da«, bekam er von derselben schläfrigen Stimme wie ein paar Minuten zuvor zu hören. »Haben Sie nicht vorhin schon mal angerufen?«

»Nein, habe ich nicht. Guten Abend.«

Tweeds nächster Anruf galt Martin Hogarth.

»Wer ist dran?« Der eingebildet klingenden Stimme haftete eine gewisse alkoholbedingte Schwere an.

»Spreche ich mit Martin Hogarth?«

»Ja. Worum geht's?«

Tweed legte auf. Nun musste er nur noch überprüfen, ob Drew Franklin in der Redaktion der *Daily Nation* war.

Nachdem man ihn über drei Stationen weiterverbunden hatte, erklärte ihm eine ziemlich schnippische junge Frau: »Drew ist in sein Landhaus gefahren. Wer will ihn denn sprechen?«

»Charlie Wilson. Aber es hat keine Eile ...«

Tweed legte auf. Er griff nach der Kaffeetasse, die seit Stunden auf seinem Schreibtisch stand, und nahm einen Schluck von der kalten Brühe.

»Wie können Sie nur so was trinken?«, sagte Monica und verzog das Gesicht. »Tja, Sie haben die Leute eben doch nur deshalb angerufen, weil Sie wissen wollten, ob sie in Carpford sind, stimmt's?«

»Ganz genau. Der Einzige, den ich nicht überprüft habe, ist Olaf Margesson. Von dem habe ich nämlich keine Nummer, und im Telefonbuch steht er auch nicht. Aber der ist auch nicht so wichtig.«

»Sagen Sie das nicht. Oft sind die scheinbar unwichtigen Leute am Ende die wichtigsten.«

Ungeachtet Monicas heftiger Proteste fuhr Tweed ganz allein zu der Bar in der Lower Cheyne Street. Er war sogar froh, dass er niemanden bei sich hatte, weil er so ungestört nachdenken konnte.

Marco's Love Nest hatte keine schreiend bunte Leuchtreklame und war deshalb für Nichteingeweihte nur schwer zu finden. Lediglich ein dezent graviertes Messingschild neben der Eingangstür wies darauf hin, dass sich hinter den schwach erleuchteten Fenstern eine gemütlich eingerichtete Bar verbarg. Hinter der Theke stand ein dünner Mann mit einer weißen Schürze, auf die der Name »Marco« gestickt war. Tweed trat auf ihn zu.

»Ich bin hier mit einer Dame verabredet«, sagte er.

»Die sitzt an einem Tisch dort hinten und wartet schon seit zehn Minuten auf Sie.«

»Woher wissen Sie das?«

»Sie hat Sie mir beschrieben, Sir«, antwortete Marco mit einem wissenden Lächeln, das keine Spur von Anzüglichkeit erkennen ließ. »Mittelgroß, Mitte vierzig, mit Hornbrille.«

»Was trinkt die Dame denn?«

»Einen Chardonnay.«

»Dann geben Sie mir bitte auch einen. Und setzen Sie den der Dame auf meine Rechnung.«

Mit dem Weinglas in der Hand machte Tweed sich auf den Weg in den hinteren Teil der Bar. Eva Brand saß an einem Zweiertisch in einer schummrig beleuchteten Nische und lächelte ihn erwartungsvoll an.

»Auf Ihr Wohl«, sagte Tweed, nachdem er Eva begrüßt und sich gesetzt hatte.

Eva hob ihr Glas und trank ihm lächelnd zu. Sie trug ein enges, ärmelloses Kleid in strahlendem Weiß, das ihre wohl geformten Arme und Schultern voll zur Geltung brachte.

»Weiß er, dass Sie hier sind?«, fragte Tweed plötzlich.

»Wer? Victor? Natürlich nicht. Mein Privatleben geht ihn nichts an.«

»Ich frage mich manchmal, wieso man ihn eigentlich zum Sicherheitsminister gemacht hat«, sagte Tweed nachdenklich.

»Ich schätze mal, weil er als früherer Chef von Medfords einer der wenigen war, die sich in Sicherheitsfragen wirklich auskannten.«

»Und wie kommt es, dass Sie für ihn arbeiten?«, fragte Tweed mit neutraler Stimme weiter.

»Ich dachte, das wüssten Sie bereits. Ich war früher doch ebenfalls für Medfords tätig, da hat Victor mich gefragt, ob ich ihm nicht hin und wieder zur Hand gehen könnte. Wir haben aber nur eine lockere Vereinbarung und keinen festen Vertrag.«

»Was meinen Sie damit?«

»Dass ich nicht offiziell für ihn arbeite«, antwortete Eva. »Und das ist auch gut so, ich verfüge nämlich nicht gerade über eine Beamtenmentalität. Victor bezahlt mich aus seiner Privatschatulle, was er sich als reicher Mann ja auch gut leisten kann«

»Wieso tut er das?«

»Ganz einfach, Mr Tweed. Weil ich sonst nicht für ihn gearbeitet hätte.«

»Halten Sie bei Ihrer Arbeit denn irgendwelche festen Zeiten ein?«

»Gott bewahre, nein! Ich komme und gehe, wie es mir passt. Aber Sie versuchen ja schon wieder, mich auszuhorchen. Und ich dachte eigentlich, wir machen uns einen netten Abend miteinander«, sagte sie, lächelte aber weiterhin.

Sie blickte Tweed lange und lasziv in die Augen. Tweed hielt ihrem Blick stand und wurde das Gefühl nicht los, dass sie seine Gedanken lesen wollte. Bei Eva hatte er es mit einer außergewöhnlich intelligenten Frau zu tun, die zudem auch noch betörend gut aussah.

»Wo sind Sie eigentlich geboren?«, fragte er unvermittelt und nahm dann einen Schluck von seinem Wein.

»Sie können's wohl nicht lassen, Tweed. Aber gut, ich sage es Ihnen: In einem kleinen Dorf in Hampshire. Fragen Sie mich jetzt aber nicht nach dem Namen, den werde ich Ihnen nämlich nicht nennen. Meine Kindheit geht nur mich etwas an.«

»Sie haben mir neulich erzählt, dass Ihre Mutter bei einem Autounfall ums Leben gekommen ist. Aber was ist mit Ihrem Vater?«

»Keine Chance, Tweed«, antwortete Eva mit einem milden Lächeln. »Ich will und werde nicht über ihn reden. Basta.«

»Mögen Sie ihn nicht?«

»Haben Sie nicht gehört, was ich eben gesagt habe?«

Eva führte ihr fast noch volles Glas an den Mund und trank es in zwei großen Schlucken aus. Dann hob sie es als

Zeichen für den Barkeeper in die Höhe. Marco eilte sofort herbei.

»Dasselbe noch einmal«, sagte sie.

»Sind Sie eigentlich vor oder nach Warner bei Medfords ausgeschieden?«, fragte Tweed.

»Vor ihm. Zwei Jahre danach wurde er Sicherheitsminister und hat mir den Job angeboten.«

»Und was haben Sie in den zwei Jahren getan?«

»Ich habe ein ziemlich ausschweifendes Leben geführt und mich jede Nacht in Cocktailbars und erstklassigen Nachtklubs herumgetrieben. War eine ganz schön anstrengende Zeit.«

»Seien Sie mir nicht böse, Eva, aber dieses Märchen nehme ich Ihnen nicht ab. Ein derartiges Leben passt doch überhaupt nicht zu Ihnen.«

»Seien Sie sich da mal nicht so sicher.«

Eva wartete, bis Marco, der ihr ein frisches Glas Wein gebracht hatte, wieder gegangen war. Dann trank sie es auf einen Sitz zur Hälfte aus und ergriff dann quer über den Tisch Tweeds Hand.

»Wir sind doch Freunde, nicht wahr?«, sagte sie.

»Das hoffe ich«, antwortete Tweed. »Aber ich muss auch meinen Job erledigen.«

»Das weiß ich. Und genau deshalb habe ich Sie ja hierher gebeten. Ich will Sie warnen. Als Downing Street Sie zum Koordinator der gesamten Sicherheitskräfte gemacht hat, war Victor zuerst stinksauer, aber dann hat er an der Idee Gefallen gefunden.«

»Warum?«

»Für den Fall, dass es der El Kaida gelingen sollte, ihren fürchterlichen Terroranschlag tatsächlich durchzuführen, läge die Verantwortung dafür bei Ihnen und nicht mehr bei ihm. So hat er es bisher immer gemacht: Wenn etwas schief lief, hatte er stets einen Sündenbock parat und war fein aus dem Schneider. Soviel ich weiß, hat er heute in der Kabinettssitzung mehrfach darauf hingewiesen, dass es einzig und allein auf Ihre Kappe geht, wenn im Kampf gegen die El Kaida etwas schief läuft.«

»Dann glaubt er insgeheim also doch an einen Terroranschlag, obwohl er dahin gehende Befürchtungen in der Öffentlichkeit bisher immer vehement dementiert hat.«

»Sie haben's erfasst. Und dafür, dass die Presse keine Ruhe gibt, sorgt schon Drew Franklin, unser allseits beliebter Großmeister des aggressiven Journalismus. Manchmal glaube ich ja, dass Franklin nicht das ist, was er zu sein vorgibt. Er ist ein beredter Charmeur, und wenn er etwas will, kann er einem ganz schön Honig ums Maul schmieren, aber irgendwie kommt es mir so vor, als wären das alles nur Ablenkungsmanöver.«

»Da könnten Sie Recht haben«, sagte Tweed.

»Franklin ist mir eine Zeit lang ziemlich massiv nachgestiegen«, fuhr Eva fort. »Aber ich glaube nicht, dass er mich bloß ins Bett kriegen wollte. Vielmehr hat er versucht, mich über Victors Sicherheitsvorkehrungen auszuhorchen. Damit ist er bei mir aber abgeblitzt. Ich an Ihrer Stelle würde mir diesen Drew Franklin mal genauer ansehen, Tweed.«

»Das habe ich ohnehin vor. Und das, was Sie mir über Warner erzählt haben, ist hochinteressant. Besonders die Sache mit dem Sündenbock.«

»Einen solchen hat er wie gesagt schon immer gesucht, als er noch bei Medfords war. Für das, was er vergeigt hat, musste immer jemand anders den Kopf hinhalten. Victor ist eben der typische Politiker und darüber hinaus ein wahrer Meister der Manipulation.«

»Dann sollten Sie sich vor ihm in Acht nehmen«, sagte Tweed.

Eva drückte ihm die Hand, die sie immer noch in der ihren hielt. Dann beugte sie sich vor und küsste ihn auf den Mund. Tweed lächelte sie an und löste sanft, aber bestimmt seine Hand von der ihren.

»Habe ich Ihnen eigentlich schon einmal gesagt, dass ich reife Männer bevorzuge, Männer, die über eine gewisse Erfahrung verfügen?«, sagte sie und sah ihm dabei tief in die Augen. »Diese jungen Machos, die von Frauen immer nur das eine wollen, langweilen mich zu Tode.«

»Es war schön, mit Ihnen zu plaudern, Eva«, sagte Tweed in liebenswürdigem Ton. »Aber wenn jemand hereinkäme, der uns kennt, könnte das Ihrem Job beim Minister nicht gerade zuträglich sein. Deshalb würde ich jetzt lieber gehen.«

»Ach, lassen Sie mich doch noch einen kleinen Chardonnay trinken«, entgegnete Eva und schwenkte ihr leeres Glas in Richtung Bar. Als Marco an den Tisch geeilt kam, sagte sie: »Noch einmal dasselbe, bitte. Für Sie auch, Tweed?«

»Wenn Sie darauf bestehen …«

»Natürlich bestehe ich darauf.«

»Waren Sie eigentlich schon mal im Nahen Osten?«, fragte Tweed sie wie aus heiterem Himmel. »Immerhin sprechen Sie Arabisch.«

»Es hat mir dort nie sonderlich gefallen«, antwortete Eva und blickte ihm tief in die Augen. »Die Schweiz ist mir da schon lieber. Dort funktioniert wenigstens alles.«

»Das stimmt nun auch wieder.«

Tweed hielt inne, weil gerade Marco herbeikam und zwei Gläser Chardonnay auf den Tisch stellte. Während Eva abermals ihr Glas zur Hälfte leerte, nahm er nur einen winzigen Schluck. Die verträgt aber eine ganze Menge, dachte er. Bis jetzt wirkte Eva nicht einmal ansatzweise beschwipst.

»Glauben Sie denn, dass Sie mit der El Kaida fertig werden?«, fragte sie.

»Da kann ich Ihnen nur mit dem Duke of Wellington antworten: Ob eine Schlacht gewonnen oder verloren ist, weiß man erst, wenn man sie geschlagen hat. Das ist zwar kein wörtliches Zitat, aber im Wesentlichen läuft es darauf hinaus. Ich würde mich ja gern noch länger mit Ihnen unterhalten, Eva, aber ich muss jetzt wirklich gehen.«

»Verstehe. Sie wollen zurück in die Schlacht.« Eva trank ihren Wein aus. »Und keine Bange, sie müssen mich nicht nach Hause fahren. Ich habe meinen Wagen gleich um die Ecke stehen.«

»Die Frau hat versucht, mich zu verführen«, erzählte Tweed, als er wieder bei Monica im Büro war.

»Nur versucht?«, sagte Monica grinsend. »Wie schade.«

Tweed berichtete ihr, wie das Gespräch mit Eva verlaufen war, wobei er sich dank seines hervorragenden Gedächtnisses an jedes Detail erinnerte. »Was halten Sie davon, Monica?«, sagte er schließlich.

»Drei Dinge sind mir besonders aufgefallen«, sagte Monica, während sie ihren Haarknoten zurechtrückte. »Erstens hat sie Ihnen auf Ihre Frage nach einem Aufenthalt im Nahen Osten ausweichend geantwortet. Zweitens ist sie Ihnen jegliche Auskunft über ihren Vater schuldig geblieben, und drittens wissen wir immer noch nicht, was sie in den zwei in ihrem Lebenslauf fehlenden Jahren getan hat. Das macht mir übrigens die meisten Sorgen.«

»Mir auch, Monica. Steht Eva denn immer noch auf Ihrer Liste der Verdächtigen.«

»Ja, aber die Liste ist ziemlich lang. Victor Warner, Peregrine Palfry, Martin Hogarth, Olaf Margesson, Drew Franklin und schließlich Eva Brand.«

Tweed runzelte die Stirn. »Mir kommt gerade in den Sinn, dass wir so gut wie gar nichts über Drew Franklin wissen.«

»Dann werde ich ihn schleunigst ein zweites Mal durchleuchten. Wer weiß, vielleicht finde ich ja noch etwas über ihn heraus, wenn ich Kontakte aktiviere, die ich beim ersten Durchgang ausgelassen habe.

»Gut. Übrigens finde ich, dass Sie Eva von Ihrer Liste streichen könnten. Araber würden niemals Befehle von einer Frau entgegennehmen, selbst wenn diese noch so intelligent ist.«

»Aber die Terroristen müssen es ja nicht unbedingt mitbekommen, wenn eine Frau im Hintergrund die Fäden zieht.«

28

Newman stellte seinen Wagen im Black Wood gut versteckt auf einem Feldweg ab. Er nahm die Uzi aus dem Geigenkasten und hängte sie sich über die linke Schulter. Nachdem er sich ein zweites Magazin mit vierzig Schuss in die Tasche seines langen schwarzen Mantels gesteckt hatte, legte er den Geigenkasten in den Kofferraum und schloss das Auto ab. Dann marschierte er, die Smith & Wesson entsichert in der Hand, den dunklen Hohlweg hinauf. Über ihm ragten düster die hohen Bäume auf, deren kahle Zweige sich vor dem gerade aufgegangenen Mond gespenstisch abhoben.

Immer wieder blieb Newman stehen und horchte, aber er vernahm nichts als die unheimliche Stille des Waldes. Newman hatte ein Nachtsichtgerät dabei, das ihm selbst bei vollständiger Dunkelheit elektronisch verstärkte, grünliche Bilder lieferte. Als er den Hohlweg zu zwei Dritteln hinter sich hatte, hielt er abermals an und lauschte. Auch jetzt war es um ihn herum völlig still. Er wandte sich nach links und kletterte die steile Böschung hinauf in einen dichten Nadelwald.

Da Newman über einen hervorragenden Orientierungssinn verfügte, erreichte er nach kurzer Zeit den Waldrand. Er pirschte sich langsam vorwärts, bis er jenseits einer leeren Weide die Häuser von Carpford sehen konnte. Hier war ein idealer Platz, um aus dem Schutz des Waldes heraus die Ortschaft zu beobachten.

Newman suchte sich eine hohe Tanne und kletterte an

ihr hinauf bis zu einer kräftigen Astgabel, in der er es sich bequem machen konnte. Die Uzi hängte er in Griffweite an einen dünnen Ast, ebenso Monicas Leinentasche mit dem Kaffee und dem Wasser, von dem er sich anschließend erst einmal einen kräftigen Schluck genehmigte. Die Kletterei hatte ihn durstig gemacht.

Von seinem improvisierten Hochsitz aus hatte er einen hervorragenden Blick auf Carpford. Rechts sah er Martin Hogarths Bungalow, in dem momentan kein Licht zu brennen schien. Erst durch sein Nachtsichtgerät sah Newman, dass durch die Ritzen in den fest geschlossenen Fensterläden ein schwacher Lichtschein herausdrang. Dasselbe war bei Billy Hogarths fast identischem Bungalow gleich nebenan der Fall. Beaurain und Paula hatten sich dort also schon häuslich eingerichtet.

»Hier, trinken Sie. So ein Kaffee tut nach der langen Fahrt gut«, sagte Paula und reichte Beaurain eine Tasse. »Übrigens, mir ist aufgefallen, dass Sie vorhin, als wir durch den Ort gefahren sind, ein paar Mal kräftig aufs Gas gestiegen sind. War das Absicht?«

»Natürlich. Wir wollen doch sichergehen, dass auch der Letzte hier von unserer Ankunft erfährt, oder?«, antwortete Beaurain lächelnd und legte Paula die Hand auf die Schulter. »Damit machen wir unseren Gegner nervös und bringen ihn dadurch vielleicht dazu, einen Fehler zu machen.«

Paula mochte Beaurains Lächeln, und seine Zuversicht flößte ihr Mut ein. Er hatte seine Windjacke ausgezogen, und trug jetzt nur seinen schwarzen Rollkragenpullover, sodass man ihn, falls er das Haus verlassen musste, in der Dunkelheit nur schwer würde erkennen können.

Paula beobachtete ihn, wie er aufsprang und die Fensterläden überprüfte. Dann legte er die Uzi durchgeladen auf den Tisch neben der Haustür.

»Es gibt hier im Haus zwei Schlafzimmer«, sagte er. »Suchen Sie sich eines aus und legen Sie sich aufs Ohr. Ich übernehme die erste Wache.«

Ali wartete wieder einmal in einer ruhigen Gegend in einer Telefonzelle auf einen Anruf. Langsam wurde er ungeduldig. Als das Telefon dann endlich klingelte, nahm er noch beim ersten Läuten ab.

»Ja?«

»Mit wem spreche ich?« Wieder die verzerrte Stimme.

»Mit Ali natürlich …«

»Das ›natürlich‹ kannst du dir in Zukunft sparen. Du bist hier der Befehlsempfänger und erstattest mir gefälligst ordnungsmäßig Bericht. Also, noch einmal. Mit wem spreche ich?«

»Mit Ali.«

»Abdullah hier. Es gibt Gerüchte, dass große Einheiten der englischen Armee für Sicherungsaufgaben ins Zentrum von London verlegt werden sollen. Wie kommst du mit den Lieferungen voran?«

»In zwei Tagen ist es so weit …«

»Gut. Sehr gut. Aber es gibt da noch ein anderes Problem, das wir schleunigst aus der Welt schaffen sollten. Zwei unserer Gegner haben sich in dem Bungalow von Billy Hogarth eingenistet. Hogarth wurde beobachtet, wie er einen Koffer zu seinem Auto geschleppt hat. Er wohnt jetzt in einem kleinen Hotel in London. Hast du noch Männer in der Gegend von Carpford übrig?«

»Ja, vier noch. In einem Versteck im Black Wood. Für unsere eigentliche Operation brauchen wir sie nicht …«

»Kannst du sie erreichen?«

»Natür…« Ali brach mitten im Wort ab und überlegte sich rasch eine andere Antwort: »Ja, das kann ich.«

»Weißt du, welchen Bungalow ich meine? Es gibt nämlich zwei.«

»Ich weiß, welchen Sie meinen …«

»Dann schick deine Männer sofort los, und sag ihnen, sie sollen mit allen, die sich in dem Bungalow aufhalten, kurzen Prozess machen. Noch heute Nacht …«

Der Hörer wurde aufgeknallt. *»Mistkerl!«*, fluchte Ali, was er sich nie getraut hätte, wenn Abdullah noch zugehört hätte. Er zog sein Handy heraus, wählte und gab den vier Männern im Black Wood ihre Anweisungen.

29

Es war ein Uhr nachts, als Beaurain das Motorrad hörte. Das Geräusch kam schnell näher, bis es unmittelbar hinter dem Bungalow schlagartig abstarb. Der Fahrer hatte den Motor ausgeschaltet.

Beaurain öffnete die Haustür und ging, die Smith & Wesson hinter dem Rücken versteckt, hinaus. Im Mondlicht konnte er sehen, wie der Fahrer seine Maschine mit dem Lenker an die Wand von Billys Bungalow lehnte, abstieg und dann aus der Packtasche einen großen, weißen Umschlag nahm. Er trug volle Montur – eine schwarze Lederkombi und einen schwarzen Integralhelm.

»He da! Hat dieses Ding denn keinen Ständer?«, rief Beaurain.

Der Mann wirbelte herum und griff gleichzeitig mit der Hand ins Innere seiner Lederjacke. Beaurain war darauf vorbereitet, im Notfall sofort zu schießen, aber anscheinend hatte sich der Motorradfahrer eines Besseren besonnen: Als die Hand wieder aus der Jacke zum Vorschein kam, war sie leer.

»Wieso?« Die aus dem Helm heraus hohl klingende Stimme hatte einen starken ausländischen Akzent.

Beaurain deutete hinüber zum nicht allzu weit entfernten Bungalow von Martin Hogarth. »Weil Sie Ihre Höllenmaschine an die Wand gelehnt haben.«

»Aber Mauer ist nicht beschädigt.«

»Das ist mir egal. Ich will, dass das Ding sofort verschwindet.«

Der Mann zuckte die Achseln und steckte den Umschlag wieder in die Packtasche. Danach schob er die Maschine auf die Straße, wo er den Seitenständer ausklappte. Als Beaurain zurück zum Bungalow ging, sah er, dass im Inneren das Licht ausgeschaltet war. Paula stand in der Tür.

Paula, die sich erst etwa eine Stunde zuvor schlafen gelegt hatte, war vom Lärm des Motorrads aufgewacht. Weil sie sich lediglich Windjacke und Stiefel ausgezogen hatte, war sie sofort einsatzbereit gewesen. Sie hielt ihre neue Browning in der Hand und sah Beaurain fragend an. Der Belgier ging auf sie zu, schob sie wortlos ins Innere des Bungalows und schloss die Tür.

»Er hat einen großen, weißen Umschlag bei sich, den er anscheinend jemandem im Ort bringen will«, flüsterte er.

»Aber es ist mit Sicherheit ebenso wenig drin wie in den Umschlägen, die Mrs Gobble im Müll und Eva Brand im Haus ihres Onkels gefunden haben.«

»Kann schon sein. Trotzdem sollten wir feststellen, wem er den Umschlag übergibt.«

Leise öffnete Beaurain die Tür, und Schulter an Schulter beobachteten die beiden aus dem dunklen Türrahmen heraus, wie drüben am anderen Bungalow die Außenbeleuchtung anging.

Martin Hogarth rief gereizt: »Verschwinden Sie, aber plötzlich.« Dann knallte er die Tür wieder zu.

Mit angehaltenem Atem warteten Paula und Beaurain, bis der Motorradfahrer, der kein einziges Mal in ihre Richtung blickte, zwischen den beiden Bungalows durchgegangen war. Er hatte den Helm abgenommen, und im Mondlicht konnte Paula erkennen, dass er noch ziemlich jung war. Er hatte einen dunklen Teint, und das Haar war extrem kurz geschnitten. Er sah aus wie ein Nordafrikaner, ein Ägypter vielleicht, oder ein Saudi.

Sie beobachteten, wie er hinüber zu Margessons grüner Villa ging. Kaum hatte er sich der Behausung des religiösen

Fanatikers bis auf wenige Schritt genähert, ging dort auch schon das Außenlicht an, und Margesson schrie mit seiner tiefen Stimme: »Hinfort, du Werkzeug des Teufels …« Und wieder wurde eine Tür zugeschlagen.

Als Nächstes war Palfrys waschzuberartiges großes Holzhaus dran. Auch hier wiederholte sich das Schauspiel: Ein Licht ging an, und Palfry rief mit seiner gepflegten Stimme: »Sie müssen sich irren. Klingeln Sie anderswo.«

Der Bote machte sich nun auf den Weg ans andere Ufer des Carp Lake. Der See glänzte im Mondlicht wie eine Platte aus schwarzem Metall. Auf einmal schob sich eine Wolke vor den Mond, und Paula flüsterte: »Verdammt, jetzt können wir nicht sehen, wo er als Nächstes hingeht.«

»Kein Problem«, sagte Beaurain und verschwand im Haus. Als er wieder herauskam, hatte er ein Nachtsichtgerät dabei. Mit dessen Hilfe konnte er nun beobachten, wie der Bote an Mrs Gobbles Laden vorbei zu Drew Franklins Haus lief. Auch dort ging sofort eine helle Außenlampe an. Jetzt konnte auch Paula genug erkennen. Der Mann blieb dort etwas länger stehen als bei den anderen, setzte sich schließlich aber doch wieder in Bewegung.

»Wieso er mit Franklin wohl länger gesprochen hat?«, sagte Paula.

»Weil unser Herr Kolumnist sich nun mal für sein Leben gern reden hört. Den Umschlag hat der Motorradfahrer aber immer noch in der Hand«, sagte Beaurain, der jetzt, weil das Licht ausgegangen war, wieder durch sein Nachtsichtgerät blickte. »Damit bleibt nur noch Warners Märchenschloss. Da geht er jetzt auch schnurstracks hin.«

»Was sehen Sie?«, fragte Paula gespannt.

»Warten Sie, er ist noch nicht ganz dort. Interessant, hier geht keine Außenbeleuchtung an. Ein großer Mann öffnet die Tür. Er hat eine Brille oder so was auf.«

»Einen Kneifer«, sagte Paula. Ihr war kalt, und sie sehnte sich nach Billys gut geheiztem Wohnzimmer zurück.

»Dann muss das Warner sein. Er redet kurz mit dem Mann und macht nun die Tür wieder zu. Jetzt dreht der Motorradfahrer sich um und geht wieder in unsere Richtung. Wahrscheinlich will er seine Maschine holen. Seltsam, er hat den Umschlag noch immer bei sich.«

Beaurain schloss die Tür, und Paula knipste das Licht an.

»Was kann das nur bedeuten?«, fragte Paula, während sie in der Küche die Kaffeemaschine in Gang setzte.

»Ich habe mit Tweed über diese Umschläge gesprochen, und er hat dazu nur ein einziges Wort gesagt: ›Flüsterpost.‹«

»Was soll das heißen, Jules?«

»Dass die Kommunikation ausschließlich mündlich erfolgt.«

»Dann ist der Umschlag also nur Tarnung?«

»Genau. Wir wissen jetzt zwar, bei wem der Motorradfahrer überall war, aber wir wissen nicht, wem er eine mündliche Nachricht überbracht hat.«

»Wieso kommen eigentlich nicht alle infrage?«, sagte Paula, während sie Beaurain eine Tasse Kaffee einschenkte. »Hogarth, Margesson, Palfry, Franklin und schließlich auch noch der Minister.«

»Das glaube ich nicht. Bei Drew Franklin halte ich es zum Beispiel für völlig ausgeschlossen. Nein, es handelt sich nur um einen von ihnen. Nur um wen?«

»Dann sind wir also wieder genau da, wo wir angefangen haben …«

Beaurain legte einen Finger auf die Lippen, und Paula verstummte augenblicklich. Selbst ihre eh schon guten Ohren kamen nicht einmal entfernt an Beaurains exzellentes Gehör heran. Kurz darauf hörte sie, wie das Motorrad angelassen wurde und die Maschine sich anschließend sofort in schneller Fahrt entfernte.

»Wenn es Ihnen nichts ausmacht, würde ich mich jetzt gern noch mal eine Weile hinlegen«, sagte Paula. »Wecken Sie mich rechtzeitig zu meiner Wache.«

Mit diesen Worten verschwand sie wieder in dem Schlafzimmer, das sie sich ausgesucht hatte. Wahrscheinlich würde in dieser Nacht sowieso nichts mehr passieren.

Newman schreckte auf seinem improvisierten Hochsitz im Wipfel der Tanne hoch. Entsetzt stellte er fest, dass er wohl kurz eingenickt war. Aber was hatte ihn aufgeweckt?

Newman lauschte angestrengt hinab in den dunklen Wald, bis er erst das Knacken eines trockenen Astes und dann das Geräusch von Schritten hörte. Leider waren vom See her dichte Nebelschwaden in den Wald gewabert, sodass er selbst mit seinem Nachtsichtgerät nichts erkennen konnte. Erst als sich ein Loch im Nebel auftat, sah er sie: Es waren vier Gestalten, die mit Schnellfeuerwaffen ausgerüstet waren. Sie arbeiteten sich mit großem Abstand voneinander über die Weide vor dem Wald auf den Rand der Ortschaft zu. Sie trugen alle einen Turban, und obwohl das grünliche Bild seines Nachtsichtgeräts ihm keine Farben zeigte, meinte Newman doch erkennen zu können, dass die Turbane schwarz waren. El Kaida! Aber was war das Ziel der Terroristen? Newman entsicherte seine Uzi und wartete.

Es dauerte nicht lange, bis er erkannte, worauf es die vier Männer abgesehen hatten: Sie sammelten sich vor Billy Hogarths Bungalow. Paula und Beaurain waren in höchster Gefahr! Newman verlor keine Zeit. Er zielte genau und gab einen kurzen Feuerstoß aus seiner Uzi auf den Mann ab, der dem Bungalow am nächsten war. Während der Terrorist mit einem Schrei zu Boden sank, wirbelten die drei anderen herum. Einer von ihnen riss seine Kalaschnikow hoch und jagte eine Garbe in Newmans Baum, die aber zum Glück nur ein paar Meter unter ihm das Geäst zerfetzte. Newman drückte auf den Abzug der Uzi und mähte den Schützen nieder. Als er den Lauf der Waffe jedoch auf die verbliebenen beiden Terroristen schwenken wollte, waren sie längst hinter dem Bungalow verschwunden. Newman konnte nur hoffen, dass das kurze Feuergefecht Paula und Beaurain gewarnt hatte.

Als Paula den ersten Feuerstoß hörte, sprang sie aus dem Bett, schlüpfte in ihre Stiefel und rannte mit der Uzi, die sie griffbereit auf dem Nachttisch liegen hatte, hinaus ins Wohnzimmer. Beaurain stand mit seiner Waffe in der Hand schon vor der Eingangstür.

»Sichern Sie den Hintereingang«, rief er Paula mit einem grimmigen Grinsen zu. »Ich sehe nach, was los ist.«

Mit diesen Worten riss er die Haustür weit auf und fluchte gleich darauf leise, weil draußen dichter Nebel herrschte. Er blieb stehen und lauschte. Stille. Nachdem er sich davon überzeugt hatte, dass auf der Terrasse vor dem Haus niemand war, schob er sich eng an die Wand gedrückt bis zum nächsten Hauseck vor, wo er abermals in den Nebel hineinhorchte. Nichts. Wenn jemand in der Nähe des Hauses war, hielt er entweder still oder bewegte sich so leise wie eine Katze. Auf einmal hörte Beaurain von weit her eine vertraute Stimme. Es war Newman, der offenbar die Hände wie einen Trichter an den Mund gelegt hatte. Durch den Nebel war kaum zu verstehen, was er rief.

»Zwei Angreifer hinter dem Haus. Zwei andere habe ich schon erledigt ...«

Zwei Angreifer?, dachte Beaurain. Wenn die sich gemeinsam auf ihn stürzten, konnte es gefährlich werden. Um ein möglichst kleines Ziel abzugeben, kauerte er sich nahe an der Wand des Bungalows auf den Boden. Dann hörte er von rechts das leise Knirschen von Kieselsteinen und sah gleich darauf, wie ein Mann mit einer Kalaschnikow in der Hand aus dem Nebel auf ihn zukam. Ohne zu zögern, drückte Beaurain ab. Die Wucht des Feuerstoßes aus seiner Uzi schleuderte den Angreifer einen Meter nach hinten, wo er direkt vor der Hauswand röchelnd zusammenbrach. Beaurain wirbelte herum und richtete die Waffe nach links, aber von dort kam niemand.

Im Bungalow rannte Paula in die Küche und kontrollierte die Hintertür. Beide Riegel waren vorgeschoben. Hier würde niemand ins Haus gelangen. Dann hörte sie von draußen Newmans leises Rufen, und obwohl sie nicht jedes Wort verstand, bekam sie doch die Quintessenz seiner Botschaft mit. Auf einmal knatterte eine Salve aus einer Maschinenpistole. Paula machte sich Sorgen um Beaurain.

Obwohl das erste Feuergefecht sie aus dem Tiefschlaf gerissen hatte und sie noch leicht benebelt war, wusste sie genau, was zu tun war. Sie holte aus dem Küchenschrank mehrere Töpfe und Pfannen und stellte sie im Flur so auf, dass ihr Scheppern mögliche Eindringlinge verraten würde. Dann drehte sie mithilfe des Dimmers das Licht im Wohnzimmer so weit herunter, dass sie gerade noch etwas erkennen konnte. Mit schussbereiter Uzi setzte sie sich anschließend in einen Sessel, von dem aus sie gleichzeitig den Flur und die Hintertür im Auge hatte. Sie war ganz ruhig und auf alles gefasst.

Als der Angriff schließlich erfolgte, war sie dennoch überrascht. Mit einem lauten Krachen und dem Geräusch von splitterndem Holz flog auf einmal die doppelt verriegelte Hintertür auf, und vor ihr stand der größte Mann, den sie jemals zu Gesicht bekommen hatte. Durch sein schieres Gewicht hatte er die massive Eichentür gleich im ersten Anlauf eingedrückt, als bestünde sie nur aus dünnem Sperrholz. Auf dem Kopf trug der Mann einen schwarzen Turban, und sein tiefschwarzer Bart glänzte vor Feuchtigkeit.

Als der Mann Paula sah, zog er einen Krummdolch aus dem Hosenbund und machte mit einem irren Grinsen ein paar Schritte in ihre Richtung. Ohne mit der Wimper zu zucken, drückte Paula auf den Abzug ihrer Uzi und feuerte auf den Mann, der die Waffe in ihrer Hand offenbar übersehen hatte. Zunächst schienen die Kugeln keinerlei Wirkung zu zeigen. Erst als sie alle vierzig Schuss des Magazins herausgeballert hatte, kam der Mann zum Stehen. Erstaunt blickte er an seinem von Einschusslöchern durchsiebten Körper hinunter und krachte dann der Länge nach mit solcher Wucht auf den Boden, dass die Gläser und Teller im Küchenschrank klapperten. Paula stand auf. Sie musste sich regelrecht zwingen, am Hals des Angreifers nach dessen Puls zu fühlen. Er war tot.

Paula riss das leere Magazin aus der Uzi und steckte ein frisches hinein. Kaum hatte sie die Waffe durchgeladen, sah sie eine Bewegung an der Küchentür und wirbelte herum.

»Nicht schießen«, sagte Beaurain und hob die Hand. »Ich bin's – Jules.«

Mit einem erschöpften Lächeln ließ Paula die Waffe sinken. Beaurain trat auf sie zu und blickte erst auf die zerstörte Tür und dann auf den Toten.

»Ein Berg von einem Mann«, sagte er.

»Es war fürchterlich«, platzte es aus Paula heraus. »Auf einmal kam er wie eine Dampfwalze durch die Tür und ist mit seinem Krummdolch auf mich losgegangen. Gegen die Uzi hatte er zum Glück keine Chance.«

»Bin ich froh, dass Sie so gut damit umgehen können«, sagte Beaurain und legte seine Maschinenpistole auf den Küchentisch. Dann packte er Paula an den Schultern und zog sie ganz nahe an sich heran. Sie zitterte am ganzen Leib, und Beaurain ließ sie erst dann wieder los, als das Zittern aufgehört hatte.

»Danke. Es geht schon wieder«, sagte sie verlegen, nachdem sie sich von ihm gelöst hatte.

Sie hatte den Satz noch nicht zu Ende gesprochen, da vernahm Beaurain von draußen ein Geräusch. Im Bruchteil einer Sekunde hatte er seine Uzi vom Küchentisch gerissen und auf die Hintertür gerichtet.

»Ich bin's – Newman«, tönte es von draußen herein. »Sind Sie okay?«

»Kommen Sie doch rein, Bob«, sagte Paula. »Leider ist die Party schon vorbei.«

Newman stieg über die aus den Angeln gerissene Tür und schüttelte ungläubig den Kopf.

»Wie das passiert ist, erzähle ich Ihnen später«, sagte Paula lächelnd. »Helfen Sie uns erst einmal, das Loch wieder zuzumachen, sonst erfrieren wir hier drinnen noch ...«

Gemeinsam mit Beaurain stemmte Newman die schwere Tür hoch und stellte sie wieder in den Rahmen. Dort hielten Paula und Newman sie fest, bis Beaurain mit einem Hammer, den er in einer der Küchenschubladen gefunden hatte, die herausgerissenen Angeln wieder ins Holz geklopft hatte. Weil auch die beiden Riegel beschädigt waren, sicherten sie die Tür von innen mit Holzkeilen und einem Küchenstuhl, dessen Lehne sie unter die Klinke klemmten. Das Ganze sah zwar nicht sonderlich elegant aus, aber wenigstens war die Tür vorläufig gesichert.

Paula, die nicht mit der Leiche zusammen in der Küche bleiben wollte, ging in das Schlafzimmer und hob Decke und Kissen auf, die sie zuvor, als sie hastig aus dem Bett gesprungen war, zu Boden geworfen hatte. Als sie wieder zurückkam, telefonierte Newman gerade über sein Handy mit Tweed und erzählte ihm alles, was geschehen war.

»So, das hätten wir geregelt«, sagte er zu Beaurain, nachdem er das Gespräch beendet hatte.

»Was denn?«, fragte Paula.

»Tweed ruft Buchanan an und sagt ihm, dass er so schnell wie möglich ein paar Krankenwagen heraufschicken soll, um die Toten abzutransportieren. Außerdem will Tweed, dass Buchanan und ich herausfinden, zu wem der Motorradfahrer wirklich wollte.«

»Da könnten wir ja vielleicht schon etwas Vorarbeit leisten«, schlug Paula vor. »Befragen wir die Leute doch einfach.«

»Gute Idee«, meinte Newman und ging zur Haustür.

Draußen sahen sie, dass in allen Häusern außer dem von Mrs Gobble Licht brannte. Martin Hogarth, der aus seinem Bungalow gekommen war, beugte sich mit einer Taschenlampe in der Hand über den Terroristen, den Newman erschossen hatte.

»Was zum Teufel ist denn hier passiert?«, fragte er, während er sich wieder aufrichtete. »Wer ist dieser Tote? Und woran ist er gestorben?«

»An Bleivergiftung«, sagte Newman grinsend. »Ganz schön ungesundes Klima hier bei Ihnen in Carpford.«

»Was haben Sie denn um drei Uhr früh hier draußen zu suchen, Mr Hogarth?«, fragte Beaurain.

»Und Sie?«, gab Martin hochnäsig zurück. »Wer sind Sie denn, dass Sie mir solche Fragen stellen? Und was machen Sie überhaupt im Bungalow meines Bruders?«

»Billy hat sich spontan zu einer kleinen Klimaveränderung entschlossen, was ich angesichts der bleihaltigen Luft hier oben sehr gut verstehen kann«, antwortete Paula für Beaurain. »Er war so freundlich, uns seinen Bungalow zu überlassen. Wahrscheinlich wollte er nicht, dass jemand in seiner Abwesenheit darin herumschnüffelt.«

»Mir hat er kein Wort davon gesagt.«

»Dafür wird er wohl seine Gründe gehabt haben«, sagte Paula mit einem verbindlichen Lächeln.

»Ich werde sofort die Polizei verständigen.«

»Das haben wir bereits getan«, sagte Beaurain. »Außerdem bin ich selbst von der Polizei. Kommissar Beaurain. Was haben Sie gerade gemacht, als Sie die Schüsse gehört haben?«

»Ich war schon im Bett und habe mich dann schnell wieder angezogen.«

»Erstaunlich, dass Sie sich in der kurzen Zeit sogar noch die Krawattennadel anstecken konnten.«

»Wenn Sie keine weiteren Fragen an mich haben, würde ich jetzt gern wieder ins Bett gehen«, sagte Hogarth verärgert. Er stapfte hinüber zu seinem Bungalow, wo er die Tür lautstark ins Schloss fallen ließ.

Paula sah, wie sich vom Uferweg her eine hoch gewachsene Gestalt näherte. Wie an dem Zwicker auf der Nase leicht zu erkennen war, handelte es sich um den Sicherheitsminister, der sich mit einem warmen Wintermantel samt Pelzkragen und einem Seidenschal gegen die Kälte gewappnet hatte. Mit den Händen in den Taschen baute er sich vor Beaurain auf.

»Hätten Sie vielleicht die Güte und würden mir sagen, was hier gerade los war? Ich habe Schüsse gehört und gesehen, wie Sie aus Billy Hogarths Bungalow kamen.«

»Die Polizei ist bereits auf dem Weg hierher«, sagte Newman. »Vier El-Kaida-Terroristen haben einen Anschlag auf meine Kollegen verübt. Zum Glück konnten wir sie alle ausschalten.«

»Glauben Sie jetzt endlich, dass die El Kaida längst Fuß in Großbritannien gefasst hat?«, fragte Paula.

»Ich an Ihrer Stelle wäre mit solchen Behauptungen sehr vorsichtig. Haben Sie denn irgendwelche Beweise dafür?«

»Alle vier Angreifer hatten dunkle Hautfarbe und trugen schwarze Turbane«, mischte Newman sich ein. »Das dürfte ja wohl genügen.«

»Die müssen irgendwie durch unsere Kontrollen geschlüpft sein«, sagte Warner. »Das darf jedoch auf keinen Fall an die große Glocke gehängt werden, sonst bricht in London eine Panik aus. Für morgen früh um zehn habe ich bei mir eine Besprechung aller Sicherheitsorgane einberufen.«

»In Ihrem Penthouse oder im Ministerium?«, fragte Newman.

»Das geht Sie überhaupt nichts an«, sagte Warner. »Und sagen Sie Tweed, dass ich von ihm eine befriedigende Erklärung für Ihre Anwesenheit hier in Carpford erwarte.«

Noch bevor jemand antworten konnte, machte er kehrt und stapfte zurück zu seinem Haus.

»Ein reizender Zeitgenosse, Ihr Herr Sicherheitsminister«, bemerkte Beaurain.

»Finden Sie?«, meldete sich jemand mit einer kultivierten Stimme direkt hinter dem Belgier zu Wort.

»Jules«, sagte Paula rasch, »darf ich Ihnen Peregrine Palfry vorstellen. Er ist der persönliche Assistent des Ministers.«

»Sie dürfen bei ihm nicht jedes Wort auf die Goldwaage legen«, fuhr Palfry fort. »Der Minister arbeitet bis spät in die Nacht und findet nur sehr wenig Schlaf. Nun denn, würde mich bitte jemand darüber aufklären, was hier los ist? Hinter dem Haus habe ich eine übel zugerichtete Leiche gesehen …«

»Jetzt kippen Sie mir aber nicht gleich aus den Latschen, junger Freund«, knurrte Beaurain, dem Palfry auf Anhieb unsympathisch war. »Und bevor Sie nach der Polizei rufen: Die ist schon unterwegs.«

»Aber ich will doch nur wissen, was passiert ist«, sagte Palfry.

»Der Kerl wollte mich erschießen, aber ich war schneller«, gab Beaurain in gelangweiltem Ton zurück.

»Wie fürchterlich. Und ich dachte immer, hier in Carpford könnte so etwas niemals passieren.«

Palfry trug einen Morgenmantel und sah mit seinen zerzausten Haaren so aus, als wäre er soeben aus dem Bett gefallen. Als Paula genauer hinblickte, sah sie jedoch, dass er Straßenschuhe und eine dunkle Anzughose trug. Palfry tat also nur so, als hätte er längst geschlafen. Warum wollte er sie täuschen?

»Sind Sie von der Schießerei aufgewacht?«, fragte sie ihn.

»Von was denn sonst?«, sagte Palfry. »Ich bin noch völlig durcheinander. Aber jetzt würde ich mich gern entschuldigen, außer Sie brauchen mich noch.«

»Nein, Sie können gehen«, sagte Beaurain. »Aber passen Sie auf, dass Sie nicht auf den Toten treten.«

Palfry ging zurück zu seinem »Badezuber«-Haus und vermied es dabei tunlichst, in die Nähe irgendeiner Leiche zu kommen.

»Ich frage mich, ob Franklin wohl zu uns will.« Beaurain deutete hinüber zu dem Betonhaus, wo gerade ein roter MG aus der Garage fuhr. Der Wagen umrundete den See und raste mit hoher Geschwindigkeit auf sie zu. Nachdem er mit quietschenden Reifen zum Stehen gekommen war, stieg Drew Franklin aus und verbeugte sich vor Paula.

»Dann hat die Schlacht wohl begonnen, was?«, fragte er.

»Sieht ganz danach aus ...«, sagte Newman.

Im Licht der Autoscheinwerfer beugte sich Franklin zu einem der toten Terroristen hinab. »Das wird Minister Warner aber in Erklärungsnöte bringen«, murmelte er. »Bin mal gespannt, wie er die schwarzen Turbane mit der kolumbianischen Drogenmafia in Verbindung bringen will.«

»Ich auch«, sagte Beaurain grinsend.

»Ich werde sofort im Verlag anrufen und sagen, dass wir einen neuen Aufmacher für die Seite eins haben. Und wissen Sie, wie die Schlagzeile lauten wird? *El-Kaida-Terror in den North Downs*. Der Minister muss sich warm anziehen. Wie viele haben Sie eigentlich erwischt?«

»Vier«, antwortete Newman.

»Gut. Dann ändere ich die Schlagzeile. *El-Kaida-Massaker bei London*. Das wird dem Minister bestimmt noch viel weniger gefallen. Wurde jemand von Ihnen verletzt?«

»Nein«, sagte Paula.

»Schade. Das hätte meinem Artikel erst den richtigen Pep gegeben. Haben Sie selbst denn auch einen erledigt, Miss Grey?«

»Ja, und zwar den größten von allen«, antwortete Beaurain an Paulas Stelle.

»Kompliment. Hätte ich Ihnen gar nicht zugetraut. Aber jetzt muss ich ganz dringend in die Redaktion. Cheerio und weiterhin Weidmannsheil.«

Er setzte sich wieder in seinen MG und raste los in Richtung London.

»Der wird Warner morgen gewaltig einheizen«, sagte Paula. »Ich finde, wir sollten jetzt auch zurückfahren.«

30

Seit vier Stunden wachte Pete Nield nun schon vor dem Pink Hat in Bloomsbury, wo Beaurain tags zuvor Billy Hogarth einquartiert hatte. Noch immer war der Morgen nicht angebrochen. Nield hatte seinen Wagen gegenüber dem in einer Seitenstraße gelegenen kleinen Hotel geparkt und streckte zum wiederholten Male seine steifen Glieder. Beim Pink Hat handelte es sich um ein vierstöckiges, handtuchschmales Gebäude, über dessen Eingang die ganze Nacht lang eine Laterne brannte. Hogarths Zimmer – das hatte Beaurain ihm erzählt – lag im ersten Stock und blickte auf die Straße hinaus, auf der Nield geparkt hatte. Nield hatte sich natürlich sofort vergewissert, dass das Hotel keinen Hinterausgang besaß, sodass potenzielle Angreifer nur über den Haupteingang, den er ständig im Auge hatte, ins Haus gelangen konnten.

Um nicht einzuschlafen, überprüfte er wieder einmal seine Walther. Er nahm das Magazin heraus und schob es dann wieder zurück in den Griff. Anschließend rutschte er auf dem Fahrersitz nach unten, damit man nicht sehen konnte, dass jemand im Auto saß.

Plötzlich tauchten wie auf dem Nichts zwei Männer auf und schlichen auf das Hotel zu: ein großer, schlanker Mann in einem grauen Mantel mit einem kleinen, stämmigen Begleiter, der einen abgewetzten Regenmantel trug.

Am verstohlenen Gang der beiden konnte Nield auf Anhieb erkennen, dass sie nichts Gutes im Schilde führten. Nachdem sie sich rasch umgesehen hatten, huschten die beiden die paar Stufen zum Eingang des Hotels hinauf. Nield verließ den Wagen und schlich ihnen leise hinterher. In der Hotelhalle verbarg er sich hinter einem Pfeiler und belauschte das Gespräch, das sie mit der dicklichen Frau an der Rezeption führten.

»Unser Bruder, Billy Hogarth, wohnt hier. Wir haben leider traurige Nachrichten für ihn. Unsere Mutter ist heute Nacht überraschend verstorben.«

»Mein Beileid«, murmelte die Frau verschlafen.

»Wir wollten es ihm nicht telefonisch mitteilen, weil er so empfindlich ist«, sagte der größere der beiden Männer. »Welche Zimmernummer hat er denn?«

»Die sechzehn.«

»Wären Sie vielleicht so freundlich, uns den Generalschlüssel auszuleihen? Wir würden Billy nämlich gern selber wecken, damit er keinen Schreck bekommt. Das verstehen Sie doch bestimmt.«

Dann ergriff der kleine Dicke das Wort. »Er hat unsere Mutter ja so sehr geliebt«, sagte er und brachte sogar ein unterdrücktes Schluchzen zustande.

»Der Arme!«, murmelte die Frau gutgläubig und reichte dem ersten Mann den Schlüssel. »Eine Treppe rauf, dann rechts«, sagte sie.

»Vielen Dank, das ist sehr freundlich von Ihnen«, sagte der Mann. Dann erstarrte er, weil ihm von hinten etwas in den Rücken gedrückt wurde.

»Guten Morgen, meine Herren«, sagte Nield, der mit der Walther in der Hand lautlos hinter die beiden getreten war. »Ich schlage vor, wir unterhalten uns dort drüben im Salon. Und falls ihr auf dumme Gedanken kommen solltet: Ich habe eine Walther mit acht Schuss in der Hand – die reichen locker für euch beide«, fügte er flüsternd hinzu.

Während der Lange wie angewurzelt stehen blieb, drehte sich der kleine Dicke um und griff in seinen Mantel. Nield schüttelte missbilligend den Kopf und sah ihn mit eiskaltem Blick an.

»Du hast genau eine Sekunde, um deine Hand da wieder rauszuziehen, und zwar leer. Andernfalls kannst du deinen Kumpel in der Leichenhalle besuchen.«

Der kleine Dicke zog seine leere Hand noch schneller aus dem Mantel, als er sie hineingesteckt hatte, während die Frau an der Rezeption mit offenem Mund so stocksteif dasaß wie eine Wachsfigur bei Madame Tussaud.

»Und jetzt ab in den Salon«, zischte Nield den beiden Männern zu. »Und keine Fisimatenten.«

Während sich die beiden langsam in Bewegung setzten, sagte er zu der Frau: »Rufen Sie bei Scotland Yard an und lassen Sie sich mit Superintendent Buchanan verbinden. Er soll sofort einen Streifenwagen herschicken.«

Im Salon standen einige Korbstühle und eine staubige Palme mit traurig herabhängenden Wedeln. Pete stieß die Tür hinter sich zu.

»Stehen bleiben!«, befahl er, als sich der Dicke auf einen Stuhl setzen wollte. »Hände hoch. Gesicht und Hände an die Wand. Und nicht umdrehen, sonst könnt ihr euch die Radieschen von unten anschauen.«

Während er dem Langen mit der rechten Hand noch immer die Walther in den Rücken bohrte, tastete er ihn mit der linken nach Waffen ab. In einem Schulterhalfter fand er eine durchgeladene Pistole und in der Manteltasche einen dazu passenden Schalldämpfer. Es sah ganz danach aus, als ob die beiden vorgehabt hatten, den schlafenden Billy Hogarth lautlos ins Jenseits zu befördern.

Nield fackelte nicht lange. Er schob Waffe und Schalldämpfer in seine Manteltasche und schlug dem Langen mit dem Griff seiner Walther auf den Hinterkopf, sodass dieser bewusstlos zusammensackte.

»Nicht umdrehen«, zischte Nield dem kleinen Dicken zu und tastete auch ihn nach Waffen ab. Außer dem .45er Colt, der in einem Schulterhalfter steckte, nahm er ihm noch die Brieftasche ab, deren Inhalt er später untersuchen wollte. Dann schlug er auch ihm mit der Walther auf den Hinterkopf. Bewusstlos glitt der Mann an der Wand entlang nach unten.

Nield bückte sich und prüfte am Hals den Puls der beiden Männer. Sie lebten noch, aber vor einer Stunde würden sie mit Sicherheit nicht wieder aufwachen.

Nield trat aus dem Salon und schloss die Tür hinter sich. Die Frau am Empfang blätterte ungerührt in einer Illustrierten und blickte nicht einmal auf, als er auf sie zutrat.

»Haben Sie Superintendent Buchanan von Scotland Yard verständigt?«, fragte Pete.

»Ich wusste die Nummer nicht.«

Nield verdrehte die Augen und holte tief Luft. War das denn zu fassen? Jeder Trottel musste doch die Notrufnummer kennen.

»Geben Sie mir einen Zettel.«

Sie kramte unter dem Tresen und warf Nield wortlos einen ziemlich zerknitterten Schreibblock hin. Er schrieb die Telefonnummer mit der direkten Durchwahl und den Namen von Buchanan sowie seinen eigenen Namen darauf.

»Es handelt sich hier um einen dringenden Notfall«, schärfte er der Frau ein und schrieb oben auf das Blatt in Blockbuchstaben das Wort DRINGEND. »Rufen Sie diese Nummer an und sagen Sie dem Superintendent, dass er zwei Streifenwagen mit bewaffneten Polizisten herschicken soll. Und betonen Sie, dass es *dringend* ist.« Er unterstrich das Wort DRINGEND auf dem Notizzettel noch einmal. Schließlich zog er eine Fünfpfundnote aus der Tasche und legte sie vor der Frau auf den Tresen. »Hier, das ist für Ihre Mühe«. Dann rannte er nach oben und klopfte an Billy Hogarths Tür. Es dauerte nicht lange, bis Hogarth öffnete. Er schien hellwach zu sein und zeigte sich nicht sonderlich beunruhigt, als Nield ihm erklärte, dass er sofort in ein anderes Hotel umziehen müsse. Hogarth zog sich schnell an, stopfte Kulturbeutel und Schlafanzug in den noch nicht vollständig ausgepackten Koffer und folgte Nield schließlich nach unten. Die Dumpfnuss am Empfang telefonierte gerade, und Nield bekam mit, wie sie seine Anweisungen völlig durcheinander brachte, aber wenigstens durfte Buchanan das Wesentliche verstanden haben. Nachdem Nield die Rechnung bar bezahlt hatte, brachte er Billy nach draußen zu seinem Wagen. Es war kalt, und am Horizont war der erste Lichtschein der Morgendämmerung zu sehen.

»Was ist denn eigentlich los?«, fragte Billy, als sie im Auto saßen.

»Sie sind in diesem Hotel nicht mehr sicher«, sagte Nield. »Offenbar ist Ihnen jemand von Carpford aus gefolgt. Ich bringe Sie in ein Hotel in einem anderen Stadtteil. Dort werden Sie sicherer aufgehoben sein …«

»Im Vergleich zu Carpford ist man in London eigentlich überall sicher, weil in Carpford doch diese schrecklichen Dinge vor sich gehen.«

»Was meinen Sie damit?«

Billy antwortete nicht darauf, sondern ließ sich schweigend durch die Stadt chauffieren. Nield schaute die ganze Fahrt über regelmäßig in den Rückspiegel, konnte aber keine Verfolger erkennen. Dabei fragte er sich immer wieder: Was genau meinte Billy mit den schrecklichen Dingen?

31

Beaurain saß am Steuer von Paulas Wagen und lenkte ihn die schmale, kurvige Bergstraße hinunter. Paula war froh, dass Jules ihr angeboten hatte, das Lenkrad zu übernehmen. Die nächtlichen Ereignisse in Carpford hatten sie doch ziemlich mitgenommen. Als sie Newman bei seinem Wagen abgesetzt hatten, war dieser schon nach London vorausgefahren, weil er so schnell wie möglich in der Park Crescent sein wollte.

Es war ein grauer, düsterer Morgen, an dem es irgendwie nicht richtig hell werden wollte. Dunkle Wolken wurden von einem eisigen Wind über den Himmel geblasen, und Paula hatte das Gefühl, als könnte es jeden Augenblick anfangen zu regnen. Weil auf der schmalen Straße nicht genügend Platz war, um einem entgegenkommenden Fahrzeug auszuweichen, fuhr Beaurain langsam und vorsichtig.

Auf einmal hörte Paula von hinten ein aggressives, lang anhaltendes Hupen. Sie drehte sich um und erkannte den Mann, der am Steuer des gefährlich nah aufgefahrenen Alfa Romeo saß, auf Anhieb. Es war Martin Hogarth, der eine Baseballmütze auf dem Kopf trug und die Hand nicht von der Hupe nahm.

»Das ist ja lächerlich«, sagte Paula zu Beaurain. »Hinter uns ist Martin Hogarth und will uns unbedingt überholen.«

»Wahrscheinlich fahre ich ihm zu langsam«, sagte Beaurain lächelnd. »Wie alt ist er eigentlich?«

»Mindestens vierzig, und trotzdem trägt er eine von diesen albernen Baseballmützen.«

»Auch sein Gehupe finde ich ganz schön pubertär.«

Hinter der nächsten Kurve wurde die Straße etwas breiter, und Beaurain fuhr absichtlich in der Mitte der Fahrbahn, damit Hogarth ihn nicht überholen konnte. Das Hupen wurde daraufhin noch wütender. Beaurain streckte eine Hand aus dem Fenster und bedeutete Hogarth, dass er anhalten werde. Dann blieb er mitten in der Straße stehen und stieg aus.

»Dauert nicht lange«, sagte er zu Paula.

Hogarth hatte den Motor laufen lassen, war aber ebenfalls ausgestiegen. Jetzt stapfte er wütend auf den Belgier zu. Beaurain hatte die Arme vor der Brust verschränkt und grinste ihn herausfordernd an.

»Sie haben Ihren Führerschein wohl in der Lotterie gewonnen!«, schnauzte Hogarth ihn wütend an. »Bei uns in England fährt man links und nicht in der Mitte der Straße!«

Auch Paula war jetzt ausgestiegen und gesellte sich nun zu den beiden Männern.

»Hätten Sie nicht so penetrant gehupt, dann hätte ich Sie längst vorbeigelassen«, entgegnete Beaurain.

»Das sagen Sie jetzt, Sie belgischer Rechthaber.«

Bei diesen Worten ballte er die rechte Faust, um Beaurain einen Kinnhaken zu verpassen, aber der wich so geschickt aus, dass der Schlag ins Leere ging. Mit einer blitzschnellen Bewegung packte Beaurain Hogarth am Arm, riss ihn herum und drückte den Mann dann mit dem Oberkörper auf die Kühlerhaube des Alfa Romeo.

»Lassen Sie mich los!«, brüllte Hogarth. »Sie brechen mir ja den Arm!«

»Halten Sie den Mund und hören Sie mir zu«, sagte Beaurain mit ruhiger Stimme. »Ich werde Sie jetzt loslassen, aber bewegen Sie sich nicht, bis ich es Ihnen sage.«

Hogarth blieb über der Kühlerhaube des Wagens liegen und schaute Hilfe suchend hinüber zu Paula, die seinem

Blick bewusst auswich. Beaurain beugte sich ins Innere des Alfa Romeo und schaltete den Motor aus. Dann zog er den Zündschlüssel ab und warf ihn in den Straßengraben, wo das Gras seit Ewigkeiten nicht mehr gemäht worden war.

»Sie können sich jetzt wieder aufrichten«, rief er Hogarth zu, während er zusammen mit Paula wieder ins eigene Auto stieg. Sie fuhren los, ohne einen weiteren Blick auf Hogarth zu verschwenden.

»Da kann er erst mal lange suchen«, sagte Paula nicht ohne einen Anflug von Schadenfreude.

»Geschieht ihm ganz recht, diesem rücksichtslosen Raser. Und jetzt auf nach London.«

Als sie das Büro in der Park Crescent betraten, herrschte dort Hochbetrieb. Monica tippte etwas in ihren Computer ein, Newman und Buchanan saßen in den Sesseln, Marler lehnte mit dem Rücken an der Wand und rauchte eine Zigarette, und Pete Nield hockte halb auf Paulas Schreibtisch. Offenbar hatte er den anderen gerade etwas erzählt. Als Paula sich setzte, verstummte er und stand auf. Der Einzige, der fehlte, war Harry Butler.

»Bob«, sagte Paula zu Newman, »hat Ihr Freund von der Luftbildfirma denn schon die Bilder von Carpford gemacht? Darauf könnte ich vielleicht das Haus identifizieren, in dessen Keller ich eingesperrt war.«

»Leider hat er noch ein paar Tage in Paris drangehängt, aber wenn er wieder da ist, will er als Erstes die Aufnahmen für uns machen.«

»So schön möchte ich's auch mal haben«, grummelte Paula. »Leider kann ich mir in einer solchen angespannten Lage kein verlängertes Wochenende in Paris erlauben.«

Es klopfte an der Tür. Monica sprang auf und öffnete. Eine grauhaarige Frau, die eine makellos weiße Schürze trug, schob einen Servierwagen herein.

»Wer Frühstück will, hebt die Hand«, sagte Monica. »Es gibt Rührei mit Schinken, Toast, Orangenmarmelade und Kaffee.«

Alle ließen sofort die Hand in die Höhe schnellen, worauf Nellie – so hieß die Frau mit dem Servierwagen – Tweed als Erstem einen Teller hinstellen wollte. Der aber winkte ab und deutete zunächst auf Paula und Beaurain und dann auf Newman und Nield.

»Die Herrschaften haben ihr Frühstück nötiger als ich. Servieren Sie mir am Schluss.«

Paula wollte sich gerade über ihr Rührei hermachen, da ging die Tür auf, und Eva Brand kam herein.

»Mmh, das duftet aber gut«, sagte sie. »Haben Sie vielleicht noch etwas für mich übrig? Ich habe seit einer halben Ewigkeit nichts mehr gegessen.«

Abermals öffnete sich die Tür. Mit einem breiten Grinsen auf seinem rundlichen Gesicht stolzierte Howard, der heute einen eleganten grau gestreiften Anzug mit messerscharfen Bügelfalten, ein rosa Hemd und eine Krawatte von Hermès trug, ins Büro.

»Guten Appetit allerseits«, sagte er jovial. »Bestimmt beruhigt es Sie kolossal, dass ich gerade in meinem Club gefrühstückt habe.«

»Es wäre sowieso nichts mehr für Sie übrig gewesen«, entgegnete Paula.

Howard legte ihr gönnerhaft die Hand auf die Schulter. »Bob hat mir erzählt, wie großartig Sie sich in Carpford geschlagen haben, Paula.«

»Hat er das? Wahrscheinlich hat er wieder einmal maßlos übertrieben.«

»Lassen Sie sich nicht beim Frühstück stören. Ich wollte eigentlich nur wissen, ob es etwas Neues gibt. Aber das können Sie mir ja später in meinem Büro erzählen, Tweed. Kommen Sie doch rauf, sobald Sie hier fertig sind.« Daraufhin verschwand Howard auch schon wieder.

»Wie gnädig von ihm, uns essen zu lassen«, bemerkte Paula, als er fort war.

»Kann ich jetzt mit meinem Bericht von vorhin fortfahren?«, fragte Nield.

Alle nickten zustimmend, worauf er von den Vorfällen im Pink Hat erzählte und davon, wie er Billy Morgan mittlerweile in einem anderen Hotel einquartiert hatte.

»Die beiden sauberen Herren haben wir in Haft genommen«, sagte Buchanan, als Nield mit seinem Bericht fertig war. »Sie wissen ja gar nicht, wen Sie da aus dem Verkehr gezogen haben, Pete. Es waren zwei Profikiller, hinter denen meine Leute schon seit Monaten her waren. Sergeant Warden vernimmt sie gerade einzeln, und Warden ist alles andere als zimperlich. Das soll jetzt aber nicht heißen, dass er bei seinen Verhören körperliche Gewalt anwendet.«

»Wirklich nicht?«, fragte Paula.

»Wie dem auch sei«, fuhr Buchanan fort, ohne auf ihre Frage einzugehen, »es sieht so aus, als hätten die beiden den Auftrag gehabt, Billy Hogarth zu ermorden. Pete hat dem Mann das Leben gerettet.«

»In dem anderen Hotel wird er jetzt von Harry Butler bewacht«, erklärte Nield.

»Die Sache mit Hogarth bereitet mit Kopfzerbrechen«, sagte Tweed und wischte sich mit der Serviette den Mund ab.

»Wie können Sie bloß an etwas anderes denken als an dieses köstliche Frühstück?«, flachste Paula.

Tweed, der sich nach Newmans Bericht über das Massaker in Carpford große Sorgen um Paulas Befindlichkeit gemacht hatte, war froh, dass sie schon wieder so guter Laune war. Die Frau kann ganz schön was wegstecken, dachte er. Schließlich war sie erst vor kurzem in Carpford gekidnappt worden.

»Sie wissen doch, mein Gehirn arbeitet immer auf Hochtouren«, sagte er lächelnd. »Aber jetzt zu Hogarth. Ich wüsste gern, was er mit seiner Bemerkung gemeint hat, dass in Carpford schreckliche Dinge vor sich gehen. Worauf bezog sich das? Des Weiteren frage ich mich, ob es nicht der strategische Kopf der El Kaida war, der Billy die Killer auf den Hals gehetzt hat, weil dieser zu viel wusste.«

»Haben Sie denn inzwischen schon eine Hypothese, wie die Kommunikation innerhalb der El-Kaida-Zelle abläuft?«, fragte Beaurain.

»Dank Ihrer Beobachtung in Carpford bin ich mir sicher, dass sie ausschließlich mündlich geschieht. Die Motorradkuriere haben die Umschläge nur zur Tarnung dabei. In Wirklichkeit liefern sie ihre Botschaften mündlich ab, und damit wir nicht wissen, wer der Empfänger ist, klingeln sie jedes Mal an allen Häusern. Ich bin mir zudem sicher, dass eine ähnliche Methode bei den Vorbereitungen der Anschläge des 11. September verwendet wurde. Nur so ist zu erklären, dass weder das FBI noch die CIA auf die Machenschaften aufmerksam wurden. Ich komme immer mehr zu der Überzeugung, dass der Stratege, der den Anschlag hier in London plant, auch der Drahtzieher hinter dem Terror in den USA war.« Er sah auf die Uhr. »Es wird Zeit, dass wir zu unserer Sitzung beim Sicherheitsminister fahren, Paula. Sie ist für halb elf anberaumt. Und zwar in seiner Wohnung.«

»Warum müssen wir eigentlich ausgerechnet zu ihm?«, sagte Paula missmutig. »Sie hätten das Treffen doch genauso gut hierher verlegen können.«

»Das war Taktik«, antwortete Tweed. »Es ist nicht sehr klug, wenn wir den Minister wegen so einer Lappalie auf die Palme bringen. Außerdem wird Warner in seinen eigenen vier Wänden entspannter sein und uns deshalb vielleicht offener als hier sagen, was er schon wieder vorhat.«

Außer Paula nahm Tweed noch Beaurain und Eva mit zu dem Treffen. Newman fuhr sie nach Belgravia und wollte vor dem Haus auf sie warten. Die vier fuhren mit dem Aufzug nach oben, wo Mrs Carson sie auf ihre übliche taktlose Art willkommen hieß.

»Wird aber auch Zeit, dass Sie kommen. Der Herr Minister und die anderen warten schon auf Sie.«

»Die anderen?«, sagte Paula und sah hinüber zu Tweed, der aber keine Miene verzog. Vor Warners Arbeitszimmer erwartete sie Peregrine Palfry und machte ein furchtbar wichtiges Gesicht.

»Bitte folgen Sie mir, meine Herrschaften. Sie werden bereits erwartet.«

Palfry ging an der Tür zum Arbeitszimmer vorbei und führte sie in einen großen Raum, wo in der Mitte ein langer Tisch stand. Vermutlich Warners Esszimmer, dachte Paula.

Am Kopfende des Tisches saß der Minister, und an den Seiten hatte je sechs Männer Platz genommen, von denen Tweed nur Tolliver kannte, den kommissarischen Leiter der Special Branch. Eva Brand geleitete Tweed ans andere Kopfende des Tisches.

»Bitte nehmen Sie doch hier Platz ...«

Tweed blieb stehen und musterte die ihm unbekannten Männer am Tisch. Dann steckte er die Hände in die Manteltaschen.

»Bevor ich mich setze, möchte ich gern wissen, wer diese Herren sind. Tolliver kenne ich bereits, er kann also bleiben.«

»Was soll das heißen, er kann bleiben?«, polterte Warner los. »Wollen Sie damit etwa sagen, dass die anderen gehen müssen, wenn Ihnen ihre Anwesenheit nicht gefällt? Die Herren sind allesamt verdiente Mitarbeiter meines Ministeriums ...«

»Trotzdem können sie an dieser Besprechung nicht teilnehmen«, erwiderte Tweed ungerührt. »Sie haben nur unzulängliche Kenntnisse über das, worum es hier geht.«

»Ich bestehe darauf, dass die Herren bleiben«, sagte Warner beharrlich.

»Wenn Sie das tun, fahre ich sofort zurück in die Park Crescent und berufe dort ein neues Treffen ein. Und zwar ohne Ihre verdienten Mitarbeiter.«

Tweed wandte sich an Palfry, der neben ihm stand.

»Ich habe gehört, wie Sie vorhin die Tür abgesperrt haben. Bitte sperren Sie sie wieder auf, damit wir gehen können. Ich habe keine Zeit zu vergeuden.«

An Warners Tischende wurde aufgeregt getuschelt, dann nahmen die Mitarbeiter des Sicherheitsministeriums ihre Unterlagen und marschierten im Gänsemarsch durch die von Palfry inzwischen aufgesperrte Tür. Dabei vermieden sie es geflissentlich, Tweed anzusehen. Als der Letzte draußen war, schloss Palfry wieder ab. Tweed zog den Mantel aus und setzte sich. Auch Eva, Paula und Beaurain nahmen an seinem Ende des Tisches Platz.

Warner hatte seinen Kneifer abgenommen und putzte ihn mit einem kleinen Stück Waschleder. Dabei funkelte er Tweed aus seinen kurzsichtigen Augen wütend an. Auch Tweed nahm seine Hornbrille ab und polierte die Gläser mit einem sauberen Taschentuch. Er schaffte es, sie wieder aufzusetzen, bevor Warner den Kneifer auf der Nase hatte.

»Sie lassen die Befehlsgewalt, die Ihnen der Premier übertragen hat, aber ganz schön raushängen«, sagte Warner mit überheblicher Stimme.

»Finden Sie?«, entgegnete Tweed. »Immerhin sind wir heute zu Ihnen gekommen. Ich hätte Sie auch in die Park Crescent bestellen können.«

Eva, die links von Tweed saß, flüsterte ihm mit ihrer sanften Stimme zu: »Wenn Sie einen Kaffee haben wollen, müssen Sie es nur sagen. Er ist übrigens nicht schlecht, den habe ich selbst gemacht.«

»Später vielleicht, vielen Dank.«

»Da wäre noch etwas zu klären«, sagte Warner, der offenbar immer noch nicht klein beigeben wollte. »Wenn Sie etwas gegen meine Mitarbeiter haben, dann bestehe ich darauf, dass der Herr, den Sie mitgebracht haben, ebenfalls geht.« Dabei deutete er mit einem langen, knochigen Finger auf Beaurain. »Soviel ich weiß, gehört er nicht zu Ihrem Team.«

»Darf ich vorstellen? Jules Beaurain, bis vor kurzem Chef der Brüsseler Polizei und davor Leiter der belgischen Antiterroreinheit. Er weiß vermutlich mehr über Terrorismus als alle anderen Anwesenden hier, mich eingeschlossen.«

»Na schön, wenn das so ist, kann er bleiben«, sagte Warner gnädig. »Beginnen wir also mit unserer Sitzung.« Er machte eine kurze, effekthaschende Pause. »Manchester!«, sagte er dann.

»Was ist mit Manchester?«

»Erfahrene Ermittler von der Special Branch haben von ihren Topinformanten erfahren, dass nicht London das nächste Ziel der El Kaida sein wird, sondern Manchester. Ich habe deshalb die Army angewiesen, ihre Einheiten von London nach Manchester zu verlegen.«

»Das mit Manchester kann er seiner Großmutter erzählen«, flüsterte Newman.

Eva grinste, während Paula keine Miene verzog, dafür aber Eva zublinzelte.

»Glauben Sie das wirklich?«, sagte Tweed unschuldig.

»Ich habe verlässliche Informationen erhalten, und ich bin qua Amt verpflichtet, danach zu handeln«, erwiderte Warner großspurig.

»Wie kommt es dann, dass mein Netzwerk von Informanten, das immerhin vom Premierminister persönlich erst kürzlich als das verlässlichste von allen im ganzen Lande gelobt wurde, bisher noch kein Sterbenswörtchen über Manchester in Erfahrung gebracht hat?«

»Sehen Sie!«, sagte Warner und verdrehte dramatisch die Augen. »Jetzt kehren Sie schon wieder den Oberboss heraus.«

»Als solchen habe ich mich noch nie bezeichnet. Der Premier hat mich lediglich gebeten, die Aktivitäten sämtlicher Dienste des Landes zu koordinieren.«

»Ich bleibe beim Wort Oberboss«, sagte Warner mit kindischem Trotz in der Stimme.

»Ihr Chef dreht langsam durch«, sagte Tweed leise zu Eva.

»Das ist nichts Neues«, flüsterte sie zurück. »Vielleicht sollten wir uns jetzt alle doch erst mal eine Tasse Kaffee gönnen«, fuhr sie mit normal lauter Stimme fort und winkte Palfry herbei, der neben Warner am anderen Ende des Tisches Platz genommen hatte. Dann flüsterte sie wieder in Richtung Tweed: »Eine kleine Pause wird ihn beruhigen.«

Palfry eilte mit einem beflissenen Grinsen herbei. »Kann ich irgendwie behilflich sein, Eva?«

»Ja, Sie könnten uns den Kaffee holen. Vielen Dank, Sie sind ein Schatz, Peregrine.«

»Für Sie tue ich das doch gern ...«

Paula zupfte Tweed am Ärmel und flüsterte: »Ich glaube, Palfry hat ein Auge auf Eva geworfen.«

»Kann schon sein«, sagte Eva, die Paulas Bemerkung mitbekommen hatte, »aber der ist nun wirklich nicht mein Typ.«

»Tut mir Leid, das war nicht für Sie bestimmt«, sagte Paula.

»Macht doch nichts. Es zeigt mir, dass Sie eine genaue Beobachterin sind.«

Am anderen Ende des Tisches versuchte Warner seine Verwirrung dadurch zu verbergen, dass er so tat, als ginge er mit Tolliver irgendwelche Unterlagen durch. Schließlich brachte Palfry ein Tablett mit Kaffeetassen und einer Thermoskanne herein. Während er die Tassen austeilte, erschien Mrs Carson mit einem weiteren Tablett, das sie ans andere Ende des Tisches stellte. Nachdem alle schweigend ihren Kaffee getrunken hatten, fragte Warner in einem sehr viel verbindlicheren Ton:

»Und? Sind wir uns jetzt einig?«

»Wir sind uns einig, dass wir mit genau den Sicherheitsmaßnahmen fortfahren, die ich bereits angeordnet habe«, sagte Tweed mit fester Stimme. »Haben Sie veranlasst, dass Agenten von der Special Branch in Kamelhaarmänteln gut sichtbar vor dem Buckingham Palace, der Saint Paul's Cathedral und dem Canary Wharf Tower patrouillieren – und verstärkt auch am Themseufer?«

»Ihre Vorschläge wurden ausgeführt«, antwortete Warner. »Ich denke, wir haben alles im Griff.«

»Gut«, sagte Tweed und stand auf. »Dann können wir ja gehen. Haben Sie vielen Dank für Ihre Gastfreundschaft.«

Palfry eilte zur Tür, um sie aufzusperren. Als Eva, Paula und Beaurain bereits draußen waren, hielt Warner auf einmal Tweed am Ärmel fest.

»Ich würde gern kurz unter vier Augen mit Ihnen sprechen, Mr Tweed.«

»Gehen Sie schon mal runter zum Wagen«, rief Tweed seinem Team hinterher. »Ich komme gleich nach.«

Warner schloss mit ernstem Gesicht die Tür. Sein Verhalten gegenüber Tweed war jetzt höflich, wenn nicht gar unterwürfig.

»Ich hätte da noch ein Problem, das mir große Sorgen bereitet. In meinem Umfeld muss es einen Verräter geben, mir wurde nämlich eine streng geheime Akte mit den Namen aller in Dover inhaftierten mutmaßlichen El-Kaida-Terroristen entwendet.«

»Können Sie sich vorstellen, wer dieser Verräter ist?«

»Nein, das ist es ja gerade, was mich so beunruhigt. Aber jetzt will ich Sie nicht länger aufhalten.«

Tweed gab Warner die Hand und öffnete die Tür. Beim Hinausgehen wäre er fast mit Eva zusammengestoßen, die unmittelbar vor der Tür stand und den Anschein machte, als blättere sie gerade in einer Akte.

»Ich bringe Sie noch nach unten«, sagte sie lächelnd.

»Danke, sehr nett von Ihnen, aber ich finde schon allein hinaus.«

Während er zum Aufzug ging, spürte Tweed, wie Eva ihn nicht aus den Augen ließ. Als er sich zu ihr umdrehte, klemmte sie die Akte unter den Arm und winkte ihm zu. Tweed winkte zurück und betrat die Aufzugskabine.

Während der ganzen Fahrt zurück zur Park Crescent dachte er nur eines:

Ist es möglich? Ist es wirklich möglich?

32

Als sie im Nieselregen zurück in die Park Crescent kamen, wunderten sich alle, dass Buchanans Saab vor dem Eingang stand. Tweed eilte, gefolgt von Paula, Beaurain und Newman, nach oben ins Büro, wo Buchanan in einem der Sessel saß und sie angrinste.

»Na, wie war der große Kriegsrat?«, fragte er.

»Die reinste Zeitverschwendung«, sagte Beaurain. »Wenn alle englischen Minister wie Warner sind, dann stehen sie den unseren in nichts nach.«

»Entschuldigen Sie, wenn ich Ihnen widerspreche, Jules«, warf Tweed ein, »aber ich fand dieses Treffen höchst aufschlussreich. Aus den vielen unterschiedlichen Puzzleteilen entsteht langsam ein Bild. Nur die letzten, entscheidenden Teile fehlen noch.«

Tweed setzte sich hinter seinen Schreibtisch und bat seine Mitarbeiter, ebenfalls Platz zu nehmen.

Wie Paula schon erwartet hatte, ging Tweed nicht näher auf seine Vermutung ein. Sie wusste jedoch, dass er sie nicht auf die Folter spannen wollte, sondern sich nur noch nicht ganz sicher war, ob er mit seiner Vermutung richtig lag.

»Was führt Sie zu uns, Roy?«, fragte Tweed.

»Ich habe eine Zeugin im Zusammenhang mit den verschwundenen Milchlastern. Nach Ihrem Anruf in dieser Sache haben wir die Bevölkerung in den Midlands um Hilfe gebeten. Und was soll ich Ihnen sagen? Bei einem der Radiosender hat sich doch tatsächlich eine gewisse Mrs Sharp gemeldet, die behauptet, wichtige Informationen zu haben. Ich habe sie sofort nach London bringen lassen, und jetzt wartet sie unten in Ihrem Besucherzimmer.«

»Monica, bitten Sie die Dame unverzüglich herauf«, sagte Tweed.

»Ich bin ja mal gespannt, was uns die gute Frau zu sagen hat«, murmelte Marler, der neben Paulas Schreibtisch an der Wand lehnte.

Es dauerte nicht lange, bis George eine große, schlanke Frau um die sechzig ins Büro führte. Sie war elegant gekleidet und hatte gepflegtes graues Haar. Tweed ging auf sie zu und streckte ihr zur Begrüßung die Hand entgegen.

»Wir sind Ihnen wirklich außerordentlich dankbar, dass Sie sich zu uns herbemüht haben, Mrs Sharp. Hatten Sie eine angenehme Reise?«

»Ein bisschen lang war sie halt. Ich wohne nämlich auf dem Land, in Gifford. Das ist ein kleines Dorf nicht weit von Milton Keynes.«

Als sie sah, dass Buchanan zu einer Englandkarte an der Wand ging, trat sie zu ihm und deutete mit ausgestrecktem Zeigefinger auf Gifford. Buchanan nahm eine Nadel mit rotem Knopf und markierte damit das Dorf.

»Und hier«, fuhr sie fort, »ist die verlassene Oldhurst Farm, zu der man nur über einen Feldweg kommt. Aber normalerweise fährt da niemand mehr hin, weil der Besitzer schon vor Jahren Konkurs gemacht hat und die Gebäude seitdem leer stehen.«

»Was sind das für Gebäude?«, fragte Tweed.

»Ein Wohnhaus, drei große Scheunen und noch ein kleinerer Maschinenschuppen.«

»Ich denke, Mrs Sharp, Sie sollten sich jetzt erst einmal setzen«, sagte Buchanan mit freundlicher Stimme. »Und dann erzählen Sie meinen Kollegen genau das, was Sie mir schon in Scotland Yard erzählt haben.«

Tweed schätzte Mrs Sharp auf Anhieb als eine intelligente und gebildete Frau ein und hörte ihrer mit sicherer Stimme vorgebrachten Erzählung aufmerksam zu.

»Vor drei Tagen fuhr ich mit dem Auto von meiner kranken Schwester nach Hause«, fing sie an. »Es war schon spät, etwa drei Uhr früh, und als ich an der Oldhurst Farm vorbeikam, bog dort gerade dieser große Milchtanklaster vor mir auf den schmalen Weg ein, der zu der alten Farm führt …«

»Stand auf dem Laster irgendeine Aufschrift?«, fragte Tweed.

»Ich habe keine bemerkt. Aber ich habe mich gefragt, was ein Milchlaster mitten in der Nacht wohl auf einer verlassenen Farm zu suchen hat. Und dann musste ich sofort an den Großen Eisenbahnraub von 1963 denken, bei dem sich die Täter ja auch auf einer Farm versteckt gehalten haben. Deshalb habe ich angehalten, um zu schauen, ob der Tankzug sich vielleicht bloß verfahren hat. Aber er blieb in der Farm, und erst eine halbe Stunde später kam ein kleiner weißer Lieferwagen heraus.«

»Können Sie den Lieferwagen genauer beschreiben?«

»Es war ein ganz normaler Lieferwagen. Ich kenne mich mit Automarken leider nicht so gut aus. Aber er schien mir nagelneu zu sein, und an der Seite stand ›Frische Blumen‹. Der Fahrer hatte es eilig, weshalb er mich zum Glück nicht gesehen hat.«

»Wo fuhr er denn hin?«, fragte Tweed.

»Nach Südosten, in Richtung London.«

»Wahrscheinlich wollte er auf die M 1, die ganz in der Nähe vorbeiführt«, ergänzte Buchanan. »Auf ihr käme der Lieferwagen direkt ins Londoner Zentrum. Aber entschuldigen Sie, dass ich Sie unterbrochen habe, Mrs Sharp. Fahren Sie bitte fort.«

»Ist schon in Ordnung. Nun ja, mir kam das Ganze nicht koscher vor, aber dann habe ich es wieder vergessen, weil es meiner Schwester wirklich schlecht ging. Als ich dann aber heute den Aufruf der Polizei im Radio gehört habe, habe ich sofort angerufen.«

»Und jetzt haben Sie sich einen Tee im Hotel Brown verdient«, sagte Tweed. »Waren Sie schon einmal dort? Der Fünfuhrtee im Brown ist ein unvergessliches Erlebnis, das Ihnen bestimmt gefallen wird.«

»Danke für die Einladung, ich wollte immer schon mal hin. Ach, da fällt mir noch was ein. Habe ich vorhin erwähnt, dass es neben den drei großen Scheunen auf der Oldhurst Farm noch einen etwas kleineren Geräteschuppen gibt?«

»Ja, das haben Sie«, sagte Tweed und sah auf die Uhr. »Es ist schon halb fünf, also die beste Zeit zum Tee. Einer meiner Mitarbeiter wird Sie jetzt zum Brown bringen und Ihnen dort Gesellschaft leisten, wenn Sie wollen. Marler, übernehmen Sie das?«

»Mit dem größten Vergnügen«, antwortete Marler und lächelte Mrs Sharp freundlich an. »Danach fahre ich Sie selbstverständlich noch zum Bahnhof.«

»Das ist ganz reizend von Ihnen«, antwortete Mrs Sharp strahlend.

»Eine Frage noch, Mrs Sharp«, sagte Tweed. »Haben Sie eigentlich schon jemand anderem als Superintendent Buchanan von dieser Geschichte erzählt?«

»Nein, ich habe niemandem auch nur ein Sterbenswörtchen gesagt. Nicht einmal meiner Schwester. Seit dem Aufruf im Radio ist mir klar, dass ich möglicherweise eine wichtige Zeugin bin. Sie können sich auf mich verlassen. Ich schweige wie ein Grab.«

Nachdem Mrs Sharp und Marler gegangen waren, sagte Paula: »Was für eine nette Frau.«

»Und aufmerksam obendrein«, sagte Buchanan. »Die meisten anderen Leute hätten sich keine Gedanken gemacht und wären einfach weitergefahren. Sie aber hat gewartet, bis sie den Lieferwagen aus der Farm kommen sah.«

»Haben Sie im Hinblick auf diese Farm eigentlich schon alles Nötige in die Wege geleitet?«, fragte Tweed.

»Was glauben Sie denn?«, gab Buchanan zurück. »Sergeant Warden ist mit einem schwer bewaffneten Sondereinsatzkommando bereits unterwegs.«

»Die Waffen werden sie bestimmt nicht brauchen. Ich bin mir sicher, dass die Vögel schon längst ausgeflogen sind«, meinte Tweed. »Viel wichtiger ist, dass alle Spuren gesichert werden, die sie hinterlassen haben.«

Tweed stand auf und ging hinüber zu Newman, der die *Daily Nation* aufgeschlagen hatte.

»Haben Sie schon die neue Kolumne von Drew Franklin gelesen, Bob? Ich bin gespannt, was drinsteht.«

Newman reichte ihm wortlos die Zeitung. Tweed nahm sie mit an seinen Schreibtisch und begann zu lesen, wobei sich seine Stirn immer mehr in Falten legte.

Inzwischen dürfte es allgemein bekannt sein, dass eine gefährliche Terrorzelle der El Kaida sich in unserem Land eingenistet hat. Aber zu welchem Zweck? Der Verdacht liegt nahe, dass hier ein Anschlag gigantischen Ausmaßes auf London geplant wird, der möglicherweise sogar die Terrorakte vom 11. September in New York in den Schatten stellen soll. Die ach so fähigen Sicherheitsexperten unseres Landes stehen wie so oft vor einem Rätsel. Einzig dem SIS, den man unter all diesen Dilettanten wenigstens noch halbwegs professionell nennen kann, ist es noch zuzutrauen, dass er den Terroristen im letzten Augenblick in den Arm fällt und London vor der drohenden Vernichtung rettet.

»›Wenigstens halbwegs professionell‹!«, las Tweed entrüstet vor. »Was bildet der sich eigentlich ein? Einerseits beleidigt er uns, andererseits bezeichnet er uns als die Einzigen, die jetzt noch helfen können. Victor Warner wird ausrasten, wenn er das liest. Allerdings wird er nichts dagegen unternehmen können, weil das Sicherheitsministerium in der Kolumne nicht einmal erwähnt wird.«

»Interessant, dass er nicht ein einziges Wort über Manchester geschrieben hat«, sagte Newman. »Ich habe mich vorhin übrigens mit Marler über dieses Thema unterhalten. So gut wie alle seine Informanten glauben, dass sich die El Kaida auf eine Operation in London vorbereitet. Nur zwei Quellen wollen überhaupt etwas von Manchester gehört haben – aber die haben ihre Weisheit nur von der Special Branch.«

»Das mit Manchester ist doch auch nur wieder so ein Täuschungsmanöver«, sagte Beaurain.

»Da bin ich ganz Ihrer Meinung«, sagte Tweed. »Aber es wird schon dunkel. Höchste Zeit, dass wir uns draußen in der Stadt einmal umsehen. Dass Mrs Sharp sich gemeldet hat, war wirklich ein Glückstreffer, aber allein mit Glückstreffern können wir den drohenden Anschlag nicht verhindern. Das schaffen wir nur mit glasklarer Logik.«

Er zog eine Schublade seines Schreibtischs auf und holte dort einen durchsichtigen Plastikbeutel heraus. Darin befand sich der Zettel, den der tote Eddie in der Hand gehabt hatte.

»Paula, kommen Sie doch bitte zu mir herüber und werfen Sie noch einmal einen Blick darauf.«

Tweed strich den Zettel in dem Plastik glatt und machte ein nachdenkliches Gesicht.

»An was erinnert Sie das?«

»An ein lang gezogenes Schlauchboot.«

»Sieh mal einer an. Dann wird der Anschlag wohl mit einem Paddel erfolgen.«

»Wenn Ihnen meine Antworten nicht passen, dann fragen Sie mich nicht«, entgegnete Paula gereizt.

Monica nahm den Hörer des klingelnden Telefons ab und nickte mit dem Kopf zu Tweed hinüber. »Butler ist dran. Er ruft von seinem Handy aus an.«

»Hoffentlich nicht schon wieder ein Notfall. Tweed hier, Harry, was ist los?«

»Ich wollte nur kurz durchgeben, dass mit meinem Patienten hier soweit alles in Ordnung ist. Er war die ganze Zeit auf seinem Zimmer und ist nur zum Essen runtergekommen. Ich habe ihm ein paar Krimis besorgt, die er regelrecht verschlingt.«

»Danke für die Meldung …«

Tweed legte auf und wandte sich wieder zu den anderen um.

»Laut Butler befindet sich Billy Hogarth in seinem neuen Hotel in Sicherheit.«

»Mir kommt gerade eine Idee«, sagte Buchanan. »Nach allem, was Sie über diesen Hogarth erzählt haben, kann man ihm durchaus Glauben schenken. Ich könnte ja mal Jean zu ihm rüberschicken, damit sie ihn ein wenig über das aushorcht, was er in Carpford so alles mitbekommen haben will.«

»Wer ist denn Jean?«, fragte Newman.

»Eine ebenso kluge wie attraktive Polizistin. Vielleicht taut Billy bei ihr ja auf.«

»Einen Versuch wäre es wert«, sagte Tweed und gab ihm die Adresse des Hotels.

»Dann wollen wir nur hoffen, dass er bei dieser Jean nicht allzu sehr dahinschmilzt«, bemerkte Newman mit einem ironischen Augenzwinkern.

»Und jetzt auf zur fröhlichen Schlauchbootsuche!«, sagte Tweed, wobei er Paulas wütenden Seitenblick geflissentlich ignorierte.

Beaurain, der sich zuvor den Stadtplan von London genau angesehen hatte, lenkte den Wagen. Paula saß neben ihm auf dem Beifahrersitz, während Tweed und Newman auf der Rückbank Platz genommen hatten. Nachdem sie die Innenstadt hinter sich gelassen hatten, holperten sie auf einer mit Schlaglöchern übersäten Straße durch eine Art Wildnis, in der es keine Häuser gab, dafür aber hohes Gras und struppiges Gebüsch, in dem sich aller nur erdenkliche Unrat verbarg. Immer wieder tauchten im Licht der Scheinwerfer rostige Autowracks, Müllhaufen und weggeworfene Plastikkanister auf.

»Was in aller Welt machen wir denn hier?«, knurrte Newman.

»Warten Sie doch ab«, fuhr ihn Paula an. »Jules wird schon seine Gründe haben.«

Sie wusste inzwischen, dass Beaurain einen untrüglichen Instinkt besaß und mit Sicherheit nicht umsonst in Schrittgeschwindigkeit durch diese gottverlassene Gegend kurvte. Als im Licht der Scheinwerfer schließlich eine Frau mit einem Pudel an der Leine auftauchte, hielt er an.

»Was wollen Sie hier eigentlich?«, fragte Tweed. »Wenn mich nicht alles täuscht, müssten wir hier an der Themse sein, ein gutes Stück flussaufwärts von der Albert Bridge.«

»Lassen Sie Jules doch machen, Tweed. Er weiß schon, was er tut«, sagte Paula.

Nachdem Beaurain den Motor abgestellt hatte, stieg er aus und ging auf die Frau mit dem Pudel zu. Sie drehte sich zu Beaurain um, der sie freundlich begrüßte. Auch Paula, Tweed und Newman stiegen nun aus und gingen zu den beiden hinüber.

»Entschuldigen Sie bitte«, sagte Beaurain und streichelte den Pudel, »wir sind von der Polizei. Sind Ihnen vielleicht irgendwelche seltsamen Vorkommnisse in dieser Gegend aufgefallen?«

»Haben Sie denn einen Ausweis?«, fragte die Frau misstrauisch.

Tweed zeigte der Frau seinen Dienstausweis, den er mit einer Taschenlampe beleuchtete.

»Sieh mal einer an, Sie sind vom SIS«, stieß die Frau hervor. »Erst heute hat Drew Franklin doch etwas über Sie in der Zeitung geschrieben. Er ist ja wirklich ein kluger Kopf, aber manchmal schießt er für meinen Geschmack ein bisschen über das Ziel hinaus. Das mit dem ›halbwegs professionell‹ hätte er sich schenken können.« Sie drehte sich zu Beaurain um. »Aber nun zu Ihrer Frage. Ich bin hier jeden Abend mit dem Hund unterwegs, und normalerweise ist hier kein Mensch. Aber heute waren auf einmal so arabisch aussehende Männer da und haben etwas ziemlich Schweres und Sperriges aus einem weißen Lieferwagen getragen. Die Männer sind inzwischen wieder verschwunden, aber der Lieferwagen steht noch immer da unten. Sehen Sie ihn?«

Ein Stück entfernt stand ein weißer Lieferwagen mit der Aufschrift *Frische Blumen* neben dem Weg.

»Grundgütiger!«, flüsterte Newman überrascht. »Das muss der Lieferwagen sein, den Mrs Sharp gesehen hat.«

»Können Sie uns den schweren und sperrigen Gegenstand näher beschreiben?«, fragte Beaurain.

»Nichts leichter als das. Er sah aus wie eine Art Flugzeugbombe mit kleinen Flügeln dran. Sie müssen wissen, dass mein verstorbener Mann beim Militär war. Ich weiß also, wie so etwas aussieht. Das Ding war auf eine Art Stativ montiert, das auch gut eine Abschussrampe sein könnte. Sie haben es auf so einen motorisierten Lastkarren geladen, der dann den kleinen Weg direkt am Flussufer entlanggefahren ist. Ich wusste genau, dass da was nicht in Ordnung war, und habe mich deshalb hinter einem der Büsche versteckt und gewartet, bis die Männer weg waren. Und mein kleiner Schatz hier hat auch wacker ausgehalten und keinen Mucks von sich gegeben.«

»Seltsam, dass die Leute den Lieferwagen zurückgelassen haben, finden Sie nicht auch?«

»Ich wollte gerade nach Hause laufen, um die Polizei zu verständigen, und dann waren auf einmal Sie da. Ich heiße übrigens Wharton.«

»Angenehm. Mein Name ist Jules Beaurain. Sagen Sie mal, wissen Sie, was das da für ein großes Gebäude am anderen Ufer ist?«

»Das ist das neue Kohlekraftwerk, das erst vor ein paar Monaten fertig gestellt worden ist. Es gehört zu der Fabrik daneben, die irgendwas Hightechmäßiges fabriziert und dazu viel Strom benötigt. Bestimmt wird da wieder irgend so ein überflüssiges Zeug hergestellt, das furchtbar teuer ist und das niemand so richtig braucht.«

»Mrs Wharton, Sie wissen gar nicht, was für einen großen Dienst Sie Ihrem Land heute erwiesen haben«, sagte Beaurain. »Ich muss Sie allerdings bitten, mit niemandem über diese Sache zu reden!«

»Streng geheim, ich verstehe schon. Ich werde niemandem auch nur ein Sterbenswörtchen verraten. Das habe ich bei meinem Mann gelernt, Gott hab ihn selig. Der hat mir auch immer von irgendwelchen Geheimsachen erzählt. Aber jetzt gehe ich wohl am besten wieder nach Hause.«

»Sollen wir Sie heimbringen? Wenn wir zusammenrücken, haben Sie und Ihr Hund sicher noch Platz im Auto.«

»Vielen Dank für das Angebot, aber ich gehe lieber zu Fuß. Mein Hund braucht seinen Auslauf. Ich drücke Ihnen die Daumen, dass Sie diese Schurken so schnell wie möglich dingfest machen.«

»Sie haben uns wirklich sehr geholfen, Mrs Wharton«, sagte Tweed und streckte ihr lächelnd die Hand zum Abschied hin.

Danach borgte sich Tweed das Handy von Newman und rief damit kurz Buchanan an, der gleichzeitig mit ihnen die Park Crescent verlassen hatte. Buchanan versprach, sich sofort mit einem Sondereinsatzkommando auf den Weg zu machen.

»Sagen Sie ihm, dass wir in einem blauen Audi an der Abzweigung von der Hauptstraße auf ihn warten. Dann weiß er, wo er abbiegen muss ...«

»Sehen Sie, Bob, Jules hatte doch Recht«, sagte Paula auf dem Rückweg zu Newman. »Er hat nämlich so etwas wie einen sechsten Sinn.«

»Nun sagen Sie schon, Jules, woher wussten Sie, dass wir hier etwas finden würden?«, fragte Newman.

»Ich bin eben ein aufmerksamer Beobachter, Bob. Kurz vor der Abzweigung sind mir mehrere Ölspuren aufgefallen, die in diesen Weg hier führten.«

»Da brat mir doch einer einen Storch!«, rief Newman verwundert aus.

»Störche stehen unter Naturschutz!«, erwiderte Paula mit einem schelmischen Grinsen.

Sie mussten nur wenige Minuten an der Abzweigung warten, bis die Kolonne des Sondereinsatzkommandos mit Blaulicht und Martinshorn die Hauptstraße entlangkam. Beim Audi angekommen, hielten die Wagen kurz an. Beaurain stieg aus und erklärte Buchanan, der im ersten Fahrzeug saß, wo er hinfahren musste.

»Und wir fahren jetzt zur Albert Bridge«, wies Tweed Beaurain an, nachdem dieser wieder eingestiegen war. »Ich möchte mich vergewissern, ob Warner die Kamelhaarmantelfraktion tatsächlich am Themseufer patrouillieren lässt ...«

Je näher sie an die Albert Bridge kamen, desto dichter wurde der Verkehr.

»Ist das hier immer so?«, fragte Beaurain, der Paula auf einmal ein wenig nervös vorkam.

»Ja, in der Rushhour ist die Brücke jeden Tag dicht«, antwortete Tweed. »Fahren Sie lieber weiter zur Chelsea Bridge ...«

Auf der Chelsea Bridge bot sich ihnen jedoch dasselbe Bild, ebenso danach auf der Vauxhall, der Lambeth und der Westminster. Auf allen Brücken war der Verkehr zum Stillstand gekommen.

»Achten Sie darauf, ob Sie irgendwelche Leute von der Special Branch sehen«, sagte Tweed.

Während sie sich im Schritttempo bis zur Blackfriars Bridge voranarbeiteten, kam ihnen jedoch nicht ein einziger Mensch im Kamelhaarmantel zu Gesicht.

»Was denken Sie?«, fragte Paula Tweed, der hinten auf der Rückbank ein düsteres Gesicht machte.

»Dass ich entlang der Themse noch keinen einzigen Agenten der Special Branch gesehen habe. Warner hat ganz offenbar meine Anweisungen bewusst missachtet. Und ich weiß auch, warum. Ich gehe jede Wette ein, dass es vor dem Buckingham Palace von Kamelhaarmänteln nur so wimmelt. Aber bevor wir das überprüfen, fahren wir noch an der Saint Paul's Cathedral vorbei. Auch da werden wir mit Sicherheit fündig werden.«

»Wahrscheinlich will Warner damit beweisen, dass er bei der Special Branch noch immer das Sagen hat«, bemerkte Paula.

Tweed antwortete nicht darauf. Der Stau vor ihnen löste sich auf, und der Verkehr kam wieder in Bewegung.

»Ich lotse Sie zur Kathedrale«, sagte Newman zu Beaurain.

»Vielen Dank, aber ich kenne den Weg. Schließlich habe ich mir vorhin den Stadtplan gut eingeprägt.«

Während sie an der Saint Paul's Cathedral vorbeifuhren, zählte Tweed sechs Männer im Kamelhaarmantel. Drei ganz oben auf der Treppe, die sämtliche Besucher der Kathedrale mit scharfen Blicken musterten, und drei weitere, die auffällig unauffällig auf der Straße umhergingen.

»Und drinnen schwirrt bestimmt noch ein halbes Dutzend herum«, brummte er verärgert. »Von denen hätte er gut und gern welche an die Themse schicken können. Wahrscheinlich haben Sie Recht, Paula. Er will mir zeigen, dass ich in der Special Branch nichts zu sagen habe. Fahren Sie zurück in die Park Crescent, Jules. Mal sehen, welche Überraschungen dort auf uns warten.«

Kaum hatten sie das Gebäude betreten, kam auch schon George auf Tweed zu, um ihm zu erzählen, dass Martin Hogarth im Besucherzimmer auf ihn warte und überhaupt nicht begeistert sei, dass er die Tür hinter ihm abgeschlossen habe.

»Lassen Sie ihn einfach noch eine gewisse Weile schmoren«, sagte Tweed. »Wenn wir oben im Büro sind, können Sie ihn bringen. Er soll ruhig spüren, dass er äußerst ungelegen kommt...«

Tweed hatte sich gerade hinter seinen Schreibtisch gesetzt, als die Tür aufging und George den Besucher hereinführte.

Martin Hogarth hatte ein puterrotes Gesicht und funkelte alle Anwesenden wütend an, bevor er sich unaufgefordert in einen der Sessel vor Tweeds Schreibtisch fallen ließ.

»Ich will sofort wissen, wo Sie meinen Bruder gefangen halten!«

»Jetzt beruhigen Sie sich erst mal«, sagte Tweed und faltete die Hände.

»Sie haben ihn entführt!«, schrie Hogarth. »Ich zeige Sie an! Und ich beschwere mich beim Sicherheitsminister über Sie!«

»Das sei Ihnen unbenommen, aber hier sind Sie leider an der falschen Adresse. Das Ministerium ist in Whitehall. Aber ehrlich gesagt, ich glaube Ihnen nicht, dass Sie aus diesem Grund hierher gekommen sind. Da steckt doch bestimmt mehr dahinter, oder?«

»Wie... meinen Sie das?«, fragte Martin Hogarth sichtlich verunsichert.

»Ich will wissen, worum es Ihnen wirklich geht, Mr Hogarth«, sagte Tweed und beugte sich nach vorn. »Meinen Sie nicht, Sie sollten langsam die Karten auf den Tisch legen?«

»Was wollen Sie?« Auf einmal klang Hogarth ziemlich kleinlaut, und von seinem großspurigen Auftreten war nicht mehr viel übrig.

»Dass Sie mir die Wahrheit sagen. Es geht wie immer um Geld, nicht wahr?«

»Um Geld?«

»Um große Geldsummen aus Carpford, die erst ins Ausland transferiert und dann per Kurier wieder nach England zurückgebracht wurden.«

»Wovon reden Sie überhaupt?«

»Von tausenden von Pfund. So viel Geld, dass Sie es in Schweizer Franken umtauschen mussten. Bei uns gibt es an großen Scheinen ja nur Fünfzigpfundnoten, aber die Schweizer haben Tausendfrankenscheine, die lassen sich schon sehr viel besser transportieren. Und Pecksniff war der Verbindungsmann – er hat das Geld nachgezählt, das Sie ihm gebracht haben, nicht wahr?«

»Woher ...?«

»Woher ich das weiß?«, vollendete Tweed die Frage für ihn. »Ich habe eben überall meine Leute, die sich umhören. Unter anderem auch hinsichtlich Ihres sauberen Mr Pecksniff.«

»Ich will sofort gehen«, protestierte Martin schwach.

Newman baute sich drohend vor Martin Hogarth auf und donnerte los: »Entweder Sie beantworten jetzt sofort Tweeds Fragen oder ich rufe Superintendent Buchanan an, damit er Sie auf der Stelle festnimmt. Und glauben Sie mir, in Scotland Yard herrschen andere Sitten als hier.«

»Sie waren Pecksniffs Kurier, der das Geld für ihn im Ausland abgeholt hat, nicht wahr?«, sagte Tweed. »Ist Ihnen eigentlich klar, dass Pecksniff im Auftrag der El Kaida gehandelt hat?«

»Aber das wusste ich doch nicht! Er hat es mir nie gesagt!«

Und damit saß Hogarth in der Falle: Er hatte zugegeben, dass er einen Mann namens Pecksniff kannte und mit ihm Geschäfte gemacht hatte. Wie schon so oft bewunderte Paula Tweeds raffinierte Verhörführung. Monica deutete hinter Martins Rücken auf den Besucher und formte mit den Lippen das Wort »Kaffee«. Tweed schüttelte den Kopf.

»Nun, dann wissen Sie es eben jetzt«, fuhr er fort. »Und deshalb können Sie uns auch gleich von dem Geld erzählen, das Sie von Ihren Reisen auf die Bahamas mitgebracht haben.«

»Welches Geld …?«

»Jetzt hören Sie endlich auf, mich für dumm zu verkaufen!«, brüllte Tweed. »Entweder Sie reden jetzt, oder ich werde ungemütlich.«

Das Telefon klingelte. Monica nahm ab und winkte dann Newman zu sich.

»Newman hier«, sagte er leise. »Mit wem spreche ich?«

»Mit Rick Pendleton. Ich bin der Direktor der Bank auf den Bahamas, bei der Sie angerufen haben, um Auskünfte über ein bestimmtes Konto zu erhalten. Ich konnte mich nicht früher bei Ihnen melden, weil ich auf Urlaub in Mexiko war. Was kann ich also für Sie tun?«

»Ich würde gern wissen, wer das Geld abgehoben hat, das man Ihnen aus Aruba überwiesen hat. Es geht dabei um eine Firma namens New Age Development. Ich weiß natürlich, dass Sie dem Bankgeheimnis unterliegen, aber das hier ist ein Notfall. Die El Kaida plant einen Terroranschlag auf London, den sie mit Geldern von dieser Firma finanziert. Deshalb muss ich ganz dringend wissen, wie der Kurier hieß, der das Geld abgehoben hat und ob er nur einmal oder mehrere Male bei Ihnen war.«

»Die El Kaida? Um Himmels willen! Bleiben Sie dran, ich sehe gleich nach. Ich kann mich noch gut an den Mann erinnern. Die Summen waren nämlich so immens, dass ich mich persönlich darum gekümmert habe. Bleiben Sie am Apparat ...«

Die Tür ging auf und Marler kam herein.

Tweed nutzte die Gunst der Stunde und sagte zu Hogarth: »Wie ich sehe, ist auf Scotland Yard immer noch Verlass. Das hier ist der Gentleman, der Sie zu einer intensiven Befragung dorthin bringen wird.«

Marler packte Martin sofort fest an der rechten Schulter.

»Sind Sie noch dran, Mr Newman?«, fragte Pendleton mit gedämpfter Stimme. »Okay. Der Mann war insgesamt drei Mal hier. Einmal am 15. Oktober 2001, dann am 20. November 2001 und schließlich noch einmal am 10. Januar 2002. Die abgehobenen Beträge beliefen sich insgesamt auf zwei Millionen Pfund. Zuerst 250 000 Pfund, dann 750 000 Pfund und zuletzt eine Million Pfund. Jedes Mal wollte er sie bar in Schweizer Franken ausbezahlt bekommen. Der Name des Mannes ist Martin Hogarth. Kann ich Ihnen sonst noch behilflich sein?«

»Nein danke, Sie haben uns einen großen Dienst erwiesen.«

»Viel Erfolg bei Ihrer Jagd auf die El Kaida ...«

Nachdem Newman aufgelegt hatte, ging er zu Tweed und zeigte ihm den Zettel, auf den er die Zahlen und kurze Notizen über den Verlauf des Gesprächs gekritzelt hatte. Dann klingelte das Telefon erneut. Monica nickte und gab den Hörer wieder an Newman weiter.

»Ich bin es noch mal, Pendleton. Ich habe meine Zahlen eben noch einmal nachgeprüft und dabei bemerkt, dass ich Ihnen den letzten Betrag falsch durchgegeben habe. Die dritte und letzte Summe, die Martin Hogarth ausbezahlt wurde, belief sich auf vier Millionen. Er hat also insgesamt fünf Millionen Pfund abgehoben. Und er hatte jedes Mal eine von Gerald Hanover unterzeichnete Bankvollmacht dabei.«

»Und wissen Sie denn auch, wer dieser Gerald Hanover ist?«

»Nein.«

Newman korrigierte rasch die beiden Zahlen und unterstrich die neue Summe. Dann gab er Tweed ein Zeichen.

»Sie rühren sich nicht vom Fleck«, sagte Tweed zu Hogarth, während er hinüber zu Newman ging und sich das Blatt geben ließ.

Er las es kurz durch, faltete es zusammen und ging dann zurück zu seinem Schreibtisch.

»Das war Superintendent Buchanan«, sagte Newman laut. »Er wird langsam ungeduldig und fragt, wann Sie ihm seinen Gefangenen bringen.«

Tweed setzte sich wieder und schaute Martin Hogarth, der leichenblass geworden war und nervös mit seinen Fingern spielte, durchdringend an.

»Pecksniff hat jede Geldlieferung, die Sie ihm gebracht haben, sofort nachgezählt, nicht wahr?«, fing er an.

»Ja ...«, krächzte Martin mit heiserer Stimme. »Ich habe ihm den Geldkoffer und den Schlüssel gegeben. Er hat den Koffer sofort aufgemacht, die Schweizer Banknoten Bündel für Bündel herausgenommen und laut gezählt.«

»Sie waren dreimal in New York. Von dort aus sind Sie dann erster Klasse auf die Bahamas geflogen, und weil Sie nur im Transit waren, hatten Sie keine Probleme mit dem amerikanischen Zoll.«

»Woher wissen Sie das alles?« fragte Hogarth verblüfft.

»Ich bin derjenige, der hier die Fragen stellt. Also: Wie viel Geld haben Sie bei jedem Flug mit zurückgebracht?«

»Beim ersten 250 000 Pfund. Beim zweiten 750 000. Und vier Millionen beim letzten. Also insgesamt fünf Millionen Pfund, alles in Schweizer Franken.«

»War sicher ziemlich aufregend, solche Summen in Heathrow ins Land zu schmuggeln.«

»Ich habe immer darauf geachtet, dass ich möglichst

weit hinten in der Schlange durch den Zoll ging. Zweimal haben die mich durchgewinkt, und als ich schließlich doch kontrolliert wurde, habe ich gleich bereitwillig den Geldkoffer mit dem Schlüssel hingelegt und so getan, als wollte ich damit die Aufmerksamkeit von meinem größeren Koffer ablenken. Tatsächlich haben sie sich auch wie die Wilden auf den großen Koffer gestürzt, in dem ich bloß meine Kleidung und ein paar Souvenirs hatte, und den Geldkoffer gar nicht weiter beachtet.«

»Wie viel hat ihnen Mr Pecksniff für Ihre Bemühungen bezahlt?«

»Muss ich Ihnen das sagen?«

»Ja.«

»Fünfzigtausend Pfund in Schweizer Franken. Reich bin ich damit nicht geworden …«

»Natürlich nicht. Aber wie ein armer Schlucker kommen Sie mir mit Ihrer Rolex und der diamantenbesetzten Krawattennadel auch nicht gerade vor. Und jetzt verschwinden Sie! Gehen Sie mir aus den Augen!«

»Wie bitte?«

»Er hat gesagt, dass Sie gehen können«, sagte Paula.

Sobald der völlig verdatterte Hogarth das Büro verlassen hatte, gab Tweed Marler ein Zeichen.

»Folgen Sie ihm. Egal, wohin er geht. Ich will wissen, was er macht, mit wem er sich trifft. Alles.«

»Bin schon weg. Ich rufe Sie vom Handy aus an.«

»Spreche ich mit Ali?«

»Ja.«

Der Wind blies so heftig um die Telefonzelle herum, dass Ali die Tür zuhalten musste.

»Abdullah hier. Hast du ein Foto von Martin Hogarth dabei?«

»Ja. Ich habe die Fotos von allen Bewohnern Carpfords in meiner Jackentasche.«

»Dann schick deinen besten Mann sofort zur Park Crescent. Martin Hogarth hat gerade das Gebäude des SIS verlassen.«

»Einer meiner Männer bewacht gerade das Gebäude.«

»Gut, dann sag ihm, dass er Martin Hogarth töten soll. Unverzüglich …«

33

Tweed saß hinter seinem Schreibtisch und klopfte mit einem Bleistift auf der Platte herum. Für Paula war das ein untrügliches Zeichen dafür, dass ihn etwas bedrückte.

»Was haben Sie denn?«, fragte sie.

»Ich überlege gerade, ob ich nicht den Sicherheitsminister anrufen und ihn fragen soll, wieso er die Agenten von der Special Branch nicht auf der Uferpromenade patrouillieren lässt.«

»Ich würde das an Ihrer Stelle nicht tun. Sie haben doch gesagt, dass es besser ist, ihn nicht gegen uns aufzubringen.«

»Sie haben Recht. Ich rufe ihn nicht an.«

Beaurain ging ruhelos im Büro auf und ab, während Newman entspannt die *Daily Nation* las. Schließlich zog Beaurain seinen Mantel an.

»Wo wollen Sie hin?«, fragte Tweed.

»Ich würde mich gern noch mal auf der Uferpromenade an der Themse umsehen. Vielleicht sind die Herren in den Kamelhaarmänteln ja jetzt dort.«

»Ich komme mit«, sagte Paula.

»Hat Jules mit seiner Unruhe jetzt auch noch Sie angesteckt?«, fragte Tweed.

»Ist das ein Wunder?«, gab Paula zurück. »Da steht ein fürchterlicher Anschlag bevor, und wir wissen immer noch nicht, wo er erfolgen wird. Kommen Sie, Jules, verschwinden wir. Ich halte es hier drinnen nicht mehr aus.«

Draußen war es eiskalt. Beaurain fragte Paula, ob er wieder fahren dürfe, und sie gestattete es ihm. Obwohl nicht gerade wenig Verkehr herrschte, kamen sie ziemlich rasch zur Westminster Bridge. Beaurain war ein guter Fahrer, der jede Lücke ausnutzte.

Als er nach links auf die Uferpromenade abbog, bemerkte er, dass sich auf der Brücke noch immer die Autos stauten. »Wie lange geht das denn noch so?«, sagte er zu Paula und deutete auf die völlig verstopfte Westminster Bridge.

»Das fängt am späten Nachmittag an und hört meistens erst gegen acht Uhr abends auf. Von Jahr zu Jahr wird es schlimmer.«

»Die armen Pendler, die jeden Tag in diesem dummen Stau stecken.«

»Sie sagen es.«

Während Beaurain fuhr, konzentrierte sich Paula voll auf die Uferpromenade.

»Sehen Sie nur, da vorn geht Martin Hogarth«, rief sie auf einmal aus. »Aber wo ist Marler? Er sollte ihn doch beschatten.«

»Wenn Sie Marler sehen könnten, würde er verdammt schlechte Arbeit leisten. Bestimmt ist er ganz in der Nähe. In puncto Beschatten macht ihm niemand etwas vor.«

»Ich finde es trotzdem merkwürdig …«

Zehn Meter hinter Hogarth ging ein Geschäftsmann in schwarzem Anzug und mit Hut. Mit der einen Hand trug er eine große Aktentasche.

»Diese Anzüge haben die Geschäftsleute in der City heutzutage wohl alle an«, sagte Paula. »Die sind schon fast eine Art Uniform. Der schwarze Anzug soll wohl zeigen, wie traurig man die allgemeine wirtschaftliche Lage einschätzt, während man mit der dicken Aktentasche die eigene Wichtigkeit hervorhebt. Früher mal hatten sie die tollsten Anzüge an, aber jetzt sieht man nichts als schwarz, schwarz, schwarz.«

Beaurain deutete auf zwei große, mit Kohle beladene Lastkähne, die flussaufwärts fuhren.

»Die beliefern das Kraftwerk, das uns die Frau mit dem Hund gezeigt hat«, sagte Paula. »Die Flut kommt gerade herein, aber ihren höchsten Punkt wird sie erst in zwei Tagen erreichen.«

»Bei uns in Belgien haben wir keine so großen Lastkähne«, bemerkte Beaurain.

»Von der Special Branch ist weit und breit nichts zu sehen«, sagte Paula. »Dieser Dummkopf Warner will sich anscheinend tatsächlich mit Tweed anlegen.«

»Hogarth geht immer noch die Uferpromenade entlang«, sagte der Belgier mit einem Blick in den Rückspiegel. »Ich frage mich, wohin er wohl will.«

»Marler wird das bestimmt herausfinden«, erwiderte Paula zuversichtlich.

»Wissen Sie, wie wir von hier aus ins East End kommen? Ich würde mich gern in einer Kneipe umhören, die von ganz normalen Leuten besucht wird.«

»Kein Problem. Ich lotse Sie hin.«

Obwohl Paula Beaurain gern gefragt hätte, was ihm im Kopf herumging, hielt sie sich zurück. Schließlich wusste der Belgier immer genau, was er tat.

Der Geschäftsmann, der in Wirklichkeit Marler war, ging immer noch hinter Hogarth her. Vor einer halben Stunde, als Hogarth in einem Pub ein Bier getrunken hatte, war Marler auf der Toilette in den knitterfreien schwarzen Anzug geschlüpft, den er in der Aktentasche mit sich geführt hatte. In diesem Outfit fiel er in der City nicht weiter auf und konnte Hogarth, der sein Bier zügig ausgetrunken hatte und dann wieder nach draußen gegangen war, unbemerkt folgen.

Etwa auf der Mitte der Uferpromenade überquerte Hogarth die Straße und begab sich in ein Labyrinth von kleinen, leicht ansteigenden Seitengassen. Im Vergleich mit der hektisch belebten Uferpromenade war es hier geradezu ruhig, was Marler, der es gerade noch über die Straße geschafft hatte, bevor die Fußgängerampel auf Rot schaltete, nicht besonders gefiel. Je weniger Menschen auf der Straße waren, desto schwerer war es, eine Zielperson unbemerkt zu verfolgen.

Wenigstens war es in den kleinen Straßen ziemlich dunkel, sodass Marler sich in den Schatten zwischen den spärlich verteilten Straßenlaternen verstecken konnte. Wahrscheinlich wollte Hogarth hinauf zur Strand, dachte er und nahm die Aktentasche in die linke Hand. Irgendetwas an dieser stillen Gegend gefiel ihm ganz und gar nicht. Er ging schneller und verringerte den Abstand zu Hogarth, wobei er mit seinen Gummisohlen so gut wie kein Geräusch machte. Als seine Zielperson gerade um eine Ecke verschwunden war, hörte Marler, wie hinter ihm ein Fahrzeug die steile Straße heraufkam. Sofort versteckte er sich in einem Hauseingang.

Er brauchte nicht lange zu warten, dann fuhr in Schrittgeschwindigkeit ein Taxi an ihm vorbei, das, obwohl außer dem Fahrer niemand darin saß, sein Freizeichen nicht eingeschaltet hatte. In der Dunkelheit konnte Marler zwar nicht das Nummernschild entziffern, aber er war sich ziemlich sicher, dass er dasselbe Taxi zuvor in der Park Crescent schon einmal gesehen hatte.

Der Fahrer, der seine Schirmmütze tief in die Stirn gezogen hatte, bog in die Straße ein, in der auch Hogarth verschwunden war. Marler rannte hinterher. Als er um die Ecke kam, sah er, wie das Taxi gerade neben Hogarth anhielt, der, offenbar erschöpft von dem steilen Anstieg, einen Augenblick lang durchschnaufte.

Marler hob die Walther, die er in der rechten Hand hielt, und als er sah, dass der Taxifahrer mit einem Revolver auf Hogarth zielte, drückte er sofort ab. Ein Schuss genügte, und der Fahrer fiel wie ein nasser Sack nach vorn aufs Lenkrad. Hogarth, der noch nicht richtig begriffen hatte, was eigentlich los war, machte ein entsetztes Gesicht.

»Sie schon wieder!«, rief er aus, als er Marler erkannte, der raschen Schrittes herbeigeeilt kam.

»Halten Sie den Mund und setzen Sie sich hier auf die Stufen.« Marler deutete in einen Hauseingang.

»Er wollte mich umbringen …«

»Schnauze! Und setzen Sie sich endlich!«

Marler steckte die Walther zurück in das Halfter und streifte sich Latexhandschuhe über. Während Hogarth sich benommen auf eine der Stufen vor dem Hauseingang setzte, öffnete Marler die Fahrertür des Taxis und sah sich den Fahrer an. Die Kugel hatte ihm den Hinterkopf zerschmettert. Penibel darauf bedacht, sich nicht mit dem Blut des Toten zu beschmutzen, durchsuchte Marler dessen Taschen, fand aber nichts, woran man den Mann hätte identifizieren können. Offenbar hatte er es mit einem Profi zu tun. Marler nahm den Mantel, der auf dem Beifahrersitz lag, und breitete ihn über den Toten. Den Revolver des Mannes ließ er auf dem Wagenboden liegen.

»Stehen Sie auf«, sagte er zu Martin Hogarth und packte ihn am Arm. »Wir müssen so schnell wie möglich von hier verschwinden.«

Während er den noch immer unter Schock stehenden Hogarth zurück in Richtung Uferpromenade zog, sagte er ihm, was er zu tun habe.

»Sind Sie mit dem Auto da?«

»Ja.«

»Wo steht es?«

»In einem Parkhaus an der Baker Street.«

»Dann sorge ich dafür, dass Sie dorthin kommen. Und dann fahren Sie sofort zurück nach Carpford und verschanzen sich in Ihrem Bungalow. Haben Sie dort eine Waffe?«

»Eine Schrotflinte, mit der ich manchmal Kaninchen jage.«

»Die stellen Sie sich nachts neben Ihr Bett. Sehen Sie zu, dass alle Fenster und Türen verschlossen sind, und wenn Sie etwas Ungewöhnliches bemerken, rufen Sie sofort Tweed an. *Aber fahren Sie auf keinen Fall zurück nach London!*«

»Wo ist Billy?«

»In Sicherheit. Zwei Killer haben versucht, ihn zu töten, aber meine Kollegen konnten den Anschlag verhindern. Ihrem Bruder geht es gut.«

Als sie die Uferpromenade erreichten, winkte Marler ein Taxi herbei. »Lassen Sie sich zu Ihrem Parkhaus fahren«, sagte er zu Hogarth, während er ihm die Wagentür aufhielt.

In der Park Crescent arbeitete Tweed unterdessen an einer Liste der Verdächtigen. Newman, der wieder in die *Daily Nation* vertieft gewesen war, blickte auf.

»Das ist der seltsamste Nachruf, den ich je gelesen habe«, sagte er. »Auf einen gewissen Captain Charles Hobart, der schon vor zwei Jahren ums Leben kam. Offenbar hat das Verteidigungsministerium die Informationen so lange zurückgehalten.«

Er reichte die Zeitung weiter an Tweed, der seufzend seinen Notizblock beiseite schob und zu lesen begann:

Captain Charles Hobart galt in seinem Regiment als Einzelgänger, wurde aber dennoch für seine unorthodoxen Ansichten geschätzt, die sich im Nachhinein immer als richtig erwiesen hatten. Angeblich soll er eng mit einem Nachrichtenoffizier zusammengearbeitet und auf diese Weise dem Feind hohe Verluste zugefügt haben. Vor zwei Jahren war er im Jemen stationiert, wo er auf eine Patrouille ging, um feindliche Truppenbewegungen auszukundschaften. Dabei geriet er in einen Hinterhalt und wurde erschossen. Gerüchte, dass er aus den eigenen Reihen verraten wurde, werden vom Verteidigungsministerium vehement zurückgewiesen. In Kreisen seiner Kameraden wird jedoch nach wie vor gemunkelt, dass jemand an höherer Stelle ihn ans Messer geliefert hat.

Tweed besah sich das Foto von Hobart. Es handelte sich um einen gut aussehenden Mann mit intelligenten Augen, der eine englische Armeeuniform und dazu einen arabischen Turban trug.

»Sieht ja aus wie ein kleiner Lawrence von Arabien«, sagte er. »Offenbar hat das Verteidigungsministerium den Nachruf tatsächlich unter Verschluss gehalten. Es ist immerhin seltsam, dass dieser Nachruf erst nach zwei Jahren erscheint und dann gerade jetzt … Sieht ganz danach aus, als sollten irgendwelche Fehler des Ministeriums vertuscht werden.«

Er blickte auf, weil Marler das Büro betreten hatte.

»Martin Hogarth wären wir los«, sagte Marler händereibend, während er sich wie üblich mit dem Rücken an die Wand lehnte. Dann berichtete er, was er soeben erlebt hatte.

»Haben Sie denn noch die Walther, mit der Sie den Killer erschossen haben?«, fragte Tweed.

»Natürlich nicht. Scotland Yard verfügt über eine ausgezeichnete ballistische Abteilung, da gehe ich kein Risiko ein. Deshalb bin ich vorhin noch kurz in den Keller gegangen und habe die Walther von den Eierköpfen in ihrer Spezialmaschine vernichten lassen. Aber keine Angst, ich stehe nicht ohne Waffe da – die Eierköpfe haben mir gleich wieder eine Walther mitgegeben.«

»Aber doch hoffentlich nicht eine nagelneue?«

»Doch. Aber sie sieht aus, als wäre sie seit Jahren in Gebrauch. Die Eierköpfe haben sie künstlich gealtert.«

»Falls Sie doch jemand auf der Uferpromenade gesehen haben sollte – es kann ja immer mal sein, dass ein Streifenwagen vorbeifährt –, was sagen Sie dann?«

»Dass ich dort in Ihrem Auftrag überprüft habe, ob die Special Branch vor Ort ist. Übrigens habe ich keine einzige von den Pappnasen gesehen.«

»Sie haben erzählt, dass Sie das Taxi mit dem Killer zuvor schon hier in der Park Crescent bemerkt haben. Das gibt mir zu denken. Newman, wie steht es eigentlich mit den beiden Neuen, die wir demnächst kriegen sollen?«

»Meinen Sie Wilson und Walker? Die sind immer noch in der Ausbildung.«

»Dann rufen Sie bei der Ausbildungseinheit an und sagen Sie denen, dass sie die beiden hierher schicken sollen. Ich möchte, dass sie unauffällig die Straße beobachten und mir jeden melden, der so aussieht, als würde er unser Büro ausspionieren.«

»Wird gemacht.«

»Wo Paula und Jules wohl gerade sind …?«

»Richtig hübsche Gegend hier«, sagte Beaurain sarkastisch. »Enge Gassen, heruntergekommene Häuser und jede Menge Müll, den wohl nie einer abholt. Und dann diese ganzen Marktstände hier. Wer kauft denn bei dieser Kälte so spät am Abend im Freien ein?«

»Wir sind hier in Wapping, im Herzen des East End«, antwortete Paula amüsiert. »Ich dachte, da wollten Sie hin. Und was die Marktstände betrifft, so sind die für die Männer da, die unten am Fluss in Spätschicht arbeiten und auf dem Nachhauseweg noch etwas einkaufen wollen. Typisch East End eben. Passt Ihnen das nicht?«

»Doch, es passt mir sogar ausgezeichnet. Und da ist ja auch ein Pub. ›The Pig's Snout‹ – drolliger Name, aber genau das, was ich suche. Und da ich Sie hier wohl schlecht allein im Auto lassen kann, nehme ich Sie mit hinein …«

»Hören Sie auf, den Beschützer zu spielen«, sagte Paula und knuffte den Belgier in den Oberarm. »Ich war schon in schlimmeren Spelunken.«

»Wo kann ich hier das Auto abstellen, ohne dass es gleich geklaut wird?«

Bei diesen Worten deutete er auf eine Bande von etwa zehn- bis sechzehnjährigen Jungen, die gar nicht einmal so schlecht gekleidet waren. Sie warfen begehrliche Blicke auf Paulas Auto.

»Stellen Sie es einfach direkt vor das Pub, da ist gerade ein Parkplatz frei.«

Bevor sie ausstiegen, nahm Beaurain drei Fünfpfundscheine aus seiner Geldbörse und steckte sie sich in die Hosentasche. Dann ließ er die Geldbörse wieder in der mit einem Reißverschluss gesicherten Innentasche seiner Jacke verschwinden.

»Alle Achtung. So viel Umsicht hätte ich nicht von Ihnen erwartet«, sagte Paula überrascht.

»In bestimmten Vierteln von Brüssel, Lüttich oder Antwerpen geht es auch nicht anders zu als hier. Aber sagen Sie mir doch bitte, warum Sie sich gerade zwei Zehnpfundscheine in den Handschuh gesteckt haben. Sie müssen im Pub nicht zahlen, das übernehme ich.«

»Seien Sie nicht so neugierig, Jules.«

Die beiden stiegen aus und gingen auf das Pub zu, als sich der größte und am brutalsten aussehende Junge der Bande ihnen in den Weg stellte. Paula zeigte ihm einen der Zehnpfundscheine, zog ihn aber gleich wieder weg, als der Junge danach greifen wollte.

»Wie heißt du?«

»Jem. Und du?«

»Ich gebe dir zehn Pfund, Jem, wenn du dafür auf unser Auto aufpasst. Und wenn wir wieder aus dem Pub kommen und es noch unversehrt dasteht, kriegst du noch mal einen Zehner.«

»Ist gebongt, Lady. Dem Schlitten wird bestimmt nichts passieren.«

»Das haben Sie gut gemacht«, sagte Beaurain anerkennend. »Dieser Jem schlägt bestimmt jeden zu Brei, der sich dem Wagen auch nur nähert.«

Das Pub war gesteckt voll, lärmig und rauchgeschwängert. Beaurain sah, dass einige der Gäste Ölzeug trugen, und schloss daraus, dass es sich bei ihnen um Arbeiter aus dem Hafenviertel handelte. Hier war er richtig. Er nahm Paula in den Arm und bugsierte sie zur Bar. Alle machten ihnen bereitwillig Platz. Offenbar sahen sie es Beaurain an seinem wettergegerbten Gesicht an, dass mit ihm nicht zu spaßen war.

»Was darf's sein?«, fragte der stämmige Barkeeper, als sie sich bis an die Theke durchgearbeitet hatten.

»Haben Sie Wein?«, fragte Paula.

»Wir haben französischen Chardonnay. Echt gutes Zeug.«

»Das ist mein Lieblingswein.«

»Und was trinkt der Herr?«

»Dasselbe wie die Dame.«

Der Barkeeper schenkte aus einer großen Flasche zwei Gläser ein, nahm den Fünfpfundschein, den Beaurain ihm hinstreckte und knallte das Wechselgeld auf die Theke.

Inzwischen hatte sich ein rothaariger Bursche zwischen Beaurain und einen Mann in Ölzeug gedrängt und zeigte ihnen mit einem anzüglichen Grinsen einen verknitterten Briefumschlag.

»Da drin habe ich echt geile Fotos, Freunde«, sagte er. »Knackige Weiber, die es sich mit so ziemlich allem besorgen, was ihr euch nur denken könnt.«

»Verpiss dich.«

Beaurain gab dem Mann einen Stoß, dass diesem der Briefumschlag aus der Hand auf den Boden fiel. Dabei rutschten einige der pornographischen Fotos heraus auf den bierfeuchten Boden.

»Das hättest du nicht tun sollen, Kumpel«, zischte der Rothaarige und zog aus seiner fleckigen Windjacke ein

Schnappmesser. Die Klinge war noch nicht richtig ausgeklappt, da hatte Beaurain den Mann auch schon am Handgelenk gepackt und drehte es so heftig um, dass der Mann einen lauten Schrei ausstieß. Als Beaurain wieder losließ, hing die Hand in einem seltsamen Winkel nach unten. Er hatte dem Mann das Handgelenk gebrochen.

Der Barkeeper zog einen Kricketschläger unter der Theke hervor und drohte dem Rothaarigen damit.

»Mach bloß, dass du rauskommst, du Schmutzfink«, sagte er. »Sonst breche ich dir damit auch noch das andere Handgelenk.«

Während der Rothaarige schleunigst das Weite suchte, bückte sich der Mann im Ölzeug und hob die Fotos auf, die der Flüchtende zurückgelassen hatte. Er steckte sie zurück in den Umschlag und reichte ihn dann dem Barkeeper.

»Wirf das Zeug in den Müll, Bill«, sagte er und wandte sich Beaurain zu.

»Gut gemacht, Chef«, sagte er und klopfte dem Belgier anerkennend auf die Schulter. »Der Kerl ist nicht gerade ungefährlich.«

»*War* nicht gerade ungefährlich, das würde die Sache wohl besser treffen«, antwortete Beaurain lächelnd. »Arbeiten Sie hier an der Themse?«

»Ja. Ich bin Dockarbeiter. Aber früher bin ich auf allen möglichen schwimmenden Untersätzen gefahren. Auf Frachtern, Fähren und Lastkähnen.«

»Interessant. Dann können Sie mir vielleicht helfen, ich würde mir nämlich gern einen Lastkahn kaufen. Vorhin habe ich zwei gesehen, die mit Kohle beladen flussaufwärts gefahren sind.«

»Das sind die Kähne, die zu dem neuen Kraftwerk auf der anderen Flussseite fahren. Gebaut wurde es übrigens von Dixon, Harrington und Mosley, das ist ein ziemlich großer Konzern mit Sitz in London. Es liefert den Strom für eine hochmoderne Fabrik, die ebenfalls dieser Firma gehört. Soviel ich weiß, haben sie die Kohlekähne in Österreich gekauft. Die haben nämlich drei Laderäume, was für solche Schiffe eher ungewöhnlich ist.«

»Können Sie mir vielleicht aufzeichnen, wie die Kähne in etwa aussehen? Dann könnte ich mir besser überlegen, ob sie für mich infrage kommen.«

Paula, die gerade vorsichtig an ihrem Wein genippt und festgestellt hatte, dass er gar nicht so schlecht schmeckte, schob Beaurain ihr Notizbuch hinüber. Beaurain gab es dem Dockarbeiter, der gleich darauf mit einem Bleistiftstummel zu zeichnen anfing.

»Sehen Sie, hier ist der vordere Laderaum. Der ist ziemlich groß. Dann kommt ein kleinerer in der Mitte, und hinten wieder ein großer. Keine Ahnung, wozu die das in Österreich brauchen.«

»Na ja, die werden es schon wissen. Auf der Donau gibt es ja sehr viel Frachtverkehr.«

»Wem sagen Sie das, Chef. Ich bin selbst mal bis ins Schwarze Meer geschippert. Aber zeigen Sie der Lady doch meine Zeichnung. Sie sieht so aus, als würde sie sich dafür interessieren.«

»Was ist denn das da hinten?«, fragte Paula, nachdem ihr Beaurain das Notizbuch gegeben hatte.

»Das ist das Steuerhaus. Von dem aus hat der Kapitän den ganzen Kahn im Blick.«

»Haben die Laderäume eigentlich eine Abdeckung?«

»Komisch, dass Sie das fragen. Das ist nämlich gerade das Seltsame an diesen Kähnen. Die Laderäume vorn und hinten werden bis Oberkante Bordwand mit Kohle vollgefüllt, aber der mittlere ist immer mit einer Luke abgedeckt. Keine Ahnung, wieso das so ist.«

»Das ist ja hochinteressant«, sagte Paula. »Ich heiße übrigens Paula.«

»Sehr erfreut, Paula. Ich heiße Sharkey.« Er grinste breit und zeigte erstaunlich weiße Zähne. »Wir hier auf dem

Fluss haben die komischsten Namen. Na, wie gefällt Ihnen mein Meisterwerk? Kann man es überhaupt für was gebrauchen?«

»Es könnte gar nicht besser sein«, sagte Paula.

Beaurain spendierte Sharkey zum Dank ein Bier und meinte: »Da hatte ich ja richtig Glück, dass ich Sie getroffen habe. Auf Ihr Wohl!«

Er prostete Sharkey zu.

»Na, dann kaufen Sie mal Ihren Kahn, Chef. Wer weiß, vielleicht heure ich sogar drauf an.«

Beaurain und Paula tranken aus und verabschiedeten sich dann. Draußen nahm Paula den zweiten Zehnpfundschein aus ihrem Handschuh und gab ihn Jem, der breitbeinig neben ihrem Auto stand. Vor ihm auf dem Randstein hockte ein anderer Junge mit einer blutigen Nase.

»Danke fürs Aufpassen«, sagte Paula.

»War auch nötig«, antwortete Jem. »Die Dumpfbacke da wollte Ihnen vorhin doch glatt den Lack zerkratzen.«

»Und dann?«

»Dann hab ich ihm eine reingesemmelt. Aber machen Sie sich wegen dem keine Sorgen. Der wird schon wieder.«

Sie stiegen ein, und Beaurain wendete so rasch wie möglich.

»Am liebsten würde ich jetzt Mrs Wharton besuchen, die Frau mit dem Pudel, die uns von dieser seltsamen Flugzeugbombe erzählt hat«, sagte Beaurain, als er an den nunmehr zugeklappten Marktständen vorbeifuhr.

»Sie wohnt in der Upper Cheyne Lane fünfzig«, sagte Paula. »Soll ich Ihnen sagen, wie Sie dort hinkommen?«

»Ich bitte darum. Vielleicht kann uns Mrs Wharton ja eine Skizze von dieser Waffe anfertigen.«

»Wozu brauchen Sie die?«, fragte Paula, aber Beaurain gab ihr keine Antwort. Als sie ihn von der Seite ansah, erkannte sie ein Funkeln in seinen Augen, als ob ihm gerade unglaublich aufregende Dinge im Kopf herumgingen.

»Lassen Sie uns vorher noch schnell in der Park Crescent vorbeischauen«, sagte er. »Und dann nichts wie in die Upper Cheyne Lane fünfzig.«

Paula boxte Beaurain sanft gegen die Schulter. Er war genau wie Tweed: Solange er sich einer Sache nicht hundertprozentig sicher war, blieb er verschlossen wie eine Auster.

34

»Ali hier …«

»Abdullah. Der Countdown läuft!«

»Ich weiß. Wir sind bereits vor Ort und arbeiten auf Hochtouren.«

»Sind die Lieferungen in der Anlage?«

»Wir haben Stufe zwei erreicht. Stufe drei folgt morgen früh. Alles verläuft nach Plan.«

»Und was ist mit dem Wachmann? Kann da nichts schief gehen?«

»Den haben wir im Griff. Seine Frau auch. Gestern ist ihm einer unserer Männer bis nach Hause gefolgt. Vince Proctor …«

»Keine Namen! Dann ist er also glücklich, dass seine Frau Gesellschaft hat, wo er doch so viele Überstunden machen muss.«

»Das ist er. Und seine Frau auch. Wir sind alle glücklich.«

Wie üblich hatte Abdullah einfach aufgelegt, was Ali inzwischen aber nur noch mit einem gleichgültigen Schulterzucken registrierte. Er trat aus der Telefonzelle in den dichten Nebel hinaus und ging langsam zur »Anlage« zurück.

Als es klingelte, machte Mrs Proctor in ihrem kleinen, in einer Seitenstraße gelegenen Reihenhaus gerade den Abwasch. Sie wischte sich die nassen Hände an der Schürze ab, ging aus der Küche zur Tür und öffnete. Draußen stand ein Mann in einem Regenmantel, der seinen Schlapphut tief ins Gesicht gezogen hatte. Der Mann hielt Mrs Proctor eine Pistole unter die Nase und legte zum Zeichen, dass sie nur ja keinen Laut von sich geben solle, den Zeigefinger auf die Lippen.

Dann schob der Fremde Mrs Proctor vor sich her in die Küche, wo er sie gewaltsam auf einen Stuhl drückte und die völlig verängstigte Frau an Händen und Füßen fesselte. Mrs Proctor war kreidebleich und zitterte am ganzen Körper.

Dann zog der Eindringling Mantel und Hut aus. Zu ihrem Entsetzen sah Mrs Proctor, dass der Mann, der einen dunklen Teint und kurze Haare hatte, einen Tarnanzug trug. Er kam aus Ägypten und hieß Haydar, was Mrs Proctor aber nie erfahren sollte.

»Wir haben deinen Mann in unserer Gewalt«, sagte er zu der gefesselten Frau. »Wenn du keine Dummheiten machst, wird ihm nichts geschehen. Wenn du allerdings um Hilfe rufst, ist er schon so gut wie tot.«

Um seine Worte zu unterstreichen, zog er ein Polaroidfoto heraus, das einen gefesselten Mann zeigte, der mit angstverzerrtem Gesicht auf einem Stuhl saß. Ein anderer Mann, den man nur von hinten sah, hielt ihm eine Pistole an die Schläfe.

»Wer sind Sie?«, keuchte Mrs Proctor und schluckte schwer. »Wo ist Vince? Ist er im Kraftwerk?«

»Halt den Mund«, zischte Haydar. »Wenn du schön brav sitzen bleibst und keine Dummheiten machst, verschwinde ich wieder, als wäre überhaupt nichts geschehen. Und dein Mann kommt auch frei. Kommt normalerweise abends noch jemand bei dir vorbei?«

»Nur manchmal Mrs Wilkinson von nebenan.«

»Und was ist, wenn du nicht aufmachst?«

»Dann denkt sie, dass ich eingedöst bin, und geht wieder.«

»Dann brauchen wir uns also keine Sorgen zu machen«, sagte Haydar zufrieden. Natürlich würde Mrs Proctor dieses Haus nicht mehr lebend verlassen, aber das musste er ihr ja nicht unbedingt auf die Nase binden. Sobald die Operation erfolgreich abschlossen war, würde er ihr eine Kugel durch den Kopf jagen. Und ihren Mann, den man im Kohlekraftwerk gefangen hielt, würde das gleiche Schicksal ereilen.

35

Buchanan betrat forschen Schrittes das Büro und setzte sich unaufgefordert in den Sessel direkt vor Tweeds Schreibtisch. Paula erkannte sofort, dass er eine Menge zu berichten hatte, aber noch bevor er den Mund aufmachen konnte, sagte Tweed mit Nachdruck:

»Ich habe gerade den City Airport sperren lassen. Nun möchte ich, dass Sie sofort bewaffnete Polizisten dorthin schicken.«

Buchanan nahm sein Mobiltelefon zur Hand und veranlasste das Nötige.

»In dreißig Minuten ist eine Einsatzgruppe dort«, sagte er.

»Danke, Roy. Ich rufe jetzt Warner an und erzähle ihm, dass ich den Flughafen gesperrt habe. Das wird ihm bestimmt gefallen …«

»Bestimmt …«, wiederholte Buchanan ironisch.

Es dauerte eine Weile, bis Tweed wenigstens Palfry an der Strippe hatte. Der Assistent des Ministers teilte ihm mit, dass Warner gerade in einer Kabinettssitzung sei. Tweed rief daraufhin in Whitehall an und musste nicht allzu lange warten, bis Warner ins Telefon raunzte:

»Tweed, was soll das? Ich war gerade mitten in einer Kabinettssitzung!«

»Dann seien Sie froh, dass ich Sie rausgeholt habe. Da werden doch ohnehin nur hohle Phrasen gedroschen und nie eine Entscheidung gefällt. Ich kenne das zur Genüge«, sagte Tweed. »Und jetzt hören Sie mir gut zu. Ich habe gerade den City Airport dichtgemacht …«

»*Was* haben Sie getan? Wieso denn das? Dazu bestand doch überhaupt keine Veranlassung ...«

»Doch. Wir müssen verhindern, dass die El Kaida dort in Flugzeugen, die sie möglicherweise von privaten Flugschulen gestohlen hat, eine größere Anzahl von Männern landet. Schließlich gibt es ja in der Umgebung von London mehr als genug davon.«

»Ihr Verhalten ist ungeheuerlich, Tweed. Sie hätten mich zumindest vorher konsultieren müssen.«

»Es genügt voll und ganz, wenn ich Sie über meine Entscheidungen informiere, und das habe ich hiermit getan. Haben Sie denn die Anweisung des Premiers schon wieder vergessen? Ich allein entscheide jetzt über alle Sicherheitsfragen.«

»Ich gehe auf der Stelle zurück in die Kabinettssitzung und erzähle dort alles, was Sie gesagt haben. Besonders das über die hohlen Phrasen.«

»Nur zu. Der Premier hat Sinn für Humor, ganz im Gegensatz zu Ihnen. Auf Wiederhören ...«

Tweed legte auf und wandte sich an Buchanan.

»Tut mir Leid, Roy, dass ich Sie habe warten lassen. Sie sehen so aus, als hätten Sie wichtige Neuigkeiten.«

»In der Tat. Zuerst einmal habe ich diese Farm in Oldhurst, wo Mrs Sharp den Milchlaster gesehen hat, auf den Kopf stellen lassen. Ich bin selbst mit dem Hubschrauber runtergeflogen. Und stellen Sie sich vor, in jeder der drei Scheunen haben wir zwei Milchlaster gefunden. Macht insgesamt genau die sechs, die verschwunden sind. Bei allen standen die Deckel zu den Milchtanks offen, und vor jedem Laster lag ein langes Stahlseil mit einer Art Handgriff dran. Wahrscheinlich wurde es als Vorrichtung benutzt, um etwas aus der Milch zu holen, was darin verborgen war. Hat übrigens ganz schön gestunken in den Scheunen, bei all der sauer gewordenen Milch in den Tanks.«

»Das kann ich mir vorstellen. Haben Sie irgendwelche Spuren gefunden, die auf die El Kaida hinweisen?«

»Bitte, lassen Sie mich die Geschichte auf meine Art erzählen, Tweed«, bat sich Buchanan aus. »Also: In dem Maschinenschuppen, von dem Mrs Sharp gesprochen hat, haben wir dreißig Schlafsäcke gefunden.«

»Dreißig?«

»Beunruhigt Sie das? Dreißig Schlafsäcke deuten darauf hin, dass mindestens dreißig Männer dort übernachtet haben. Es sieht so aus, als hätte man alles andere vor dem Verlassen der Farm gründlich aufgeräumt. Das Einzige, was wir finden konnten, war das hier.«

Mit diesen Worten legte er einen durchsichtigen Plastikbeutel auf den Tisch, in dem sich ein Fetzen Tuch befand. Tweed besah sich das Stück Stoff eingehend und winkte dann Newman herbei, der gerade auf einem Stuhl neben Paulas Schreibtisch saß.

»Was halten Sie davon?«

Newman nahm den Umschlag und drehte ihn mit geschürzten Lippen hin und her, bevor er ihn an Tweed zurückgab.

»Ich würde sagen, dass das von einem der schwarzen Turbane stammt, wie sie normalerweise von der El Kaida getragen werden«, sagte er. »Wenn wir es wirklich mit dreißig El-Kaida-Terroristen zu tun haben, dann können wir uns auf einiges gefasst machen.«

»Zu demselben Schluss bin ich auch gekommen«, sagte Buchanan, während Newman zu seinem Stuhl zurückging. »Das Einzige, was wir außer dem Stück Stoff sonst noch gefunden haben, waren Essensreste, die ich ans Labor zur Analyse habe schicken lassen. Mrs Sharp hat uns wirklich einen unschätzbaren Dienst erwiesen.«

»Wie sind Sie denn so schnell von der Farm wieder nach London gekommen?«, fragte Tweed.

»Ganz einfach, ich hatte doch den Hubschrauber. Aber

ich war noch nicht ganz fertig. Jetzt kommt der weiße Lieferwagen dran, den Mrs Wharton Ihnen unten an der Themse gezeigt hat.«

»Was ist mit ihm?«

»Als wir an der Stelle ankamen, die Sie uns beschrieben haben, war er verschwunden. Jemand muss ihn wohl weggefahren haben. Aber wohin? Der Weg am Fluss entlang ist eine Sackgasse. Ich könnte mir höchstens vorstellen, dass ihn jemand mit einem Boot hinüber zu dem neuen Kohlekraftwerk auf der anderen Flussseite gebracht hat. Zumindest war am Ufer ein großer Landungssteg, auf den gut ein Wagen hätte fahren können.«

»Haben Sie denn etwas Ungewöhnliches an dem Kraftwerk entdeckt?«

»Nein. Ich habe durch mein Nachtglas hinübergeschaut und nichts Auffälliges gesehen, außer dass dort sechs große Lastkähne festgemacht waren.«

»Ganz schön viele, finden Sie nicht?«

»Die brauchen dort wohl eine Menge Kohle.«

»Ist Ihnen sonst noch irgendetwas an dem Kraftwerk aufgefallen?«

»Nur dass so gut wie alle Lichter brannten. Aber das ist bei einem Kraftwerk ja nichts Ungewöhnliches. Die müssen schließlich nicht Strom sparen.«

»Trotzdem möchte ich, dass wir sofort zuschlagen. Alarmieren Sie Ihre Spezialkräfte, Buchanan, und sorgen Sie dafür, dass genügend Boote bereitgestellt werden …«

»Einen Moment, bitte. So einfach ist das leider nicht.«

»Warum nicht?«, fragte Tweed ungeduldig. »Wir haben keine Zeit zu verlieren.«

»Tweed, Sie kennen diese Gegend Londons nicht so gut wie ich, aber selbst Sie müssten eigentlich wissen, dass das Krafwerk direkt neben dem Krankenhaus St. Jude liegt. Als Dixon die Genehmigung zum Bau des Kraftwerks bekam, hat man ihm zur Auflage gemacht, aus Rücksicht auf das

Krankenhaus die modernsten und besten Filteranlagen einzubauen, die es auf dem Markt zu kaufen gibt. Verstehen Sie jetzt mein Problem?«

»*Ich* verstehe es«, mischte Beaurain sich ein. »Sollte die El Kaida sich des Kraftwerks bemächtigt haben, dann hat sie dort bestimmt jede Menge Sprengladungen angebracht. Und wenn uns die Terroristen nun mit Booten über den Fluss setzen sehen, ist nicht auszuschließen, dass sie die ganze Anlage in die Luft jagen. Können Sie sich vorstellen, was das für das Krankenhaus und seine über vierhundert Patienten bedeutet?«

»Das können wir nicht riskieren«, sagte Tweed. »Da sind uns wohl die Hände gebunden.«

Als Victor Warner zurück in die Kabinettssitzung kam, erzählte er haarklein, was Tweed ihm am Telefon gesagt hatte, musste aber zu seiner Verärgerung feststellen, dass der Premierminister sich über Tweeds Äußerungen königlich zu amüsieren schien.

»So, ich finde, wir haben für heute genug hohle Phrasen gedroschen, Gentlemen«, sagte er grinsend und klappte die Akte vor sich zu. »Die Sitzung ist geschlossen.«

Mit einer Stinkwut im Bauch kehrte Warner in sein Ministerium zurück. Bevor er sein Büro betrat, lief ihm Palfry über den Weg.

»Lassen Sie schon mal meinen Wagen vorfahren, Palfry«, sagte er. »Ich arbeite den Rest des Tages über zu Hause.«

In seinem Penthouse angekommen, begab er sich sofort in sein Arbeitszimmer, wo Eva Brand in einem eng anliegenden schwarzen Hosenanzug an ihrem Schreibtisch saß. Warner zog sich einen Stuhl heran und setzte sich neben sie. Eva merkte sofort, dass er nicht gerade in bester Stimmung war, und bereitete sich auf einen Rüffler von ihrem Chef vor. Umso erstaunter war sie, als Warner unerwartet sanfte Töne anschlug.

»Wenn diese Krise vorbei ist, haben wir uns einen Urlaub verdient«, säuselte er.

»Gute Idee. Ich werde dann nach Frankreich fahren.«

»Nein, das werden Sie nicht tun«, sagte er mit einem merkwürdigen Grinsen auf den Lippen. »Sie werden nämlich mit mir auf die Bermudas fliegen. Na, wie gefällt Ihnen das?«

Mit diesen Worten legte er ihr seine Hand auf den Unterarm, den Eva daraufhin, ohne ihm ins Gesicht zu sehen, mit einer ruckartigen Bewegung wegzog.

»Wir würden im Elbow Beach Hotel wohnen«, sagte Warner. »Wunderschöne Zimmer, eine tolle Bar, mehrere Swimmingpools. Das ist Luxus pur, zwei ganze Wochen lang.«

Eva schob ihre Papiere zusammen und stand auf. Warner konnte nicht den Blick von ihr wenden. Sie ist eine echte Wuchtbrumme, dachte er.

»Frankreich ist mir trotzdem lieber«, sagte sie.

»Wir könnten uns im Hotel Fahrräder ausleihen«, fuhr Warner fort, »und eine Zeit lang mal ganz ohne Auto leben. Die Bermudas sind ein Paradies für Radfahrer.«

»Ich fahre nicht gern mit dem Rad.«

»Aber dort ist es bretteben. Man gleitet ganz mühelos dahin.«

»Was Sie nicht sagen.«

»Für einen Urlaub wie diesen müssten Sie sich natürlich völlig neu einkleiden. Die Kosten würde selbstverständlich ich übernehmen.«

»Ich werde drüber nachdenken.«

»Dieser Urlaub soll ein kleines Dankeschön dafür sein, dass Sie hier so hervorragende Arbeit leisten. Sie sind ein Genie im Entschlüsseln von Kodes, und Ihr Arabisch ist perfekt. Ist eigentlich die verloren gegangene Nachricht wieder aufgetaucht?«

»Man hat sie noch einmal geschickt, ganz wie wir das verlangt haben. Sie liegt jetzt auf Ihrem Schreibtisch. Da sie als streng geheim gekennzeichnet ist, habe ich sie nicht dekodiert, sondern überlasse die Entschlüsselung Ihnen.«

»Diese verdammte Botschaft in Kairo macht doch ständig Ärger. Ich werde mir den Botschafter dort in nächster Zeit mal zur Brust nehmen. Worüber haben wir gerade gesprochen?«

»Über den Urlaub auf den Bermudas. Ich sagte, dass ich darüber nachdenken würde.« Mit diesen Worten ging Eva zur Tür und verließ das Arbeitszimmer.

Warner schob seinen Stuhl zurück an seinen eigenen Schreibtisch und beugte sich über die Nachricht, die Eva ihm hingelegt hatte. Die Frauen sind doch alle gleich, dachte er lächelnd. Erst zieren sie sich, aber früher oder später kriegt man sie alle.

36

Das Haus mit der Nummer 50 in der Upper Cheyne Lane lag in einer Sackgasse mit schnuckeligen, kleinen Häusern, die alle ähnlich aussahen und mit Sicherheit ein Vermögen gekostet hatten. Beaurain fuhr mit Schrittgeschwindigkeit über das Kopfsteinpflaster und hielt ganz am Ende der Straße vor der Hausnummer 50 an. Das schmale weiße Haus besaß zwei Stockwerke und eine blaue Tür und wirkte sehr gepflegt.

Als Paula die blank polierte Türklingel aus Messing drückte, ertönte von drinnen wütendes Hundegebell. Hundchen passt gut auf sein Frauchen auf, dachte Paula lächelnd. Es dämmerte schon, und im Freien war es bitterkalt.

Kaum hatte Mrs Wharton die Tür geöffnet, sprang der Pudel, der Beaurain sofort wiedererkannt hatte, freudig mit dem Schwanz wedelnd an den Beinen des Belgiers hoch.

»Bitte entschuldigen Sie, dass wir Sie noch einmal belästigen«, sagte Paula, »aber mein Kollege hätte noch eine sehr wichtige Frage an Sie.«

»Aber nicht doch. Ich freue mich, Sie wiederzusehen. Kommen Sie herein …«

Mrs Wharton führte sie durch einen schmalen Flur in ein kleines, aber geschmackvoll eingerichtetes Wohnzimmer. Nachdem sie ihre Besucher gebeten hatte, auf den brokatbezogenen Stühlen Platz zu nehmen, fragte sie, ob sie ihnen eine Tasse Tee machen solle. Paula und Beaurain lehnten dankend ab.

»Leider haben wir nur sehr wenig Zeit«, sagte Beaurain. »Deshalb wären wir Ihnen sehr verbunden, wenn Sie uns vielleicht noch einmal das Ding beschreiben könnten, das die Männer unten an der Themse auf den Lastkarren gehoben haben. Vielleicht können wir gemeinsam eine kleine Skizze anfertigen?«

Mit diesen Worten legte er den Block, den Paula ihm im Auto gegeben hatte, auf den Tisch.

»Zunächst würde mich interessieren, wie groß dieses Ding war«, sagte Beaurain.

»Ich kann so etwas leider nur sehr schwer schätzen.«

»Gemeinsam kriegen wir das schon hin«, versicherte ihr der Belgier. »Zeigen Sie es uns einfach mit den Händen, wie hoch es war.«

»Es war etwa so groß«, sagte Mrs Wharton und streckte die Arme weit auseinander.

»Das dürften etwa ein Meter fünfzig sein«, sagte Paula. »Und jetzt sagen Sie uns bitte, welche Form das Ding hatte, Mrs Wharton.«

Auf Mrs Whartons Beschreibung hin zeichnete Beaurain einen an eine Rakete oder Flugzeugbombe erinnernden Gegenstand auf den Block. Immer wieder fragten er oder Paula ihre Gastgeberin nach bestimmten Abmessungen, die sie ihnen daraufhin mit den Händen zeigte.

Nach und nach entstand auf diese Weise das mit genauen Maßangaben versehene Bild einer gefährlich aussehenden Waffe, die Paula an eine kurze, dicke Granate erinnerte.

»Das haben Sie gut gemacht«, sagte Mrs Wharton, als Beaurain mit seiner Zeichnung fertig war. »Sieht ganz schön gefährlich aus, nicht wahr?«

»Wir haben es hier mit Terroristen der schlimmsten Sorte zu tun«, sagte Beaurain.

»Mrs Wharton«, sagte Paula, »Sie haben uns wirklich sehr geholfen. Und diese ganze Sache ist natürlich streng geheim.«

»Machen Sie sich darüber mal keine Sorgen.« Mrs Wharton lächelte sie an. »Ich kann und werde meinen Mund halten. Wollen Sie nicht doch noch auf einen kleinen Tee bleiben?«

»Das würden wir liebend gern, aber leider ruft die Pflicht«, sagte Beaurain und stand auf. »Haben Sie vielen Dank für Ihre Hilfe.«

Als Mrs Wharton ihnen die Tür öffnete, sah Paula, dass draußen dichter Nebel aufgezogen war.

»Na, was sagen Sie?«, fragte Paula, während sie und Beaurain zu ihrem Auto gingen.

»Die Sache gefällt mir ganz und gar nicht. Und ich frage mich, wie viele dieser Waffen die El Kaida wohl zum Einsatz bringen will.«

Im Kraftwerk presste Ali dem gefesselten Wachmann den Pistolenlauf an die Stirn.

»Wenn gleich Mr Dixon anruft, weißt du, was du zu sagen hast, Proctor«, sagte er mit eiskalter Stimme. »Am besten denkst du dabei an deine Frau. Du weißt ja, dass mein Kamerad kurzen Prozess mit ihr macht, wenn du auch nur ein falsches Wort von dir gibst. Falls Dixon aus irgendeinem Grund misstrauisch wird, ist es um sie geschehen.«

»Ich schaffe das schon«, antwortete Proctor mit heiserer Stimme. »Aber nehmen Sie die verdammte Waffe weg. Die macht mich nervös.«

»Okay. Aber das vorhin war nicht deine normale Stimme, Proctor. Wenn du so mit deinem Chef redest, kannst du dir schon mal eine passende Todesanzeige für deine Frau überlegen. Also probier es noch mal.«

»Ich schaffe das schon«, wiederholte Proctor.

»Das klingt schon besser. Stell dir einfach vor, du würdest mit deiner Frau reden, dann kriegst du das schon hin.«

Als Minuten später das Telefon klingelte, rührte Proctor sich nicht von der Stelle. Mit einer Bewegung der Waffe bedeutete ihm Ali, dass er abnehmen solle, aber der Wachmann schüttelte den Kopf.

»Es dauert immer eine Weile, bis ich ans Telefon komme. Wenn ich gleich rangehe, wird Dixon nur misstrauisch.«

Ali nickte. Proctor ließ das Telefon gut eine Minute lang klingeln, was den Araber sichtlich auf die Folter spannte. Endlich nahm der Wachmann den Hörer ab.

»Mr Dixon?«

»Ja, ich bin's, Vince. Ist alles in Ordnung bei Ihnen?«

Ali hielt ein Ohr an den Hörer, um mitzubekommen, was Dixon sagte.

»Läuft alles wie geschmiert, Sir. Die drei Ingenieure sehen gerade unten bei der Turbine nach dem Rechten.«

»Sehr gut. Dann ruhen Sie sich mal gut aus, wenn Sie morgen früh nach Hause kommen. Gute Nacht.«

»Gute Nacht, Sir …«

»Was sollte dieser Schwachsinn mit den Ingenieuren?«, fragte Ali wütend. »War das eine versteckte Warnung oder was?«

»Glauben Sie, ich würde das Leben meiner Frau in Gefahr bringen?«, rief Proctor verzweifelt. »Ich berichte ihm immer, was die Ingenieure machen. Das will er so. Eigentlich läuft das Kraftwerk ja vollautomatisch, aber Mr Dixon besteht darauf, dass die Ingenieure für einen eventuellen Notfall immer in Bereitschaft sind. Wenn ich sie nicht erwähnt hätte, wäre er misstrauisch geworden. Ist das so schwer zu kapieren?«

»Schrei mich nicht an, Proctor, sonst werde ich ungemütlich«, zischte Ali.

Er hatte Proctor natürlich nicht erzählt, dass man den drei Ingenieuren längst die Kehle durchgeschnitten und ihre mit Ketten beschwerten Leichen in die Themse geworfen hatte.

In der Park Crescent hatte Tweed eine Liste aller in Carpford lebenden Verdächtigen erstellt und las Newman die Namen laut vor:

»Victor Warner
Drew Franklin
Peregrine Palfry
Billy Hogarth
Martin Hogarth.«

»Sie haben Margesson vergessen«, sagte Newman.

»Wenn Sie meinen, schreibe ich ihn noch mit auf die Liste.«

»Und Eva Brand«, fügte Newman hinzu.

»Die wohnt nicht in Carpford«, sagte Tweed.

»Nein, aber ich bin mir ziemlich sicher, dass sie sich ab und zu mit Warner dort trifft.«

»Gut. Dann kommt sie eben auch mit drauf.«

Tweed legte den Block beiseite und rief seinen alten Bekannten Jim Corcoran an, der am Flughafen Heathrow als Sicherheitschef beschäftigt war.

»Jim? Tweed hier. Ich hätte eine etwas heikle Aufgabe für Sie …«

»Ich bin von Ihnen ja nichts anderes gewohnt, Tweed. Worum geht's?«

»Ich habe hier eine Liste mit Verdächtigen, von denen ich wissen müsste, ob sie in den vergangenen fünf Monaten in die USA geflogen sind. Am besten wäre es, wenn ich die genauen Flugdaten bekommen könnte. Ist das machbar?«

»Ich glaube schon. Nennen Sie mir doch bitte die Namen, dann gebe ich sie in meinen Computer ein.«

Tweed gab die Liste durch und wartete. Corcoran war schneller wieder am Apparat, als Tweed erwartet hatte.

»Sehen Sie, so was geht bei uns ruck, zuck. Haben Sie

einen Stift zur Hand? Also gut, es geht los: Warner ist am 20. August, am 12. Oktober und am 16. November 2001 nach New York geflogen, wobei er bei der letzten Reise den Rückflug von Boston aus angetreten hat. Dann kommen wir zu Palfry, der am 3. September und am 9. September nach New York geflogen ist, und zu Drew Franklin: ebenfalls nach New York, und zwar am 8. und am 18. September. Für die Hogarth-Brüder und Margesson habe ich keine Daten, dafür aber für Eva Brand – die ist am 9. September 2001 und am 24. Januar 2002 nach New York geflogen. Hilft Ihnen das weiter?«

»Ja, sehr. Könnten Sie jetzt noch nachsehen, ob jemand aus diesem Personenkreis im gleichen Zeitraum in den Nahen Osten geflogen ist?«

»Bleiben Sie dran …«

Wieder antwortete er schneller, als Tweed es erwartet hatte.

»Ihre Verdächtigen sind ja ganz schön unterwegs, Tweed«, sagte Corcoran. »Also: Victor Warner ist am 4. und am 29. Januar 2002 nach Kairo geflogen. Interessanterweise hat Palfry genau dieselben Strecken gebucht, nur jeweils einen Tag später. Drew Franklin ist am 30. Januar über Kairo nach Tel Aviv geflogen, übrigens in denselben Maschinen wie Eva Brand, die Flüge mit exakt denselben Daten gebucht hat. Erst am 2. Februar war er wieder in London. So, das war's. Soll ich Ihnen eine Rechnung schicken, oder laden Sie bei Gelegenheit zum Dinner ins Ritz?«

»Ich entscheide mich für das Ritz«, erwiderte Tweed schmunzelnd. »Und haben Sie vielen Dank, Jim. Sie sind einsame Spitze …«

Tweed verabschiedete sich und reichte Newman dann die Gesprächsnotizen.

»Sehen Sie sich das mal an.«

»Sieht ziemlich verworren aus«, sagte Newman stirnrunzelnd, nachdem er die Daten eine Weile studiert hatte.

»Aber fällt Ihnen daran denn gar nichts auf?«

»Zielen Sie auf was Bestimmtes ab?«, fragte Newman, der annahm, dass Tweed schon eine Vermutung hatte, aber gern noch eine zweite Meinung dazu hören wollte.

»Ja. Aber ich sage Ihnen nicht auf was, weil ich wissen will, ob Sie von sich aus zu demselben Ergebnis kommen wie ich.«

Er sah hinüber zu Buchanan, der während des Gesprächs mit Corcoran leise auf seinem Handy telefoniert hatte.

»Ich habe interessante Neuigkeiten, Tweed«, sagte Buchanan nun. »Meine Leute haben den weißen Lieferwagen gefunden, von dem Sie mir berichtet haben. Ein Angler hat beobachtet, wie zwielichtige Gestalten ihn in die Themse geschoben haben, und meine Leute haben ihn jetzt rausgefischt. Aber es kommt noch besser: Nicht weit von der Stelle haben die Taucher einen zweiten Lieferwagen gefunden, der dem ersten wie ein Ei dem anderen gleicht.«

»Geben Sie mir sofort Bescheid, sobald Ihre Leute die Fahrzeuge untersucht haben, Roy«, sagte Tweed.

Nachdem Buchanan gegangen war, kam Newman an Tweeds Schreibtisch.

»Na, ist Ihnen was aufgefallen, Bob?«

»Am verwunderlichsten finde ich, dass Eva Brand allem Anschein nach gemeinsam mit Drew Franklin zuerst in Kairo und dann in Tel Aviv war. Darauf kann ich mir keinen Reim machen.«

Während er noch sprach, kam Marler herein.

»Was ist denn hier los?«, sagte er. »Ich sehe es Ihnen doch an, dass irgendetwas im Busch ist.«

»Ich habe einen Auftrag für Sie«, sagte Tweed. »Finden Sie heraus, wo sich Eva Brand gerade aufhält, und folgen Sie ihr.«

»Wir wissen allerdings nicht, ob sie gerade im Ministerium in Whitehall oder im Penthouse des Ministers in Belgravia ist«, warf Newman ein.

»Das werden wir gleich haben«, sagte Marler. »Ich rufe einfach unter falschem Namen im Ministerium an und frage, ob sie da ist. Und wenn ich sie ausfindig gemacht habe, darf ich sie dann auch zum Abendessen ins Ivy einladen?«

»Sie sind einfach unverbesserlich, Marler«, sagte Newman. »Dabei ist Eva doch gar nicht Ihr Typ.«

»Das lassen Sie mal meine Sorge sein«, antwortete Marler und klopfte Newman zum Abschied gönnerhaft auf die Schulter. »Sie sind doch nur neidisch, weil Tweed nicht Ihnen den Auftrag erteilt hat.«

Als er aus dem Büro ging, kam gerade Buchanan wieder herein.

»Ich habe es mir anders überlegt. Ich fahre doch nicht zurück nach Scotland Yard. Ich glaube, wir sollten stattdessen gemeinsam zur Themse runterfahren, um uns die versenkten Lieferwagen anzusehen, die meine Leute aus dem Wasser gefischt haben ...«

Er hielt inne, weil die Tür erneut geöffnet wurde. Paula und Beaurain kamen herein.

»Gut, dass Sie gerade hier sind«, sagte Paula zu Buchanan. »Wir haben etwas, was Sie sich unbedingt ansehen sollten ...«

Beaurain zog den Block heraus, auf dem er in Mrs Whartons Haus die Waffe der Terroristen skizziert hatte. Er legte ihn auf Tweeds Schreibtisch und erklärte den Anwesenden, was die Zeichnung bedeutete.

»Roy, was halten Sie davon?«, fragte Tweed anschließend Buchanan.

»Gefällt mir ganz und gar nicht. Ich bin allerdings immer noch der Meinung, dass wir uns jetzt erst mal die Lieferwagen ansehen sollten.«

37

»Mein Gott, was für ein dichter Nebel«, rief Paula aus.

Mit Beaurain am Steuer holperte der Wagen den schlaglochübersäten Weg an der Themse entlang. Paula saß vorn neben dem Belgier, während Buchanan und Tweed auf der Rückbank Platz genommen hatten. Der Superintendent sah aus dem Fenster.

»Dick wie Erbsensuppe«, sagte er. »Beaurain, dürfte ich Sie trotzdem bitten, die Nebelscheinwerfer nicht einzuschalten? Falls die El Kaida wirklich in dem Kohlekraftwerk sitzt, möchte ich nicht, dass man uns von der anderen Flussseite aus bemerkt.«

»Dann sehe ich aber nicht mehr, wohin ich fahre.«

»Da vorn steht eine Gestalt, die eine Taschenlampe schwenkt. Möglicherweise ist das Sergeant Warden. Fahren Sie drauf zu und halten Sie dann an.«

Eine Viertelstunde zuvor hatte Buchanan seinen Mitarbeiter über Handy verständigt, dass sie an die Themse kommen würden.

Paula empfand die Situation als ziemlich bedrohlich. Der Nebel war so dicht wie ein Leichentuch, das alles um sie herum einhüllte. Das Einzige, was sie sehen konnte, war der Lichtpunkt der Taschenlampe, auf den Beaurain jetzt langsam zufuhr. Ein paar Meter davor stoppte er.

»Warten Sie hier«, sagte Buchanan und stieg, die Walther in der rechten Hand, aus dem Wagen. »Und kommen Sie nicht hinterher, selbst wenn Sie Schüsse hören.«

»Passen Sie auf sich auf, Roy«, rief Paula ihm nach.

»Mache ich doch immer.«

Die Taschenlampe wurde jetzt nicht mehr geschwenkt, sondern leuchtete stetig. Buchanan ging mit vorsichtigen Schritten genau darauf zu.

»Wer ist da?«

»Ich bin es, Buchanan«, rief der Superintendent, der seinen Assistenten an der Stimme erkannt hatte. Erst jetzt sah er, dass Sergeant Warden die Taschenlampe im Mund hatte, um seine Maschinenpistole mit beiden Händen halten zu können. »Und ich wäre Ihnen dankbar, wenn Sie nicht mit Ihrer Waffe auf mich zielen würden.«

»Entschuldigung, Sir. Aber Sie haben mir selbst beigebracht, dass es besser ist, kein Risiko einzugehen.«

»Wie weit ist es noch bis zu dem Lieferwagen?«

»Etwa hundert Meter. Und nicht weit dahinter haben die Taucher auch den zweiten an Land gezogen. Die Jungs haben hervorragende Arbeit geleistet.«

»Wir würden uns die beiden Fahrzeuge gern ansehen. Bringen Sie uns bitte hin.«

Die langsame Fahrt hinter dem mit der Taschenlampe leuchtenden Warden her hatte etwas Unwirkliches. Der Weg war so schlecht, dass der Wagen von einem Schlagloch ins nächste fuhr. Weiße Nebelfetzen schlangen sich wie Krakenarme um Windschutzscheibe und Seitenfenster. Endlich blieb Warden stehen und leuchtete nach vorn. Nachdem Beaurain den Wagen abgestellt hatte, führte der Sergeant Tweed und seine Gruppe zu dem von dunkelbraunem Schlamm überkrusteten Lieferwagen, der von schwer bewaffneten Polizisten bewacht wurde. Neben ihnen standen zwei Froschmänner in voller Montur und glotzten Paula durch ihre Taucherbrillen entgeistert an. Offenbar hatten sie nicht damit gerechnet, hier an diesem gottverlassenen Ort einer Frau zu begegnen. Paula winkte ihnen fröhlich zu und ging mit Tweed zum Heck des Lieferwagens, an dem beide Türen offen standen.

Nachdem sie sich Latexhandschuhe übergezogen hatte, stieg Paula ins Innere des Lieferwagens. Tweed folgte ihr, ebenso Buchanan und Warden, der ihnen mit seiner starken Taschenlampe leuchtete.

»Machen Sie das Licht aus«, befahl Buchanan. »Man könnte es vom anderen Ufer aus sehen.«

Paula holte ihre kleine Taschenlampe heraus und leuchtete mit dem eng fokussierten Strahl den Boden des Lieferwagens ab, der ebenfalls vom Schlamm des Flussbetts ganz braun war.

»Sehen Sie mal hier«, sage sie und ging in die Hocke. Im Licht ihrer Taschenlampe deutete sie auf vier in einigem Abstand voneinander in den Boden gebohrte und mit einem Gewinde versehene Löcher. »Sieht aus, als wären die nicht serienmäßig.«

»Stimmt«, sagte Tweed.

»Jules«, rief sie nach draußen zu Beaurain, »kommen Sie doch bitte herein und werfen Sie mal einen Blick auf diese Löcher. Finden Sie nicht auch, dass der Abstand zwischen ihnen in etwa der ist, den Mrs Wharton uns gezeigt hat, als sie die Abmessungen der Abschussvorrichtung für die Raketen beschrieb?«

»Ja, das könnte hinkommen«, sagte Beaurain, der nun ebenfalls in den Lieferwagen geklettert war. »Vielleicht haben sie das Teufelsding hier festgeschraubt, damit es sich während der Fahrt nicht selbstständig macht.«

Einer der Froschmänner erschien in der offenen Tür. Er hatte seine Taucherbrille abgenommen und sagte: »Ganz ähnliche Löcher haben wir auch in dem anderen Lieferwagen gefunden.«

»Den sehen wir uns gleich noch an«, sagte Tweed. »Übrigens könnte ich mir gut vorstellen, dass noch weitere vier Lieferwagen auf dem Grund der Themse liegen.«

»Sechs Lieferwagen«, sagte Beaurain leise. »Und drüben am Kraftwerk liegen sechs Lastkähne.«

Eine Weile später fuhren sie zu der Stelle weiter, wo ein Spezialfahrzeug mit einer starken Winde den zweiten Lieferwagen aus der Themse gezogen hatte. Paula war wieder die Erste, die ins Innere des Lieferwagens stieg, und wieder konnte sie im Licht der Taschenlampe die vier mit Gewinden versehenen Löcher im Boden ausmachen.

Paula wandte sich an Sergeant Warden. »Hat die Spurensicherung die Fahrzeuge schon untersucht?«

»Ja, aber die haben nichts gefunden. Auch keine Fingerabdrücke.«

»Gut, jetzt haben wir die Lieferwagen gesehen«, sagte Tweed. »Ich möchte, dass sie nun wieder zurück in die Themse geschoben werden, und zwar genau an dieselben Stellen, wo man sie gefunden hat.«

»Wie bitte?«, sagte der Froschmann, der zuvor mit Paula gesprochen hatte. »Dann haben wir die ganze Arbeit ja umsonst gemacht.«

»Tut mir Leid«, sagte Tweed, »aber es geht nicht anders. Es kann durchaus sein, dass die Terroristen noch einmal nachsehen, ob die Wagen nicht vielleicht bei Ebbe aus dem Wasser ragen. Wir dürfen nicht riskieren, dass sie Verdacht schöpfen.«

»Sehen Sie zu, dass Mr Tweeds Anweisungen ausgeführt werden, Warden«, sagte Buchanan. »Und dann sorgen Sie dafür, dass der Lastwagen mit der Winde so rasch wie möglich von hier verschwindet.«

»Ja, Sir.«

Sie stiegen in ihr Auto, und Beaurain fuhr zurück in Richtung Park Crescent. Als sie die Uferpromenade erreichten, lichtete sich der Nebel, und Paula konnte die Lichter des Kohlekraftwerks am anderen Ufer sehen. Sie fragte sich, was dort wohl vor sich gehen mochte.

Den ganzen Nachmittag über hatten Alis Männer die Lastkähne, die an der Anlegestelle des Kohlekraftwerks vertäut lagen, auf ihren Einsatz vorbereitet. Sie hatten die Kohle aus den mittleren Laderäumen entfernt und die Laderäume vom Kohlestaub gereinigt. Dann ließen sie mit einem Kran vorsichtig je eine der Höllenmaschinen in die Laderäume hinab. Ali stand dabei jeweils unten im Laderaum und beaufsichtigte die Operation. Die Abschussvorrichtung musste genau auf vier am Boden des Schiffes angeschweißte Gewindebolzen hinabgelassen und dann dort verschraubt werden. Als die Männer mit dieser Arbeit fertig waren, kontrollierte Ali mit seinem Schraubenschlüssel noch einmal, ob die Muttern auch wirklich festgezogen waren.

Alle Lastkähne waren nun mit ihrer tödlichen Fracht ausgerüstet. Abdullah konnte mit Ali und seinen Männern zufrieden sein. Bisher hatten sie hervorragende Arbeit geleistet.

»Jetzt kann unser Plan in die nächste Phase treten«, sagte er. »Zum Glück ist es so neblig, dass niemand gesehen hat, was wir getan haben.«

Ali hatte sich zuvor den Wetterbericht für den nächsten Tag angehört. Es sollte klares und kaltes Wetter geben, was auch wichtig war, damit sie ihre Ziele gut sehen konnten. Allah war ihnen gnädig.

38

Marler wartete bereits in Belgravia vor Warners Penthouse. Kurz zuvor hatte er im Ministerium angerufen und Palfry gefragt, ob Eva Brand denn da sei.

»Miss Brand ist außer Haus«, hatte Palfry kurz angebunden geantwortet. »Mit wem spreche ich?«

»Ist nicht so wichtig. Ich rufe später wieder an«, hatte Marler gemurmelt und gleich darauf in Warners Penthouse angerufen.

Als dort Eva Brand persönlich am Apparat gewesen war, hatte er schnell aufgelegt, war hinüber nach Belgravia gefahren und hatte sich dort im Auto auf die Lauer gelegt. Er musste nicht lange warten. Etwa eine halbe Stunde später kam Eva, die einen blauen Mantel trug, aus dem Haus. Möglicherweise hatte Marlers Anruf sie aufgeschreckt. Eva Brand schloss die Tür hinter sich und sah sich nach allen Seiten um, aber Marler hatte so geparkt, dass sie ihn nicht sehen konnte.

Dann eilte sie die Stufen hinunter, stieg in einen blauen Saab und fuhr, gefolgt von Marler, in Richtung Whitehall. Zunächst nahm Marler an, dass sie ins Ministerium wollte, aber dann bog sie in eine kleine Nebenstraße ein und parkte den Wagen mit zwei Reifen auf dem Gehsteig vor einem kleinen Pub.

Marler suchte sich ebenfalls einen Parkplatz und setzte sich, noch während er im Wagen saß, eine Brille mit Fensterglasscheiben und eine Baskenmütze auf. Diese einfache, aber wirkungsvolle Verkleidung veränderte sein Aussehen so verblüffend, dass auch gute Freunde ihn mit ziemlicher Sicherheit nicht erkannt hätten.

Als Marler kurz hinter Eva das Pub betrat, sah er zu seiner Überraschung, dass sie auf einen Tisch zusteuerte, an dem Peregrine Palfry bereits auf sie zu warten schien. Marler setzte sich weit entfernt von den beiden an den Tresen und bestellte einen Kaffee. Weil er einer der besten Lippenleser in Tweeds Team war, konnte er der Unterhaltung der beiden mühelos folgen, ohne dass er dazu ein einziges Wort hören musste.

»Ich mache mir Sorgen um Victor«, sagte Eva Brand.

»Tatsächlich?«, sagte Palfry mit einem ironischen Grinsen. »Ich habe den Eindruck, dass es ihm blendend geht.«

»Aber ich frage mich, wie lange er das noch durchhalten wird«, erwiderte Eva. »Er arbeitet bis zum Umfallen und kommt kaum zum Schlafen. Und abends fährt er immer ohne Leibwächter hinauf nach Carpford.«

»Wie bitte?«, sagte Palfry und machte ein besorgtes Gesicht.

»Ich habe kürzlich mit einem seiner Leibwächter gesprochen. Der sagt, dass er ihm einmal gegen seine ausdrücklichen Anweisungen gefolgt ist, aber Victor habe das gemerkt und sei auf der A 3 auf einen Rastplatz gefahren, wo er den Mann dann fürchterlich zusammengestaucht hat. Er brauche ihn nicht, hat er gesagt, schließlich sei er ein erwachsener Mensch, der allein auf sich aufpassen könne. Und dann hat er den Leibwächter zurück nach London geschickt. Wussten Sie das nicht?«

»Nein, das höre ich heute zum ersten Mal. Nur gut, dass ich immer einen Revolver dabeihabe, wenn ich mit ihm zusammen nach Carpford fahre.«

»Könnten Sie im Ernstfall auch damit umgehen?« fragte Eva höhnisch.

»Na ja…«, antwortete Palfry grinsend. »Ein Meisterschütze bin ich wohl nicht gerade.«

»Dann sehen Sie nur zu, dass Sie sich nicht aus Versehen selbst erschießen«, meinte Eva und lächelte. »Nehmen Sie den Revolver eigentlich auch mit, wenn Sie allein nach Carpford fahren? Ihr Haus ist ja so groß, dass einem schon das Fürchten kommen kann, wenn man dort allein ist.«

»Deshalb lade ich mir ja auch gern Gäste ein. Wir haben dort schon die tollsten Partys gefeiert. Zu den Vorteilen eines großen Hauses gehört es ja, dass man dort viele Leute übernachten lassen kann und niemand im Suff nach Hause fahren muss. Bis zu dreißig bringe ich ohne Probleme unter. Wenn Sie Lust haben, lade ich Sie gern mal zu einer meiner Partys ein.«

»Danke für das Angebot, aber Saufgelage sind nicht mein Stil.«

»Als solche würde ich meine Feten auch nicht bezeichnen«, sagte Palfry entrüstet. »Aber Sie können auch so mal spontan bei mir vorbeischauen. Wir trinken dann ein Gläschen Wein und machen uns einen schönen Abend ...«

»Auch das ist nicht mein Stil. Außerdem habe ich Sie nicht hergebeten, um mit Ihnen über Ihre Partys zu plaudern. Victor steht ganz eindeutig unter enormem Druck. Ich merke das, weil er mir gegenüber immer gereizter reagiert. Nicht, dass ich damit nicht umgehen könnte, aber ich dachte nur, dass Sie als sein persönlicher Assistent das wissen sollten.« Sie beugte sich zu ihm über den Tisch. »Aber unterstehen Sie sich, Victor jemals von diesem Gespräch zu erzählen. Wenn Sie das tun, werde ich dafür Sorge tragen, dass Sie die längste Zeit für ihn gearbeitet haben. Und jetzt gehen Sie. Ich bleibe noch eine Weile, weil ich nicht will, dass uns jemand gemeinsam das Lokal verlassen sieht. Die Rechung übernehme ich.«

Palfry verließ verdattert das Lokal. Als er an Marler vorbeiging, bemerkte er ihn nicht. Eva Brand bezahlte das Bier, das Palfry halb ausgetrunken hatte stehen lassen, und zog dann ihren Mantel an. Im Hinausgehen blieb sie kurz bei Marler stehen und sagte: »Warum verfolgen Sie mich, Marler?«

»Nur zu Ihrem eigenen Schutz. Aber wie haben Sie mich bemerkt?«

»Haben Sie vergessen, dass Sie es mit einem Profi zu tun haben?«, antwortete Eva und lächelte ihn an. »Sie sind gut, Marler, aber nicht gut genug für mich. Und wenn Sie das nächste Mal versuchen, jemanden zu belauschen, setzen Sie sich doch so nahe an ihn ran, dass Sie das Gespräch auch mitbekommen.«

»Es war nicht meine Absicht, Sie zu belauschen. Ich wollte nur sichergehen, dass Ihnen nichts passiert.«

»Sie hätten sich auch bloß gelangweilt«, sagte sie. »Dieser Palfry ist ein blutleerer Wicht.«

Mit diesen Worten zog sie Marler die Baskenmütze in die Stirn und küsste ihn kichernd auf die Wange. »Richtig süß sehen Sie aus in Ihrer putzigen Verkleidung.«

Dann verschwand sie aus dem Lokal. Marler hätte sie am liebsten zum Abendessen eingeladen, fand aber, dass es vielleicht doch nicht der passende Augenblick für so etwas war. Außerdem musste er in die Park Crescent zurück, um Tweed Bericht zu erstatten.

Als Marler ins Büro kam, telefonierte Tweed gerade mit Dixon, dem Besitzer der Fabrik und des Kohlekraftwerks.

»Mr Dixon, hier noch mal Tweed. Ich wollte mal fragen, ob im Kraftwerk noch immer alles in Ordnung ist.«

»Ja, da ist alles in Butter. Das hat mir der Wachmann dort soeben telefonisch mitgeteilt. Also kein Grund zur Sorge. Und Vince Proctor ist ein zuverlässiger Mann. Wenn Sie wollen, können Sie ihn überprüfen. Er wohnt in Balham, nicht weit vom Kraftwerk entfernt.«

»Hat er Familie?«

»Soviel ich weiß, ist er verheiratet. Ob er Kinder hat, kann ich Ihnen nicht sagen.«

»Vielen Dank«, sagte Tweed. »Ich glaube, ich werde Sie jetzt vorerst nicht mehr belästigen …«

Er legte auf und wandte sich an Monica.

»Suchen Sie mir doch bitte so schnell wie möglich die Adresse eines gewissen Vincent Proctor in Balham heraus.«

»Wird erledigt.«

Während Monica eine Suchanfrage in ihren Computer tippte, wandte Tweed sich an die anderen.

»Ich frage mich immer wieder, was ich tun würde, wenn ich der führende Kopf der Terrorzelle wäre und dieses Kraftwerk in meine Gewalt bringen wollte. Als Erstes würde ich mir wohl den Wachmann vorknöpfen und ihn so einschüchtern, dass er seinem Boss bei dessen abendlichem Kontrollanruf nur das sagt, was ich will. Und womit könnte man den Mann am besten einschüchtern?«

»Indem man seine Frau als Geisel nimmt«, sagte Paula.

»Genau. Deshalb bin ich felsenfest davon überzeugt, dass Mrs Proctor zurzeit in ihrem Haus festgehalten wird. Unsere Feinde sind mit allen Wassern gewaschen. Und was die Terroristen mit Mrs Proctor anstellen, wenn sie den Anschlag erst einmal verübt haben, können Sie sich ja leicht selbst ausmalen.«

»Sie werden sie töten – genauso wie ihren Mann«, sagte Paula leise.

»Richtig. Und das müssen wir verhindern. Wer von Ihnen kennt sich in Balham aus?«

»Ich«, antwortete Nield. »Monica muss uns nur noch sagen, wo dieser Proctor wohnt.«

»Bitte schön«, sagte Monica und reichte ihm einen Zettel, auf den sie die Adresse geschrieben hatte.

»Ich kenne die Straße«, sagte Nield. »Die ist in einer von diesen typischen Reihenhaussiedlungen.«

»Wir müssen Mrs Proctor schleunigst aus den Händen der El Kaida befreien«, sagte Tweed. »Das wird nicht einfach werden.«

»Sie sagen es«, meldete sich Newman zu Wort. »Vor allen Dingen müssen wir verhindern, dass die anderen Terroristen Wind von unserer Befreiungsaktion bekommen.«

»Übernehmen Sie das, Bob. Nield wird Ihnen dabei helfen, schließlich kennt er sich in dieser Gegend aus.«

»Wenn das so weitergeht, brauchen wir die ganze Nacht bis Balham«, brummte Newman mürrisch, als sie im dichten Nebel über die Albert Bridge fuhren. Wie so oft ging es auf der Brücke nur im Schritttempo voran.

»Keine Bange«, sagte Nield zuversichtlich. »Hinter der Brücke kommt der Verkehr schon wieder ins Fließen. Ich kenne das.«

»Ihr Wort in Gottes Ohr, Pete«, antwortete Newman wenig überzeugt.

Nield sollte Recht behalten. Kaum hatten sie die Brücke überquert, herrschte nur noch wenig Verkehr, sodass sie bald in Balham ankamen, wo Newman von Nield durch ein Gewirr von schmalen Wohnstraßen mit nur spärlich beleuchteten kleinen Reihenhäusern gelotst wurde.

»Da vorn ist das Haus«, sagte Nield schließlich. »Aber bleiben Sie nicht stehen. Wir fahren erst mal dran vorbei, um die Lage zu peilen.«

Das Haus der Proctors war ein Reihenendhaus, an dessen Längsseite ein kleiner Fußweg vorbeiführte. Zum Glück hatte der Nebel sich etwas verzogen, sodass Newman und Nield sehen konnten, dass in dem zur Straße gelegenen Wohnzimmerfenster hinter zugezogenen Vorhängen Licht brannte. Alle anderen Fenster waren dunkel.

»Fahren Sie eine Straße weiter bis zum nächsten Reiheneckhaus«, sagte Nield.

»Warum das denn?«, flüsterte Newman.

»Ich möchte es mir mal von innen ansehen. Die Häuser in dieser Siedlung haben bestimmt alle den gleichen Grundriss. Hier, nehmen Sie mein Werkzeug und bleiben Sie im

Wagen.« Mit diesen Worten gab er Newman eine kleine Ledertasche, die er aus der Park Crescent mitgenommen hatte.

Nield stieg aus, ging zu dem Reiheneckhaus und klingelte. Ein Mann in Hemdsärmeln öffnete die Tür und starrte ihn entgeistert an.

»Lasst ihr verdammten Hausierer einen jetzt nicht mal mehr am Feierabend in Ruhe?«, fragte er sichtlich verärgert. »Sieh zu, dass du dich vom Acker machst, Kumpel, ich will mir in Ruhe mein Fußballspiel ansehen.«

»Bitte entschuldigen Sie, dass ich Sie störe«, sagte Nield mit einem höflichen Lächeln. »Aber wir haben uns verfahren. Hier in der Siedlung sehen ja alle Straßen gleich aus. Könnten Sie mir vielleicht sagen, wie ich zurück zur Albert Bridge komme?«

»So, verfahren hast du dich ...«, knurrte der Mann und erklärte Nield rasch, wie er am besten aus der Siedlung kam. Nield konnte sich nicht einmal mehr für die Auskunft bedanken, da hatte der Mann die Tür auch schon wieder zugemacht.

Nield ging zufrieden zurück zum Wagen. Während des kurzen Gesprächs hatte er immer wieder an dem Mann vorbei ins Innere des Hauses geschaut und wusste jetzt, wie es dort aussah. Hinter der Haustür befand sich ein schmaler Flur, von dem aus man mit ein paar Schritten ins Wohnzimmer kam, also das Zimmer, in dem in Proctors Haus das Licht brannte.

Als er wieder am Auto war, sagte er Newman, dass er aussteigen und die Werkzeugtasche mitnehmen solle.

»Wir gehen zu Fuß zu Proctors Haus«, sagte er. »Ich habe auch schon einen Plan, wie wir es stürmen können. Ich gehe zur Hintertür und schließe sie leise mit den Dietrichen auf, die ich hier in meiner Werkzeugtasche habe. Sobald das Schloss geknackt ist, blinke ich zweimal mit der Taschenlampe. Sie zählen langsam bis zehn und klingeln dann an der Vordertür, während ich mich von hinten ins Haus schleiche. Mal sehen, was uns dort erwartet.«

Newman, der zusammen mit Nield schon mehrere solcher Befreiungsaktionen durchgeführt hatte, war wieder einmal überrascht, wie ruhig und gefasst sein Kollege so etwas anging. Als er nach einer Minute Nields Taschenlampe zweimal aufblinken sah, zählte er bis zehn und ging dann an die Tür des Reihenhauses. Newman zog seine Waffe, drückte auf den Klingelknopf und spähte durch die Milchglasscheibe, die sich in der oberen Hälfte der Tür befand.

Es dauerte eine Weile, bis im Flur das Licht anging. Eine riesige Gestalt zeichnete sich hinter der Scheibe ab. Dann wurde die Tür aufgerissen, und Newman sah sich einem Zweimetermann mit breiten Schultern, braunem Teint und Kurzhaarschnitt gegenüber, der ihn aus seinen dunklen Augen wütend anfunkelte.

Newman sah, dass der Mann einen Tarnanzug trug und die rechte Hand hinter dem Rücken versteckt hielt.

»Ich brauche Hilfe«, lallte Newman. »Habe … zu viel getrunken und finde nicht mehr nach Hause …«

Der Mann verzog verächtlich das Gesicht und wollte die Tür gerade wieder schließen, als er von hinten ein Geräusch hörte. Er wirbelte herum, sah, dass Nield mit gezogener Waffe den Flur entlangkam und riss daraufhin die Mauser, die er hinter dem Rücken versteckt gehalten hatte, nach oben.

Zu spät. Newman hatte bereits seine Smith & Wesson auf ihn gerichtet und schoss ihm damit dreimal in rascher Folge in den Rücken.

Der Mann schrie auf, riss die Hände hoch und sackte dann mitten im Flur zu Boden.

»Gute Arbeit«, sagte Nield und beugte sich über den Terroristen, um ihm den Puls zu fühlen. »Der ist hinüber.«

Newman war inzwischen schon ins Wohnzimmer gerannt, wo er Mrs Proctor an einen Stuhl gefesselt vorfand. Zum Glück waren keine weiteren Terroristen bei ihr.

»War er allein?«, rief er der völlig verängstigten Frau zu, die vor lauter Aufregung kein Wort herausbrachte, dafür aber heftig nickte.

»Beruhigen Sie sich«, sagte Newman. »Wir sind gekommen, um Sie zu befreien. Nur einen Augenblick, dann binden wir Sie los.«

Nachdem Newman und Nield sich im ganzen Haus umgesehen hatten, lösten sie die Fesseln der Frau und gaben ihr ein Glas Wasser zu trinken.

»Wir verständigen gleich einen Krankenwagen«, sagte Nield. »Sie haben einen schweren Schock erlitten.«

»Was ist mit meinem Mann?«, sagte Mrs Proctor. »Er wird von Terroristen im Kraftwerk festgehalten.«

»Jetzt beruhigen Sie sich erst einmal, und dann erzählen Sie mir alles, was Sie wissen«, sagte Nield und legte ihr eine Hand auf die Schulter.

Erst nachdem der Krankenwagen gekommen war und die Rettungssanitäter sich um Mrs Proctor gekümmert hatten, brachen Nield und Newman wieder auf.

Als sie über die Albert Bridge fuhren, wollte Newman, dass Nield gleich hinter der Brücke links abbog. Nield zog zwar fragend die Augenbrauen hoch, folgte aber Newmans Anweisung.

Beim Abbiegen sah er einen Wegweiser zum Krankenhaus St. Jude. Neugierig beobachtete er, wie Newman sich auf dem Beifahrersitz aus seiner Jacke wand, den Verbandskasten aus dem Handschuhfach nahm und anfing, sich den Unterarm zu bandagieren.

»Sind Sie jetzt völlig übergeschnappt?«, sagte er.

»Im Gegenteil. Ich habe mir soeben den Arm verletzt. Und den werde ich mir im Krankenhaus mal ansehen lassen.«

»Das ist doch nicht Ihr Ernst! Tweed zerreißt Sie in der Luft, wenn er das erfährt. Wir haben die ausdrückliche Anweisung, uns von dem Krankenhaus fern zu halten.«

»Fahren Sie lieber auf den Parkplatz bei der Notaufnahme und warten Sie dort auf mich. Ich werde gleich wieder zurück sein.«

Bevor er ausstieg, steckte sich Newman noch die kleine Digitalkamera mit Restlichtverstärker ein, die die Eierköpfe im Keller der Park Crescent zusammengebastelt hatten. Mit ihr war es möglich, selbst bei völliger Dunkelheit ohne Blitz zu fotografieren.

Mit seinem verbundenen Arm kam Newman in das Krankenhaus, ohne dass ihm jemand auch nur eine einzige Frage stellte.

Als er erst einmal drinnen war, ging er aber nicht etwa zur Notaufnahme, sondern eilte einen langen, leeren Gang entlang in den Flügel, von dem aus man hinüber zum Kraftwerk blicken konnte.

Kaum war er um die Ecke gebogen, hinter der er die Aufzüge vermutete, da wäre er fast mit einer grimmig dreinblickenden Krankenschwester zusammengeprallt.

»Kann ich Ihnen behilflich sein?«, sagte die Matrone, die gut und gerne zwei Zentner wog.

»Nein, vielen Dank, Schwester. Der Arzt hat mir in der Notaufnahme gerade meinen Arm verbunden und gemeint, ich soll hier im Krankenhaus ein paar Minuten auf und ab gehen und ihm dann Bescheid geben, ob alles wieder okay ist.«

»Wozu das wohl gut sein soll«, brummte die Krankenschwester mit einem missbilligenden Kopfschütteln. »Dann sehen Sie mal zu, dass Sie sich nicht verlaufen.«

Als sie gegangen war, stieg Newman in den Aufzug und fuhr zwei Stockwerke nach oben. Er schaute sich um, ob jemand in der Nähe war, und trat dann an ein Fenster, von dem aus er einen guten Blick auf die Anlegestelle am Kraftwerk hatte. Zum Glück hatte sich der Nebel inzwischen größtenteils verzogen. Newman konnte sehen, dass man vor dem Kai große, mit Leinwand bespannte Sichtschutzwände errichtet hatte. Anscheinend hatte jedoch der Wind, der den Nebel fortgeblasen hatte, auch eine der Wände ein wenig bewegt. Jedenfalls konnte Newman durch einen schmalen Spalt zwischen zweien dieser Schirme ein kleines Stück eines Lastkahns sehen, auf dem gerade mehrere Gestalten in Tarnanzügen herumhantierten. In rascher Folge drückte Newman auf den Auslöser seiner Kamera. Nach einer Weile bemerkten die Männer auf dem Kahn die Lücke in den Sichtschutzwänden und schlossen sie. Newman steckte die Kamera wieder ein und fuhr mit dem Aufzug nach unten, wo er prompt ein weiteres Mal der miesepetrigen Oberschwester in die Arme lief.

»Hat Ihnen der Arzt vielleicht auch noch gesagt, Sie sollen mit dem Aufzug spazieren fahren?«, fragte sie in strengem Ton. »Und überhaupt, wie heißen Sie? Wie heißt der behandelnde Arzt?« Ohne ihr eine Antwort zu geben, rannte Newman hinaus auf den Parkplatz.

»Geben Sie Gas, Mann«, sagte er, als er sich keuchend auf den Beifahrersitz fallen ließ. »Ich werde von einem wild gewordenen Dragoner in Schwesterntracht verfolgt.«

39

»Das darf doch nicht wahr sein«, schäumte Tweed. »Sie haben trotz meiner ausdrücklichen Befehle das Krankenhaus betreten? Was haben Sie sich denn dabei gedacht? Das Wichtigste bei unserer Operation ist doch, dass die El Kaida nicht weiß, dass wir ihr auf der Spur sind.«

Newman stand mit vorgerecktem Kinn und trotzig funkelnden Augen vor Tweeds Schreibtisch. Er war wütend. Gerade hatte er Tweed erzählt, wie Nield und er Mrs Proctor befreit hatten, aber Tweed hatte sich lediglich an der Tatsache aufgehängt, dass er seine Anweisungen nicht befolgt hatte.

»Jetzt machen Sie mal halblang, und sagen Sie mir doch bitte, woher Sie *wussten,* dass die El Kaida sich in dem Kohlekraftwerk eingenistet hat«, sagte er. »Sie haben *angenommen,* dass sie dort ist, aber das ist etwas anderes. Solche Annahmen können verdammt gefährlich sein ...«

»Und was ist mit den Lieferwagen, die wir im Fluss gefunden haben?«

»Deshalb müssen die Terroristen noch lange nicht in einem Kraftwerk am anderen Ufer sein. Die könnten sich doch sonst wo aufhalten und die Lieferwagen trotzdem in der Themse versenkt haben. Das beweist gar nichts.«

»Sie vergessen den Lastkarren, den Mrs Wharton gesehen hat.«

»Und was schließen Sie daraus? Dass sie das mysteriöse Gerät irgendwo an den Fluss geschafft haben. Okay, da gab es einen Steg, was wiederum darauf hinweist, dass der

Lastkarren von einem Schiff aufgenommen wurde. Aber wo ist das Schiff dann hin? Flussaufwärts? Flussabwärts? Oder hinüber zu dem Kohlekraftwerk? Bislang hatten wir keinen einzigen stichhaltigen Beweis dafür, dass Letzteres der Fall war. Und deshalb basierten Ihre ganzen Überlegungen bisher auf einer bloßen Annahme. Sehe ich das richtig?«

Paula saß hinter ihrem Schreibtisch und lauschte gebannt der Auseinandersetzung zwischen den beiden Männern. Bisher hatte sie nur ein einziges Mal mitbekommen, wie Newman und Tweed sich angeschrien hatten, aber damals war sie die einzige Zeugin gewesen. Jetzt geschah das vor großem Publikum: Buchanan, der wieder zurück war, hockte auf der Kante ihres Schreibtisches, Beaurain saß entspannt in einem der Sessel, und Nield hatte auf einem Stuhl neben Monicas Schreibtisch Platz genommen. In diesem Augenblick kam auch noch Marler herein, der sofort spürte, wie aufgeladen die Atmosphäre war, und sich, ohne ein Wort zu sagen, mit dem Rücken an die Wand lehnte. Der Einzige, der fehlte, war Harry Butler.

Tweed sah Newman, der sich weit über seinen Schreibtisch gebeugt hatte, mit harten, kalten Augen an.

»Ja, das sehen Sie richtig, Bob«, antwortete er leise. »Ich habe alles auf einer Vermutung aufgebaut, aber das wird mir erst jetzt so richtig bewusst. Vielleicht setzen Sie sich also wieder und erzählen mir alles noch einmal von vorn. Ich verspreche, dass ich Ihnen diesmal aufmerksamer zuhören werde.«

Newman trat vom Schreibtisch zurück und ließ sich in seinen Sessel fallen. Monica brachte ihm ein Glas Wasser, das er auch sofort in einem Zug austrank. Und dann erzählte er Tweed alles der Reihe nach, angefangen mit der Befreiung von Mrs Proctor aus den Händen ihres Peinigers.

»Die arme Frau muss Furchtbares durchgemacht haben«, sagte er. »Aber durch sie wissen wir jetzt genau, dass die El Kaida sich des Kohlekraftwerks bemächtigt hat. Ob ihr Mann wohl noch am Leben ist?«

Es klopfte an der Tür. Einer der Eierköpfe kam herein und brachte Newman die Abzüge der Fotos, die er mit der Spezialkamera vom zweiten Stock des Krankenhauses aus gemacht hatte.

Newman legte die Bilder auf Tweeds Schreibtisch, und alle scharten sich um ihn. Eines der Bilder, auf dem die Ladeluke in der Mitte des Kahns zu sehen war, betrachtete Tweed lange mit einer Lupe, bevor er es an Buchanan und Beaurain weitergab.

»Sehen Sie sich das einmal an«, sagte er und wandte sich an Newman. »Sie haben uns mit Ihrem mutigen und außergewöhnlichen Einsatz äußerst wichtiges Material beschafft, Bob. Jetzt bin ich richtig froh, dass Sie meine Befehle missachtet haben, diese Fotos zeigen uns nämlich genau, was die El-Kaida-Zelle mit den Lastkähnen vorhat.«

Newman nickte zufrieden. Der Streit mit Tweed war ihm sichtlich unter die Haut gegangen.

»Marler, gibt es was Neues von Eva Brand?«, fragte Tweed.

»Ja und nein …«

Während Marler die Unterhaltung zwischen Eva und Palfry Wort für Wort wiedergab, hörte Tweed aufmerksam zu.

»Erstaunlich«, sagte er, als Marler mit seinem Bericht fertig war. »Und sehr aufschlussreich. Es klingt ganz so, als ob Warner unter enormem Druck stünde. Weshalb er vielleicht auch froh ist, sich hinter mir verstecken zu können. Zwei Dinge sind mir besonders aufgefallen: erstens, dass der Minister ohne Bewachung nach Carpford fährt, und zweitens, dass man in Palfrys seltsamem Haus ohne größere Probleme dreißig Gäste unterbringen kann. Das gibt mir sehr zu denken. Hatten Sie eigentlich den Eindruck, dass Eva und Palfry etwas miteinander haben, Marler?«

»Nein, so sah es wirklich nicht aus. Eva hatte Palfry von Anfang an völlig in der Hand und war nicht einmal besonders freundlich zu ihm.«

»Wieder ein Puzzleteilchen mehr, das auf einmal ins Bild passt.«

»Ich habe mir Paulas Bericht über ihre Gefangenschaft in Carpford noch einmal angesehen«, wechselte Buchanan das Thema. »Was mich interessiert, ist der aufgelassene Steinbruch am Ende des Tunnels. Sie sprachen da von großen Felsbrocken, die von der Wand abgebrochen sind, Paula.«

»Das ist richtig. Am Boden des Steinbruchs lagen jede Menge dieser Brocken herum. Und gerade als ich dort war, fiel wieder einer herunter.«

»Bis zum heutigen Tag werden drei Menschen in dieser Gegend vermisst. Mrs Warner, Mrs Gobble und Jasper Buller von der Special Branch. Außerdem ist der zwielichtige Anwalt Pecksniff verschwunden, und auch er hatte ja zumindest indirekt etwas mit Carpford zu tun. Die Wahrscheinlichkeit, dass die vier noch am Leben sind, erscheint mir äußerst gering. Aber wo sind ihre Leichen?«

»Meinen Sie, dass sie vielleicht unter dem Geröll in dem Steinbruch liegen könnten?«, sagte Paula. »Warum schicken Sie dann nicht Ihre Leute hin?«

»Das würde ich ja gern, aber das ist nicht so einfach. Das Gelände, auf dem der Steinbruch liegt, befindet sich im gemeinschaftlichen Besitz von Victor Warner und Drew Franklin, und solange ich keinen hinreichenden Verdacht gegen einen der beiden habe, unterschreibt mir kein Richter einen Durchsuchungsbefehl.«

»Seltsam, ich dachte immer, Franklin hätte sein Haus in Carpford nur gemietet. Und jetzt sagen Sie, dass er dort Landbesitz hat.«

»Ja, es ist in der Tat seltsam«, erwiderte Buchanan mit einem Schulterzucken. »Aber die Verträge dieser New Age Development sind enorm komplex. Höchstens Pecksniff wäre vielleicht in der Lage, uns den Wust ein wenig aufzudröseln, aber den können wir ja nun nicht mehr fragen.«

»Umso wichtiger wäre es, wenn wir endlich die Luftbilder von der Gegend bekommen könnten, Bob«, wandte Paula sich an Newman.

»Morgen ist es so weit«, antwortete Newman grinsend. »Kurz nach Sonnenaufgang will mein Bekannter einen Überflug machen. Er entwickelt dann die Bilder im Eilverfahren und schickt sie uns sofort ins Haus.«

»Hoffentlich schreckt er mit seinem Flugzeug nicht ganz Carpford auf«, brummte Tweed. »Ich möchte nicht, dass irgendjemand misstrauisch wird.«

»Das habe ich schon mit ihm besprochen«, sagte Newman. »Er macht erst die Bilder und fliegt danach noch ein paar Loopings, sodass alle glauben, er würde lediglich ein paar Kunstflugfiguren üben.«

»Gute Idee«, sagte Tweed anerkennend.

»Wenn ich die Luftbilder sehe, kann ich Ihnen wahrscheinlich endlich genau sagen, zu welchem Haus der Keller gehört, in dem man mich festgehalten hat«, sagte Paula.

Tweed stand auf und fing an, im Büro hin und her zu gehen. »Ich bin mir sicher, dass der Anschlag auf London jetzt unmittelbar bevorsteht«, sagte er. »Wenn mich nicht alles täuscht, ist es morgen so weit.«

»Nein, heute«, verbesserte ihn Newman. »Es ist bereits kurz nach Mitternacht.«

Tweed lief noch immer ruhelos auf und ab, als Buchanan

sich anschickte zu gehen. Er gab Paula einen Kuss auf die Wange und sagte, dass er zurück nach Scotland Yard müsse.

»Ich bringe Sie noch hinunter, Roy«, sagte Tweed und hielt ihm die Tür auf.

Unten bat er George, den Besucherraum aufzusperren, und geleitete Buchanan dann hinein.

»Wir müssen unter vier Augen sprechen«, sagte er, nachdem er die Tür geschlossen hatte.

»Sie haben schon einen Plan, wie Sie diese Terroristen unschädlich machen können, nicht wahr?«

»Ja. Aber dazu brauche ich Ihre Hilfe.«

»Dann beruhigt es Sie sicher zu erfahren, dass ich die Antiterroreinheit der Polizei in ständiger Bereitschaft halte. Natürlich ohne den Männern zu sagen, worum es konkret geht.«

»Sehr gut. Ich möchte, dass Sie Ihre Leute am rechten Themseufer zwischen der Albert Bridge und der Waterloo Bridge in Stellung bringen. Ziehen Sie alle Scharfschützen zusammen, die Sie kriegen können. Sie sollen sich Zivilkleidung anziehen und die besten Plätze suchen, wo man sie nicht sieht und von denen aus sie freie Sicht auf den Fluss haben. Den Rest erfahren Sie später. Und dann will ich, dass um vier Uhr nachmittags, wenn es anfängt, dunkel zu werden, sämtliche Straßenlaternen an beiden Ufern ausgeschaltet werden. Können Sie das alles für mich organisieren?«

»Aber das wird ein fürchterliches Chaos geben«, sagte Buchanan. »Wir können die Leute doch nicht im Dunkeln nach Hause gehen lassen.«

»Warten Sie ab, es kommt noch besser. Ich möchte, dass schon vor vier Uhr sämtlicher Verkehr von der Uferpromenade und den Brücken fern gehalten wird. Leiten Sie die Autos irgendwie um, auch wenn das einen gigantischen Stau gibt.«

»Für so eine einschneidende Maßnahme brauche ich einen guten Grund«, sagte Buchanan.

»Dann sagen Sie einfach, dass eine dicke Gasleitung geplatzt ist und höchste Explosionsgefahr besteht. Und dann habe ich noch ein Anliegen. Wir beide müssen morgen in ganz enger Verbindung miteinander bleiben, und zwar über absolut sichere Kommunikationsmittel.«

»Sonst noch einen Wunsch?«, sagte Buchanan sarkastisch.

»Im Moment nicht, danke. Ich weiß jetzt, auf welche Ziele es die Terroristen abgesehen haben. Ich habe auch schon Kontakt mit dem SAS aufgenommen. Aber das muss unter uns bleiben.«

»Na klar doch. Aber jetzt muss ich wirklich los. Es gibt eine Menge zu tun.«

»Nur eines noch. Der Innenminister ist über alles informiert und tut, was ich von ihm verlange. Angesichts der Direktive vom Premier bleibt ihm ja auch gar nichts anderes übrig. Außerdem schaue ich morgen noch mal beim Premier selbst vorbei und lasse mir meine Pläne absegnen. Ich denke nicht, dass er Schwierigkeiten machen wird.«

»Passen Sie auf sich auf, Tweed. Die Sache morgen wird verdammt gefährlich.«

Tweed eilte die Treppe wieder nach oben und stellte sich im Büro hinter seinen Schreibtisch. Alle Augen richteten sich auf ihn.

»Morgen früh um drei – also in etwas weniger als drei Stunden – werde ich Ihnen erklären, wie wir mit der El-Kaida-Zelle hier in England ein für alle Mal Schluss machen. Bis dahin müssen Sie alle wieder hier sein. Paula, sie waren doch öfter unten am Fluss. Haben Sie eigentlich schon einmal alle sechs Lastkähne hintereinander flussaufwärts zu dem Kraftwerk fahren sehen?«

»Ja, das habe ich. Es ist ein ziemlich langer Konvoi.«

»Was für Abstände halten die einzelnen Kähne zueinander ein?«

»Etwa hundert Meter, würde ich sagen. Es ist wirklich ein imponierender Anblick. Flussabwärts habe ich sie übrigens auch schon einmal fahren sehen.«

»In derselben Formation?«

»Ja, aber die Abstände waren größer. Ich würde mal sagen so an die zweihundert Meter.«

»Das ist trotzdem noch ziemlich nahe beieinander. Vielen Dank. Jetzt werde ich Ihnen sagen, was Sie alle heute Nacht zu tun haben. Sie, Nield, fahren zu Butler, der immer noch Billy Hogarth in seinem Hotel bewacht. Holen Sie Hogarth aus dem Bett und bringen Sie ihn hierher. Er kann auf meinem Feldbett unten im Besucherzimmer schlafen. Und sagen Sie George, dass er ihn dort einsperren soll, Monica. Er soll auch ab und zu mal nach ihm sehen. Wenn er was trinken will, geben Sie ihm Wasser oder Kaffee, aber bloß keinen Alkohol. Den wird er allerdings sowieso nicht haben wollen, laut Paula spielt er den Betrunkenen ja nur, um sich seinen Bruder vom Hals zu halten. Frühstück und Mittagessen können Sie ihm vom Imbiss um die Ecke kommen lassen, und sagen Sie niemandem, dass er hier ist. Wenn jemand nach ihm fragen sollte, haben wir ihn an einen sicheren Ort gebracht.«

»Und wie geht's weiter, wenn wir wieder hier sind?«, fragte Nield, während er seine Windjacke anzog.

»Dann gehen Sie nach unten und stellen Waffen und Ausrüstung für unsere morgige Operation zusammen. Maschinenpistolen, jede Menge Munition, Handgranaten, Tränengas, Nachtsichtgeräte, Feldflaschen und dunkle Kleidung mit einem großen SIS-Abzeichen auf dem Rücken. Wenn mir sonst noch etwas einfällt, lasse ich es Sie wissen.«

»In Ordnung«, sagte Nield und verließ das Büro.

»Wahrscheinlich wird heute Nacht keiner von Ihnen ein Auge zumachen können«, fuhr Tweed fort. »Newman, Sie fahren nach Carpford und klingeln dort an sämtlichen Türen. Wenn nötig, wecken Sie die Leute auf. Ich will wissen, wer sich alles dort aufhält, und außerdem möchte ich, dass Sie die Dächer aller Häuser auf irgendwelche Funkmasten oder Antennen überprüfen. Wenn Sie fertig sind, kommen Sie sofort wieder her.«

»Bin schon unterwegs.«

Das Telefon klingelte. Monica hob ab und sagte zu Tweed: »Buchanan ist wieder da. Er möchte nur ganz kurz mit Ihnen reden.«

»Dann soll er raufkommen.«

Kaum hatte Buchanan das Büro betreten, sagte er: »Ich habe vorhin ganz vergessen, Ihnen etwas zu zeigen. Dauert wirklich nicht lange. Der Bürgermeister von New York hat mir ein Foto geschickt, das kurz nach dem ersten Anschlag auf das World Trade Center – also dem missglückten – aufgenommen wurde.«

»Ich erinnere mich an den Vorfall.«

Buchanan gab Tweed das Foto, der es eine Weile betrachtete, bevor er Paula und Beaurain herbeiwinkte. Als Paula das Foto sah, stockte ihr für einen Augenblick der Atem.

»Mein Gott, das sieht ja aus wie das Ding, das uns Mrs Wharton beschrieben hat.«

Tweed öffnete eine Schublade und holte die Skizze hervor, die Beaurain bei Mrs Wharton angefertigt hatte. Die Vorrichtungen auf dem Foto und auf Beaurains Zeichnung glichen sich signifikant.

»Giuliani hat dazugeschrieben, dass diese Bombe zum Glück nicht detoniert ist. Die Polizei hat sie auseinander genommen und festgestellt, dass sie große Mengen hochexplosiven Sprengstoffs enthielt. Damit hätte man gigantischen Schaden anrichten können. So, nun wissen Sie, womit wir es zu tun haben. Aber jetzt muss ich wirklich los...«

Als Buchanan wieder weg war, meldete sich Paula zu Wort. »Auf welches Ziel haben es die Terroristen nun abgesehen?«, fragte sie.

»Ich erinnere mich noch ziemlich gut an diesen Anschlag auf das World Trade Center«, sagte Tweed, ohne auf ihre Frage einzugehen. »Damals haben die Terroristen versucht, die Pfeiler zu sprengen, auf denen das Center stand. Zwei der Bomben sind hochgegangen und haben ziemlichen Schaden angerichtet. Nicht auszudenken, was passiert wäre, wenn die dritte nicht versagt hätte.«

»Aber das ist keine Antwort auf meine Frage«, beharrte Paula. »Ich wollte wissen, was das Ziel der Terroristen in London ist.«

»Warten Sie bis drei Uhr, dann erfahren Sie es.«

»Ich habe mir schon gedacht, dass Sie das sagen würden.«

Tweed runzelte die Stirn. »Um Himmels willen, hoffentlich habe ich keinen Fehler gemacht! Laufen Sie Newman rasch hinterher und sagen Sie ihm, dass er noch einmal zu mir raufkommen soll.«

Noch bevor er richtig ausgeredet hatte, war Paula auch schon aus dem Büro gestürmt. Als George sie die Treppe hinunterrennen sah, sperrte er sofort die Eingangstür auf und ließ sie hinaus. Newman wollte gerade losfahren. Paula sprang ihm direkt vor den Wagen. Newman bremste scharf und kurbelte das Fenster herunter.

»Sind Sie denn wahnsinnig geworden?«, rief er. »Um ein Haar hätte ich Sie über den Haufen gefahren.«

»Sie sollen ganz dringend noch mal nach oben kommen. Anweisung von Tweed...«

»Tut mir Leid, Bob«, sagte Tweed, als Newman, gefolgt von Paula, wieder ins Büro kam. »Aber bevor Sie nach Carpford fahren, brauche ich Sie noch hier.«

»Kann ich das denn nicht übernehmen?«, fragte Beaurain.

»Nein, aber Sie können zusammen mit Newman nach unten ins Besucherzimmer gehen, während ich einen streng geheimen Telefonanruf erledige. Von mir aus könnten Sie zwar zuhören, aber ich habe meine Anweisungen …«

»Seltsam«, sagte Paula, die am Fenster stand und hinaussah. »Drüben im Regent's Park landet gerade ein Hubschrauber. Und zwar ein Riesending. Sieht aus wie ein Sikorski.«

»Gehen Sie mit den beiden nach unten, Paula«, entgegnete Tweed, »und lassen Sie mich meinen Anruf erledigen. Ich rufe sie gleich wieder herauf, wenn ich das hinter mich gebracht habe. Und Monica, Sie muss ich leider ebenfalls bitten, mich kurz allein zu lassen.«

Nachdem alle vier das Büro verlassen hatten, griff Tweed zum Telefon und wählte eine Nummer, die er auswendig wusste. Kurze Zeit später war er mit dem Hauptquartier des SAS in Hereford verbunden.

»Ja?«, sagte jemand mit recht gelangweilt klingender Stimme.

»Hier Tweed.«

»Nie gehört.«

»Able erwartet meinen Anruf.«

»Einen Augenblick.«

Tweed wartete, bis sich eine frisch klingende Stimme mit Oberklassenakzent meldete.

»Wer ist dran?«

»Tweed vom SIS.«

»Parole?«

»Pagode.«

»Schießen Sie los.«

»Ich brauche einen Kontaktmann. Ich kann das, was ich Ihnen mitzuteilen habe, nicht am Telefon sagen.«

»Einen Augenblick.«

Tweed hörte ein seltsames Geräusch.

»Was war das?«

»Eine elektronische Vorrichtung, die sicherstellt, dass die Leitung nicht angezapft ist. Sie können also offen reden.«

»Ich rufe Alarmstufe rot aus. Wiederhole: Alarmstufe rot.«

»Verstanden«, antwortete Able ruhig. »Ich habe übrigens bereits einen Kontaktmann zu Ihnen in Marsch gesetzt. Er müsste jeden Augenblick bei Ihnen eintreffen. Aber er hat strikten Befehl, nur mit Ihnen allein zu sprechen. Der Einzige, der Sie vertreten kann, ist Bob Newman.«

»Wie sieht es mit Beaurain aus?«

»Wie buchstabiert man das?«

»B-E-A-U-R-A-I-N.«

»Vorname?«

»Jules.«

»Warum schlagen Sie ihn vor?«

»Weil er der Leiter der belgischen Antiterroreinheit war. Danach hat er als Polizeipräsident von Brüssel gedient.«

»Der Mann ist uns bekannt. Er kann Newman vertreten. Aber sonst niemand.«

»Verstanden.«

»Was ist das Ziel der Terroristen?«

»Die Innenstadt von London. Die genauen Orte teile ich Ihrem Kontaktmann mit. Zeitpunkt des Angriffs: heute Nachmittag. Möglicherweise zwischen vier und sechs.«

»Vielen Dank, Mr Tweed. Und alles Gute …«

Tweed schaltete sämtliche Lichter im Büro aus und ging ans Fenster, wo er den Vorhang ein paar Zentimeter beiseite schob. Vom Regent's Park her, wo gerade der Hubschrauber gelandet war, kam ein großer Mann die Park Crescent entlang. Tweed zog den Vorhang wieder zu, schaltete das Licht ein und rief George an.

»Sagen Sie Beaurain und Newman, dass sie sofort zu mir heraufkommen sollen. Paula und Monica müssen noch unten bleiben. Sagen Sie ihnen, dass es leider nicht anders geht.«

Kurze Zeit später ging die Tür auf, und Newman kam zusammen mit Beaurain herein. Tweed bat sie, sich zu setzen, und informierte sie über das Telefongespräch.

»Der Kontaktmann vom SAS wird jeden Augenblick hier sein. Er ist vorhin mit dem Hubschrauber gelandet. Ich habe die Erlaubnis aus Hereford, Sie beide bei der Lagebesprechung mit ihm hinzuzuziehen.«

»Das wundert mich aber«, sagte Newman. »Ich habe zwar mal einen Artikel über den SAS geschrieben und dabei einen Trainingskurs absolviert, aber dass man mir dort so vertraut, wusste ich nicht.«

Das Telefon klingelte, und Tweed hob ab. Es war Monica.

»George lässt ausrichten, dass ein ziemlich verdächtig aussehender Mann mit Ihnen sprechen will.«

»Sagen Sie ihm, dass er ihn raufbringen soll, Monica. Und dann warten Sie bitte bei Paula im Besucherzimmer, bis ich mich wieder melde.«

Es dauerte nicht lange, bis die Tür aufging und George einen großen, vierschrötigen Mann in Zivil hereinließ. Die Hälfte des Gesichts war hinter einem breiten Schal versteckt. Er musterte die drei Männer im Büro eingehend und sagte dann, während er Tweed seinen Ausweis hinhielt:

»Sie müssen Mr Tweed sein.«

»Sarge!«, rief Newman erfreut. »Ich erkenne Sie an der Stimme. Sie haben mich beim Training damals ganz schön rangenommen.«

»Was für ein Zufall«, sagte Beaurain. »Auch ich habe vor

vielen Jahren einen Kurs bei ihm gemacht. Herzlich willkommen, Sarge.«

»Fangen wir an, meine Herren, wir haben nur wenig Zeit«, erwiderte Sarge, während er in dem Sessel Platz nahm, den Tweed ihm mit einer Handbewegung angeboten hatte.

40

Tweed bat Sarge um Entschuldigung und sagte, dass er noch etwas Wichtiges klären müsse. Dann stieg er die Treppe hinunter und ging ins Besucherzimmer, wo Paula, Marler und Monica es sich bei einem Kaffee gemütlich gemacht hatten.

»Eigentlich sollte Newman nach Carpford fahren und schauen, wer dort ist. Aber jetzt brauche ich Newman hier, deshalb müssen Sie diesen Auftrag übernehmen, Marler. Paula, Sie begleiten ihn. Und vergessen Sie nicht, auf den Dächern nach irgendwelchen verdächtigen Masten oder Antennen Ausschau zu halten. Wenn Sie das erledigt haben, kommen Sie wieder zurück und erstatten mir Bericht. Und beeilen Sie sich, um drei Uhr müssen Sie wieder hier sein.«

Als er wieder oben im Büro war, setzte er Sarge mit knappen Worten ins Bild und zeigte ihm eine detaillierte Karte des Themseufers, auf der das Kraftwerk und das Krankenhaus mit roten Kreisen markiert waren.

Er zeigte Sarge auch Beaurains Zeichnung der Waffe, das Foto, das Giuliani, der Oberbürgermeister von New York, Buchanan geschickt hatte, und die Bilder, die Newman vom Krankenhaus aus geschossen hatte. Sarge nahm die Vergrößerung des Fotos, das Newman von der Ladeluke gemacht hatte, und sah sie sich genau an.

»Auf dem Bild kann man ziemlich gut erkennen, dass die Waffe in der Ladeluke genauso aussieht wie die Bombe auf dem Foto, das uns Giuliani aus New York geschickt hat«, sagte Newman.

Während Tweed berichtete, welche Vorkehrungen Buchanan bereits an der Uferpromenade getroffen hatte, lächelte Sarge anerkennend, und als er ihm schilderte, wie er die El-Kaida-Zelle zu eliminieren gedachte, signalisierte der SAS-Mann durch ein kurzes Kopfnicken seine Zustimmung. Er hatte sich keine Notizen gemacht.

Bevor er ging, fragte Sarge, ob er die Fotos und Beaurains Zeichnung zusammen mit Tweeds Karte von der Themseregion mitnehmen dürfe. Da Tweed einverstanden war, steckte er alles in seine Aktentasche, die gut zu seiner Tarnung als Geschäftsmann passte, und erklärte Tweed dann, dass ihm dreißig speziell ausgebildete Männer des SAS zur Verfügung stünden.

»Nächstes Treffen morgen Mittag Punkt zwölf? Gut.«

Ohne sich groß zu verabschieden, stand Sarge auf und ging.

41

Als Marler die letzte Anhöhe vor der Hochfläche von Carpford hinauffuhr, beschlich Paula ein ungutes Gefühl. Das Dorf lag, wie so oft, im dichten Nebel, der Marler dazu zwang, fast Schrittgeschwindigkeit zu fahren. Wenigstens hört man dadurch das Auto nicht so sehr, dachte Paula.

»Passen Sie auf, dass Sie nicht von der Straße abkommen«, sagte sie. »Hier landet man schneller im See, als man glaubt.«

»Keine Sorge, Paula«, erwiderte Marler. »Ich bin das Fahren im Nebel gewohnt.«

»Ich würde gern als Erstes Martin Hogarth einen Besuch abstatten«, sagte Paula. »Der wird sich bestimmt freuen, uns zu sehen.«

Marler parkte in einiger Entfernung von den beiden Bungalows und ging zusammen mit Paula den Rest der Strecke zu Fuß.

»Er ist noch auf«, flüsterte Paula. »Sehen Sie das Licht durch die Ritzen der Fensterläden?«

Marler schaltete seine Taschenlampe an und richtete sie auf das Dach des Bungalows, wo ein hoher Antennenmast in den Nebel ragte. Dann reduzierte er die Helligkeit des Lichtstrahls und besah sich die Schlösser an der Tür.

»Kein Problem für mich«, murmelte er und holte aus seiner Umhängetasche einen Satz Dietriche und ein kleines Ölkännchen hervor. Paula hielt die Taschenlampe, während er den passenden Dietrich suchte, dann ein paar Tropfen Öl darauf träufelte und ihn vorsichtig ins erste Schloss steckte. Nachdem er es lautlos geöffnet hatte, wiederholte er den Vorgang bei den anderen beiden Schlössern und drehte schließlich ganz langsam den Türknauf um. Ohne zu knarzen, ließ sich die schwere Tür einen Spaltbreit öffnen, sodass Paula von drinnen die Stimme von Martin Hogarth hören konnte.

»Aber ich sage Ihnen doch, Billy ist nicht in Carpford. Ich war vorhin drüben bei ihm, und er war nicht da. Was? Nein, ich habe keine Ahnung, wo er sich aufhält. Und auch nicht, wann er wiederkommt. Aber jetzt muss ich auflegen …«

Marler, dem auf einmal klar wurde, dass die durch den Türspalt eindringende eiskalte Luft Hogarth gewarnt haben musste, öffnete entschlossen die Tür und betrat mit der Walther in der Hand das Haus. Hogarth stand mit dem Rücken zu ihnen im Wohnzimmer und legte gerade den Telefonhörer zurück auf die Gabel. Dann wirbelte er herum und griff mit der rechten Hand in sein Jackett.

»Keine Dummheiten, Hogarth«, rief Marler. Martin zog die Hand wieder heraus und fuhr sich mit den Fingern über den Mund, als müsste er sich erst überlegen, wie er auf diese Situation reagieren sollte. Er trug einen grauen Geschäftsanzug, schien also noch nicht geschlafen zu haben.

»Was haben Sie hier zu suchen, verdammt noch mal?«, fragte er. »Wie kommen Sie überhaupt herein? Das ist Hausfriedensbruch, ist Ihnen das klar?«

»Mister Hogarth«, sagte Marler mit ruhiger Stimme. »Mit wem haben Sie eben gesprochen?«

»Das geht Sie einen feuchten Kehricht an.«

»Da täuschen Sie sich«, sagte Marler und trat auf ihn zu. »Sie haben mit diesen Leuten von New Age Development zusammengearbeitet, wenn nicht mit noch viel schlimmeren Zeitgenossen.«

»Das müssen Sie mir erst beweisen«, erwiderte Hogarth mit einem Anflug von Trotz.

»Die Untersuchung des Falles ist Superintendent Buchanans Aufgabe. Aber dass Sie schmutzige Geldgeschäfte für die Firma gemacht haben, ist inzwischen so gut wie aktenkundig.«

Mit der linken Hand zog Marler zwei Plastikhandschellen aus der Tasche, die ihm die Eierköpfe erst kürzlich zur Verfügung gestellt hatten. Waren die Dinger erst einmal angelegt, zogen sie sich immer enger zusammen, je heftiger der Gefesselte sich wehrte.

»Drehen Sie sich um«, befahl Marler. »Hände hinter den Rücken, Handgelenke aneinander.«

Was nun folgte, war eine der entsetzlichsten Minuten in Paulas Leben. Anstatt sich umzudrehen, sah Hogarth Marler trotzig ins Gesicht und biss entschlossen auf etwas, was er sich offenbar zuvor in den Mund gesteckt hatte. Sein Gesicht verzog sich zu einer Fratze entsetzlichen Schmerzes, dann griff er sich mit beiden Händen an die Kehle, aus der sich ein grässlicher, halb erstickter Schrei entwand. Seine Knie gaben nach, und er fiel seitwärts in einen Sessel, wo er ein erbärmliches, feucht gurgelndes Geräusch von sich gab. Paula wusste, welche Höllenqualen Hogarth erleiden musste, weil sie so etwas schon einmal miterlebt hatte.

»Er hat eine Giftkapsel zerbissen«, rief sie.

»Schnell, holen Sie ein Glas Wasser und lösen Sie Salz darin auf«, sagte Marler. »Wir müssen ihn zum Erbrechen bringen.«

Paula schüttelte den Kopf und blickte hinab auf Hogarth, der inzwischen wie wild mit Armen und Beinen zappelte.

»Das hat keinen Sinn mehr«, sagte sie. »Haben Sie denn den Geruch nach Bittermandeln nicht bemerkt? In der Kapsel war Zyankali. Ihm kann jetzt niemand mehr helfen.«

Mit einem Schlag hörte Horgarths wildes Herumgezappel auf, und er sackte mit weit aufgerissenen Augen in dem Sessel zusammen. Als Marler ihm den Puls fühlen wollte, bemerkte er, dass er die Walther noch immer in der Hand hielt.

»Warum hat er das bloß getan?«, fragte er, während er die Pistole zurück in das Schulterhalfter steckte.

»Wahrscheinlich hat er erkannt, dass wir ihn früher oder später mit der El Kaida in Verbindung bringen würden«, sagte Paula nachdenklich. »Und das hätte ihm mindestens dreißig Jahre Gefängnis eingebracht. Die wollte er sich ersparen.«

»Ich rufe Buchanan an«, sagte Marler und nahm sein Handy aus der Tasche. »Er soll sofort einen Krankenwagen schicken. Aber ohne Blaulicht und Martinshorn …«

Während Marler mit Scotland Yard sprach, streifte Paula sich Latexhandschuhe über und zwang sich, die Taschen des Toten zu durchsuchen. In seiner Brieftasche fand sie fünf verschiedene Kreditkarten, einen Führerschein und fünfhundert Pfund in Fünfpfundscheinen. In einer der Taschen von Hogarths Jackett steckte ein Flugticket auf die Bahamas mit Zwischenstopp in New York.

»Sieht so aus, als hätte er vorgehabt zu fliehen«, sagte sie und zeigte Marler das Ticket. »Und zwar auf die Bahamas. Das lässt auf Gerald Hanover schließen.«

»Ist das nicht der Mann, der die ganze Operation geplant hat?«

»Ja. Wenn es nicht eine Frau ist, die sich nur als Mann ausgibt.«

Buchanan hatte Marler mitgeteilt, dass er persönlich nach Carpford kommen werde. Während der Superintendent also unterwegs war, gingen Marler und Paula hinüber zu Billy Hogarths Bungalow. Die Tür war zu, aber nicht abgeschlossen, was Paula ziemlich merkwürdig fand.

»Dafür gibt es eine einfache Erklärung«, sagte Marler. »Martin hat doch am Telefon erzählt, dass er gerade in Billys Bungalow war. Vermutlich hat er vergessen, die Tür abzusperren. Und? Kommt Ihnen hier irgendetwas ungewöhnlich vor?«

»Nein, auf Anhieb nichts«, erwiderte Paula, sah sich aber doch genauer um. Unter ihren Kollegen galt sie als eine Expertin im Durchsuchen von Wohnungen. Oft fand sie Dinge, die alle anderen übersehen hatten. Nachdem sie sich langsam durch Wohnzimmer, Küche und die beiden Schlafzimmer gearbeitet hatte, kam sie mit einem Kopfschütteln zurück zu Marler.

»Nichts, was irgendwie ungewöhnlich wäre«, sagte sie. »Im Schrank hängen zwar einige leere Kleiderbügel, aber das wundert mich nicht, weil Billy ja sicher ein paar Sachen mit nach London genommen hat. Ich finde, wir sollten als nächstes Palfrys Haus einen Besuch abstatten. Oder warten Sie, vielleicht gehen wir doch erst zu Margesson. Tweed sagt ja immer, dieser Eiferer sei für den Fall ohne Bedeutung, aber ich bin mir da nicht so sicher.«

In der grün gestrichenen georgianischen Villa brannte nur in einem Zimmer im ersten Stock Licht. Marler drückte den Klingelknopf, und kurz darauf hörten sie, wie schwere Schritte die Treppe herunterpolterten. Dann wurde die Tür aufgerissen, und Margesson stand in einem knöchellangen Gewand vor ihnen. Sämtliche Haare, sogar die Barthaare, schienen ihm zu Berge zu stehen. Marler hielt ihm seinen SIS-Ausweis hin.

»Wissen Sie eigentlich, wie spät es ist?«, polterte Margesson los.

»Ja, das wissen wir. Aber es sieht nicht so aus, als hätten Sie schon geschlafen ...«

»Ich habe gebetet, falls Sie überhaupt wissen, was das ist. Aber das bekümmert Sie bestimmt nicht. Rücksicht ist ja ein Fremdwort für Sie. Die Menschen heutzutage haben keine Disziplin mehr und kümmern sich nur noch um sich selbst. Und dann wundert man sich, wenn es irgendwann mal zu einer Revolution kommt.«

»Zu was für einer Revolution denn?«, fragte Marler. »Wenn Sie uns hereinbitten würden, könnten Sie uns Ihre Ansichten sehr viel besser erläutern, finden Sie nicht? Hier draußen ist es bitterkalt, und Sie wollen die Kälte doch bestimmt nicht in Ihr wunderschönes Haus lassen.«

»Eigentlich mag ich es nicht, wenn Frauen mein Haus betreten«, sagte Margesson mit einem geringschätzigen Blick auf Paula.

»Vielen Dank für die freundliche Einladung«, sagte Marler ungerührt und drückte sich an dem hünenhaften Mann vorbei in den Flur, wobei er Paula an der Hand nahm und mit sich zog. »Sie sind der perfekte Gastgeber.«

Margesson machte ein verwirrtes Gesicht und schloss die Tür. Während er hinter den beiden ins Wohnzimmer ging, machte sein seidenes Gewand raschelnde Geräusche.

»Wenn Sie schon mal da sind, dann setzen Sie sich meinetwegen«, sagte er und deutete auf ein Sofa.

Marler und Paula nahmen Platz und sahen sich in dem weitläufigen, mit orientalisch anmutenden Sofas und Sesseln möblierten Raum um. Die Teppiche an den Wänden hatten seltsame Muster. Margesson ließ sich auf einem hohen, thronähnlichen Stuhl nieder und sah sie mit durchdringendem Blick an.

»Wunderschön, diese Teppiche«, sagte Marler.

»Ich habe sie auch mit Liebe ausgesucht. Schließlich verbringe ich viel Zeit hier drinnen. Draußen in der Welt regiert ja die Sünde.« Er hob die Arme, und seine Stimme schwoll zu einer donnernden Predigt an. »Die westliche Gesellschaft ist in die Tiefen der Hölle getaumelt, wo es weder Struktur noch Disziplin gibt, nur schamlose Orgien der allerschlimmsten Art. Sogar die Kinder sind schon bis ins Mark verdorben.«

»Nehmen Sie es mir nicht übel, Mr Margesson«, sagte Paula und beugte sich vor, »aber ich werde den Eindruck nicht los, als ob Ihnen alles, was Sie von sich geben, von jemand anderem eingetrichert worden wäre. Irgendwie kommt es mir so vor, als hätte ich jede Phrase schon hundertmal gehört.«

Margesson schluckte schwer. Ganz offensichtlich hatte Paulas Bemerkung ihn völlig aus dem Konzept gebracht. Erst blickte er Hilfe suchend hinüber zu Marler, dann starrte er mit großen Augen ins Leere, sodass Paula sich fragte, ob er nicht vielleicht unter Drogen stand.

»Wer hat Ihnen das alles eingeredet?«, fragte Paula weiter. »Wer kommt hierher und indoktriniert Sie mit diesen Ideen, die Sie uns jetzt mit dem Brustton der Überzeugung vortragen? Ist es einer Ihrer Nachbarn?«

»Tut mir Leid, aber Sie müssen jetzt gehen«, murmelte Margesson ungewohnt höflich und starrte Paula verdattert an. »Wer sind Sie?«, fragte er leise, hob dann aber eine seiner riesigen Hände und winkte ab. »Nein, sagen Sie es mir lieber nicht. Ich möchte es gar nicht wissen.«

»Wir wollten uns sowieso verabschieden«, sagte Marler und stand auf. »Vielen Dank, dass Sie uns in Ihren heiligen Hallen empfangen haben.«

Margesson erhob sich so langsam, als ließe er seine Besucher nur ungern gehen. Als er ihnen die Tür öffnete, stellte Marler ihm unvermittelt eine letzte Frage.

»Sehen Sie Palfry eigentlich oft?«

»Wen?«

»Peregrine Palfry, Ihren Nachbarn, der in dem runden Holzhaus dort drüben wohnt.«

»Der kommt gelegentlich vorbei«, antwortete Margesson nach einer langen Pause. »Gott segne Sie ...«

Die Kälte traf sie wie ein Hammerschlag. Auf dem Weg hinüber zu Palfrys Haus, das sich immer deutlicher aus dem Nebel schälte und Paula wie immer an einen riesigen Waschzuber erinnerte, sagte Marler, der ganz in Gedanken versunken war, lange nichts.

»Es war gut, dass Sie Margesson in die Enge getrieben

haben«, bemerkte er schließlich. »Auch mir kommt er so vor, als ob man ihn einer Gehirnwäsche unterzogen hätte. Vielleicht war es Palfry – immerhin hat sich Margesson viel Zeit zum Beantworten meiner letzten Frage gelassen.«

»Es könnte aber auch die Frau gewesen sein, von der Margesson gesagt hat, dass sie als einzige allein in sein Haus darf.«

Bevor sie an der Tür klingelten, gingen Marler und Paula einmal um Palfrys Haus herum, konnten aber in keinem Fenster ein Licht entdecken. Paula war erstaunt, was für einen enormen Umfang das runde Gebäude hatte. Nachdem Marler mehrmals hintereinander geklingelt hatte, machte er sich mit seinen Dietrichen am Schloss zu schaffen und hatte binnen Minuten die Tür geöffnet. Vorsichtig betrat er das Haus und tastete sich an der Wand entlang, bis er einen Lichtschalter gefunden hatte.

Sie befanden sich in einem riesigen Raum mit einer einzigen, kreisrunden Wand. Rechts sah Paula eine Kochnische mit halbrunder Arbeitsfläche und dazu passenden Geschirrschränken. Es gab einen großen, an amerikanische Küchen erinnernden Kühlschrank und einen frei stehenden Herd, über dem alle möglichen Küchengeräte hingen. Der Rest des Raumes war mit geschmackvollen Sofas und Sesseln möbliert, die aber allesamt keine Antiquitäten waren. Im linken Teil des Raumes führte eine Wendeltreppe hinauf in den ersten Stock.

»Hier würde ich einen Drehwurm kriegen«, sagte Paula, die es ziemlich gewagt fand, dass Marler das Türschloss geknackt hatte. Was wäre, wenn Palfry oben schlief und plötzlich mit einer Schrotflinte die Treppe herunterkam? Sie schaute hinüber zu Marler und sah, dass er seine Walther in der Hand hatte.

In dem runden Raum war es sehr warm und still. Das einzige Geräusch war das leise Gurgeln der Heizkörper unter den Fenstern. Paula ging hinüber zur Treppe und stieg leise die mit Teppich beklebten Stufen hinauf in den ersten Stock. Oben war eine massive Tür, und als sie den Knauf drehte, merkte sie, dass abgeschlossen war. Sie winkte Marler herbei, der keine zwei Minuten brauchte, bis er das Schloss geknackt hatte. Wieder tastete Marler nach dem Lichtschalter, und als die Lampen angingen, sahen sie vor sich eine kreisrunde Diele mit vielen Türen.

»Gehen Sie nach rechts, und schauen Sie in jedes Zimmer, an dem Sie vorbeikommen; ich gehe links herum«, sagte Marler. »In der Mitte treffen wir uns dann.«

Keine der Türen war abgesperrt, und nachdem Paula sie mit der schussbereiten Browning in der Hand geöffnet hatte, bot sich ihr in jedem Zimmer exakt das gleiche Bild: Ein leeres, mit einem Leintuch bezogenes Bett ohne Bettwäsche und eine Nasszelle mit Dusche. Paula prüfte jedes Bettlaken mit der Hand, aber alle waren kalt. Erst im letzten Zimmer, das sie inspizierte, machte sie eine ungewöhnliche Entdeckung: Dort lagen auf dem Bett viele sauber zusammengerollte Schlafsäcke in mehreren Schichten übereinander. Paula zählte sie sorgfältig durch und kam auf die Zahl dreißig.

Als sie den Raum verließ, traf sie auf Marler, der mit seinem Rundgang auch gerade fertig war.

»Es wird höchste Zeit, dass wir von hier verschwinden«, sagte er und fasste sie am Arm.

»Sehen Sie erst einmal das hier an«, flüsterte Paula und zeigte ihm das Zimmer mit den Schlafsäcken.

Zwei Minuten später waren sie wieder im Freien, wo Paula die Kälte nun fast als wohltuend empfand. Nachdem Marler die Tür mithilfe seiner Dietriche wieder abgeschlossen hatte, wandte er sich an Paula.

»Was halten Sie von dem Haus?«

»In so was könnte ich nicht leben. Da würde ich in kürzester Zeit verrückt werden.«

»Und von den Schlafsäcken?«

»Wir vermuten doch, dass dreißig El-Kaida-Terroristen zu der Zelle hier in England gehören. Das könnte passen. Als Nächstes würde ich aber gern zu Mrs Gobbles Laden gehen.«

Auch hier war alles dunkel. Die Tür war wie schon bei Paulas letztem Besuch nicht abgesperrt. Paula ging durch die leeren Räume und sah sich um, ohne etwas zu entdecken. Als sie dabei an Mrs Gobble dachte, wurde sie traurig. Ob die seltsame alte Frau wirklich tot war? Buchanan schien jedenfalls davon überzeugt zu sein.

»Und jetzt zu Drew Franklin«, sagte sie zu Marler, als sie das Cottage verlassen hatten. »Machen Sie sich auf etwas gefasst. Er kann ganz schön ungemütlich werden.«

Auf dem Weg blieben sie nahe beieinander, weil der Nebel wieder dichter geworden war und nun sogar das Geräusch ihrer Schritte dämpfte.

»Sehen Sie mal, in Franklins Bunker brennt im ersten Stock noch Licht«, sagte Marler. »Da sollten wir die Dietriche wohl lieber in der Tasche lassen und klingeln.«

»Dann sehen Sie mal zu, dass Sie die Glocke finden.«

Zu Paulas Erstaunen entdeckte Marler den Klingelknopf auf Anhieb. Nachdem er ihn gedrückt hatte, baute er sich mit verschränkten Armen erwartungsvoll vor der Tür auf. Es dauerte nicht lange, bis Franklin sie aufriss und die beiden böse anstarrte.

»Was wollen Sie?« Er trug einen grauen Anzug und schien hellwach zu sein.

»Wir würden gern mit Ihnen sprechen«, sagte Marler.

»Dann rufen Sie gefälligst in der Redaktion an und lassen sich einen Termin geben«, fauchte Franklin und knallte ihnen die Tür vor der Nase zu. Marler zuckte die Schultern und ließ sich von Paula weiter zu Victor Warners märchenschlossartiger Behausung führen.

Hier war alles dunkel, und nachdem Marler mehrmals erfolglos geklingelt hatte, sah er Paula mit einem resignierten Lächeln an. »Wenn es Ihnen recht ist, würde ich hier lieber nicht einbrechen«, sagte er. »Immerhin ist Warner unser Sicherheitsminister.«

Als sie zurück zu ihrem Wagen gingen, tauchte auf einmal eine große, hagere Gestalt aus dem Nebel auf. Marler zog die Walther, erkannte dann aber rechtzeitig, dass es Superintendent Buchanan war, der offenbar schon auf sie gewartet hatte.

»Nicht schießen, außer Sie wollen, dass in Scotland Yard eine Stelle frei wird«, sagte er und lachte.

»Haben Sie Martin Hogarths Leiche gefunden?«, fragte Paula.

»Nein. Der rechte Bungalow war doch der seine, nicht wahr?«

»Ja.«

»Da liegt keine Leiche, und es deutet auch nichts darauf hin, dass es dort jemals eine gab. Auch der andere Bungalow, der wohl seinem Bruder gehören dürfte, ist leer. Dort hat jemand ziemlich dilettantisch die Tür aufgebrochen.«

»Nummer fünf«, sagte Paula tonlos. »Das ist jetzt schon die vierte Person, die hier oben spurlos verschwunden ist.«

42

Der ursprünglich für drei Uhr morgens angesetzte große Kriegsrat, wie Tweed ihn nannte, fand erst um sechs Uhr statt, weil Paula und Marler nicht früher aus Carpford zurück waren. Kaum waren sie in der Park Crescent angekommen, führte Tweed sie in das Besucherzimmer und ließ sich erzählen, was sie herausgefunden hatten. Dabei zeigte er keine Reaktion, selbst dann nicht, als Marler ihm beschrieb, wie sich Martin Hogarth das Leben genommen hatte. Als Marler am Ende seines Berichts angekommen war, nickte Tweed nur und stand auf.

»Das bestätigt meine Vermutung. Und Palfry war ganz bestimmt nicht in Carpford?«

»Wir konnten ihn zumindest nirgendwo finden«, sagte Marler.

»Dann gehen wir hinauf zu den anderen. Sie warten schon in meinem Büro. Jetzt kommt es darauf an, dass keiner von uns einen Fehler macht, sonst schaffen wir es nicht, die El Kaida hier in London auszuschalten.«

Als sie das Büro betraten, stellte Paula überrascht fest, dass sämtliche Stühle und Sessel in zwei Reihen hintereinander vor Tweeds Schreibtisch aufgestellt waren. Paula setzte sich neben Newman auf einen Stuhl in der ersten Reihe.

Neben Newman saß Buchanan und links neben Paula Jules Beaurain, der ihr zur Begrüßung lächelnd die Hand gab. Neben dem Belgier hatte es sich Howard mit verschränkten Armen in einem Sessel bequem gemacht.

In der Reihe hinter ihnen sah Paula Marler, Harry Butler, Pete Nield und Monica. Tweed stand auf und ergriff mit leiser Stimme das Wort, wobei er seinen Blick immer wieder von einem zum anderen schweifen ließ.

»Nachdem wir nun wissen, dass die El Kaida von dem Kraftwerk an der Themse aus operiert, habe ich mir eine Strategie überlegt, mit der wir sie ein für alle Mal ausschalten können. Die Ziele der El Kaida sind die sechs wichtigsten Themsebrücken, die eine nach der anderen in die Luft gesprengt werden sollen. Zuerst die Waterloo Bridge, dann Westminster, Lambeth, Vauxhall, Chelsea und schließlich die Albert Bridge. Wenn Ihnen etwas nicht klar ist, dann unterbrechen Sie mich bitte.« Er blickte auffordernd in die Runde, aber niemand hatte eine Frage.

»Der Angriff wird von sechs Frachtkähnen aus erfolgen, die momentan noch vor dem Kraftwerk festgemacht sind«, fuhr Tweed fort.

»Jetzt hätte ich doch eine Frage«, meldete sich Newman zu Wort. »Weshalb sind Sie sich so sicher, dass die Brücken in der von Ihnen erwähnten Reihenfolge in die Luft gesprengt werden?«

»Weil ich immer wieder darüber nachgedacht habe, was ich tun würde, wenn ich einen solchen Anschlag planen würde. Die sechs Kähne fahren doch flussabwärts. Die erste Brücke, die sie passieren, ist die Albert Bridge, und wenn die von dem ersten Kahn aus in die Luft gejagt wird, könnten die anderen nicht mehr weiterfahren, weil Reste der zerstörten Brücke ihnen den Weg versperren. Also fahren die Kähne nacheinander zu den Brücken, und jeder Kahn wird dafür zuständig sein, eine bestimmte Brücke zu zerstören.«

»Und wie soll das Ihrer Meinung nach genau ablaufen?«, fragte Paula.

»Im mittleren Frachtraum jedes Kahns befindet sich nicht etwa Kohle, sondern eine Abschussrampe für die raketenähnliche Waffe. Diese wird gezündet, sobald sich der Kahn direkt unter einer Brücke befindet. Das Projektil ist mit einer Mischung aus Semtex und einem anderen hochbrisanten Sprengstoff gefüllt und soll direkt in der Mitte der Brücke explodieren. Daraufhin wird die ganze Brücke zusammenbrechen und die Menschen auf ihr werden entweder bei der Explosion umkommen oder im Fluss ertrinken.«

»Aber das bedeutet doch, dass auch der Lastkahn, der ja direkt unter der Brücke ist, von der Explosion zerstört wird«, warf Paula ein.

»Schon vergessen, dass wir es hier mit Selbstmordattentätern zu tun haben?«, erwiderte Tweed. »Die glauben, dass sie direkt in den Himmel kommen, wenn sie für eine gerechte Sache sterben.«

»Und wie wollen Sie verhindern, dass die Brücken in die Luft gejagt werden, Tweed?« fragte Beaurain.

»Der SAS hat uns ein Team von Spezialisten geschickt, das mit einem modernen und äußerst zielgenauen Granatwerfer ausgerüstet ist, der auf einer abgelegenen Insel vor der schottischen Küste ausgiebig getestet wurde. Dessen Geschosse haben eine so steile Flugbahn, dass sie von oben in die Ladeluke fallen, dort explodieren und die Raketen zerstören, bevor sie zum Einsatz kommen.«

»Aber was ist, wenn ein Geschoss die Ladeluke verfehlt?«, fragte Beaurain.

»Für diesen Fall hat ein anderes SAS-Team den Auftrag, den Kahn mit einer Rakete zu versenken.«

»Ein kluger Plan«, sagte Beaurain.

Tweed sah die Anwesenden nacheinander an und spürte, wie angespannt sie alle waren.

»Ein Frachtkahn! Natürlich! Jetzt kommt es mir erst!«, rief Paula plötzlich aus. »Das sollte die Zeichnung auf dem Zettel bedeuten, den Eddie in der Monk's Alley zusammengeknüllt in der Hand hatte. Einen Frachtkahn!«

»Wann schätzen Sie, dass die Anschläge erfolgen sollen?«, fragte Beaurain.

»Ich bin mir ziemlich sicher, dass die Bomben zwischen fünf Uhr und sechs Uhr nachmittags hochgehen sollen. Ich persönlich tippe auf halb sechs.«

»Großer Gott!«, flüsterte Paula. »Mitten im Berufsverkehr!«

»Genau«, sagte Tweed. »Um diese Tageszeit kommt der Verkehr auf den Brücken praktisch zum Erliegen. Linien- und Schulbusse, Pkws und Lieferwagen … Die Opfer würden in die tausende gehen – und genau darauf hat es die El Kaida abgesehen. Je mehr Opfer, desto spektakulärer der Anschlag.«

Auf einmal wurde es ganz still im Büro, weil alle mit einem Mal erkannten, was hier auf dem Spiel stand. Schließlich ergriff Beaurain das Wort.

»Wir müssen die Kähne unbedingt zerstören, bevor sie ihre Ziele erreichen. Das muss doch zu schaffen sein.«

»Monica«, sagte Tweed, »bitte reichen Sie doch die Kopien der Zeichnung herum, die Jules mit Paulas Hilfe erstellt hat. Und auch die Kopien des Fotos, das Newman vom Krankenhaus aus geschossen hat, das, auf dem man die Waffe der Terroristen sehen kann.«

»Könnten wir nicht einfach die Brücken sperren?«, fragte Nield.

»Genau das habe ich vor. Weder auf den Brücken noch entlang der Themse wird heute Abend auch nur ein einziges Auto fahren. Die Einzigen, die sich entlang des Flusses aufhalten, werden die Sondereinheiten des SAS und der Polizei sein. Und wir natürlich.«

»Und was genau ist unsere Aufgabe?«, fragte Nield.

»Sie werden an wichtigen Punkten am linken Themseufer in Stellung gehen. Harry hat unten im Keller ein beachtliches Waffenarsenal für Sie zusammengestellt. Vergessen Sie nicht, dass der Londoner Terrorzelle ungefähr dreißig Mann angehören, möglicherweise sogar mehr. Die meisten von ihnen werden auf den Kähnen sein, aber wenn sie merken, dass sie die ursprünglich geplanten Anschläge nicht mehr durchführen können, versuchen sie vielleicht, ans Ufer zu kommen, um dort eine möglichst große Zerstörung anzurichten. Bestimmt haben sie irgendwelche Beiboote an Bord.«

»Sie haben vorhin gesagt, dass es sich um Selbstmordattentäter handelt«, sagte Paula. »Werden die sich dann am Ufer in die Luft sprengen?«

»Davon müssen wir ausgehen. Deshalb dürfen Sie sie auch nicht nahe an sich herankommen lassen und müssen sie schon vorher töten.«

»Das bedeutet, dass wir keine Gefangenen machen können«, sagte Newman.

»Richtig. Und jetzt muss ich Ihnen leider noch etwas mitteilen.« Tweed machte eine kurze Pause, und es war ihm deutlich anzumerken, dass ihm das, was er jetzt zu sagen hatte, nicht leicht fiel. »Ich habe vorhin von sechs Brücken gesprochen, die die Ziele der Terroristen seien. Leider werden wir nicht alle sechs retten können, weil der SAS nur fünf Geschosse für den neu entwickelten Granatwerfer hat, den er zum Einsatz bringen wird. Das bedeutet, dass wir eine Brücke opfern müssen. Und zwar die Albert Bridge.«

Alle starrten ihn wie entgeistert an, und Tweed selbst machte ein zutiefst betrübtes Gesicht. Paula holte tief Luft und stellte die Frage, die Tweed erwartet hatte.

»Und was ist mit den Menschen, die in der Nähe der Brücke leben? Am Cheyne Walk zum Beispiel? Die können wir doch keiner solchen Gefahr aussetzen.«

»Das wird Ihnen jetzt Superintendent Buchanan erklären«, erwiderte Tweed.

Buchanan kam nach vorn an Tweeds Schreibtisch und ergriff das Wort:

»Sämtliche Häuser in der Nähe der Brücken werden bis zum frühen Nachmittag evakuiert werden. Den Anwohnern haben wir gesagt, dass eine Gasleitung geplatzt sei und dass sie deswegen vorübergehend in Hotels umziehen müssten. Aus demselben Grund werden wir auch die Straßen am Themseufer sperren. Wenn das geschehen ist, gehen unsere Leute in Stellung – die Antiterroreinheit von Scotland Yard übernimmt das rechte Themseufer, während Sie und der SAS für das linke zuständig sind. Den Verkehr werden wir über die Strand, den Trafalgar Square und die Mall umleiten. Sicherlich wird es ein gigantisches Verkehrschaos geben, aber das müssen wir in Kauf nehmen. Die einzigen Übergänge über die Themse wird es weiter flussabwärts an der Blackfriars, der Southwark, der London und der Tower Bridge geben. Und natürlich ist auch der Rotherhithe-Tunnel offen.«

»Und was ist, wenn es einer der Lastkähne bis zur Blackfriars Bridge schafft?«, fragte Nield.

»Das ist völlig ausgeschlossen, und falls doch, wird ihn der SAS mit einer Rakete versenken. Sobald sämtliche Lastkähne ausgeschaltet sind, können wir den Verkehr wieder über alle Brücken leiten.«

»Eine Frage hätte ich noch«, sagte Paula in einem Ton, der alle anderen sofort aufhorchen ließ. »Wird denn die El Kaida nicht misstrauisch werden, wenn sie sieht, dass auf den Brücken keine Autos sind?«

»Die Frage haben wir uns auch schon gestellt«, antwortete Buchanan. »Deshalb haben wir uns bei einer Reihe von Schrottplätzen uralte Rostlauben geholt, die wir heute Nachmittag auf die Brücken stellen lassen. So täuschen wir den Terroristen vor, dass alles in Ordnung ist.«

Paula nickte anerkennend.

»Zwei Dinge noch, bevor ich mit meinen Ausführungen schon wieder am Ende bin«, sagte Buchanan. »Erstens: Wenn Sie nachher hinunter in den Keller gehen, um Ihre

Waffen in Empfang zu nehmen, wird man jedem von Ihnen auch ein Funkgerät aushändigen, über das Sie ständig mit den anderen in Kontakt bleiben können. Zweitens: Ziehen Sie sich die schwarzen Overalls mit dem SIS-Zeichen auf dem Rücken an. So können Sie von den anderen Einsatzkräften erkannt werden und werden nicht aus Versehen von den eigenen Leuten erschossen. Jetzt bleibt mir eigentlich nur, Ihnen alles Gute zu wünschen.«

Als alle anderen sich auf den Weg in den Keller machten, ging Paula hinüber zu Tweed und sagte leise: »Wollen Sie sich nicht noch einmal kurz aufs Ohr legen? Sie müssen doch hundemüde sein.«

»Im Gegenteil, meine Liebe«, sagte Tweed. »Ich habe mich noch nie so hellwach gefühlt.«

43

Am Kai des Kohlekraftwerks hatte Ali gerade zum zweiten Mal die Steuerhäuser der sechs Lastkähne inspiziert. Später, wenn sie zu ihrer letzten Fahrt aufbrachen, würde er auf dem Lastkahn Nummer fünf sein, der dazu ausersehen war, die Chelsea Bridge zu zerstören. Von dort aus würde er in ständigem Funkkontakt mit den anderen Kähnen stehen.

In grimmiger Vorfreude dachte Ali an die kollabierenden Brücken, die zerfetzten Autos und die im kalten Wasser der Themse treibenden toten oder sterbenden Menschen. Nach der Zerstörung der Brücken würde es Jahre dauern, bis man in London wieder an allen Stellen den Fluss überqueren konnte. Das würde ein großer Erfolg im Namen Allahs sein, aber eigentlich waren es die Toten und die Verletzten, auf die Ali sich am meisten freute.

Mit einem Lächeln auf den Lippen stieg er hinab in den Laderaum seines Lastkahns, wo sich die Männer seiner Zelle zum Gebet versammelt hatten. Nur Haydar, der Ägypter, fehlte, weil dieser sich ja um die Frau des Wachmanns in deren Haus in Balham zu kümmern hatte. Als seine Männer Ali kommen sahen, erhoben sie sich von ihren Gebetsteppichen, auf denen sie sich gerade gen Mekka verneigt hatten. Ali stellte sich auf eine Kiste und hielt auf Arabisch eine Ansprache.

»Allah ist groß«, begann er. »Und Allah blickt heute zufrieden auf das Werk, das wir in seinem Namen tun. Später werdet ihr euch alle eure Sprengstoffgürtel um den

Leib schnallen, denn sollte es euch nicht gelingen, die Brücken zu sprengen, werdet ihr die Ungläubigen in dieser gottlosen Stadt auf andere Weise mit euch in den Tod reißen. Wisst ihr auch alle, was ihr in diesem Fall zu tun habt?«

»Ja, das wissen wir!«, rief ein Saudi voller Inbrunst. »Wir steigen in die Schlauchboote und fahren ans Ufer.«

Ali hatte dafür gesorgt, dass sich an Bord eines jeden Kahns mehrere Schlauchboote mit kräftigen Außenbordmotoren befanden. Seine Terrorzelle bestand aus dreißig Mann, und er war sich sicher, dass einige davon es lebend ans Ufer schaffen würden, selbst wenn die Ungläubigen sie unter Feuer nahmen. Dort angekommen, sollten sie aus ihren Maschinenpistolen auf die im Stau stehenden Autos schießen, um sich dann, wenn ihnen die Munition ausgegangen war, in einer möglichst großen Menschenansammlung selbst in die Luft zu sprengen. Der Fluss würde sich vom Blut der Ungläubigen rot färben.

»Allah ist groß!«, rief der Saudi laut. »Allah wird uns leiten. Allah wird uns den Sieg über die Ungläubigen bescheren!«

Die anderen Männer der Zelle brachten spontan Hochrufe auf den Sprecher aus, bis Ali ihnen mit erhobener Hand Einhalt gebot. Zwar hatte er im Prinzip nichts gegen eine solche Bekundung allgemeinen Kampfeswillens, aber er wollte nicht, dass die Rufe im nahe gelegenen Krankenhaus gehört wurden. Inmitten der Männer ragte wie ein bedrohliches Denkmal eine der sechs Höllenmaschinen auf, die dazu ausersehen waren, Tod und Verderben über eine nichts ahnende Stadt zu bringen.

Als er mit seiner Ansprache fertig war, kletterte Ali die Leiter hinauf und stieg aus der Luke nach oben. An dem mit Kohle gefüllten vorderen Laderaum entlang lief er nach vorn zum Bug, wo ein Mörser mit einer kleineren Bombe platziert war. Dieser sollte, kurz bevor die von Ali liebevoll

Nebukadnezar genannte Hauptbombe abgefeuert wurde, einen der Stützpfeiler der Brücke zerstören. Dies war eine Verbesserung des ursprünglichen Plans, die auf Alis Initiative zurückging und von der die Sicherheitskräfte an beiden Ufern des Flusses nicht die geringste Ahnung hatten.

44

Ein rosa Streifen am östlichen Himmel kündigte den neuen Tag an. Laut Wettervorhersage sollte es zum ersten Mal seit Wochen wieder sonnig werden, ohne dass die Temperaturen dabei signifikant anstiegen. Newman saß hinter dem Steuer eines Geländewagens und fuhr mit Paula, Tweed und Beaurain auf der Rückbank hinunter zur Themse.

»Was fahren Sie denn für eine seltsame Route?«, fragte Paula, weil Newman schon seit einer Viertelstunde durch winzige Nebenstraßen kurvte, von denen Paula nicht einmal gewusst hatte, dass die existierten.

»Sie werden lachen, aber das ist der schnellste Weg hinunter zur Themse«, antwortete er. »Buchanan hat vor einer Stunde die Brücken und die Uferpromenade sperren lassen, und auf allen Hauptstraßen stauen sich nun die Autos.«

Newmans Allradwagen war nur das erste in einem Konvoi von insgesamt vier ähnlichen Fahrzeugen. In dem Wagen hinter ihm transportierte Butler eine ganze Ladung von Waffen und Munition, und im nächsten saßen Nield und Sarge, der eine schwarze Sturmhaube trug. Die beiden transportierten die Waffen für den SAS, die Sarge eigenhändig auf der Ladefläche verstaut hatte.

Das Schlusslicht der kleinen Armada bildete Marler, der unter einer Plane ebenfalls Ausrüstung für den SAS transportierte. Auf dem Sitz neben ihm lag seine Lieblingswaffe, ein Armalite-Scharfschützengewehr.

Als sie auf verschlungenen Wegen endlich an die Themse kamen, stockte Paula der Atem. So hatte sie das Ufer des Flusses noch nie gesehen.

So weit sie blicken konnte, waren weder fahrende Autos noch Fußgänger zu sehen. Die sonst so belebte Westminster Bridge wirkte gespenstisch leer, und in der Morgendämmerung schimmerte der Fluss in unheimlichen Grau- und Rosatönen. Kein Laut war zu hören außer dem Glucksen der hereinkommenden Flut an den Kaimauern.

»Die Flut ist schon auf ihrem höchsten Stand«, sagte Paula.

»Nicht ganz«, korrigierte Newman sie. »Den wird sie erst gegen halb sechs Uhr abends erreichen. Wahrscheinlich hat die El Kaida das genau eingeplant. Tweed ist ja davon überzeugt, dass derselbe Mann, der den Terror vom 11. September geplant hat, auch hinter diesem Anschlag steckt. Außerdem glaubt er, dass der Stratege der gesamten Operation kein Araber ist, sondern ein Amerikaner oder Engländer.«

»Oder eine Engländerin«, sagte Paula.

Sie warf einen Blick auf die Karte, die Tweed ihr kurz vor ihrer Abfahrt aus der Park Crescent gegeben hatte. Sie stammte von Sarge und trug einen großen Stempelabdruck mit den Worten »streng geheim«.

»Die blauen Kreise zeigen an, wo wir in Stellung gehen sollen«, hatte Tweed ihr erklärt. »Und wo Sie die roten Kreise sehen, bezieht der SAS Position.«

Newman fuhr jetzt langsamer und blickte in den Rückspiegel. Die drei anderen Wagen fuhren in einigem Abstand hinter ihm. Paula schaute über den Fluss hinweg ans andere Ufer. Von Buchanans Antiterroreinheit war nichts zu sehen, aber wahrscheinlich waren die Leute nur hervorragend getarnt.

»Wir müssten jetzt gleich an einer der SAS-Stellungen vorbeikommen«, sagte sie nach einem weiteren Blick auf die Karte.

Newman schaute nach links und sah für einen Augenblick hoch oben auf einer Steinmauer einen Kopf in einer Sturmhaube, der aber sofort wieder verschwand. Von dieser Position hoch über dem Fluss aus hatten die Männer eine hervorragende Sicht, ohne selbst entdeckt zu werden. Sarge hatte, wie nicht anders zu erwarten war, seine Stellungen mit viel Bedacht gewählt. Newman hielt den Wagen an, ließ aber den Motor laufen. Auch die anderen Fahrzeuge des Konvois hielten an, und auf einmal tauchten wie aus dem Nichts vier mit Sturmhauben maskierte Männer in schwarzer Kleidung auf. Unter Sarges Anleitung luden sie einen der Geländewagen ab.

»Die sind wirklich hervorragend organisiert«, bemerkte Tweed.

»Echte Profis eben«, sagte Beaurain. »Die Jungs sind für die Sicherung der Waterloo Bridge zuständig, und wenn sie den dafür vorgesehenen Lastkahn versenkt haben, brausen sie in ihren Jeeps flussabwärts, um bei der Verteidigung der anderen Brücken zu helfen. Sie werden übrigens gleich sehen, dass auch wir über Jeeps verfügen.«

Von dem getarnten Gefechtsposten des SAS war es nicht mehr weit bis zu der Position, die Sarge für Tweed und sein Team vorgesehen hatte.

Nachdem Newman den Wagen abgestellt hatte, stieg Tweed als Erster aus und sah sich um. Hinter einigen kahlen Bäumen stand eine Reiterstatue, von deren Sockel aus er einen guten Überblick über den Fluss hatte. Kaum war er auf den Sockel geklettert und hatte sein Fernglas aufs andere Ufer gerichtet, gesellte sich Sarge zu ihm.

»Von hier aus haben wir ein gutes Schussfeld«, sagte Tweed, »und können nicht nur die Waterloo Bridge schützen, sondern auch die Hungerford Bridge, über die normalerweise der Bahnverkehr von Charing Chross rollt.«

»Sollen wir schon mal die Ausrüstung abladen?«, fragte Butler.

»Ja, bringen Sie sie her«, sagte Sarge.

Nach und nach reichten Butler und Nield Waffen, Munition und andere Ausrüstungsgegenstände auf den Sockel hinauf. Als alles unter einer Plane versteckt war, fielen Paula die Jeeps wieder ein.

»Wo sind eigentlich unsere Jeeps?«, fragte sie.

Mit einem leichten Schmunzeln deutete Sarge auf den Fußweg unterhalb der Steinmauer. »Sie sind schon ein paar Mal daran vorbeigegangen. Die Fahrzeuge stehen unter den Ästen, die da drüben an der Mauer lehnen.«

Der Konvoi setzte sich wieder in Bewegung, um die restlichen Stellungen des SAS mit Waffen und Munition zu versorgen. Jedes Mal, wenn sie sich einem der bestens getarnten Einsatzpunkte näherten, tauchten wie aus dem Nichts SAS-Männer in Kampfanzügen und Sturmhauben auf, um ihre Ausrüstung in Empfang zu nehmen.

»Sagen Sie mal, Sarge«, meldete sich Newman zu Wort, nachdem sie sämtliche Waffen abgeladen hatten, »haben Sie eigentlich keine Bedenken, dass man uns aus den Hochhäusern hinter der Uferpromenade beobachten könnte?«

»Machen Sie sich darüber mal keine Sorgen«, antwortete Beaurain. »Buchanan hat vorsorglich alle Gebäude am Fluss evakuieren lassen. Auch hier hat wieder mal die geplatzte Gasleitung als Vorwand dienen müssen.«

Als sie sich auf der Rückfahrt zur Park Crescent der Albert Bridge näherten, fiel Paula abermals auf, wie gespenstisch verlassen die Stadt ohne Autos und Fußgänger wirkte. So, als wäre die Stadt über Nacht in einen Dornröschenschlaf gefallen, aus dem es hoffentlich kein böses Erwachen geben würde. Sie zeigte auf die Häuser in Flussnähe.

»Sind die Bewohner denn schon evakuiert worden?«

»Ja«, antwortete Tweed. »Einige haben sich zwar beschwert, aber als Buchanans Leute ihnen von der Gefahr einer gigantischen Gasexplosion erzählten, sind alle freiwillig ins Hotel gezogen.«

Paula musste an den teuflischen Plan der Terroristen denken. Wenn es ihnen gelänge, alle Brücken in die Luft zu jagen, wäre die Innenstadt von London auf Jahre hinaus in zwei Hälften zerschnitten. Als hätte er ihre trüben Gedanken gelesen, beugte sich Beaurain von der Rückbank nach vorn und legte ihr die Hand auf die Schulter.

»Machen Sie sich keine Sorgen, Paula. Wir werden diese Mistkerle schon aufhalten.«

45

Die Sonne schien aus einem strahlend blauen Himmel, als Olaf Margesson am Steuer eines Geländewagens, den er in einem Schuppen hinter seinem Haus versteckt gehalten hatte, die Ortsgrenze von Carpford hinter sich ließ. Weil seine langen Gewänder nur schlecht zum Autofahren geeignet waren, trug er einen grauen Anzug.

Margesson war ein guter Fahrer und nahm geschickt die vielen Kurven auf der Strecke, die aus den Downs zur A 3 führte. Unter seiner Anzugsjacke trug er ein Schulterhalfter mit einer geladenen Pistole, die seiner Meinung nach für ein Überleben im Dschungel dieser verderbten Welt unabdingbar war.

»Allah ist mächtig! Allah wird mich beschützen!«, rief er laut aus, während er durch den völlig verlassenen Hohlweg unterhalb von Carpford brauste, ohne auch nur einen Gedanken darauf zu verschwenden, dass ihm ein anderes Fahrzeug entgegenkommen könnte.

Als Peregrine Palfry, der wie immer makellos elegant gekleidet war, sich zu Fuß dem Sicherheitsministerium näherte, wunderte er sich, warum er überhaupt keine Autos und so gut wie keine Menschen sah. Whitehall wirkte wie ausgestorben, und außer den Polizisten, die das Regierungsviertel bewachten und ihn sogar nach seinem Ausweis fragten, war keine Menschenseele auf der Straße.

Palfry sah auf die Uhr. Jetzt kam es auf das richtige Timing an. Mit raschen Schritten eilte er die Stufen zum

Ministerium hinauf, wo er zu seinem großen Erstaunen nicht von dem gewohnten Wachmann begrüßt wurde, sondern von einem ihm völlig unbekannten Polizisten, der höflich, aber bestimmt seinen Ausweis sehen wollte.

»Sie wissen wohl nicht, wen Sie vor sich haben?«, herrschte Palfry den Polizisten an, der daraufhin aber nur ungerührt die Achseln zuckte.

»In Ausnahmesituationen wie dieser spielt das keine Rolle mehr, Sir.«

»Was geht hier eigentlich vor, zum Kuckuck noch mal?«, fragte Palfry sichtlich genervt.

»Eine große Gasleitung ist geplatzt, Sir. Wir mussten die halbe Innenstadt sperren.«

Palfry rannte zu Victor Warners Büro, aber erst als er dort war, fiel ihm ein, dass sich der Minister ja gerade in einer Kabinettssitzung befand. Wie konnte er bloß herausfinden, was wirklich los war?

Drew Franklin, der einen weißen Rollkragenpullover und eierschalenfarbene Hosen mit messerscharfen Bügelfalten trug, verließ in kerzengerader Haltung sein kleines Zimmer in der Redaktion der *Daily Nation* und marschierte schnurstracks, ohne anzuklopfen, ins Büro des Chefredakteurs.

Der Chefredakteur blickte irritiert auf. Als er seinen unangemeldeten Besucher erkannte, setzte er jedoch ein verbindliches Lächeln auf. Franklin, der mit seiner Kolumne der Zeitung bisher ungekannte Auflagenzahlen bescherte, war empfindlich wie eine Mimose und musste ständig mit Samthandschuhen angefasst werden, damit er nicht zu einem Konkurrenzblatt abwanderte. Gerade als der Chefredakteur sein bestes Pferd im Stall freundlich willkommen heißen wollte, raunzte Franklin ihn in herrischem Ton an:

»Halten Sie mir für morgen die Seite eins frei, dann kriegen Sie die Story des Jahres geliefert. Ach ja, und Sie können gleich mal die doppelte Auflage drucken lassen – ich garantiere Ihnen, morgen reißen uns die Leute die Zeitungen nur so aus der Hand.«

Ohne eine Antwort des Chefredakteurs abzuwarten, machte Franklin auf dem Absatz kehrt und verließ das Büro wieder. Der Chefredakteur rieb sich verwundert die Augen, rief dann aber sofort in der Herstellungsabteilung an, um das Nötige zu veranlassen. Drew Franklins Wünsche waren ihm Befehl.

Die Kabinettssitzung näherte sich ihrem Ende, und Victor Warner war höchst zufrieden mit ihrem Ausgang. Gerade hatten sämtliche Minister einem Memorandum zugestimmt, das der Premierminister höchstpersönlich auf Warners Drängen hin verfasst hatte. Eine Kopie des Memorandums war bereits per Motorradkurier unterwegs in die Park Crescent, und Warner hätte viel dafür gegeben, Tweeds erstauntes Gesicht sehen zu dürfen, wenn dieser den Umschlag öffnete und dessen Inhalt las.

»Warum schauen Sie denn andauernd auf die Uhr?«, fragte Mrs Carson, die gerade die Bücherregale in Victor Warners Arbeitszimmer in Belgravia abstaubte und hin und wieder einen Blick hinüber auf Eva Brand warf, die an ihrem Schreibtisch saß und immer nervöser zu werden schien.

»Das fragen Sie mich jetzt schon zum dritten Mal, Mrs Carson«, fauchte Eva. »Wie wäre es, wenn Sie zur Abwechslung mal eine neue Platte auflegen würden? Und überhaupt: Wenn Sie all diese Papiere bis zu einem bestimmten Termin durcharbeiten müssten, würden selbst Sie hin und wieder auf die Uhr schauen.«

»Aber nicht jede zweite Minute. Das macht mich noch wahnsinnig.«

»Wissen Sie, was mich wahnsinnig macht, Mrs Carson? Dass Sie hier schon seit einer halben Stunde mit dem Staubwedel herumfuchteln. Sie wissen genau, dass der Minister für morgen ein Treffen in Carpford anberaumt hat und dass ich dafür noch viele Vorbereitungen treffen muss. Deshalb würde ich Sie bitten, mich jetzt allein zu lassen, damit ich mich in Ruhe auf meine Arbeit konzentrieren kann. Sie haben in diesem Zimmer ohne die ausdrückliche Erlaubnis des Ministers sowieso nichts zu suchen.«

»Aber ich bin die Haushälterin«, protestierte Mrs Carson. »Als solche gehört es zu meinen Pflichten, hier abzustauben.«

»Gehen Sie Ihren Pflichten gefälligst in der Küche nach oder von mir aus auch auf der Toilette, aber hier im Arbeitszimmer möchte ich Sie ab sofort nicht mehr sehen. Machen Sie die Tür von außen zu. Und zwar leise, wenn ich bitten darf.«

»Ich werde mich ...«

»Beim Minister beschweren, ich weiß. Tun Sie das, aber lassen Sie mich jetzt endlich in Ruhe. *Raus!*«

An diesem entscheidenden Punkt in ihrem Leben hatte Eva nun wirklich keine Zeit für begriffsstutzige Hausangestellte. Und kaum hatte Mrs Carson die Tür betont leise geschlossen, sah sie bereits ein weiteres Mal auf ihre Uhr.

Die Nachricht schlug wie eine Bombe ein. Tweed war gerade mit Paula, Beaurain und Eva in sein Büro zurückgekehrt, als Howard mit einem betretenen Ausdruck auf dem Gesicht und einem Blatt Papier in der Hand hereinkam. Paula hatte den Direktor des SIS noch nie so verlegen gesehen.

»Bitte entschuldigen Sie, wenn ich störe«, sagte Howard, »aber das hier muss ich Ihnen sofort zeigen, Tweed. Es sieht so aus, als hätte der Premier die Sondervollmachten, die er Ihnen neulich erteilt hat, im Nachhinein wieder eingeschränkt. Dieser Schrieb hier wurde uns gerade per Kurier aus Whitehall überbracht.«

Nicht sonderlich beeindruckt, streckte Tweed die Hand nach dem Dokument aus. Howard gab es ihm. Nachdem Tweed es kurz überflogen hatte, las er laut vor:

Ab sofort werden der SIS und das Sicherheitsministerium eng zusammenarbeiten. Soweit Mr Tweed es für angemessen hält, werden sich er und Minister Warner von nun an gegenseitig vollen Einblick in ihre jeweiligen Pläne gewähren sowie künftige Entscheidungen gemeinsam treffen.

Unterzeichnet war das Schreiben vom Premierminister persönlich und ging laut Verteiler an den Innenminister, den stellvertretenden Commissioner von Scotland Yard und Superintendent Buchanan.

»Wenn Warner jetzt bei jeder Entscheidung mitreden darf, gibt das eine Katastrophe«, platzte es aus Newman heraus.

»Dazu wird es nicht kommen«, sagte Tweed.

»Wieso nicht?«, fragte Howard.

»Sehen Sie sich doch mal den Verteiler an. Da bin ich nicht einmal aufgeführt. Dieses Blatt hier ist nichts weiter als eine Fotokopie, die mir ohne Zweifel Victor Warner hat zukommen lassen. Der Premierminister wollte mit dem Memorandum nur Warners verletzte Eitelkeit befriedigen. An meinem Status als Koordinator ändert das überhaupt nichts.«

»Da bin ich aber froh«, sagte Howard. »Eigentlich hätte mir das ja auch auffallen können.«

Das Telefon klingelte, und Monica ging ran.

»Victor Warner möchte Sie sprechen, Tweed.«

Tweed drückte auf den Knopf der Freisprechanlage,

damit alle im Raum hören konnten, was Warner zu sagen hatte. Außerdem schnitt er das Gespräch auf Tonband mit.

»Was gibt es, Herr Minister?«

»Sind Sie es, Tweed?«, fragte Warner in überheblichem Ton. »Fast hätte ich Sie nicht erkannt. Ihre Stimme klingt auf einmal so kleinlaut.«

»Was wollen Sie mir sagen?«

»Ich habe aus ziemlich zuverlässiger Quelle erfahren, dass in Ihrem Büro ein Treffen stattgefunden hat, zu dem ich nicht hinzugezogen wurde.«

»Das ist korrekt«, entgegnete Tweed. »Ich habe Sie nicht dazu eingeladen.«

»Aber der Premierminister hat doch ausdrücklich verlangt, dass wir uns gegenseitig über alle sicherheitsrelevanten Aspekte auf dem Laufenden halten. In einer Krisensituation wie dieser ist die Zusammenarbeit zwischen allen Sicherheitskräften von essenzieller Bedeutung für unser Land.«

»Offenbar haben Sie in der Entschließung des Premiers etwas überlesen. Dort steht ausdrücklich: *soweit Mr Tweed es für angemessen hält*. Und das bedeutet ja wohl, dass ich nach wie vor allein bestimmen kann, wie diese Operation durchgeführt wird. Bevor Sie mir das nächste Mal einen solchen Schrieb zukommen lassen, sollten Sie ihn sich wenigstens genau durchlesen.«

»So nicht, Tweed!«, brüllte Warner ins Telefon. »Sie überschreiten eindeutig Ihre Kompetenzen!«

»Ich denke nicht, dass Sie entscheiden können, wo meine Kompetenzen anfangen und wo sie aufhören«, gab Tweed in kühlem Ton zurück. »Und jetzt entschuldigen Sie mich bitte, ich habe nebenbei auch noch eine Krise zu bewältigen.«

Als Tweed auflegte, spendeten ihm alle im Büro spontan Beifall.

»So, das wäre ausgestanden«, sagte er. »Dieser Warner scheint langsam, aber sicher den Verstand zu verlieren.«

»Ich kann Ihnen nur noch einmal mein vollstes Vertrauen aussprechen, Tweed«, sagte Howard und klopfte seinem Stellvertreter jovial auf die Schulter. »Und Ihnen natürlich auch«, fügte er an und meinte damit alle anderen im Büro.

Paula hatte schon oft Tweeds Gabe bewundert, auch unter größtem Druck an jedes noch so kleine Detail zu denken. Jetzt hatte er diese Qualität wieder eindrucksvoll unter Beweis gestellt. Er brachte Howard zur Tür und gab dann Monica die Fotokopie, die Warner ihm hatte zukommen lassen.

»Legen Sie das bitte ab, am besten unter Junkmail. Und jetzt wüsste ich gern, wie es Billy Hogarth ergangen ist. Ich nehme mal an, dass Nield und Butler ihn hierher gebracht haben, bevor wir an die Themse gefahren sind.«

»Stimmt. Er ist unten.«

»Aber doch hoffentlich nicht im Keller.«

»Nein, wie verlangt im Besucherzimmer.«

»Was leider auch nicht gerade der gemütlichste Aufenthaltsort ist.«

»So schlecht hat er es dort nun auch wieder nicht«, sagte Monica. »Ich habe immerhin Ihr Feldbett hineinstellen lassen und es ihm eigenhändig frisch bezogen. Und dann habe ich über den hässlichen Holztisch ein nettes Tischtuch gelegt und Mr Hogarth jede Menge Krimis zum Lesen dagelassen. Als ich das letzte Mal bei ihm reingeschaut habe, war er über einem davon eingenickt. Wahrscheinlich hat er eine Menge Schlaf nachzuholen.«

»Das haben Sie gut gemacht, Monica, vielen Dank. Sie sind wirklich ein Engel.«

»Nun übertreiben Sie mal nicht«, sagte Monica, die von dem Lob dennoch sichtlich angetan war.

»Ich werde später selbst noch einmal nach ihm sehen. Wenn er aufwacht, kann er gern die Dusche hier oben benutzen.«

»Ich werde es ihm ausrichten«, sagte Monica und wandte sich wieder ihrem Computer zu.

»Was haben Nield und Butler eigentlich gemacht, als wir vorhin zurückkamen?«

»Die haben sich unten im Keller auf zwei Feldbetten gelegt und gönnen sich eine Mütze Schlaf.«

»Ist sonst noch jemand müde?«, fragte Tweed und deutete auf Newman, der einfach in seinem Sessel eingenickt war.

»Ich nicht«, sagte Beaurain. »Ich kann ziemlich lange ohne Schlaf auskommen.«

»Ich will auch lieber wach bleiben«, sagte Marler. »Haben Sie nicht eine Aufgabe für mich?«

»Dann tun Sie das, was Sie gestern schon getan haben: Finden Sie heraus, wo Eva Brand ist und verfolgen Sie sie. Ich möchte wissen, was sie tut und mit wem sie Kontakt hat und so weiter.«

»Wird gemacht.«

Als Marler fort war, stand Paula von ihrem Schreibtisch auf und ging hinüber zu Tweed.

»Könnte ich bitte noch einmal das Foto sehen, das Nield vor der Moschee in Finsbury Park gemacht hat?«, fragte sie mit leiser Stimme.

»Sie brauchen nicht zu flüstern, Paula«, ließ Newman sich aus seinem Sessel vernehmen. »Ich mache die Augen nur zu, um besser nachdenken zu können.«

Tweed gab Paula das Foto, und sie betrachtete eingehend die große, arabisch gekleidete Gestalt darauf.

»Wie gesagt, ich kenne diese Person, aber mir will einfach nicht einfallen, wer es ist«, sagte sie und schürzte ärgerlich die Lippen. »Das macht mich noch wahnsinnig.«

Als sie das Foto zurückgab, klingelte das Telefon. Monica hob ab und sagte, dass unten ein Besucher warte, der behaupte, Tweed zu kennen. Tweed sah auf die Uhr. Es war zwölf Uhr mittags, die Zeit, die er mit Sarge vereinbart hatte. Er bat Monica und Paula, in ein anderes Zimmer zu gehen. Newman und Beaurain durften bleiben.

46

Das Treffen mit Sarge dauerte nicht lange. Sowohl Tweed als auch der Mann vom SAS waren sich des Ernstes der Lage vollauf bewusst. Nachdem sich Sarge von Tweed dessen Einsatzplan hatte erklären lassen, sagte er:

»Eines noch: Wir wissen doch beide, dass keine Schlacht nach Plan verläuft.«

»Davon gehe ich aus«, sagte Tweed in ernstem Ton.

An der Tür drehte sich Sarge noch einmal um und gab Tweed die Hand. Ohne dass sie es eigens aussprechen mussten, war beiden bewusst, dass es möglicherweise ein Abschied für immer war.

Als Sarge gegangen war, rief Tweed die anderen wieder ins Büro.

»Was ist eigentlich mit Vince Proctor, dem Wachmann im Kohlekraftwerk«, fragte Paula.

»Den werden wir leider nicht retten können«, sagte Tweed. »Ich habe die Sache lange mit Sarge besprochen, und er ist wie ich der Meinung, dass wir es nicht riskieren können, die El Kaida im letzten Augenblick aufzuschrecken. Eine Befreiungsaktion kommt deshalb nicht infrage.«

»Das ist ja fürchterlich«, sagte Paula entsetzt. »Wo wir doch gerade erst seine Frau gerettet haben.«

»Der Minister hat mich übrigens für morgen Vormittag um zehn Uhr in sein Haus nach Carpford eingeladen. Er hat etwas von einer Nachbesprechung zur heutigen Aktion gefaselt. Ich glaube, ich werde sogar hinfahren.«

»Sollen Sie denn allein kommen?«, fragte Paula.

»Das stellt sich Warner so vor, aber ich werde mich nicht daran halten. Bestimmt sind nämlich auch Palfry und Superintendent Buchanan da, deshalb werde ich Sie alle mitnehmen, ob Warner das nun passt oder nicht.«

Das Telefon klingelte. Tweed hob ab, hörte kurz zu, was George ihm zu sagen hatte, und legte dann wieder auf.

»Raten Sie mal, wer unten ist«, sagte er zu Paula und Beaurain. »Unser allseits geschätzter Mr Margesson aus Carpford. Erstaunlich, dass eine reine Seele wie er sich ins Sündenbabel der Großstadt wagt.« Er ging zur Tür und zwinkerte Paula zu. »Ich glaube, ich rede lieber unten mit ihm, sonst müssen Sie sich noch mal eine seiner Predigten anhören.«

Kurze Zeit später kamen Marler und Butler herein, gefolgt von Nield und Newman. Marler hatte einen Stapel schwarzer Lederkombis mit einem leuchtend weißen SIS-Logo auf dem Rücken dabei. Sogar für Beaurain gab es eine passende Größe.

»Tweed möchte, dass wir nachher mit Motorrädern hinunter zur Themse fahren«, sagte er. »Pete Nield hat extra dafür einige Maschinen angemietet.«

Paula verschwand im Nebenzimmer, und als sie ein paar Minuten später in enges schwarzes Leder gekleidet wieder hereinkam, pfiff Newman anerkennend durch die Zähne.

»Sie sehen in dieser Kluft aber verdammt verführerisch aus«, sagte er. »Steht Ihnen ausgezeichnet.«

»Was man von Ihnen nicht gerade behaupten kann.«

»Überlegen Sie sich genau, was Sie sagen. Schließlich werden sie gleich meine Sozia sein. Mal sehen, wie eng sie mir dann vor lauter Angst auf den Pelz rücken.«

»Das würde mir ja nicht einmal im Traum einfallen!«

Als sich alle umgezogen hatten, kam Tweed zurück ins Büro. »Margesson hat uns um Asyl gebeten«, verkündete er, während er in seine Lederkombi schlüpfte. »Monica macht ihm gerade ein Bett in Howards Nebenzimmer. Ich habe George eingeschärft, auf ihn und Billy Hogarth aufzupassen.«

Er nahm die Motorradhandschuhe, die Marler ihm auf den Schreibtisch gelegt hatte, und sah die anderen aufmunternd an.

»Sind Sie alle bereit?«, fragte er. »Die Stunde der Entscheidung naht.«

47

Niemals in ihrem Leben würde Paula die Fahrt mit den Motorrädern hinunter zur Themse vergessen. Es war noch immer Tag, aber im Osten begann der Himmel bereits dunkel zu werden. Newman fuhr zusammen mit Paula auf dem ersten Motorrad. An allen Maschinen waren gelbe Wimpel befestigt, sodass sie, wenn sie sich einem Kontrollpunkt der Polizei näherten, von den Beamten gleich durchgewinkt wurden. Das Verkehrschaos, durch das sich die Motorräder ihren Weg suchten, war noch schlimmer, als Paula es erwartet hatte. Autofahrer, die seit Stunden im Stau standen, schrien ihnen obszöne Beschimpfungen hinterher oder drohten ihnen mit der Faust. Wenn ihr wüsstet, dachte Paula.

Erst als sie sich der Westminster Bridge näherten, veränderte sich alles schlagartig. Wie in einem bedrückenden Albtraum waren die Straßen auf einmal menschenleer und gespenstisch still. Obwohl nun die Dämmerung hereinbrach, ging keine einzige Straßenlaterne an. Über dem Fluss sah Paula auf einmal einen bleichen Vollmond aufgehen. Ob Tweed und Sarge wohl diese Lichtquelle in ihre Berechnungen mit einbezogen hatten?

Newman fuhr mit hoher Geschwindigkeit die dunkle Uferpromenade entlang. Obwohl Paula genau wusste, wo sich die Stellungen des SAS befanden, konnte sie nicht eine einzige davon entdecken. Ein frischer Wind warf die Oberfläche des Flusses zu Wellen auf. Hatte Tweed sich überlegt, wie ein solcher Wind sich auf das Gelingen der Operation auswirken würde? Der Wetterbericht jedenfalls hatte ihn nicht vorhergesagt.

Am Denkmal angekommen, stellte Newman sein Motorrad hinter dem Sockel ab, und Butler, der kurz nach ihnen eintraf, tat dasselbe. Dann stiegen sie hinauf auf das Denkmal, wo Butler die Plane von ihrem Waffenlager entfernte. Er reichte Paula eine Maschinenpistole mit zusätzlicher Munition. Außerdem gab er ihr ein Funkgerät mit einem Kopfhörer, an dem sich auch das Mikro befand.

»Damit sind wir in ständiger Verbindung mit dem SAS und Buchanans Antiterroreinheit drüben am anderen Ufer«, erklärte er und bog das Mikro so, dass es sich etwas näher an Paulas Mund befand.

Inzwischen war auch Tweed angekommen. Er zog die Wachsjacke aus, die er sich über die schwarze Ledermontur gezogen hatte. Auch er bekam nun – ebenso wie Newman und Nield – von Butler ein Funkgerät und eine Maschinenpistole. Nur Marler verließ sich lieber auf sein bewährtes Armalite.

»Kann denn der Funkverkehr zwischen uns wirklich nicht abgehört werden?«, fragte Paula und erschrak zutiefst, weil ihr gleich darauf Sarge aus dem Kopfhörer antwortete: »Die Frequenz ist hundertprozentig sicher, Paula. Unsere Fernmelder sind echte Meister ihres Fachs.« Sarge klang so ruhig wie auf dem Ausbildungsplatz.

»Gut zu wissen, Sarge. Jetzt bin ich beruhigt.«

»Eines noch«, fuhr Sarge fort. »Wenn wir einen der Kähne ausgeschaltet haben, achten Sie auf Schlauchboote oder andere Fahrzeuge, die möglicherweise von dem Wrack ans Ufer kommen. Mit diesen Selbstmordattentätern ist nicht zu spaßen. Over und out.«

Erst jetzt begriff Paula, dass alles, was sie sagte, von sämtlichen Einsatzkräften entlang des Flusses gehört werden würde.

»Was ist eigentlich mit dem Wind?«, fragte sie. »Könnte der die Boote nicht abtreiben?«

»Gute Frage«, sagte Sarge. »Berechnen Sie also beim Zielen die Winddrift mit ein. Und denken Sie daran, dass Sie die Boote auch mit Handgranaten ausschalten können.«

Butler gab Paula eine schwere Tasche, in der sich mehrere Handgranaten befanden. Sie hängte sie sich über die Schulter, dann kontrollierte sie im Mondlicht noch einmal ihre Maschinenpistole.

»Pete und ich gehen unten an der Promenade in Stellung«, sagte Butler, der das Mikro mit der Hand zuhielt, damit nicht alle mitbekamen, was er sagte. »Und wenn die Kerle an Land kommen, bereiten wir ihnen einen heißen Empfang.«

Paula beobachtete, wie sich die beiden eine gute Schussposition hinter der niedrigen Ufermauer suchten.

»Ich glaube, wir sind für alles gewappnet«, sagte Beaurain ernst.

»Ihr Wort in Gottes Ohr«, sagte Sarge trocken über den Äther.

Beaurain stellte sich neben Paula hinter das Reiterstandbild. Paula fragte sich, wer der Mann auf dem Denkmal wohl war. Bestimmt ein General, der irgendwelche Schlachten in einem längst vergessenen Krieg gewonnen hatte. Für die Schlacht, die sie heute zu schlagen hatten, würde man ihnen wohl kaum ein Denkmal setzen. Aber so war das nun einmal.

»Ziel eins verlässt die Basis«, tönte es auf einmal aus Paulas Kopfhörer. Ziel eins war der Kodename für den ersten Lastkahn, der sich nun der Albert Bridge näherte. Paula konnte spüren, wie Tweed, der ganz nahe bei ihr stand, auf einmal ganz angespannt wurde. Paula schaute auf die Leuchtziffern ihrer Uhr. Es war 16 Uhr 35. Die El Kaida begann früher als erwartet mit ihrem Angriff.

»Machen Sie sich bereit«, sagte Sarge. »Es dauert allerdings noch eine Weile, bis der Kahn hier ist – wenn wir uns nicht verrechnet haben.«

Paula, die noch Minuten zuvor ziemlich aufgeregt gewesen war, wurde auf einmal ganz ruhig. Sie blickte nach hinten zur Westminster Bridge, wo bald der erste Lastkahn auftauchen musste. *Wenn wir uns nicht verrechnet haben*. Sie nahm die Wasserflasche aus ihrer neuen Schultertasche und trank einen Schluck. Vielleicht würde sie bald keine Gelegenheit mehr dazu haben.

Im Kontrollraum des Kraftwerks war Vince Proctor noch immer mit Händen und Füßen an einen schweren Stuhl gefesselt. Nur einmal seit ihrem Überfall hatten seine Peiniger ihn für ein paar Minuten losgebunden und ihm erlaubt, sich zu bewegen, um die Blutzirkulation in seinen tauben Gliedern wieder in Gang zu bringen. Zwischendurch hatte ihm auch mal jemand etwas zu essen und trinken gebracht, aber nicht aus Menschenfreundlichkeit, sondern einzig und allein deshalb, weil Proctor bei den Kontrollanrufen seines Chefs nicht matt und abgeschlagen klingen durfte.

Ali kam, gefolgt von zweien seiner Männer, in den Kontrollraum und trat auf den Wachmann zu. »Hör zu, Proctor«, sagte er. »Wir fahren jetzt los und stellen uns in den Dienst Allahs. Sobald alles vorbei ist, wird die Polizei kommen und dich befreien.«

Proctor sagte nichts und starrte Ali nur böse an. Inzwischen hasste er ihn und seine Schergen so sehr, dass er jeden einzelnen von ihnen mit bloßen Händen hätte erwürgen können.

Ali winkte Proctors Aufpasser heran, einen riesenhaften und gemein aussehenden Mann, und sagte zu ihm auf Arabisch: »Wenn du siehst, dass der letzte Lastkahn ablegt, schießt du dem ungläubigen Hund eine Kugel in den Kopf und gehst dann an Bord. Bis dahin musst du ihn aber am Leben lassen – für den Fall, dass sein Chef noch einmal anruft.«

Es war nun 17 Uhr 05, und die Flut kam herein. Paula hatte ein kleines Nachtsichtgerät aus ihrer Tasche genommen und schaute damit hinüber zur Westminster Bridge, wo jeden Moment der erste Lastkahn mit seiner tödlichen Fracht auftauchen musste.

»Da!«, rief Tweed. »Er kommt.«

»Alarmstufe rot«, gab Sarge durch.

Auf dem grünlichen Bild ihres Nachtsichtgeräts sah Paula, wie sich ein großer Bug unter der Westminster Bridge hindurchschob. Der Kahn kam ihr auf einmal viel größer vor als diejenigen, die sie in den Tagen zuvor auf dem Fluss gesehen hatte.

»Die Luke des mittleren Laderaums ist offen«, berichtete sie. »Aber am Bug ist noch etwas, das wie eine kleine Kanone oder ein Granatwerfer aussieht. Kann sein, dass damit Teile der Brücke vorab beschossen werden sollen.«

»Danke für den Hinweis«, sagte Sarge.

Neben ihm stand hinter einer Tarnung aus Zweigen der große Spezialmörser, der eigens für den SAS entwickelt worden war, und gleich daneben eine Abschussrampe für eine lasergesteuerte Rakete.

Sarge schaltete sein Funkgerät aus.

»Wir haben soeben eine zweite Waffe am Bug des Kahns entdeckt«, sagte er zu dem Soldaten am Raketenabschussgerät. »Sobald Charlie den Mörser abfeuert, schießen Sie eine Rakete auf den Bug des Schiffs. Sehen Sie die Waffe dort?«

»Ja, ich habe sie im Visier.«

Paula konnte den Blick nicht von dem riesigen Lastkahn nehmen, der jetzt wie ein lang gestreckter Leviathan auf die Waterloo Bridge zufuhr. Die Wellen des Flusses ließen sein Deck bedenklich schaukeln. »Wäre alles sicher einfacher, wenn kein Wind wäre«, sagte sie ins Mikro.

»Stimmt, aber wir schaffen es auch so«, erwiderte Sarge, der sein Funkgerät wieder angeschaltet hatte.

Tweed legte Paula beruhigend die Hand auf die Schulter. Der Kahn näherte sich immer weiter der Feuerstellung des SAS. Marler stellte sich, das Armalite schussbereit im Anschlag, direkt neben Paula. Sie sah es ihm am Gesicht an, dass er ziemlich beunruhigt war.

»Halten Sie Ihre Handgranaten griffbereit«, gab Sarge als Befehl durch.

Noch während er das sagte, erreichte der Lastkahn die Stelle, an der er ins Schussfeld von Sarges Leuten kam. Durch ihr Nachtsichtgerät sah Paula, wie ein im Mondlicht glitzerndes Objekt in hohem Bogen durch den dunklen Himmel flog und dann genau im Laderaum des Lastkahns landete. Sekundenbruchteile später schlug die fast gleichzeitig abgefeuerte Rakete direkt neben dem Mörser am Bug des Schiffs ein. Das Bild in ihrem Nachtsichtgerät wurde auf einmal ganz weiß, und gleich darauf rollten zwei gewaltige Donnerschläge über das vom Wind gepeitschte Wasser des Flusses. Die Druckwelle der Explosionen war so stark, dass sie Paula fast vom Sockel des Denkmals geblasen hätte.

Sie nahm das Nachtsichtgerät von den Augen und sah im fahlen Licht des Mondes, dass der Lastkahn in zwei Teile zerbrochen war. Der Bug versank gerade im Fluss, und das Heck, das sich noch über Wasser hielt, hatte eine gewaltige Schlagseite. Überall prasselten Wrackteile und Kohlebrocken, die von den Explosionen hunderte von Metern hoch in die Luft geschleudert worden waren, auf das Wasser der Themse herunter.

»Aufgepasst!«, rief Sarge über den Äther. »Sie kommen!«

Vom Heck des sinkenden Kahns waren auf Paulas Seite zwei motorisierte Schlauchboote ins Wasser geworfen worden, in die jetzt mehrere schwer bewaffnete Gestalten sprangen. Beide Boote waren mit jeweils zwei Kämpfern besetzt, die schwarze Turbane trugen. Sie kamen in rasend schneller Fahrt aufs Ufer zu.

Paula hatte gar nicht mitbekommen, wie Butler die Panzerfaust hinunter an die Uferpromenade getragen hatte. Jetzt zielte er damit sorgfältig auf das erste der Schlauchboote und drückte dann den Abzugshebel. Das Schlauchboot verschwand in einem orangeroten Feuerball und löste sich buchstäblich in Luft auf, während das zweite Kurs auf Butler, Nield und Beaurain nahm, die hinter der Ufermauer Stellung bezogen hatten.

Paula lud ihre Maschinenpistole durch. Sie hörte, wie etwas Schweres und Feuchtes ganz in ihrer Nähe auf den Sockel des Denkmals klatschte. Es war ein Fetzen blutigen Fleisches, der im Mondlicht ganz schwarz aussah.

Nield und Butler eröffneten jetzt gleichzeitig das Feuer auf das Schlauchboot, dessen Lenker ihren Geschossgarben aber durch wilde Zickzackmanöver auswich, während sein Mitkämpfer aus seiner Kalaschnikow wie wild auf das Ufer feuerte und damit Nield, Butler und Beaurain in Schach hielten.

Sekunden später war das Schlauchboot am Ufer. Die beiden Insassen wollten über die niedrige Steinmauer klettern. Beaurain sprang auf und feuerte ein ganzes Magazin aus seiner Maschinenpistole auf die beiden ab, die daraufhin mehrfach getroffen zusammenbrachen und zurück in den Fluss stürzten. Einer von ihnen explodierte förmlich, weil Beaurain den Sprengstoffgürtel getroffen hatte.

Dann war auf einmal alles still, und zwei Leichen trieben mit dem Gesicht nach unten neben dem zerfetzten Schlauchboot, das von seinem Motor langsam nach unten gezogen wurde und versank.

Paula blickte hinaus zu dem gesunkenen Lastkahn in der Mitte des Flusses. Auch von seinem Heck konnte man inzwischen nur noch ein winziges Stück aus den Fluten ragen sehen. »Was stehen Sie hier noch rum?«, fragte Tweed. »Los, in die Jeeps! Wir müssen sofort zur Westminster Bridge, die das nächste Ziel der Terroristen sein wird!«

»Ich komme«, rief Paula und rannte zu den Jeeps hinüber, von denen Newman gerade die Tarnung entfernt hatte. Kaum hatte sie sich in den ersten davon gesetzt, startete Tweed auch schon den Motor. Kurz bevor er losfuhr, hüpfte Beaurain noch auf den Rücksitz.

Hinter ihnen bemannten gerade Newman und Butler den zweiten Jeep, während Marler und Nield den dritten nahmen. Marler rief etwas, was Paula nicht verstehen konnte, aber das war auch gut so. In Ausnahmesituationen wie dieser griff Marler oft zu ziemlich drastischen Ausdrücken. Alle hatten sie neben ihren Maschinenpistolen auch noch die schweren Umhängetaschen mit den Handgranaten dabei.

Während Tweed mit Vollgas die Uferpromenade entlangraste, sah Paula, dass vor ihnen die Jeeps des SAS fuhren. Sie alle mussten die nächste Feuerstellung erreicht haben, bevor Ziel zwei den Fluss entlangkam. »Zum Glück hatten wir bisher keine Verluste zu beklagen«, murmelte Paula so leise, dass es über Funk nicht zu hören war.

Zu dem Zeitpunkt wusste sie noch nicht, dass die Verteidigung der Westminster Bridge um ein Haar in einer Katastrophe enden sollte.

48

Ali war an Bord des fünften Lastkahns und stand per Funk in Kontakt mit den anderen Kähnen. Das Funksystem der Terroristen war zwar nicht ganz so ausgefeilt wie das des SAS, trotzdem war es nicht weniger abhörsicher.

»Sie greifen uns an!«, schrie Mohammed im Steuerhaus des ersten Kahns aufgeregt in das Funkgerät. Auf einmal war von draußen eine laute Explosion zu hören.

»Mohammed!«, rief Ali. »Mohammed, melde dich!«

Nichts. Aus dem Lautsprecher war ein paar Sekunden lang nur ein Rauschen zu vernehmen. Dann hörte Ali eine halb erstickte Stimme.

»Wir sinken«, stammelte jemand. »Die Ungläubigen schießen vom Ufer aus … Alle unsere Männer sind tot …«

»Die Brücke!«, schrie Ali. »Was ist mit der Brücke?«

»Steht noch …« Ali konnte nicht sagen, ob dieses Röcheln nun von Mohammed oder einem anderen seiner Kämpfer stammte. »Allah sei uns gnädig.«

Die Stimme erstarb mit einem gurgelnden Geräusch, und Ali konnte sich vorstellen, was sich auf Kahn eins abgespielt hatte.

Er überlegte kurz, dann griff er wieder zum Mikrofon des Funkgeräts.

»Hört alle her«, sagte er. »Allah stellt uns auf die Probe. Aber seid unbeirrt, wir dürfen jetzt nicht aufgeben. Ich fahre mit dem Schlauchboot zum zweiten Kahn. Lasst mir achtern eine Strickleiter herunter, damit ich an Bord klettern kann.«

Auf Alis Zeichen hin ließ einer seiner Männer ein Schlauchboot ins Wasser.

»Du übernimmst das Ruder«, sagte er zu dem Mann. »Und wenn die Ungläubigen auf euch schießen, fahr einen Zickzackkurs wie damals auf dem Nil. Allah wird dich beschützen.«

Dann kletterte er hinunter in das Schlauchboot und fuhr sofort mit laut aufheulendem Außenbordmotor los.

49

Die Einheiten des SIS und SAS hatten etwa auf halber Strecke zwischen der Westminster und der Lambeth Bridge ihre gut getarnten Stellungen bezogen. Durch ihr Nachtsichtgerät sah Paula, dass der zweite Lastkahn bereits die Lambeth Bridge passiert hatte und nun in bedrohlich schneller Fahrt den Fluss entlangkam. Außerdem sah sie, dass auch dieser Kahn am Bug eine weitere Waffe hatte, höchstwahrscheinlich einen Granatwerfer. Das Erstaunlichste aber war, dass er auf einmal vom Kurs abwich und direkt auf sie zusteuerte. »Sie ändern ihren Kurs!«, rief Paula in ihr Mikrofon.

»Ich sehe es«, antwortete Sarge.

»Aber da ist noch was. Ich kann mehrere Männer mit automatischen Waffen an Deck ausmachen. Sie verstecken sich hinter dem Dollbord.«

»Danke für den Hinweis. Ich kann sie von meiner Position aus nicht sehen«, sagte Sarge. Er dachte eine Sekunde lang nach, dann befahl er:

»Niemand schießt ohne mein Kommando. Selbst wenn Sie beschossen werden, dürfen Sie das Feuer nicht erwidern. Der Gegner will uns provozieren, damit wir unsere Position verraten. Ich wiederhole: Niemand schießt ohne mein Kommando!«

Der Kahn kam noch immer in rascher Fahrt auf die Uferpromenade zu und drehte erst im allerletzten Moment, kurz bevor der Bug gegen die Uferbefestigung gekracht wäre, ab.

»Achten Sie auf Schlauchboote«, war Buchanans Stimme über Funk zu hören. »Bis jetzt sind auf unserer Seite noch keine zu Wasser gelassen worden.«

Der Superintendent, der mit seiner Antiterroreinheit am Ufer gegenüber in Stellung gegangen war, hatte die prekäre Lage sofort erkannt.

Er hatte noch nicht richtig ausgesprochen, da eröffneten die Terroristen das Feuer auf die Uferpromenade. Weil sie nicht wussten, wo ihre Gegner lagen, ballerten sie in der Hoffnung, sie zur Erwiderung des Feuers zu provozieren, wahllos ins Dunkle hinaus.

Beaurain packte Paula an den Schultern und drückte ihren Kopf unter die Deckung. Paula biss die Zähne zusammen und wartete. Es fiel ihr schwer, weder den Gegner beobachten noch dessen Feuer erwidern zu können. Zur Untätigkeit verdammt zu sein, war für sie mit das Schlimmste, was ihr passieren konnte. Tweed hingegen, der direkt neben ihr hinter der Deckung kauerte, schien die Ruhe selbst zu sein.

Auf einmal hörte Paula einen leisen Schrei und sah, dass Butler sich an die Schulter fasste. Er war offensichtlich getroffen worden. Vorsichtig kroch sie zu ihm hinüber und kramte ein Verbandspäckchen aus ihrer Schultertasche.

»Ist nicht weiter schlimm«, sagte Butler.

»Still, die Wunde muss versorgt werden.«

Mit einer Schere schnitt sie ein Stück aus Butlers Lederkombi heraus und säuberte die Wunde. Erleichtert stellte sie fest, dass es nur ein Streifschuss war.

»Sehen Sie? Es ist nichts«, sagte Butler lächelnd.

Paula desinfizierte die Wunde, legte eine sterile Kompresse darauf und fixierte sie anschließend mit Leukoplast.

»Schonen Sie den linken Arm«, sagte sie zu Butler, während eine weitere Geschossgarbe über ihren Köpfen hinwegpfiff.

»Mache ich. Und vielen Dank!«

Auf einmal erschütterte eine gewaltige Explosion ihre Stellung. Offenbar feuerte man vom Kahn aus mit einem Granatwerfer auf sie. Paula zählte noch mehrere Einschläge, die aber alle nicht mehr in ihrer Nähe waren. Als dann das Feuer längere Zeit schwieg, hob sie vorsichtig den Kopf und schaute hinaus auf den dunklen Fluss.

Der Lastkahn hatte mittlerweile vom Ufer abgedreht und steuerte jetzt wieder hinaus in die Mitte des Stroms. Von dort aus nahm er direkten Kurs auf die Westminster Bridge.

»Gibt es Verluste?«, fragte Sarge über Funk, und als alle sich gemeldet hatten, fuhr er fort: »Dann gehen wir jetzt zum Angriff über.«

Binnen einer Minute hatten seine Leute den Granatwerfer schussbereit gemacht und abgefeuert. Mit tödlicher Präzision traf sein Geschoss genau in den mittleren Laderaum und explodierte unmittelbar neben der Bombe, die dazu ausersehen gewesen war, die Westminster Bridge in die Luft zu jagen.

Die Explosion kam Paula noch gewaltiger vor als die auf dem ersten Kahn. Der Bug, der zusätzlich noch von einer auf den Granatwerfer abgefeuerten Rakete getroffen worden war, versank praktisch augenblicklich, während das Heck eine starke Schlagseite nach rechts bekam und steuerlos von der Strömung fortgetragen wurde. Von der Stelle, an der die Granate explodiert war, stieg dichter, schwarzer Qualm auf.

Ali, der gerade noch in Deckung hatte gehen können, betrachtete vom Steuerhaus aus fassungslos die Verwüstungen.

Dann riss er sich von dem Anblick los und arbeitete sich auf dem Heck, das eine immer bedrohlichere Schräglage annahm, nach hinten, wo er sein Schlauchboot vertäut hatte. Er sprang hinein, schnitt mit einem Messer das Tau durch und startete den kräftigen Außenbordmotor. Ohne auf seine Männer, die auf dem rasch sinkenden Wrack verbliebenen waren, zu warten, legte er ab und raste mit Vollgas die Themse hinauf. Er musste so schnell wie möglich zu Kahn Nummer drei, der längst auf dem Weg zur Lambeth Bridge war.

50

»Alle sofort in die Jeeps!«, befahl Sarge mit einem drängenden Ton in der Stimme, den Paula bislang noch nicht von ihm vernommen hatte. Draußen auf dem Fluss versank gerade das Heck des Lastkahns. Als Paula Butler auf dem Weg zum Jeep helfen wollte, schob er ihren Arm lächelnd beiseite.

»Es geht schon. Die Schulter tut zwar weh, aber eine Maschinenpistole kann ich immer noch abfeuern. Und laufen kann ich auch …«

In Windeseile hatten sie ihre Ausrüstung in den Jeeps verstaut und fuhren los in Richtung Lambeth Bridge. Während Tweed aufs Gas trat, blickte Paula nach hinten. Von dem Lastkahn war jetzt nichts mehr zu sehen. Diesmal war es keinem Boot gelungen, das sinkende Schiff zu verlassen, sah man von dem einen Schlauchboot ab, das kurz nach der Detonation der Mörsergranate mit einer Person an Bord flussaufwärts gerast war.

Bei den nächsten beiden Lastkähnen, die vom SAS ausgeschaltet wurden, war das anders. Sie sanken langsamer, sodass bei einem drei, beim anderen zwei mit schwer bewaffneten Terroristen besetzte Schlauchboote ablegen konnten. Sie versuchten, das gegenüberliegende Ufer zu erreichen, wurden aber noch auf dem Fluss von Buchanans Antiterroreinheit vernichtet.

Auch Lastkahn Nummer fünf, der mit Ali an Bord die Chelsea Bridge zerstören sollte, bekam seine Mörsergranate und Rakete verpasst, lange bevor er sein Ziel erreichte.

Obwohl das Schiff sofort auf seiner ganzen Länge in Flammen stand, gelang es einigen Arabern, zwei Schlauchboote zu bemannen und in Richtung Ufer zu fahren, wo sie aber in sicherer Entfernung von Buchanans Männern, die zum ersten Mal auch Flammenwerfer einsetzten, unschädlich gemacht wurden. Nur wenige Minuten nach den ersten Treffern ereignete sich an Bord des Lastkahns, der offenbar große Mengen Munition geladen haben musste, eine weitere Explosion, die so stark war, dass sie das Steuerhaus hoch in die Luft schleuderte, bevor es gut hundert Meter weiter in den Fluss stürzte. Ali hatte zu diesem Zeitpunkt allerdings das sinkende Schiff bereits verlassen.

Auch wenn sein wichtiger Auftrag am rechten Themseufer Superintendent Buchanan voll in Anspruch nahm, hatte er nicht vergessen, dass Vince Proctor, der Nachtwächter des Kohlekraftwerks, sich noch immer in der Hand der Terroristen befand. Trotz Tweeds Entscheidung, den Wachmann zu opfern, hatte er einen seiner besten Sergeants losgeschickt, einen Mann namens Mackie, der nach Marler als der zweitbeste Scharfschütze Europas galt.

Mackie fuhr mit einem Fahrrad zum Kraftwerk. Nachdem er das Rad in sicherer Entfernung im Gebüsch versteckt hatte, nahm er sein Präzisionsgewehr vom Rücken und pirschte sich dann näher an sein Ziel heran. Dort angekommen, schaute er in ein erleuchtetes Fenster und sah sofort den an einen Stuhl gefesselten Wachmann. Neben ihm stand ein brutal aussehender Wächter, der eine Pistole in der Hand hielt.

Der letzte Lastkahn, der dazu ausersehen war, die Albert Bridge zu zerstören, lag noch an der Anlegestelle vor dem Kraftwerk. Zwei Männer in Kampfanzügen machten gerade die Leinen los. Sergeant Mackie sah, wie der Wächter an ein anderes Fenster des Kontrollraums trat und zu den Männern hinaussah, die ihn mit aufgeregten Armbewegungen herbeiwinkten. Offenbar hatten sie es eilig, hinaus auf den Fluss zu kommen.

Der Wächter trat daraufhin von hinten an den gefesselten Proctor heran, hob die Pistole und richtete sie auf das Genick des ahnungslosen Gefangenen. Mackie zögerte keinen Augenblick. Mit dem Lauf seines Gewehrs schlug er die Fensterscheibe ein und gab sofort hintereinander zwei Schüsse auf den Araber ab, einen in den Kopf für den Fall, dass er unter seinem Kampfanzug eine kugelsichere Weste trug, den anderen in den Rücken knapp unterhalb des linken Schulterblatts. Der Mann ließ die Pistole fallen und schlug der Länge nach auf den Holzboden.

Mackie entfernte mit dem Gewehrkolben den Rest der Fensterscheibe und schwang sich in den Kontrollraum. Nachdem er die Pistole des Wächters in eine Ecke gekickt und sich vergewissert hatte, dass der Mann auch wirklich tot war, ging er hinüber zu Proctor, dem die Todesangst deutlich ins Gesicht geschrieben stand.

»Keine Sorge!«, sagte Mackie. »Ich bin von der Antiterroreinheit von Scotland Yard. Halten Sie still, damit ich Ihnen Ihre Fesseln durchschneiden kann.«

51

»Vom SAS ist nichts mehr zu sehen«, sagte Butler zu Paula, die neben ihm auf der Ladefläche von Tweeds Jeep saß. Paula schaute nach hinten und musste feststellen, dass er Recht hatte: Alle drei Jeeps, die hinter ihnen fuhren, waren mit Tweeds eigenen Leuten bemannt. Während sie auf der leeren Uferpromenade auf die Albert Bridge zufuhren, sagte Tweed in das Mikrofon seines Funkgeräts:

»Sarge, gibt es denn überhaupt keine Möglichkeit, die Albert Bridge zu retten?«

»Tut mir Leid. Wir haben unsere Spezialgranaten alle aufgebraucht. Ist eben eine völlig neue Waffe, von der es nur fünf Exemplare gab. Selbst die musste ich unseren Entwicklern förmlich aus den Händen reißen. Also halten Sie sich von der Brücke fern, und achten Sie zusammen mit Buchanan darauf, dass keine überlebenden Terroristen an Land kommen. Ich ziehe meine Leute jetzt ab. War mir eine Ehre, mit Ihnen zusammenzuarbeiten. Bis zum nächsten Mal …«

Die Verbindung wurde unterbrochen, und der SAS war ebenso unauffällig wieder verschwunden, wie er gekommen war. Paula schaute hinüber ans andere Ufer, wo die Fahrzeuge von Buchanans Antiterroreinheit versuchten, mit Tweeds Kolonne Schritt zu halten.

»Ich will es wenigstens mit ansehen, wenn die Albert Bridge in die Luft fliegt«, sagte Paula düster.

»In Ordnung, aber nur aus sicherer Entfernung«, sagte Tweed.

»Immerhin ist es uns gelungen, fünf von sechs Brücken zu retten«, sagte Newman, der auf einem der anderen Jeeps mitfuhr, über Funk.

In der Nähe des Chelsea Royal Hospital hielt Tweed an, sprang aus dem Jeep und lief nach hinten zu den drei anderen Fahrzeugen, die ebenfalls angehalten hatten.

»Wir bleiben hier und fahren keinen Meter weiter an die Brücke heran«, sagte er. »Haben Sie mich verstanden? Wir können nichts tun, um sie zu retten, aber wie Newman schon sagte: Immerhin ist es uns gelungen, fünf Brücken vor der Zerstörung zu bewahren, und das ist ja schließlich auch schon was.«

»Da kommt der Kahn!«, rief Paula.

Auf dem gegenüberliegenden Ufer hatte Buchanan seinen Konvoi ebenfalls anhalten lassen und stand jetzt neben seinem Jeep, hinter dem sich die Fahrzeuge der Antiterroreinheit aufreihten. Über dem Fluss lag wieder die schreckliche Stille, die Paula schon zuvor als so unheimlich empfunden hatte. Mit bedrückter Miene holte sie ihre Kamera aus der Schultertasche. Ihr war klar, dass sie vermutlich die letzten Fotos von der Albert Bridge machen würde.

Kurz nachdem sie zweimal auf den Auslöser gedrückt hatte, passierte der Bug des sechsten Lastkahns, der Paula wie die Schnauze eines blutgierigen Hais vorkam, die Albert Bridge.

Ali, der mit seinem Schlauchboot den Kahn kurz nach dessen Ablegen vom Kraftwerk erreicht hatte, stand persönlich am Ruder. Bisher war die gesamte Aktion, von der Abdullah gesagt hatte, sie würde die Anschläge in Amerika bei weitem in den Schatten stellen, ein einziges Desaster gewesen.

Als sich die Luke des Kahns der Mitte der Brücke näherte, schaltete Ali den Motor des Kahns auf volle Fahrt rückwärts, fixierte das Steuerrad und rannte dann nach vorn zu dem Laderaum mit seiner tödlichen Fracht. Er würde die Waffe selbst abfeuern und dann zusammen mit seinen restlichen Männern den Märtyrertod sterben. Während er die Leiter hinunter in den Laderaum kletterte, sah er, wie seine Männer am Boden knieten und beteten.

Ali holte tief Luft, dann drückte er entschlossen die beiden Knöpfe an der Steuereinheit der Waffe. Während sie mit einem lauten Zischen hinauf zu der Brücke schoss, die sich jetzt direkt über ihnen über den Fluss spannte, warf auch er sich auf die Knie und fing laut zu beten an. Es war das Letzte, was er in seinem Leben tun sollte.

Durch den Sucher ihrer Kamera sah Paula, wie ein schwarzes Geschoss aus dem Laderaum kerzengerade nach oben zischte. Dann schien auf einmal die ganze Welt in einem einzigen grellen Blitz und einem gigantischen Feuerball zu verschwinden.

Als der laute Knall der Explosion an ihre Ohren drang, hatte die Albert Bridge bereits aufgehört zu existieren. Ganze Stücke davon wurden haushoch in die Luft geschleudert und fielen weit entfernt in die Themse, wo sie hohe Flutwellen auslösten. Teile des weißen Metallgeländers und große Steinquader prasselten wie Kanonenkugeln auf die Häuser am Cheyne Walk hernieder, die Buchanan glücklicherweise alle hatte evakuieren lassen.

Nachdem der frische Wind über der Themse den dicken, schwarzen Rauch fortgeblasen hatte, sahen Tweed und seine Leute das ganze Ausmaß der Zerstörung: Von der Albert Bridge, die über hundert Jahre lang die beiden Themseufer verbunden hatte, ragte nur noch einer der vier eleganten Pfeiler in die Höhe, und noch während Paula ihre Kamera in seine Richtung drehte, kippte auch dieser um und stürzte in den Fluss. Die Albert Bridge war nicht mehr.

»Da können Sie mal sehen, was wir an den anderen Brücken verhindert haben«, sagte Newman.

Paula wandte sich ab. Sie wollte nicht mehr fotografieren. Während sie die Kamera zurück in die Tasche steckte, hörte sie in ihrem Kopfhörer Buchanans Stimme.

»Ich möchte Ihnen allen mitteilen, dass Vincent Proctor gerettet wurde«, sagte der Superintendent. »Einem meiner Männer ist es gelungen, ihn in letzter Sekunde zu befreien.«

»Gott sei Dank«, flüsterte Paula.

52

Die Rückfahrt dauerte wegen des noch immer herrschenden Verkehrschaos doppelt so lange wie üblich. Als sie sich der Park Crescent näherten, ergriff Tweed das Wort.

»Ich möchte, dass Sie mich alle morgen zu meinem Treffen mit Warner in Carpford begleiten«, sagte er.

»Ob Warner das recht ist?«, fragte Paula.

»Das ist mir egal. Immerhin haben Sie ja alle dabei mitgeholfen, das Schlimmste zu verhüten.«

»Morgen soll es schön sonnig werden«, bemerkte Newman, der seinen Jeep an Beaurain übergeben hatte und bei Tweed mit eingestiegen war, fröhlich. Als er Paulas Gesicht sah, verstummte er schlagartig. Offenbar war ihr die Zerstörung der Albert Bridge doch sehr nahe gegangen.

»Seltsam, dass keiner der Terroristen versucht hat, im Schlauchboot ans Ufer zu kommen«, sagte er.

»Das kann ich Ihnen schon erklären«, sagte Tweed. »Diesmal waren sie sicher, dass die Brücke in die Luft fliegen und sie den Märtyrertod sterben würden. Also werden sie wohl gebetet haben, bis die Bombe über ihnen explodierte. Angeblich sollen ja auf jeden von ihnen im Jenseits zweiundsiebzig Jungfrauen warten. Da hat man doch etwas, worauf man sich freuen kann.«

»Kurz bevor die Bombe gezündet wurde, habe ich durch mein Fernglas einen schlanken, intelligent aussehenden Mann vom Ruderhaus zur Frachtluke laufen sehen«, sagte Newman. »Könnte das vielleicht der Meisterstratege gewesen sein, der die Anschläge geplant hat?«

»Möglich wäre es schon«, sagte Tweed. »Ach, Bob, bevor ich es vergesse: Erinnern Sie mich doch bitte morgen daran, dass ich Billy Hogarth und Olaf Margesson mit nach Carpford nehme.«

»Warum denn das?«, wollte Paula wissen.

»Weil sie jetzt, wo alles vorbei ist, wieder nach Hause können.«

»Zumindest werden nun keine Leute mehr verschwinden«, sagte Newman. »Ich frage mich allerdings noch immer, was den Vermissten wirklich zugestoßen ist.«

Sie hatten nun die Baker Street erreicht, von der aus es nur noch ein Katzensprung bis in die Park Crescent war. Hier standen die Wagen Stoßstange an Stoßstange, sodass Tweed auf den Gehsteig ausweichen musste, um überhaupt voranzukommen. Nach ein paar Metern stellte sich ihm ein uniformierter Polizist in den Weg, der ihn mit erhobener Hand zum Anhalten zwang.

»Was erlauben Sie sich?«, herrschte der Polizist Tweed an. »Sie können doch nicht einfach auf den Gehsteig fahren. Das kostet Sie ...«

In diesem Augenblick bemerkte der Beamte den gelben Stander auf Tweeds Jeep und verstummte.

»Entschuldigen Sie bitte, Sir«, stammelte er und salutierte. »Ich wurde angewiesen, Sie hier zu erwarten. Einen Augenblick bitte.«

Er drehte sich um und befahl den Fußgängern, aus dem Weg zu gehen und die Jeeps durchzulassen. Als Tweed losfuhr und ihm freundlich zuwinkte, schlug der Mann die Hacken zusammen und salutierte abermals.

»Wer war denn das?«, fragte jemand aus der Menge in breitem Cockney.

»Der vermutlich wichtigste Mann in ganz Großbritannien«, antwortete der Polizist.

53

Es war ein heller und sonniger Morgen, als sie sich Carpford näherten. Der Carp Lake lag still wie eine blaue Glasplatte vor ihnen, und die Luft war eisig und trocken. Von Dunst oder gar Nebel keine Spur. Paula saß neben Tweed, der den Geländewagen steuerte, während Newman und Billy Hogarth auf der Rückbank Platz genommen hatten.

Im zweiten Geländewagen hinter ihnen saßen Nield und Butler mit Buchanan und Margesson, während Marler und Beaurain im dritten Fahrzeug den Schluss des Konvois bildeten. Als Tweed um die scharfe Kurve fuhr, an der man Linda Warners verlassenen Porsche aufgefunden hatte, verspürte Paula einen Stich im Herzen. Ob die Frau des Ministers wohl jemals gefunden werden würde?

Als sie Warners Märchenschloss erreicht hatten, stieg Tweed als Erster aus und ging zu der massiven, mit dicken Eisennägeln beschlagenen Eingangstür. Gerade als er klingeln wollte, wurde die Tür jedoch geöffnet. Eva Brand, die schwarze Hosen und ein weites, schwarzes Jackett trug, stand vor ihm und lächelte.

»Bitte, kommen Sie doch herein«, sagte sie mit einer angedeuteten Verbeugung. »Er erwartet Sie schon. Wie ich sehe, sind Sie nicht allein gekommen. Hallo, Paula. Sie blicken heute aber ernst drein.«

»Das kommt wohl von den gestrigen Ereignissen.«

»Ach so, natürlich. Wie dumm von mir …«

Eva wartete, bis alle im Haus waren, und schloss dann, nachdem sie Beaurain mit einem besonders freundlichen Lächeln bedacht hatte, die Tür.

Paula fiel sofort die luxuriöse Innenausstattung des Hauses mit ihren gediegenen alten Möbeln und goldgerahmten Ölgemälden ins Auge. Auf einem der Porträts erkannte sie den Duke of Wellington.

Als sie sich der offenen Tür zu Warners Arbeitszimmer näherten, räusperte sich Eva und sagte: »Ihre Gäste sind da.«

»Wieso Gäste? Ich dachte, Tweed kommt allein.«

Der Minister saß hinter einem großen georgianischen Schreibtisch auf einem brokatbezogenen Sessel, der so groß und reich verziert war, dass er Paula an einen Thron erinnerte. Er trug einen dunklen Anzug und musterte die Eintretenden durch seinen Zwicker.

»Ich verstehe ja, dass Sie Ihre Mitarbeiter bei sich haben wollen, Tweed, aber was haben Mr Hogarth und Mr Margesson hier zu suchen?«

»Sie sind schließlich Ihre Nachbarn. Ich habe sie von London mit hierher gebracht«, gab Tweed leichthin zurück. Er blickte quer durch den Raum zu Palfry, der ebenfalls einen förmlichen Anzug trug und in einiger Entfernung vom Schreibtisch nahe an einer der holzgetäfelten Wände stand. »Sie haben Ihren Assistenten ja auch hier. Da darf ich mir wohl die Freiheit nehmen, ebenfalls nicht allein zu erscheinen. Können wir nun mit Ihrer Besprechung beginnen?«

»Wie Sie meinen …«

Buchanan brachte sich vor einem der bleiverglasten Fenster in eine Position, von der aus er den ganzen Raum im Blick hatte. Beaurain gesellte sich zu ihm, während Eva eine der Ecken aufsuchte und sich dort neben Margesson und Hogarth stellte. Sie steckte die Hände in die Taschen ihres Jacketts.

Obwohl das Arbeitszimmer lichtdurchflutet war, sorgten die schweren, dunklen Eichenmöbel und die düstere Wandvertäfelung für eine bedrückende und wenig einladende Atmosphäre. Paula, die vor einer mit dunkelrotem Samt bezogenen Couch stand, überlegte sich, ob sie sich nicht einfach setzen sollte. Weil Warner jedoch bisher noch niemanden dazu aufgefordert hatte, blieb sie wie alle anderen auch stehen.

»Sie haben bei der Albert Bridge versagt«, begann der Minister in scharfem Ton.

»Damit haben Sie leider Recht«, entgegnete Tweed. »Dem SAS sind die Mörsergranaten ausgegangen. Aber dafür konnten wir fünf andere wichtige Brücken vor der Zerstörung bewahren.«

»Warum hat man mich nicht darüber informiert, dass der SAS an dieser Aktion beteiligt sein würde?«

»Ich denke mal, dass der Kommandeur der Einheit es nicht für nötig erachtet hat, Sie davon in Kenntnis zu setzen. Der SAS lässt sich nun mal nicht gern in die Karten schauen.«

»Aber Sie hätten es mir wenigstens sagen können, Tweed. Im Kabinett wird man diese Vorgehensweise nicht gutheißen, das kann ich Ihnen verraten.«

»Wenn Sie sich da mal nicht täuschen, Herr Minister. Erst heute Morgen hat mir der Premier per Kurier ein Schreiben überbringen lassen, in dem er mir ausdrücklich seine Anerkennung für den gestrigen Einsatz ausspricht.«

»Das ist doch nichts weiter als eine Formalität«, warf Palfry in verächtlichem Ton ein. »In Wirklichkeit hat der Premier erwartet, dass Sie alle Brücken retten.«

»Ich kann mich nicht daran erinnern, Sie nach Ihrer Meinung gefragt zu haben«, sagte Tweed ruhig, ohne Palfry auch nur eines Blickes zu würdigen.

Der Assistent, dem darauf keine passende Antwort einzufallen schien, blickte Hilfe suchend hinüber zu seinem

Chef. In diesem Augenblick ging die Tür auf und ein nervös wirkendes Dienstmädchen kam herein.

»Entschuldigen Sie bitte die Störung, Sir, aber Mr Franklin wünscht Sie zu sprechen …«

Sie hatte den Satz noch nicht richtig beendet, als sich Drew Franklin auch schon an ihr vorbei in den Raum drängte. Während Warner dem Dienstmädchen mit einer Handbewegung bedeutete, sich zu entfernen, durchquerte Franklin forschen Schrittes das Arbeitszimmer und stellte sich neben Eva Brand.

»Wäre doch zu schade, wenn diese Besprechung ohne mich stattfinden müsste«, sagte er mit einem nicht zu überhörenden Anflug von Hochnäsigkeit.

»Sie sind hier immer willkommen, Drew«, antwortete Warner, der von der Ankunft des Journalisten sichtlich überrascht war, mit einem gequälten Lächeln.

»Die Antwort eines geborenen Politikers«, sagte Franklin. »Aber jetzt würde ich gern wissen, weshalb dieses Treffen anberaumt wurde.«

»Aus meiner Sicht soll es dazu dienen, den Drahtzieher hinter den gestrigen Anschlägen zu entlarven«, antwortete Tweed mit einem Blick hinüber zu Palfry. »Ich bin mir ziemlich sicher, dass er sich hier in diesem Raum befindet.«

»Was erlauben Sie sich?«, polterte Warner los. »Immerhin bin ich derjenige, der dieses Treffen einberufen hat.«

»Richtig. Aber deswegen können Sie mir noch lange nicht den Mund verbieten«, entgegnete Tweed. »Ich hege schon seit längerem den Verdacht, dass die Anschläge hier in Carpford geplant wurden. Darüber hinaus diente der Ort als Unterschlupf für die Terroristen der El Kaida, die an der Küste bei Hastings an Land gesetzt wurden. Von dort aus war es ein Leichtes, sie im Schutz der Dunkelheit hierher zu bringen. Problematischer war es da schon, sie zu verstecken, bis sie zum Einsatz kamen. Wo war genügend

Platz für sie?« Tweed blickte nachdenklich in die Runde. »Mr Palfry, haben Sie mir vielleicht etwas zu sagen?«

»Ich wüsste nicht, was.«

»Zum Beispiel, dass Sie in Ihrem Haus spielend drei Dutzend Gäste unterbringen können. Damit haben Sie selbst geprahlt.«

»Das ist ja ungeheuerlich«, stieß Palfry hervor. »Ich verbitte mir diese Unterstellung!«

»Wie Sie meinen. Aber meine Leute haben in einem Ihrer Gästezimmer dreißig Schlafsäcke gefunden, die wir von der Spurensicherung von Scotland Yard untersuchen lassen werden. Ich gehe jede Wette ein, dass man darin Haare und Hautpartikel finden wird, die nicht von Europäern stammen.«

»Ich höre mir Ihren Unsinn nicht länger an …«, schnaubte Palfry und ging wutentbrannt zur Tür.

»Hier bleiben!«, befahl Buchanan. Er eilte hinüber zu Palfry, drehte ihm beide Arme auf den Rücken und legte ihm Handschellen an. Dann las er ihm seine Rechte vor.

»Aber meine Herren, beruhigen Sie sich doch!«, versuchte Warner die Situation zu entschärfen. »Wir sollten vielleicht erst einmal klären, ob Sie irgendwelche Beweise für solch schwer wiegende Anschuldigungen haben. Mir persönlich erscheinen sie doch ziemlich aus der Luft gegriffen.«

»Ich halte die Verdachtsmomente gegen Mr Palfry durchaus für ausreichend, um ihn vorübergehend festzunehmen«, erwiderte Buchanan. »Alles Weitere wird der Haftrichter entscheiden. Ach, und wo wir gerade bei den rechtlichen Fragen sind: Ich habe mir vorsorglich schon mal einen Durchsuchungsbefehl für Mr Palfrys Haus ausstellen lassen. Für Ihres übrigens auch, Herr Minister.«

»Das wird Ihnen noch Leid tun, Buchanan. Sie überschreiten Ihre Kompetenzen in einem Ausmaß, das ungeheuerlich ist!«

»Nein, das tut er nicht, Herr Minister«, sagte Tweed mit ruhiger Stimme. »Ich kann ja verstehen, dass es Sie schockiert, wenn Ihr persönlicher Assistent einer Zelle der El Kaida angehört, aber der Verdacht, dass Mr Palfry dreißig Terroristen Unterschlupf gewährt hat, ist nicht von der Hand zu weisen. Es sieht ganz so aus, als ob sein Haus dem Kommando als Durchgangsstation zwischen seiner Landung und der Weiterfahrt zur Oldhurst Farm gedient hätte.«

»Was faseln Sie denn auf einmal von einer Farm?«, fragte Warner. »Erfahre ich denn nie etwas?«

»Die Oldhurst Farm ist ein verlassener Bauernhof bei Milton Keynes«, erklärte Buchanan. »Dort wurden die Bomben aus gestohlenen Milchtanklastern in die Lieferwagen umgeladen, die wir in der Themse gefunden haben.«

»Klingt ganz nach dem Plan eines hochintelligenten, wenn nicht gar genialen Gehirns«, sagte Warner und starrte Palfry über seinen Zwicker hinweg mit kalten Augen an.

»Wie man's nimmt«, warf Tweed ein, der die Hände in seinen Manteltaschen vergraben hatte. »Immerhin hat das geniale Gehirn von sechs Brücken nur eine zerstören können. Aber mich interessiert im Moment eine ganz andere Frage. Drew Franklin war vor einiger Zeit zusammen mit unserer charmanten Miss Brand in Kairo. Dürfte ich die beiden fragen, wen Sie dort getroffen haben?«

Tweed sah hinüber zu Franklin und Eva, die keinerlei Anstalten machten, seiner Aufforderung nachzukommen.

»Das wird ja immer toller«, sagte Warner. »Schon wieder etwas, von dem ich nichts weiß.«

»Das würde mir an Ihrer Stelle zu denken geben«, erwiderte Tweed kühl. »Wenn Mr Franklin und Miss Brand es vorziehen zu schweigen, hat uns vielleicht jemand anders etwas zu sagen. Wie wäre es mit Ihnen, Mr Margesson?«

Margesson, der in seinem Geschäftsanzug ganz anders aussah als gewöhnlich, trat lächelnd einen Schritt vor.

»Victor Warner hat mich häufig am Abend besucht, und wir haben uns lange unterhalten«, sagte er mit einer Stimme, die in nichts mehr an seine religiösen Tiraden erinnerte. »Allerdings waren diese Unterhaltungen immer ziemlich einseitig. Mr Warner hat auf mich eingeredet, und ich habe zugehört. Erst jetzt ist mir klar geworden, dass er mich einer Art Gehirnwäsche unterzogen hat.«

»Und was hat er da gesagt?«, fragte Tweed.

»Dass seiner Meinung nach die westliche Zivilisation bis ins Mark verdorben ist. Niemand schert sich mehr um Moral oder Anstand, ein jeder läuft nur noch seinen Trieben hinterher, die eheliche Treue ist nichts weiter mehr als eine Lachnummer, und die Scheidungsrate steigt unaufhörlich an. Warner gibt an dieser ganzen Misere der Emanzipation der Frau die Schuld. Zwar hätten auch verheiratete Männer Affären, sagte er, aber die Frauen seien noch viel schlimmer. Gegen diese Verrohung der Sitten sieht Warner nur eine einzige Rettung: den Islam. Dort wissen die Frauen noch, was sich gehört, dort gehen sie drei Schritte hinter ihren Gatten her und verhüllten ihren Körper, um nicht die begehrlichen Blicke anderer Männer auf sich zu ziehen. Nur durch den Islam könnten im Westen wieder Zucht und Ordnung Einzug halten, hat Warner mir immer wieder eingehämmert.«

»Wollen Sie damit sagen, dass Victor Warner unser Land nach den Grundsätzen des fundamentalistischen Islam verändern wollte?«, fragte Tweed.

»Das Wort fundamentalistisch hat er sehr häufig gebraucht«, sagte Margesson. »Zuerst habe ich ihn für einen Spinner gehalten, aber im Lauf der Zeit sind mir seine Ansichten immer plausibler erschienen, und schließlich habe ich sie zu meinen eigenen gemacht. Ich habe tatsächlich an das geglaubt, was er gesagt hat, und es jedem gepredigt, der in meinen Gesichtskreis kam, ob er es nun hören wollte oder nicht. Jetzt weiß ich, dass Warner mich nur benutzt hat.«

»Benutzt wozu?«

»Er brauchte jemanden, an dem er seine Ideen ausprobieren konnte. Meiner Meinung nach ist er ein sehr einsamer Mensch, der unter einem enormen Druck steht.«

»Glauben Sie ihm kein Wort, Tweed!«, mischte Warner sich ein. »Einer wie der gehört in eine geschlossene Anstalt. Denken Sie nur an die seltsamen Gewänder, in denen er bisher herumgelaufen ist.«

»Wer in eine Anstalt gehört, wird sich weisen«, entgegnete Tweed ungerührt. »Aber hören wir doch erst einen anderen Zeugen an, der geradezu niederschmetternde Beweise haben dürfte: Billy Hogarth.« Er drehte sich zu Hogarth um. »Würden Sie uns bitte beschreiben, was Sie in der Nacht gesehen haben, in der Paula Grey niedergeschlagen und entführt wurde?«

»Das war so«, begann Billy zögernd. »Ein Freund hat mir vor längerer Zeit aus Israel ein Nachtsichtgerät mitgebracht, und wenn mir langweilig ist, schaue ich damit aus dem Fenster. So war das auch in der Nacht, in der Miss Grey hier war.«

Er schluckte und hielt inne.

»Und was haben Sie gesehen?«, hakte Tweed nach.

»Ich habe gesehen, wie Miss Grey Drew Franklins Haus verlassen hat und hinunter zum See ging. Dann bemerkte ich, wie sich von hinten ein großer Mann mit einem schwarzen Turban an sie heranschlich und ihr mit einer Art Knüppel auf den Hinterkopf schlug. Als sie daraufhin bewusstlos zu Boden sank, hat er sie aufgehoben und in ein Haus hier in Carpford getragen.«

»Und welches Haus war das, Mr Hogarth?«

Billy zögerte und sah sich ängstlich um, bevor er all seinen Mut zusammennahm und sagte: »Dieses Haus hier.«

»Das ist doch vollkommen absurd«, stieß Warner hervor. »Jeder weiß, dass der Mann ein haltloser Trinker ist.«

»Sagt Ihnen eigentlich der Name Gerald Hanover etwas?«, fragte Tweed unvermittelt.

»Nie gehört. Wer zum Teufel soll das denn sein?«

»Aber gerade Sie sollten das wissen, Herr Minister. Immerhin haben mehrere Zeugen auf den Bahamas, denen die dortige Polizei Ihr Foto vorgelegt hat, Sie als diesen Mr Hanover erkannt.«

Warner wurde auf einmal leichenblass und brachte kein Wort mehr hervor.

»Sie sind Gerald Hanover, Mr Warner«, fuhr Tweed fort, der sich die Befriedigung über seinen gelungenen Bluff nicht anmerken ließ. »Der Meisterstratege und Finanzier der El Kaida. Mr Hogarth, sind Sie sich sicher, dass es dieses Haus war, in das Paula von dem Mann mit dem Turban getragen wurde?«

»Absolut sicher«, antwortete Billy im Brustton der Überzeugung.

»Wie können Sie den Lügengeschichten eines Alkoholikers Glauben schenken, Tweed?« Warner schäumte vor Wut. »Gilt Ihnen sein Wort etwa mehr als das eines Ministers der Krone?«

»Wie wäre es, wenn wir uns auf die Fakten stützen würden?«, sagte Buchanan ernst. »Vielleicht haben Sie gehört, dass draußen soeben zwei Autos vorgefahren sind. Dabei handelt es sich um ein Expertenteam von der Spurensicherung, das Ihren Keller einer genauen Untersuchung unterziehen wird. Und wenn es sich herausstellen sollte, dass es derselbe ist, in dem Miss Grey gefangen gehalten wurde, dann gnade Ihnen Gott.«

»Niemand wird hier etwas untersuchen!«, schrie Warner und sprang von seinem Schreibtischstuhl auf. »Ich verbiete es Ihren Leuten, meinen Besitz zu betreten. Schließlich genieße ich als Minister Immunität.«

»Die wurde heute früh vom Parlament in einer Sondersitzung aufgehoben«, klärte Buchanan ihn auf. »Und wie ich Ihnen vorhin schon gesagt habe, hat mir ein Untersuchungsrichter Durchsuchungsbefehle für sämtliche Häuser in Carpford ausgestellt.«

Er ging zu Warner hinüber und reichte ihm ein mehrseitiges Dokument.

»Ich kenne diesen Richter«, schnaubte Warner verächtlich, nachdem er das Dokument überflogen hatte. »Der Mann ist hochgradig senil.«

»Das mag schon sein, aber sein Durchsuchungsbefehl ist trotzdem rechtskräftig.«

»Was bezwecken Sie eigentlich mit diesem lächerlichen Affentheater?«

»Den Keller zu finden, in dem Miss Grey festgehalten wurde. Und dann suchen wir noch immer nach fünf verschwundenen Personen. Aber das dürfte Ihnen eigentlich bekannt sein, schließlich gehört auch Ihre Frau dazu.«

»Meine Frau ist mir egal!«, schrie Warner und zog unter einem Aktenstapel auf seinem Schreibtisch urplötzlich eine .45er Colt Automatik hervor. Mit raschen Schritten trat er auf Paula zu und drückte ihr den Lauf der Waffe in den Rücken.

»Und jetzt verlassen Sie auf der Stelle mein Haus!«, rief er. »Und zwar alle bis auf Miss Paula Grey.«

»Nein, das werden wir nicht.« Die eiskalte Stimme war die von Eva Brand, die blitzschnell eine Beretta gezogen hatte und sie nun aus zwei Metern Entfernung auf Warners Kopf richtete. »Lassen Sie die Waffe fallen, oder ich jage Ihnen eine Kugel durch Ihren verrückten Schädel. Sie wissen genau, wie gut ich schießen kann.«

54

Eine echte Pattsituation, dachte Newman. Auch wenn Evas 6,35 mm Beretta eine eher leichte Waffe war, so konnten die Kugeln, wenn sie aus dieser Nähe abgefeuert wurden, durchaus tödlich sein.

»Was soll das Eva?«, fragte Warner mit einem Anflug von Zittern in der Stimme. »Warum stellen Sie sich auf einmal gegen mich?«

Er drehte sich halb zu Eva um, hielt dabei aber seinen Colt noch immer auf Paula gerichtet, sodass niemand im Raum sich zu bewegen wagte. Mit der linken Hand griff Eva in die Brusttasche ihres Hosenanzugs und zog einen Zeitungsausschnitt hervor, den sie auf Warners Schreibtisch fallen ließ. Tweed erkannte sofort, dass es der um zwei Jahre verspätete Nachruf in der *Daily Nation* war, auf den Newman ihn erst kürzlich aufmerksam gemacht hatte.

»Was ist das?«, fragte Warner mit deutlich schwächerer Stimme als zuvor. Weil er Paula im Auge behalten musste, konnte er sich den Zeitungsausschnitt nicht ansehen.

»Ein Nachruf auf einen Offizier, der vor zwei Jahren im Jemen getötet wurde. Er hieß Captain Charles Hobart. Erinnern Sie sich an ihn? Wagen Sie nicht, es abzustreiten, andernfalls jage ich Ihnen nämlich auf der Stelle eine Kugel in den Kopf.«

»Ich erinnere mich dunkel«, sagte Warner. »Halt, warten Sie ... Jetzt fällt es mir wieder ein. Der Mann ist im Kampf gefallen ... War bei einer Spezialeinheit ...«

»Im Jemen«, wiederholte Eva in demselben beängstigend monotonen Ton wie zuvor. »Der Offizier hatte sich freiwillig dafür gemeldet, ganz allein eine in der Wüste operierende Einheit der El Kaida auszuschalten. Er hätte es geschafft, wenn er nicht verraten worden wäre. Und zwar von Ihnen. Sie waren damals gerade zum Sicherheitsminister ernannt worden. Als sie von dem Geheimauftrag meines Vaters erfuhren, haben Sie der El Kaida eine Warnung zukommen lassen, die ihn daraufhin in einen Hinterhalt lockte und tötete.«

»Ihren Vater?«, stammelte Warner. »Aber der Mann hieß doch Hobart, und Sie heißen Brand …«

»Nein, mein wirklicher Name ist Eva Hobart. Ich habe ihn geändert, bevor ich meinen Job bei Medfords antrat, um meinen Vater nicht zu kompromittieren. Zum Glück. Als Eva Hobart hätten Sie mich wohl nie zu Ihrer Mitarbeiterin gemacht. Aber das wollte ich unbedingt werden, weil ich Sie schon länger in Verdacht hatte, der Kopf hinter diesen entsetzlichen Terroranschlägen zu sein. Und jetzt kann ich es endlich beweisen.«

»Aber das ist doch … unmöglich«, stieß Warner hervor.

Abermals griff Eva mit der linken Hand in die Innentasche ihres Jacketts. Sie holte ein gefaltetes Blatt Papier heraus, das sie ebenfalls auf den Schreibtisch warf. Auch diesmal wagte Warner nicht, es sich anzusehen.

»Das ist die erste Nachricht, die ich für Sie dekodiert habe. Ich habe sie nie an Sie weitergeleitet, sondern Ihnen stattdessen etwas Belangloses zugespielt. Die Nachricht war auf Arabisch, aber sie kam nicht von unserer Botschaft, sondern von einer Privatadresse in Kairo. Soll ich Ihnen sagen, was drinstand?«

»Das durften Sie nicht tun …«

»Halten Sie den Mund, Sie Verräter, und hören Sie mir zu: ›Freut mich, dass der nächste Anschlag in London erfolgen soll. Er wird den elften September in den Schatten stellen.‹«

»Das muss sich um eine Verwechslung handeln.«

»Nein, eine Verwechslung ist ausgeschlossen. Die Nachricht war eindeutig an Sie gerichtet und streng vertraulich.«

»Dann haben Sie sie falsch entschlüsselt.«

»Victor, mein Vater hat mir sehr viel bedeutet. Deshalb bin ich zusammen mit Drew Franklin nach Kairo geflogen und habe mit Sergeant Langford gesprochen, der damals bei der Einheit meines Vaters im Jemen gedient hat. Er hat Sie belauscht, wie Sie auf Arabisch am Telefon sagten, dass den Einsatz gegen die El-Kaida-Gruppe nur ein einzelner Mann führen würde, ein Captain Charles Hobart. Am nächsten Tag war mein Vater tot. Langford konnte Sie damals nicht melden, wer hätte ihm schon geglaubt? Jetzt aber kommt er nach London und gibt vor Drew eine eidesstattliche Erklärung ab, die Drew dann in der *Daily Nation* veröffentlichen wird. Damit sind Sie geliefert.«

»Elende Verräterin!«

»Mr Tweed, könnten Sie bitte zu mir kommen?«, fragte Eva, ohne den Blick von Warner zu wenden. »Ich möchte Ihnen etwas geben.«

Als Tweed sich ihr mit langsamen Schritten genähert hatte, bat sie ihn, die Hand aufzuhalten. Sie legte ihm einen kleinen Schlüssel hinein, den sie ebenfalls aus einer ihrer Jacketttaschen geholt hatte.

»Victor Warner ist ein hervorragender Stratege, das muss selbst ich ihm zugestehen. Er war es, der die Anschläge des 11. September in den USA geplant hat. Der Schlüssel, den ich Ihnen gegeben habe, öffnet ein Geheimfach auf der linken Seite seines Schreibtischs. Ich habe es entdeckt und heimlich geöffnet, als er auf einer Kabinettssitzung war. So etwas habe ich bei Medfords gelernt. Öffnen Sie die Schublade, und Sie werden darin jede Menge belastendes Material finden, darunter auch Flugpläne vom 11. September 2001, auf denen die Flüge mit besonders großem Treibstoffvorrat an Bord blau markiert sind. Die

Flugzeuge, die nach dem Abflug von Boston und Newark entführt wurden, sind rot angestrichen. Victor Warner hat alles bis ins letzte Detail geplant …«

»Ich sollte Sie töten!«, schrie Warner.

»Versuchen Sie es. Dann haben Sie sofort eine Kugel im Schädel.«

Warner, der die Pistole immer noch auf Paula gerichtet hielt, trat ein paar Schritte zurück. Als er die holzvertäfelte Wand erreichte, drückte er mit dem Ellenbogen an eine bestimmte Stelle, woraufhin sich eine Geheimtür öffnete, die in einen dunklen Tunnel führte. Als Warner darin verschwand, gab Eva einen Schuss ab, der aber nur die Vertäfelung traf.

»Daneben«, sagte Newman trocken.

Geschmeidig wie ein Panther, der die Verfolgung seiner Beute aufnimmt, eilte Eva zu der Geheimtür und brachte sich am Eingang des Tunnels in Schussposition. Paula wollte zu ihr, wurde aber von Tweed und Newman zurückgehalten. Am Ende des Tunnels war ein Lichtschein zu sehen, vor dem sich Warners Silhouette deutlich abhob. Eva feuerte ein weiteres Mal. Der Schuss hallte von den Tunnelwänden wider, aber Warner rannte weiter.

Wieder daneben, dachte Newman.

Eva nahm die Verfolgung auf, schoss ein drittes Mal und verfehlte den Flüchtigen erneut.

Es war Paula, die als Erste erkannte, was los war. »Eva schießt absichtlich daneben«, sagte sie, während sie zusammen mit Tweed und Newman den beiden hinterherlief. »Sie treibt Warner vor sich her. Irgendetwas hat sie vor.«

Als Warner den Ausgang des Tunnels erreicht hatte, schoss Eva wieder und traf knapp hinter dem Minister die Tunnelwand. Newman stöhnte leise auf. Jetzt hatte sie nur noch drei Kugeln im Magazin ihrer Beretta. Sowohl er als auch Tweed hatten ihre Waffen gezogen, trauten sich aber nicht zu schießen, um Eva nicht zu treffen.

Dann hatten sie den Ausgang des Tunnels erreicht und sahen, wie Eva sorgfältig zielte und einen fünften Schuss auf den vor ihr her stolpernden Warner abgab. Die Kugel schlug nur wenige Zentimeter hinter seiner rechten Ferse in den Boden. In panischer Angst rannte Warner den steilen Abhang der Kalkgrube hinunter, wobei er über die Schulter nach hinten zu Eva blickte, die sich breitbeinig hingestellt hatte und – mit beiden Händen am Griff ihrer Waffe – sorgfältig zielte. Noch bevor sie abdrückte, war es für Warner bereits zu spät.

Er hatte den unteren Rand des Abhangs erreicht und merkte, dass er mit einem Fuß bereits ins Leere trat. Verzweifelt versuchte er, durch Verlagerung seines Körpergewichts nach hinten das drohende Verhängnis noch abzuwenden, aber es war vergeblich. Wild mit den Armen rudernd, verlor er das Gleichgewicht und stürzte, einen grässlichen Schrei ausstoßend, kopfüber in die weiße Brühe. Mit allen Gliedern zappelnd, schaffte es Warner noch einmal, sein kreideweißes Gesicht aus dem brodelnden Kalk zu strecken und einen unartikulierten Schrei auszustoßen, der Paula und den anderen durch Mark und Bein ging. Dann versank er vollends in der blubbernden weißen Masse, deren Oberfläche sich gleich darauf wieder über ihm schloss, als wäre nichts geschehen.

EPILOG

Drei Wochen später bat Tweed Paula, Beaurain und Newman zu sich ins Büro. Draußen schien eine kräftige Märzsonne aus einem strahlend blauen Himmel. Vor Tweed lagen neben mehreren Berichten auch die Luftbilder von Carpford, deren verzögerte Lieferung Paula bereits zu mehreren sarkastischen Bemerkungen veranlasst hatte.

»Sehen wir uns zunächst einmal die Autopsiebefunde an, die mir Professor Saafeld geschickt hat«, begann Tweed. »Sie wissen ja, dass Buchanan auf mein Anraten die Kalkgrube untersucht und darin dann auch tatsächlich die Leichen der verschwundenen Personen gefunden hat. Sie aus der ätzenden Brühe zu bergen, war bestimmt eine ausgesprochen unangenehme Aufgabe.«

»Die Leichen waren bestimmt ziemlich zerfressen vom Kalk«, bemerkte Paula.

»Saafeld meint, dass von einigen nicht viel mehr als das Skelett übrig war. Trotzdem ist es ihm gelungen, alle eindeutig zu identifizieren, was mich allerdings auch nicht sonderlich überrascht hat. Schließlich ist er nicht umsonst der beste Gerichtsmediziner, den wir in England haben. Bei Warner war das natürlich einfach. Seine Leiche war noch nicht vom Kalk angegriffen. Sogar der Kneifer saß ihm noch auf der Nase.«

»Wie hat Saafeld denn Warners Frau identifiziert?«, fragte Paula.

»Anhand von zwei Ringen, die Mrs Carson uns beschrieben hatte. Und bei Jasper Buller hatten wir das seltsame Phänomen, dass sein Leichnam sich zwar in einem sehr schlechten Zustand befand, die Brieftasche hingegen noch fast völlig intakt war. Bei Mrs Gobble war es übrigens die blaue Perlenkette, die Saafeld auf die richtige Spur brachte, und bei Pecksniff dessen goldene Uhr, die immer noch an der Kette hing. Martin Hogarth, dessen Leiche man nach seinem Selbstmord ebenfalls in die Grube geworfen hatte, lag noch nicht so lange im Kalk, als dass man ihn nicht hätte erkennen können.«

»Wie grausig das alles ist«, sagte Paula.

»Da haben Sie Recht«, sagte Tweed nachdenklich. »Aber lassen Sie uns jetzt den Fall noch einmal resümieren. Ich hatte Victor Warner schon ziemlich früh in Verdacht. Schließlich kannte ich seine Frau Linda als eine resolute Person mit gesundem Menschenverstand. Ich fragte mich, für wen sie wohl auf einer einsamen Straße in den Downs angehalten hätte, und kam zu dem Schluss, dass dafür nur jemand infrage kam, den sie wirklich gut kannte. Und wer passte da besser als der eigene Mann? Natürlich war das zunächst nur eine Hypothese, die ich durch nichts beweisen konnte. Aber dann fing Warner an, mir bei jeder sich bietenden Gelegenheit Knüppel zwischen die Beine zu werfen.«

»Darunter auch die vielen Täuschungsmanöver, die Jules sofort als solche erkannt hat«, sagte Paula.

»Ich habe ziemlich schnell bemerkt, dass der Minister Tweeds Untersuchungen eher behindert als unterstützt hat«, sagte Beaurain.

»Victor Warner war ein religiöser Fanatiker, der seit seinem heimlichen Übertritt zum Islam keine Skrupel mehr kannte«, fuhr Tweed ernst fort. »Gnadenlos hat er jeden beseitigt, der seinen wahnsinnigen Plänen hätte in die Quere kommen können. Ich bin mir sicher, dass er seine Frau ermordet hat, auch wenn ich bezüglich des Motivs auf Vermutungen angewiesen bin. Vielleicht hat sie herausgefunden, was er plante, und ihm damit gedroht, es an die Behörden weiterzugeben. Schließlich war sie eine äußerst patriotisch eingestellte Frau. Warner sah nur eine Lösung: sie zu töten und ihre Leiche in der Kalkgrube zu versenken. Sie sollte nicht die Letzte sein.«

»Weiß man denn, wie er die Leichen in den Steinbruch geschafft hat?«

»Vermutlich mit der Lore, auf der Sie aus seinem unterirdischen Verlies entkommen sind. Saafeld hat herausgefunden, dass die Opfer durch Genickschüsse getötet wurden. Wahrscheinlich geschah das in dem Raum, in dem man auch Sie festgehalten hat, Paula.«

»Und wo mir wohl genau dasselbe Schicksal geblüht hätte«, sagte Paula leise. »Irgendwie finde ich es gerecht, dass Warner in derselben Kalkgrube ums Leben gekommen ist, in der er seine Opfer entsorgt hat. Evas Rache hätte nicht vollkommener sein können.« Sie sah auf ihre Uhr. »Apropos Eva, ich muss jetzt gleich los. Ich bin nämlich mit ihr zum Essen verabredet ...«

»Hätte es die Leichenfunde in der Grube nicht gegeben, wäre es der Regierung vielleicht gelungen, den Skandal um Warner zu vertuschen«, sagte Newman.

»Das glaube ich nicht«, erwiderte Tweed. »Vergessen Sie nicht Palfrys Selbstmord im Gefängnis von Belmarsh. Auch der hätte sich nicht lange unter der Decke halten lassen. Nachdem sein Chef ihn mit seinen fanatischen Ideen infiziert hatte, war er Warners williges Werkzeug. Und schließlich war da auch noch das Material aus der Geheimschublade in Warners Schreibtisch.«

»Woraus bestand das eigentlich genau?«, wollte Beaurain wissen.

»Da war zunächst einmal der detaillierte Plan zur Zerstörung von sechs Londoner Brücken, dazu eine genaue Aufstellung der Orte, an denen die Terroristen untergebracht waren. Darüber hinaus enthielt die Schublade aber auch sämtliche Unterlagen, die für die Planung der Anschläge vom 11. September nötig waren. Warner hatte auch diese bis in jede Einzelheit ausgearbeitet. Deshalb ist er wohl auch kurz vor den schrecklichen Attentaten erst nach New York und dann nach Boston geflogen. Ich habe das Material für mich fotokopiert und die Originale dann an meinen alten Freund Cord Dillon geschickt, der ja inzwischen zum Direktor der CIA ernannt wurde.« Er hielt inne. »Unter den Plänen gab es auch welche für bisher noch nicht verübte Attentate in den Vereinigten Staaten, die Dillon nun hoffentlich verhindern wird.«

»Hat Ihnen der Premierminister denn die Erlaubnis dafür gegeben?«

»Hat er. Aber er hat ja bereits seinen Rücktritt angekündigt, weil der Skandal um Warner das Vertrauen in die Regierung gründlich untergraben hat. Im Vertrauen hat er mir gesagt, dass er ganz froh ist, den Hut nehmen zu können.«

»Ich hätte noch eine ganz andere Frage«, meldete sich Newman zu Wort. »Ich habe in letzter Zeit läuten hören, dass Eva Brand möglicherweise zu unserer Truppe stößt. Ist da was dran, Tweed?«

»Ich denke ernsthaft darüber nach. Eva hat Erfahrung, Verstand und einen guten Charakter.«

»Aber wird Paula da nicht eifersüchtig werden, wenn sie in Zukunft tagtäglich mit Eva zu tun hat?«

»Ich werde sie in eine andere Abteilung stecken.«

»Trotzdem wird sie häufig hier sein«, sagte Newman.

»Wie schon gesagt: Ich denke noch darüber nach.«

»Machen Sie sich doch nichts vor, Tweed«, erwiderte Newman lachend. »Sie haben sich doch schon längst entschieden.«